D1674457

« PAVILLONS »
Collection dirigée par Claire Do Sêrro

DU MÊME AUTEUR

Chez le même éditeur :

La Fenêtre panoramique, « Pavillons Poche »,
2005, 2017
Onze histoires de solitude, « Pavillons Poche »,
2009, 2022
Easter Parade, « Pavillons », 2010 ; « Pavillons Poche »,
2012, 2022
Un été à Cold Spring, « Pavillons », 2011 ;
« Pavillons Poche », 2013, 2016
Menteurs amoureux, « Pavillons », 2012 ;
« Pavillons Poche », 2014, 2018
Un destin d'exception, « Pavillons », 2013 ;
« Pavillons Poche », 2017
Un dernier moment de folie, « Pavillons », 2014 ;
« Pavillons Poche », 2016
Une bonne école, « Pavillons », 2017
Fauteur de troubles, « Pavillons Poche », 2022

RICHARD YATES

JEUNES CŒURS ÉPROUVÉS

roman

Traduit de l'anglais (États-Unis)
par Aline Azoulay-Pacvoň

Robert Laffont

Couverture :
Conception graphique : Joël Renaudat / Éditions Robert Laffont
Printed by : Laverne Inc., American
Length of furnishing fabric : « Trapeze » (detail)
American (New York City), 1950–54
Linen plain weave, screen-printed
Overall : 274.3 × 116.8 cm (108.5 × 48 in.)
Museum of Fine Arts, Boston
Textile Income Purchase Fund, 2004.461
Photograph © 2023 Museum of Fine Arts, Boston. All rights reserved/
Bridgeman Images

Titre original : YOUNG HEARTS CRYING
© 1984, Richard Yates
All Rights Reserved
Traduction française : Éditions Robert Laffont, S.A.S., Paris, 2023

ISBN 978-2-221-26470-6
(édition originale : ISBN 9780385292696, Delacorte Press,
New York)
Préface : Éditions Robert Laffont, S.A.S., Paris, 2023
Dépôt légal : octobre 2023
Éditions Robert Laffont – 92, avenue de France, 75013 Paris

Préface

Quand il publie *Jeunes cœurs éprouvés*, son sixième roman, Richard Yates est un écrivain confirmé, admiré de ses pairs (Andre Dubus, Kurt Vonnegut, Raymond Carver, et bien d'autres) mais encore assez peu connu du grand public. Peu avant sa parution, Seymour Lawrence, son éditeur de longue date, lui écrit : « Je trouve que *Jeunes cœurs éprouvés* est l'un de vos plus beaux textes. L'écriture est irréprochable, les dialogues sont d'une justesse absolue, et les personnages s'animent d'emblée et conservent leur vivacité tout au long du livre. La trame de ce roman est plus vaste que celle de *La Fenêtre panoramique* (auquel on peut sans aucun doute le comparer). Il y a des moments d'une dureté terrible et des passages d'un comique qui touche à la virtuosité[1]. »

De fait, comme dans *La Fenêtre panoramique*, chef-d'œuvre absolu redécouvert grâce à l'adaptation cinématographique de Sam Mendes oscarisée en 2009 (sortie en France sous le titre *Les Noces rebelles*), Richard Yates nous raconte le naufrage d'un couple aux aspirations inconciliables avec la réalité de l'Amérique des Trente Glorieuses. Cette Amérique de l'essor du consumérisme, où les désirs de chacun sont dictés par la classe à laquelle il souhaite appartenir, où l'on mesure son échec à l'aune de la réussite de ses relations, où, à condition de vivre de sa plume ou de son pinceau, on ne peut espérer se débarrasser

---

1. *In* Blake Bailey, *A Tragic Honesty*, Picador, 2004.

de l'étiquette d'amateur. Et où un jeune homme fraîchement démobilisé peut se sentir contraint d'afficher une virilité presque agressive et une certaine homophobie pour dissimuler une sensibilité qui, au lendemain de la Seconde Guerre mondiale, détonnerait dans un cercle de très jeunes anciens combattants. Qui a vu la série *Mad Men* comprendra de quelle Amérique il est question.

Richard Yates a cinquante-quatre ans lorsqu'il achève l'écriture de ce roman, et Michael Davenport, son personnage principal, a le même âge quand il commence à tirer quelques leçons utiles des trente années qui viennent de s'écouler. Ça n'a rien d'une coïncidence. Richard Yates ne manquerait pas de se reconnaître dans la réflexion du grand Francis Scott Fitzgerald, qu'il considérait comme un maître et un modèle : « Il est vrai que nous autres écrivains sommes condamnés à nous répéter. Nous connaissons, dans notre vie, deux ou trois moments grands et bouleversants, si grands et si bouleversants qu'il ne semble pas que quiconque les ait jamais saisis… Puis nous apprenons notre métier, plus ou moins bien, et racontons nos deux ou trois histoires, chaque fois sous un voile différent, peut-être dix fois, peut-être cent, aussi longtemps que les gens veulent bien écouter[1]. » Et si l'écrivain a eu à cœur de brouiller quelques pistes, ses contemporains n'ont pas manqué de le reconnaître en Michael Davenport, essentiellement, et dans une certaine mesure en Carl Traynor, l'écrivain laborieux qui, comme lui, n'a pas pu profiter de la GI Bill offerte aux anciens combattants pour payer leurs études universitaires. Autodidacte, c'est sans doute avec un vertige similaire à celui de son alter ego que Yates fera son entrée à l'université comme professeur et orateur.

De même qu'*Easter Parade* s'ouvrait sur l'implacable « Aucune des sœurs Grimes ne serait heureuse dans la vie », dès les premières lignes de *Jeunes cœurs éprouvés*,

---

1. « One hundred false starts », *The Saturday Evening Post*, 4 mars 1933.

l'auteur met les points sur les *i* : « À vingt-trois ans, Michael Davenport avait déjà appris à se fier à son scepticisme. Il n'éprouvait guère d'intérêt pour les mythes et légendes, y compris ceux qui prenaient la forme d'idées reçues. Ce qu'il recherchait, en toutes circonstances, c'était ce qui se cachait derrière. » Et c'est avec un souci de précision et de sincérité tantôt embarrassant, tantôt cocasse, que Michael s'applique à soulever tous les tapis (littéralement, lors d'un épisode désopilant), à gratter tous les vernis et à tout démystifier. Ainsi que le formule l'auteur Stewart O'Nan dans un magnifique article qui a concouru à tirer Richard Yates d'un oubli relatif immérité, le lecteur n'a d'autre choix que de se « tortiller de gêne et d'embarras pour les personnages. L'espoir a été remplacé par la réalité acide et tout ce qu'elle a en réserve ; ça ne s'arrêtera pas, nous ne pouvons qu'endurer. Parce que nous avons tous vécu ces situations[1]... »

À défaut du lustre et des mythes, il nous reste la profondeur vertigineuse des pensées, la grâce absolue qui jaillit de cette langue « qui n'attire jamais l'attention sur elle-même[2] », et la justesse de cette prose qui refuse absolument – presque obstinément – les artifices de la formule toute faite ou du lyrisme cryptique.

Le même Stewart O'Nan prédit que cet auteur magistral finira par être réédité, « tout comme Faulkner et Fitzgerald le furent, et qu'il occupera la place qu'il mérite au panthéon de la littérature américaine[3] ». *Jeunes cœurs éprouvés* demeurait le dernier inédit de Yates en France ; la première partie de cette prédiction est accomplie.

Aline Azoulay-Pacvoň

---

1. Stewart O'Nan, « The lost world of Richard Yates », *Boston Review*, 1ᵉʳ octobre 1999.
2. Blake Bailey, *op. cit.*
3. Stewart O'Nan, *op. cit.*

PREMIÈRE PARTIE

1.

À vingt-trois ans, Michael Davenport avait déjà appris à se fier à son scepticisme. Il n'éprouvait guère d'intérêt pour les mythes et légendes, y compris ceux qui prenaient la forme de lieux communs. Ce qu'il recherchait, en toutes circonstances, c'était ce qui se cachait derrière.

Il avait passé les premières années de sa vie d'adulte comme mitrailleur de queue sur un B-17, alors que la guerre en Europe touchait à sa fin, et l'une des choses qu'il avait le moins appréciées dans l'armée de l'air, c'était sa réputation. Tout le monde s'imaginait que l'aviation était la branche la plus planquée et la plus joyeuse de l'armée, qu'on y était mieux nourri, mieux logé, mieux payé que partout ailleurs, qu'on vous y octroyait davantage de temps libre et des uniformes qui permettaient de parader de manière « décontractée ». Tout le monde s'imaginait que l'aviation s'embarrassait peu des trivialités de la discipline militaire : que l'esprit de camaraderie qui se développait là-haut, entre têtes brûlées, avait plus de valeur que le respect aveugle des hauts gradés ; que des officiers et de simples soldats s'y liaient volontiers d'amitié, et que le salut protocolaire devenait alors un geste désinvolte presque moqueur. Que les soldats de l'armée de terre vous surnommaient les *fly-boys* et vous enviaient.

Rien de tout cela ne prêtait à conséquence ni ne méritait qu'on se lance dans de grands débats sur le sujet, mais pour sa part, Michael Davenport considérait son temps dans l'aviation comme de sinistres années d'humiliation, d'ennui, et de combats au cours desquels il avait failli mourir de trouille ; et il avait éprouvé une joie sans mélange lorsque cette sombre histoire avait été derrière lui.

Il avait néanmoins rapporté quelques bons souvenirs avec lui, parmi lesquels le fait d'être arrivé en demi-finale du tournoi de boxe des poids moyens de la base de Blanchard Field, Texas. Peu de fils d'avocat de Morristown, New Jersey, pouvaient se targuer d'en avoir fait autant. Et puis, il y avait ces mots d'un instructeur de l'armée de terre dont il avait oublié le nom, prononcés un après-midi étouffant au cours d'une leçon par ailleurs ennuyeuse, et qui, au fil du temps et de ses évocations avaient revêtu une dimension quasi philosophique.

« Essayez de garder ceci en mémoire, messieurs : la marque d'un professionnel, quel que soit son champ d'expertise – j'entends bien dans *n'importe quel* domaine – est sa capacité à donner aux choses les plus difficiles l'apparence de la simplicité. »

À l'époque, et ce depuis un moment, quand il se réveillait parmi les autres recrues somnolentes, Michael savait déjà dans quel domaine il souhaitait se tailler une réputation de professionnel : il voulait écrire des poèmes et des pièces de théâtre.

Sitôt démobilisé, il prit le chemin d'Harvard (essentiellement parce que c'était là que son père lui avait conseillé de postuler) déterminé, au début du moins, à ne pas se laisser impressionner par ses mythes et légendes : il ne se donna même pas la peine de remarquer – et encore moins d'admirer – la beauté des lieux. C'était une « école » comme les autres, aussi impatiente que n'importe quel autre établissement d'engranger la GI Bill qui couvrirait le coût de sa scolarité.

Au bout d'un ou deux ans, cependant, il commença à céder à ses charmes. La plupart des cours étaient réellement stimulants, la plupart des ouvrages au programme ceux qu'il avait toujours eu envie lire, et les autres étudiants – ou du moins certains d'entre eux –, étaient le genre de types qu'il rêvait d'avoir pour camarades. S'il ne portait jamais ses anciens vêtements de l'armée – le campus grouillait d'hommes qui ne s'en privaient pas, ce qui leur valait vite l'étiquette d'« anciens soldats professionnels » –, il avait néanmoins conservé un signe ostentatoire de son passé militaire : sa moustache en forme de guidon de vélo, qui avait l'avantage de le vieillir un peu. Et il devait bien reconnaître que l'étincelle d'intérêt qui éclairait parfois le regard de ses interlocuteurs lorsqu'il les informait qu'il avait été mitrailleur dans l'aviation, ainsi que leur mine impressionnée par la modestie avec laquelle il y faisait allusion, n'avait rien pour lui déplaire. De sorte qu'il était disposé à croire qu'en fin de compte Harvard était sans doute un bon environnement pour apprendre à donner aux choses difficiles l'apparence de la simplicité.

Un après-midi de printemps, alors qu'il était encore en première année, que son amertume s'évaporait et que son cynisme prenait l'eau, il avait succombé aux mythes et légendes de l'adorable étudiante de Radcliffe supposée pouvoir apparaître à tout moment pour bouleverser votre vie.

— Tu connais *tant* de choses, lui dit-elle, saisissant sa main sur la table. Je ne sais pas comment le formuler autrement. Tu… tu connais tant de choses.

Cette adorable étudiante-là s'appelait Lucy Blaine. Elle avait été choisie pour tenir le rôle principal dans la première pièce à peu près jouable de Michael que l'on répétait dans le petit théâtre du campus, et il avait enfin trouvé le courage de l'inviter à sortir.

— Chaque mot, continua-t-elle, chaque bruit, chaque silence de cette pièce est l'œuvre d'un homme qui a une compréhension… intime du cœur humain. Oh, mon Dieu, voilà que je t'embarrasse.

S'il était effectivement trop embarrassé pour soutenir son regard, il espérait que sa gêne ne l'inciterait pas à changer de sujet. Ce n'était pas la plus jolie fille qu'il ait jamais rencontrée, mais c'était sans nul doute la première jolie fille à lui manifester autant d'intérêt, et il savait que c'était un bon point de départ pour faire un bout de chemin. Lorsqu'il lui sembla opportun de lui servir un ou deux compliments de son cru, il lui dit combien il avait apprécié son jeu lors des répétitions.

— Oh, non, s'empressa-t-elle d'objecter.

Il remarqua qu'elle déchirait méthodiquement sa serviette en papier en bandelettes parallèles qu'elle lâchait en tas sur la table.

— Enfin, merci, ça fait plaisir, bien sûr, mais je ne suis pas une véritable comédienne. Sinon, je serais élève d'une école d'*art dramatique* quelconque, et je passerais mes vacances à frapper à toutes les portes pour décrocher des auditions afin de jouer dans des festivals d'été, vois-tu. Non (elle rassembla les bandes de papier dans son poing et l'abattit sur la table avec emphase) non, c'est juste quelque chose que j'aime faire, comme les petites filles aiment se déguiser avec les vêtements de leur mère. Et à vrai dire, même dans mes rêves les plus fous, je n'aurais jamais imaginé pouvoir jouer dans une pièce comme celle-là.

En revenant du théâtre avec elle, Michael avait constaté qu'elle avait la taille idéale : le sommet de sa tête rebondissait au niveau de l'angle saillant de son épaule, et il savait qu'elle avait le bon âge aussi – elle avait vingt ans et lui en aurait bientôt vingt-quatre. Mais, quand il l'attira dans la chambre miteuse de Ware Street, « logement étudiant agréé » où il vivait seul, il se demanda si ce schéma de quasi-perfection bien commode avait des chances de tenir sur la durée. N'y avait-il pas toujours un *hic* quelque part ?

— Ma foi, c'est à peu près ce que je m'étais imaginé, déclara-t-elle lorsque Michael l'invita à entrer, balayant la pièce d'un regard furtif pour s'assurer qu'il n'avait pas laissé traîner de chaussettes ou de sous-vêtements sales. Le genre austère et simple, propice au travail. Et... c'est si masculin.

16

Le schéma de quasi-perfection tenait. Quand elle se détourna pour se pencher par l'une des fenêtres (« Et je parie que c'est joli et lumineux ici le matin, n'est-ce pas ? Avec ces grandes fenêtres. Et ces arbres »), il lui sembla naturel de s'approcher, de passer les bras autour d'elle pour poser ses mains en coupe sur ses seins et d'enfouir son visage au creux de son cou.

Moins d'une minute plus tard ils étaient nus et s'ébattaient sur son lit double, sous ses couvertures de l'armée, quand Michael Davenport songea qu'il n'avait jamais connu de fille si douce et si réceptive, qu'il n'avait même jamais soupçonné le monde de possibilités illimitées et extraordinaires que pouvait représenter une fille.

— Oh, mon Dieu, dit-il lorsqu'ils furent rassasiés et qu'il voulut faire un commentaire poétique sans réussir à trouver les mots. Oh, mon Dieu, Lucy, tu es adorable.

— Ma foi, c'est bon à entendre, répondit-elle d'une petite voix délicate, parce que je te trouve merveilleux.

C'était le printemps à Cambridge. Rien d'autre n'avait plus d'importance. Même sa pièce avait perdu de son intérêt, et lorsqu'un critique du *Harvard Crimson* la qualifia de « superficielle » et jugea le jeu de Lucy « expérimental », ils parvinrent à ne pas s'en formaliser. Il ne tarderait pas à écrire d'autres pièces, et de toute façon, tout le monde savait que les critiques du *Crimson* n'étaient que des petits morveux envieux.

— Je ne sais plus si je t'ai déjà posé la question, lança-t-il un jour, alors qu'ils se promenaient dans le parc Boston Common, mais que fait ton père ?

— Oh, il… gère des affaires. Dans différentes branches. Je n'ai jamais vraiment compris en quoi consistait son travail.

Et ce fut le tout premier indice, en dehors de ses manières et de ses vêtements simples et élégants, qui lui donna à penser que sa famille était potentiellement fortunée.

Il y en eut d'autres, un ou deux mois plus tard, lorsqu'elle l'emmena dans leur résidence d'été de Martha's Vineyard pour qu'il rencontre ses parents. Il n'avait jamais rien vu de tel. Pour y accéder il fallait d'abord traverser un village côtier obscur du nom de Woods Hole, embarquer sur un petit ferry d'un luxe étonnant pour traverser plusieurs miles de mer, puis, après avoir posé le pied sur la terre ferme d'une île baptisée « le Vignoble », suivre une route bordée de hautes haies touffues et s'engager dans une allée bien dissimulée, qui sillonnait entre des pelouses et des bosquets avant de redescendre vers le rivage pour s'arrêter net devant la demeure des Blaine : une bâtisse aux vastes proportions tout en longueur, constituée de verre et de bois en quantités quasi égales, et bardée de planches d'un brun froncé que les rayons du soleil éclaboussaient çà et là de nuances argentées.

— Je commençais à désespérer de vous rencontrer un jour, Michael, l'accueillit le père de Lucy après lui avoir serré la main. Nous ne cessons d'entendre votre nom depuis... depuis avril seulement, je suppose, mais ça paraît remonter à bien plus longtemps.

M. Blaine et son épouse étaient grands, minces et gracieux, avec des visages aussi intelligents que celui de leur fille. Ils avaient tous deux le genre de corps ferme et hâlé que l'on doit à la pratique régulière du tennis et de la natation, et leurs voix rauques indiquaient une consommation quotidienne d'alcool. Ni l'un ni l'autre ne paraissaient avoir plus de quarante-cinq ans. Assis et souriants sur un long divan en chintz, dans leurs vêtements d'été impeccables, ils auraient pu illustrer un article intitulé « Existe-t-il une aristocratie américaine ? ».

— Lucy ? disait Mme Blaine. Pensez-vous pouvoir rester toute la journée de dimanche ? Ou cela vous obligerait-il à manquer plusieurs des impératifs romantiques qui vous attendent à Cambridge ?

Un domestique noir au pas délicat approcha avec un plateau de liqueurs, et la tension des présentations commença à se dissiper. Carré dans son siège pour savourer les deux premières gorgées d'un dry martini glacé, Michael vola un regard incrédule à la fille de ses rêves puis laissa ses yeux suivre la ligne du plafond haut d'un des murs lumineux, jusqu'à l'angle parfait qui le liait au mur suivant, beaucoup plus loin, qui s'ouvrait sur une autre pièce, puis d'autres, dans la lumière tamisée de l'après-midi. L'endroit suggérait le repos intemporel que seules plusieurs générations prospères pouvaient produire. C'était ce qu'on appelait la classe.

— Pardon, mais, qu'est-ce que tu veux dire par « la classe » ? le questionna Lucy, le front creusé d'un petit pli exaspéré, alors qu'ils se promenaient le long de la bande de plage étroite, le jour suivant. Quand tu emploies ce genre de mot, tu fais un peu prolétaire, un peu lourdaud, si tu vois ce que je veux dire, et tu sais bien que je ne suis pas dupe.

— Ma foi, comparé à toi, je suis un prolétaire.

— Oh, c'est idiot. C'est la chose la plus idiote que tu aies jamais dite.

— Si tu veux, mais écoute : tu penses qu'on pourrait partir ce soir ? Au lieu de rester jusqu'à dimanche soir ?

— Euh, je suppose que oui, bien sûr. Pourquoi ?

— Parce que…

Il s'arrêta pour lui donner le temps de se tourner vers lui afin qu'il puisse caresser l'un de ses tétons du bout des doigts, très tendrement, à travers le tissu de son chemisier.

— Parce qu'il y a un certain nombre d'impératifs romantiques qui nous attendent à Cambridge.

Son impératif romantique principal, de l'automne et de l'hiver passés, avait été de trouver des moyens séduisants d'ignorer ses allusions timides mais répétées à son désir de se marier.

— Oui, bien sûr que c'est aussi ce que je veux, disait-il. Tu le sais bien. Je le veux autant que toi, si ce n'est plus. C'est juste que je ne pense pas que ce serait très malin de le faire tant que je n'aurai pas trouvé un emploi quelconque. Tu ne penses pas que ce serait plus raisonnable ?

Et elle semblait d'accord, mais il ne tarda pas à comprendre que les mots comme « raisonnable » avaient peu d'effet sur Lucy Blaine.

La date du mariage fut fixée à la semaine qui suivit la remise des diplômes de fin d'études. La famille de Michael fit le voyage de Morristown pour afficher sa perplexité courtoise durant la cérémonie, et il se retrouvera marié sans vraiment savoir comment il en était arrivé là. Quand ils émergèrent du taxi qui les conduisit de l'église à la réception, organisée dans un bel immeuble en pierre au pied de la colline de Beacon, Lucy et lui se retrouvèrent face à la silhouette écrasante d'un agent de la police montée qui leva la main à sa visière dans un salut formel, son cheval magnifique planté aussi immobile qu'une statue au bord du trottoir.

— Mon Dieu, souffla Michael lorsqu'ils montèrent une élégante volée de marches. Combien ça peut coûter de louer un agent de la police montée pour une réception de mariage ?

— Oh, je ne sais pas, répondit Lucy avec impatience. Pas beaucoup, je pense. Cinquante ?

— Sans doute un peu plus de cinquante, chérie. Ça ne suffirait même pas à payer l'avoine pour le cheval.

Elle éclata de rire et serra son bras pour montrer qu'elle avait compris qu'il plaisantait.

Un petit orchestre jouait un medley de Cole Porter dans l'une des trois ou quatre grandes salles de réception en enfilade, et des serveurs allaient et venaient au pas de course, croulant sous les commandes. Michael reconnut ses parents dans la marée d'invités, il constata avec plaisir qu'il y avait plusieurs inconnus disposés à leur faire la conversation et qu'ils n'étaient pas si mal dans leurs vêtements de Morristown, puis les perdit vite de vue. Un vieillard à la respiration sifflante, qui arborait au revers de son costume sur mesure une rosette de soie attestant de quelque rare distinction, expliquait à Lucy qu'il la connaissait depuis qu'elle était bébé (« Dans son landau ! Avec ses petites mitaines et ses chaussons de laine ! ») et un homme plus jeune, dont la poignée de main vous broyait les doigts, voulut savoir ce que Michael pensait des débentures à fonds d'amortissement. Trois anciennes camarades « de Farmington » se précipitèrent sur eux avec des petits cris de joie pour embrasser Lucy, qui brûlait manifestement d'impatience de les voir partir pour confier à Michael qu'elle les détestait ; après quoi des femmes de l'âge de sa mère affirmèrent n'avoir jamais vu de mariée si adorable, tamponnant leurs larmes invisibles avec leurs mouchoirs. Il faisait semblant de s'intéresser au discours aviné d'un compagnon de squash du père de Lucy quand il repensa à l'agent de la police montée qui les avait accueillis sur le trottoir. Il doutait fort qu'on puisse « louer » un flic à cheval, celui-ci devait avoir été envoyé là par les services de police ou de la mairie en témoignage de sympathie, ce qui suggérait que la famille disposait d'une certaine « influence » en plus de sa fortune.

— Ma foi, tout s'est plutôt bien passé, tu ne trouves pas ? lui demanda Lucy, plus tard, quand ils se retrouvèrent seuls dans une suite somptueuse du Copley Plaza. C'était une belle cérémonie. La soirée est devenue un peu chaotique sur la fin, peut-être, mais ce sont des choses qui arrivent.

— Non, je trouve que tout s'est bien passé, lui assura-t-il. Mais je suis content que ce soit terminé.

— Oh, mon Dieu, oui, dit-elle. Moi aussi.

Ils abordaient la seconde moitié de leur semaine dans un hôtel splendide – un luxe tous frais payés offert avec une désinvolture grossière sous les regards d'inconnus –, quand Lucy lui annonça timidement une nouvelle qui allait grandement leur compliquer la vie.

Ils avaient terminé leur petit-déjeuner et le room service était ressorti poussant un chariot chargé de leurs assiettes couvertes d'écorce de melon et de miettes de croissant dorées. Lucy était assise à la coiffeuse, une brosse à cheveux à la main, et son regard naviguait de son reflet dans le miroir à celui de son nouveau mari, qui arpentait le tapis derrière elle.

— Michael, dit-elle. Penses-tu que tu pourrais t'asseoir une minute, s'il te plaît ? Parce que tu me rends un peu nerveuse. Et aussi, ajouta-t-elle, reposant la brosse avec délicatesse, comme si elle craignait de la briser, aussi parce que j'ai quelque chose d'important à te dire.

Alors qu'ils s'installaient pour discuter, face à face dans les fauteuils bien rembourrés du Copley Plaza, il lui vint à l'idée qu'elle était peut-être enceinte – ce ne serait pas la meilleure des nouvelles, mais pas la pire non plus – ou qu'elle venait de découvrir qu'elle ne pourrait pas avoir d'enfant ; puis, son esprit en ébullition flirta avec l'effrayante possibilité qu'elle puisse être atteinte d'une maladie fatale incurable.

— Je voulais t'en parler dès le début, commença-t-elle, mais je craignais que ça... disons, que ça ne change beaucoup de choses.

Il lui sembla soudain qu'il la connaissait à peine, cette jolie fille aux longues jambes à qui le mot « épouse » ne pourrait peut-être jamais vraiment convenir, et un frisson d'angoisse remonta de son scrotum à sa gorge tandis qu'il fixait ses lèvres, s'attendant au pire.

— Mais il est temps que je cesse d'avoir peur. Alors, je vais te le dire, et je n'ai plus qu'à espérer que tu ne te sentiras pas... bref... il se trouve que je dispose de trois à quatre millions de dollars. En mon nom propre.

— Oh, fit-il.

Lorsqu'il y repenserait plus tard, et au cours des années suivantes, il lui semblerait toujours qu'ils avaient passé la fin de leur séjour dans cet hôtel à ne rien faire d'autre que discuter. Leurs voix n'avaient que rarement pris les inflexions de la querelle et ils ne s'étaient pas disputés une seule fois, mais la conversation ininterrompue et sérieuse n'avait cessé de tourner en rond, soulevant les mêmes problèmes, encore et encore, sans qu'ils puissent jamais se mettre d'accord.

La position de Lucy était que, l'argent n'ayant jamais compté pour elle, pourquoi devrait-il représenter autre chose pour lui qu'une formidable opportunité d'avoir tout le temps et la liberté de se consacrer à son travail ? Ils pourraient vivre n'importe où dans le monde, ou, s'ils le désiraient, voyager jusqu'à ce qu'ils trouvent un endroit où s'installer et mener une existence épanouissante et productive. N'était-ce pas ce dont rêvaient la plupart des écrivains ?

Et force lui avait été de reconnaître qu'il était tenté – ô combien tenté –, seulement sa position était la suivante : étant, pour sa part, un rejeton de la classe moyenne, il avait toujours supposé qu'il réussirait par lui-même. Comment pouvait-il perdre une habitude si ancrée du jour au lendemain ? Et puis, vivre de la fortune de Lucy ne risquait-il pas de le déposséder de toute ambition, de le priver de l'énergie dont il avait besoin pour travailler ? Ce serait incroyablement cher payé.

Il espérait qu'elle ne se méprendrait pas sur ses motifs : c'était certainement un réconfort de savoir qu'elle *possédait* cet argent, ne serait-ce que parce que leurs enfants seraient toujours assurés d'avoir des fonds en fidéicommis ou des choses de ce genre. Mais en attendant, ne vaudrait-il pas mieux que tout cela reste strictement entre elle et ses banquiers, ou courtiers, ou Dieu sait qui s'occupait de tout ça ?

Elle lui avait assuré à plusieurs reprises qu'elle trouvait son attitude « admirable », mais il avait refusé le compliment, soutenant qu'il était juste têtu. Tout ce qu'il voulait, c'était se conformer au plan qu'il avait élaboré pour eux bien avant leur mariage.

Ils iraient à New York où il se trouverait un de ces emplois que se dégottaient les jeunes écrivains, dans une agence de publicité ou une maison d'édition. Mince, n'importe qui pouvait faire ce genre de boulot les yeux bandés ! Et ils vivraient de son salaire, comme un jeune couple ordinaire, de préférence dans un appartement simple et correct de West Village. La seule différence, à présent qu'il connaissait l'existence de ses millions, viendrait de ce qu'ils auraient un secret à préserver quand ils évolueraient au sein du cercle de jeunes couples ordinaires qu'ils se créeraient chemin faisant.

— N'est-ce pas la solution la plus raisonnable ? Pour le moment, au moins. Tu comprends mon point de vue, n'est-ce pas, Lucy ?

— Eh bien, quand tu ajoutes « pour le moment », je suppose que je comprends, oui. Parce qu'on aura toujours cet argent pour retomber sur nos pieds.

— OK, avait-il concédé, mais qui parle de retomber sur ses pieds ? Tu t'imagines que je suis le genre d'homme à devoir retomber sur ses pieds ?

Cette réplique lui avait procuré une grande satisfaction. À plusieurs moments de la discussion, il avait failli perdre son sang-froid et lui lancer que c'était sa « masculinité » même qui serait en danger, s'il acceptait son argent, que c'était comme s'il acceptait d'être « émasculé », et il avait conscience des conséquences nauséeuses qu'un argument aussi minable et désespéré auraient pu avoir.

Il s'était remis à arpenter la pièce, les poings enfoncés dans ses poches, et s'était posté devant les fenêtres, dominant Copley Plaza et la parade de piétons baignée de soleil, qui s'étirait, comme chaque matin, le long de Boylston Street. Un ciel d'un bleu infini se dessinait entre les immeubles. C'était une belle journée pour prendre l'avion.

La voix de Lucy s'était élevée dans son dos :

— J'aurais tout de même aimé que tu prennes un peu plus de temps pour y réfléchir. Ne pourrais-tu pas au moins rester ouvert à cette possibilité ?

— Non, avait-il fini par répondre, pivotant vers elle. Non, je suis désolé, mon chou, mais on va faire les choses à ma manière.

2.

Le logement qu'ils trouvèrent à New York correspondait presque mot pour mot aux critères spécifiés par Michael : c'était un appartement simple et correct, situé dans West Village. Un trois pièces, au rez-de-chaussée d'un immeuble de Perry Street, à deux pas de son intersection avec Hudson Street. Et il pouvait s'enfermer dans la chambre la plus petite et rester courbé pendant des heures sur le manuscrit de son recueil de poèmes, qu'il avait bon espoir de terminer et de voir édité avant son vingt-sixième anniversaire.

Trouver l'emploi qu'il pourrait accomplir les yeux bandés se révéla un peu plus compliqué. Après avoir passé plusieurs entretiens, craignant qu'un travail dans une agence de publicité ne finisse par le rendre dingue, il avait opté pour un boulot au service des « acquisitions » d'une maison d'édition de taille moyenne. Ses tâches exigeant de lui à peine plus que de l'oisiveté, il passait le plus clair de ses journées à travailler sur ses poèmes, ce dont personne ne semblait s'apercevoir ou même se soucier.

— Eh bien, ça semble vraiment être le poste idéal, commenta Lucy.

Et ça l'aurait certainement été si son salaire avait pu couvrir davantage que le coût des provisions et du loyer. Mais il nourrissait l'espoir raisonnable d'obtenir bientôt de l'avancement (comme les autres employés de son service léthargique envoyés à « l'étage », où l'on recevait de véritables salaires) et décida de tenir au moins un an. Cette année-là, il fêta son vingt-sixième anniversaire et découvrit que son livre n'était plus si près d'être terminé depuis qu'il avait jeté ses poèmes les plus anciens, qu'il avait jugés trop faibles. C'est également à cette époque qu'ils apprirent que Lucy était enceinte.

Quand leur fille Laura vint au monde, au printemps 1950, il avait renoncé à se tourner les pouces dans cette maison d'édition et trouvé un emploi plus rémunérateur. Il faisait désormais partie de l'équipe de rédaction d'un journal d'entreprise d'un domaine en pleine expansion, intitulé *L'Ère des grandes chaînes de magasins*, crachant du texte au kilomètre pour vanter les mérites de « nouveaux concepts courageux et révolutionnaires » dans les techniques de distribution des marchandises. Ce n'était pas exactement le genre de travail qu'on pouvait faire les yeux bandés, car ces gars-là exigeaient beaucoup en échange du salaire qu'ils vous versaient ; et tandis qu'il martelait sa machine à écrire avec frénésie, il se demandait parfois ce qu'un homme marié à une multimillionnaire pouvait bien faire dans un endroit pareil.

Il était toujours fatigué quand il rentrait à la maison, avait terriblement besoin de boire un verre ou deux, et ne pouvait même plus espérer s'enfermer avec son manuscrit après dîner depuis que la pièce qui lui servait de bureau avait été transformée en chambre d'enfant.

Et néanmoins, il savait (même s'il devait parfois faire un effort pour s'en souvenir) que seul un fichu crétin se serait plaint de sa situation. Lucy était la jeune mère sereine incarnée et il adorait l'expression que prenait son visage lorsqu'elle allaitait leur bébé. Et sa fille, avec sa peau veloutée comme les pétales de rose et ses yeux ronds d'un bleu profond, était une source d'émerveillement permanent. Oh, Laura, aurait-il voulu lui murmurer à l'oreille quand il la portait doucement jusqu'à son lit, oh, mon enfant, crois en moi. Crois en moi et tu n'auras jamais rien à craindre.

26

Il ne mit pas longtemps à prendre ses marques à *L'Ère des grandes chaînes*. Une fois qu'il fut remarqué et félicité pour plusieurs de ses « articles », il commença à se détendre (peut-être n'était-il pas nécessaire de se tuer à la tâche pour cette feuille de chou, après tout) et il ne tarda pas à sympathiser avec un autre rédacteur : un jeune homme affable et loquace du nom de Bill Brock qui vouait à ce boulot un dédain encore supérieur au sien. Brock était diplômé d'Amherst, il avait passé deux ans à la tête du syndicat des ouvriers de l'électricité (« l'époque la plus gratifiante de sa vie ») et il était plongé dans l'écriture de ce qu'il présentait comme un roman ouvrier.

— Bon, d'accord, je veux bien inclure Dreiser, Frank Norris, et quelques autres de ce genre, lui expliqua-t-il, ou même Steinbeck à ses débuts, mais en dehors de ces auteurs, il n'y a quasiment pas de littérature prolétarienne en Amérique. On chie dans nos frocs de voir la vérité en face, voilà tout.

À d'autres moments, comme s'il percevait le côté un brin absurde de sa passion pour le réformisme social, il ricanait en secouant tristement la tête, et déclarait qu'il était sans doute né vingt ans trop tard.

Quand Michael l'invita à dîner, un soir, il répondit :

— Oh, avec plaisir. Je peux amener ma copine ?

— Bien sûr.

Puis, le regardant noter son adresse de Perry Street, Bill s'exclama :

— Ça alors, on est pratiquement voisins ! On habite à deux cents mètres de chez vous, de l'autre côté d'Abingdon Square. Parfait, en tout cas, on se réjouit de venir.

À l'instant où la petite amie de Bill Brock fit son entrée chez les Davenport (« Je vous présente Diana Maitland »), Michael craignit de lui vouer un amour secret et douloureux jusqu'à la fin de ses jours. C'était une grande brune élancée au visage juvénile un peu triste qui suggérait une grande sensibilité, et à la démarche altière d'un mannequin. Ou non : à la grâce efflanquée naturelle que le mannequinat ne faisait que domestiquer et détruire. Il était incapable de détacher ses yeux d'elle et ne pouvait qu'espérer que Lucy ne s'en apercevrait pas.

Quand ils furent installés avec un premier verre pour les uns, un deuxième pour les autres, Diana Maitland lui coula une brève œillade.

— Michael a quelque chose de mon frère, confia-t-elle ostensiblement à Brock. Tu ne trouves pas qu'il lui ressemble ? Je ne veux pas tant parler de ses traits que de sa stature, sa démarche, ce qu'il dégage.

Bill Brock fronça les sourcils pour suggérer qu'il ne partageait pas son avis.

— C'est un beau compliment, en tout cas, Mike : elle est dingue de son frère. Un chic type, lui aussi, tu l'apprécierais, je pense. Un brin sombre et morose, par moments, mais très…

Il balaya une objection de Diana d'un geste de la main.

— Allons, mon chou, sois honnête. Tu sais bien qu'il peut être ennuyeux à mourir quand il a trop bu et nous ressert ses conneries d'Artiste Maudit.

Sûr de lui avoir rivé son clou, il se tourna vers les Davenport et leur expliqua que Paul Maitland était peintre. « Sacrément doué d'ailleurs, à ce qu'on dit, et il faut au moins lui reconnaître une chose : c'est qu'il ne ménage pas sa peine et se moque que ça lui rapporte ou non. Il vit dans un bouge de Delaney Street, au centre-ville, dans un atelier aux allures d'entrepôt qui lui coûte une trentaine de dollars par mois. Il effectue des petits travaux de charpente pour payer son loyer et son alcool. Vous voyez le tableau ? Un drôle d'énergumène. Si on s'avisait de proposer un emploi comme le nôtre – un travail d'artiste commercial, je veux dire – si quelqu'un osait lui proposer ça, il lui foutrait son poing dans la figure. Il aurait l'impression de se compromettre. De se renier. C'est précisément le terme qu'il emploierait : "se renier". Non, mais j'ai toujours adoré Paul, et je l'admire. J'admire les hommes qui ont le courage de… eh bien, le courage de suivre la

28

voie qu'ils se sont tracée. En fait, Paul et moi étions à Amherst ensemble, sans cela, je n'aurais jamais pu rencontrer la créature ici présente. »

Le mot « créature » résonna dans la tête de Michael durant tout le dîner, et longtemps après. Diana Maitland pouvait être qualifiée de femme quand elle mangeait ou félicitait courtoisement Lucy sur sa cuisine, elle pouvait être qualifiée de femme quand elle discutait, comme au cours des deux heures qui suivirent, ou quand Bill Brock l'aidait à enfiler son manteau dans le vestibule, qu'ils se souhaitaient bonne nuit et que le claquement de leurs talons s'éloignait en direction de l'appartement de Brock (« leur » appartement) de l'autre côté d'Abingdon Square ; mais sitôt qu'ils en franchissaient le seuil, que la porte se refermait derrière eux, qu'ils abandonnaient leurs vêtements à terre et qu'elle se mettait à onduler, gémissante, entre les bras de Brock, dans le lit de Brock, elle devenait une créature.

Il y eut beaucoup d'allées et venues de part et d'autre d'Abingdon Square au cours de l'automne qui suivit. À chacune de ces occasions, Michael devait s'armer de courage lorsqu'il prenait le risque de laisser son regard naviguer de Diana à Lucy, espérant que son épouse lui apparaîtrait comme la plus séduisante des deux, et il était invariablement déçu. Diana ne cessait de remporter le concours (Oh, mon Dieu, quelle fille splendide), si bien que, de guerre lasse, il décida de cesser ces misérables comparaisons. C'était tellement, tellement stupide de sa part. C'était sans doute une chose que faisaient parfois les hommes mariés à seule fin de se torturer, mais il ne fallait pas être bien malin pour comprendre que c'était idiot. Sans compter que, lorsqu'il était seul avec Lucy, sous n'importe quel angle et n'importe quel éclairage, elle lui paraissait bien assez jolie pour lui plaire toute une vie.

Par une nuit glaciale de décembre, à la demande expresse de Diana, les deux couples prirent un taxi pour rendre visite à son frère dans le centre-ville.

Il s'avéra que Paul Maitland ne ressemblait en rien à Michael : certes il arborait le même genre de moustache, qu'il tripotait et caressait de ses doigts effilés dans ses accès de timidité en présence d'inconnus, mais en y regardant de plus près, même cette ressemblance les distinguait l'un de l'autre. Celle de Maitland, bien plus fournie, était une moustache de jeune iconoclaste rebelle comparée à la moustache de gratte-papier de Michael. Mince et efflanqué, sorte de version masculine de sa sœur, il portait une veste et un jean Levi's assortis d'un pull de marin usé et s'exprimait de manière très courtoise d'une voix à peine plus audible qu'un murmure, ce qui obligeait les autres à se pencher pour ne rien manquer de ce qu'il disait.

Quand il les guida à travers l'atelier, un grand loft sans attrait qui avait servi de dépendance à une petite usine, ils constatèrent qu'aucun tableau n'apparaissait dans le halo vif du réverbère de la rue. Dans un coin de la pièce, une immense bande de toile de jute grossière pendait sur des cordes tendues, formant une sorte de tente. C'est cet abri de fortune qui servait de résidence d'hiver à Paul Maitland. Il en souleva un pan pour les inviter à entrer, et ils découvrirent dessous plusieurs personnes assises dans la chaleur d'un poêle au kérosène, un verre de vin rouge à la main.

La plupart de leurs prénoms se perdirent dans le brouhaha des présentations de rigueur, mais, déjà, Michael s'intéressait bien moins à leur identité qu'à leurs tenues. Assis sur un cageot d'oranges avec son verre de vin tiède, il ne pensait qu'à une chose : Bill Brock et lui devaient paraître désespérément déplacés avec leurs costumes, leurs chemises à cols boutonnés et leurs cravates de soie ; deux intrus souriants, fraîchement débarqués de Madison Avenue. Et il se doutait que Lucy était mal à l'aise, elle aussi, bien qu'il n'eût aucune envie de la regarder pour en avoir la confirmation.

Diana, qui fut accueillie avec naturel par des « Diana ! » et « Mon chou ! » dès qu'elle passa la tête dans l'ouverture de la toile, était assise gracieusement, aux pieds de son frère. Elle avait une conversation enjouée avec un jeune homme dégarni dont la tenue suggérait qu'il était également artiste peintre. Si elle venait un jour à se lasser de Brock (et une fille de cette classe n'était-elle pas vouée à s'en lasser tôt ou tard ?), elle n'aurait pas à chercher son remplaçant bien longtemps.

Il y avait une autre fille, une certaine Peggy, qui ne devait pas avoir plus de vingt ans, à en juger par son visage grave à l'expression enfantine. Avec son chemisier de paysanne et son dirndl autrichien, elle se donnait toutes les peines du monde à leur montrer à tous qu'elle était la propriété inaliénable de Paul. Assise aussi près de lui que le permettait le canapé bas qui semblait leur faire office de lit, elle le couvait du regard, regrettant visiblement de ne pas avoir les deux mains sur lui. De son côté, semblant à peine remarquer sa présence, il se penchait régulièrement par-dessus le poêle, le menton levé, pour échanger des remarques laconiques avec l'homme assis sur la caisse d'oranges voisine de celle de Michael. À un moment, reculant à nouveau, il adressa un sourire désinvolte à la fille et lui passa un bras autour de la taille.

De toutes les personnes présentes dans l'espace de fortune surchauffé, aucune ne correspondait davantage au cliché de l'artiste que l'homme assis sur la caisse voisine de celle de Michael, avec sa salopette blanche maculée de taches et de traînées multicolores, qui avait été prompt à affirmer n'être « qu'un barbouilleur, un amateur enthousiaste ». Homme d'affaires local, sous-traitant dans le marché de la construction, c'était lui qui fournissait à Paul Maitland les boulots de charpentier à temps partiel qui lui permettaient de gagner sa vie.

— Et je considère cela comme un privilège, ajouta-t-il à voix basse, se penchant vers Michael pour ne pas être entendu de leur hôte. Je considère cela comme un privilège, parce que ce garçon est vraiment doué. Ce garçon est un artiste-né.

— Eh bien, c'est… sympa, commenta Michael.

— Il a dégusté pendant la guerre, vous savez.

— Ah ?

Un épisode de l'histoire de Paul Maitland qu'il ne connaissait pas encore. Sans doute parce que c'était un sujet sensible pour Bill Brock qui, ayant été réformé pour inaptitude au service, n'aura pas été enclin à lui fournir ce genre d'information.

— Et comment ! Il était trop jeune pour avoir été incorporé dès le début, bien entendu, mais ensuite, il s'est retrouvé dedans jusqu'au cou, des Ardennes jusqu'à la fin de la guerre. Dans l'infanterie. Fusilier. Il n'en parle jamais mais ça se voit. Il n'y a qu'à regarder ses tableaux.

Michael desserra sa cravate et déboutonna le col de sa chemise, comme si ça pouvait l'aider à réfléchir. Il ne savait que penser de tout ça.

L'homme en salopette s'agenouilla, attrapa l'énorme pichet de vin posé par terre et se resservit. Puis, il se rassit, en but une gorgée, s'essuya la bouche sur sa manche et se remit à chuchoter du même ton révérencieux.

— Sans blague, New York pullule de peintres. Tout ce foutu pays en est truffé. Mais des gars comme lui, on n'en trouve guère qu'un par génération, et encore. Je n'ai aucun doute là-dessus. Et ça va lui prendre des années – Dieu sait même s'il y arrivera de son vivant...

Il se pencha et tapa la planche rugueuse de sa caisse du poing.

— ... mais un jour, un nombre sidérant de personnes se bousculeront devant le musée d'Art moderne, et il y aura du Paul Maitland partout, sur tous les murs et dans toutes les salles. Je n'ai aucun doute là-dessus.

OK, d'accord, génial, aurait voulu répondre Michael, et tu penses que tu pourrais la fermer un peu, maintenant ? Au lieu de quoi, dans le silence recueilli qui suivit, il hocha lentement la tête et coula un regard au profil de Paul Maitland, par-dessus le poêle, comme si une étude minutieuse de ses traits pouvait révéler quelques tares réconfortantes. Il songea que Maitland avait étudié à

Amherst. N'était-ce pas une faculté hors de prix réputée pour attirer les rejetons de la haute bourgeoisie et les intellects faiblards ? Non, la guerre avait, disait-on, tordu le cou à ces stéréotypes ; et puis, il avait aussi bien pu choisir Amherst pour la qualité de son département d'art, ou parce qu'elle lui offrait davantage de temps libre pour peindre que les autres universités. Et cependant, il avait forcément apprécié la langueur aristocratique des lieux après toutes ses aventures de fusilier d'infanterie. Il y avait sans doute développé un penchant pour les bonnes coupes de tweed et de flanelle, les conversations teintées d'une juste dose de légèreté et d'esprit, et rivalisé avec ses camarades pour décider qui serait le plus habile à trouver des occupations pour leurs week-ends insouciants (« Bill, j'aimerais te présenter ma sœur Diana… »). N'y avait-il pas quelque chose de vaguement ridicule dans cette dégringolade vers les bas-fonds de la classe des artistes bohèmes charpentiers à temps partiel ? Bah, peut-être. Ou peut-être pas.

Il restait quelques centimètres de vin dans la carafe quand Paul Maitland annonça de sa voix basse caractéristique qu'il était temps de passer aux choses sérieuses. Sa main disparut dans un pli de la toile de jute et réapparut avec une bouteille de whisky bon marché de la marque Four Roses – impossible qu'il ait pris goût à *ça* à Amherst –, et Michael se demanda s'il leur serait bientôt permis d'avoir un aperçu de l'aspect de sa personnalité que Bill Brock avait critiqué : sa morosité, son ébriété, ses conneries d'Artiste Maudit.

Mais, à l'évidence, ils manquaient de temps et de whisky pour que cela se produise ce soir. Paul leur servit une ou deux rasades généreuses de la « vraie boisson », qui produisirent aussitôt des hoquets et des moues approbatrices. Michael lui-même apprécia le coup de fouet, à défaut du goût. Les conversations s'animèrent et s'échauffèrent au point que plusieurs voix frisèrent le chahut, puis, à l'approche de minuit, quelques invités se levèrent et quittèrent l'abri de la tente pour aller récupérer leurs manteaux et rentrer chez eux. Paul, qui s'était levé pour leur souhaiter bonne nuit, échangeait sa troisième ou quatrième poignée de main quand il tendit l'oreille et concentra toute son attention sur le petit poste de radio en plastique, couvert d'éclaboussures de peinture, qui crachotait à côté de son lit depuis le début de la soirée. Les grésillements se turent et une mélodie douce et entraînante saturée de clarinettes s'éleva, les ramenant tous en 1944.

— Glenn Miller, lança Paul, s'accroupissant avec souplesse pour hausser le volume.

Puis il alluma l'ampoule vive du plafonnier, au-dessus de la toile de jute, saisit sa copine par la main, et l'entraîna dans la zone non chauffée de l'atelier pour la faire danser. Cependant, la musique étant trop basse pour son goût, il revint aussitôt sous la toile, débrancha le poste de radio et se mit à chercher une autre prise le long de la plinthe, sans succès. Finalement, d'un coin de la pièce plongé dans l'obscurité, il tira le genre de rallonge ovale avec plusieurs prises femelles permettant de brancher un fer à repasser ou un vieux grille-pain, et hésita une seconde, se demandant si ça pourrait faire l'affaire.

Michael aurait voulu lui dire, Non, attends, je ne m'y risquerais pas à ta place (ça semblait si évident que même un enfant n'aurait pas tenté le coup), mais Paul Maitland enfonça la prise du poste de radio dans la rallonge avec l'aplomb d'un homme sûr de lui. Une grosse étincelle bleu et blanc s'éleva de ses mains mais l'appareil tint le choc : la musique revint, plus forte, et il rejoignit Penny tandis que les clarinettes du morceau de Glenn Miller laissaient la place au crescendo triomphal de sa section de cuivres.

Debout dans son pardessus, un peu emprunté, Michael dut reconnaître que c'était un plaisir de les regarder danser. Les gros bottillons remarquablement agiles de Paul dessinaient des petites arabesques bien nettes sur le sol, et le reste de sa personne n'était que rythme tandis qu'il envoyait Peggy tourbillonner aussi loin que le leur permettaient

34

leurs bras tendus, faisant tournoyer la jupe de son dirndl autour de ses jolis genoux lisses. Ni au lycée, ni durant tout le temps passé à l'armée ou à Harvard, Michael n'avait réussi à danser de cette façon. Et ce n'était pas faute d'avoir essayé.

Quitte à se sentir emprunté, il préféra se plonger dans l'étude du grand tableau qui apparaissait dans le halo de l'unique ampoule de l'atelier, décida-t-il. Et l'œuvre se révéla à la hauteur de ses craintes : incompréhensible au point de paraître chaotique, elle semblait n'avoir aucun sens ni aucune logique, à part, peut-être dans le silence de l'esprit du peintre. C'était ce que Michael avait appris à qualifier rageusement d'expressionnisme abstrait, le genre de tableau qui avait été la source d'une querelle entre Lucy et lui, avant leur mariage, alors qu'ils se tenaient au milieu des murmures étouffés d'une galerie d'art de Boston.

— ... Qu'est-ce que tu veux dire par je ne « comprends » pas ? l'avait-elle questionné avec irritation. Il n'y a rien à « comprendre », tu ne le vois donc pas ? Ce n'est pas figuratif.

— Qu'est-ce que c'est alors ?

— C'est ce que tu as devant les yeux : une composition de formes et de couleurs, peut-être une célébration de l'acte de peindre lui-même. C'est une sorte de manifeste de l'artiste, rien de plus.

— Ouais, ouais, d'accord, mais si c'est un manifeste, qu'est-ce que c'est supposé dire ?

— Oh, Michael, je n'arrive pas à y croire. Tu me taquines. S'il avait pu le dire avec des mots, il ne l'aurait pas *peint*. Allez, viens, partons d'ici avant de nous...

— Non. Une minute. Écoute-moi : je ne comprends toujours pas. Et ça ne sert à rien d'essayer de me faire passer pour un imbécile, chérie, parce que ça ne marche pas.

— Je n'essaye pas de te faire passer pour un imbécile, rétorqua-t-elle. Je ne sais même pas quoi te dire quand tu es comme ça.

— Eh bien, tu ferais mieux de tenter une autre approche au plus vite, mon chou, ou on ne va pas s'entendre toi et moi. Parce que tu sais ce que je pense quand tu prends ton petit air condescendant de morveuse de Radcliffe ? Que tu es une véritable emmerdeuse. Sérieusement, Lucy...

Mais ici et maintenant, dans l'atelier de Paul Maitland, lorsque son épouse, adoucie par la fatigue, posa la main sur son bras, il se laissa volontiers entraîner vers la porte. Il y aurait d'autres occasions de ce genre. Et peut-être qu'après avoir vu suffisamment d'œuvres de Paul Maitland, il finirait par les comprendre.

Alors qu'ils descendaient l'escalier glacé et crasseux derrière leurs amis pour regagner Delancey Street, Bill se retourna et leur lança d'un ton joyeux :

— J'espère que vous êtes d'attaque pour une petite promenade, vous deux, parce que ça m'étonnerait qu'on trouve un taxi dans ce quartier.

Et ils durent effectivement faire tout le chemin à pied, frigorifiés, de la buée s'élevant de leurs narines.

— Ce sont... des êtres rares, tu ne trouves pas ? lui demanda Lucy, un peu plus tard, alors qu'ils se préparaient à se coucher.

— Qui ça ? Diana et Bill ?

— Oh, mon Dieu non, pas lui. Bill est une grande gueule arrogante tout ce qu'il y a de plus ordinaire. À vrai dire, il me fatigue un peu, pas toi ? Non, je veux parler de Diana et Paul. Il y a quelque chose d'exceptionnel chez eux, tu ne trouves pas ? Quelque chose de... mystérieux. De magique.

Il comprit immédiatement ce qu'elle voulait dire, même s'il l'aurait formulé autrement.

— Oui... Enfin, je comprends à quoi tu fais allusion.

— Et j'avais eu une drôle d'impression, reprit-elle. Je les regardais, et je n'arrêtais pas de me dire : C'est exactement le genre de personnes que j'ai voulu rencontrer toute ma vie. Je suppose que ce que j'essaie de te dire, c'est que j'aimerais qu'ils m'apprécient. Je voudrais tellement qu'ils m'apprécient que ça me rend nerveuse et triste à la fois, parce qu'il se peut que ça n'arrive jamais, ou que ça arrive mais que ça ne dure pas.

Elle paraissait toute malheureuse, assise au bord du lit en chemise de nuit. Le portrait craché de la pauvre petite fille riche. Et les sanglots perçaient dangereusement dans sa voix. Il savait que si elle se laissait aller à pleurer pour si peu, elle en éprouverait de la honte, ce qui ne ferait qu'aggraver les choses.

Alors, d'une voix aussi basse et réconfortante que possible, il lui assura qu'il comprenait ses craintes.

— Je ne suis pas nécessairement d'accord avec toi – pourquoi ne t'apprécieraient-ils pas ? pourquoi ne nous apprécieraient-ils pas tous les deux ? – mais je comprends ce que tu veux dire.

3.

La White Horse Tavern, dans Hudson Street, était
devenue leur lieu de rencontre préféré. Le plus souvent,
Bill, Diana et les Davenport s'y retrouvaient à quatre,
mais, contre toute attente, il n'était pas rare qu'ils y passent
des soirées plus joyeuses, en compagnie de Paul Maitland
et Peggy, qui quittaient leur centre-ville et les retrouvaient
autour d'une grande table en bois sombre pour boire un
verre, discuter, rire et même chanter. Michael avait toujours aimé pousser la chansonnette et s'enorgueillissait de
connaître par cœur les paroles d'un tas de chansons obs-
cures, au point que, certains soirs, Lucy devait froncer
les sourcils ou lui donner un coup de coude pour le faire
taire.

La mort de Dylan Thomas ne tarderait pas à rendre ce
pub célèbre (« Et on ne l'a même pas croisé, ne cesserait
de se lamenter Michael. On passait presque toutes nos
soirées assis là-bas et on ne l'a jamais vu – et qui pourrait
manquer de remarquer un visage comme celui-là ? Mon
Dieu, je ne savais même pas qu'il était en Amérique à
cette époque. »)

Après sa mort, tout New York semblerait avoir envie de
boire un verre à la White Horse Tavern, ce qui lui ferait
perdre une grande partie de son attrait.

Mais au printemps de cette année-là, déjà, la ville elle-
même avait, aux yeux des Davenport, perdu son attrait.
Leur fille avait trois ans et il leur sembla raisonnable de
chercher une nouvelle maison en banlieue, à condition,

38

bien sûr, que New York reste facilement accessible en transports.

Leur choix se porta sur Larchmont, que Lucy jugeait plus « civilisée » que les autres villes du coin, et la maison qu'ils y louèrent répondait en tous points à leurs besoins immédiats. Elle était jolie, c'était un lieu idéal pour travailler, un lieu idéal pour se reposer, et elle disposait d'un beau carré de pelouse où Laura pourrait jouer.

— La banlieue ! s'exclama Bill Brock du ton d'un homme qui vient d'apercevoir la côte d'un nouveau continent, brandissant la bouteille de bourbon qu'il avait apportée pour leur pendaison de crémaillère.

Suspendue à son bras, Diana Maitland pressa son visage rieur contre son pardessus, semblant suggérer que ce genre de clownerie était ce qu'elle aimait le plus chez lui.

Ils parcoururent la courte portion de trottoir qui les séparait de la maison de Larchmont dans une hilarité d'autant plus encombrante que Bill se montrait peu enclin à bouder son plaisir.

— Oh, mon Dieu, dit-il. Je rêve ! Non, mais regardez-*vous* ! On croirait un de ces jeunes couples qu'on voit dans les films ou dans le magazine *La Parfaite Ménagère* !

Les Davenport n'eurent d'autre choix que de s'efforcer de rire avec leurs invités, et une fois encore lorsque des boissons furent servies au salon, où ils s'étaient installés pour discuter. Michael commençait à trouver que les taquineries avaient assez duré et espérait qu'elles s'arrêteraient bientôt, mais Bill Brock était loin d'en avoir terminé. Son verre à la main, il pointa l'index sur Lucy, puis Michael, qui étaient assis côte à côte sur le canapé, et s'écria : on dirait « Blondie et Dagwood[1] » !

---

1. Personnages de *Blondie*, une bande dessinée comique américaine populaire créée en 1930, décrivant les déboires d'un couple de la classe moyenne installé en banlieue. *(Toutes les notes sont de la traductrice.)*

Cette fois, Diana faillit en tomber à la renverse. À cet instant, pour la toute première fois depuis qu'ils se connaissaient, Michael la trouva antipathique. Et la deuxième ne tarda pas à arriver ce même soir, longtemps après qu'ils eurent changé de sujet de discussion et que la tension se fût dissipée. Cherchant apparemment à faire amende honorable pour ses commentaires du début de soirée, Brock exprima le désir authentique de découvrir la ville et ils sortirent tous quatre faire une longue promenade nocturne le long des trottoirs arborés. Michael en conçut une certaine satisfaction car c'était effectivement le meilleur moment de la journée pour visiter Larchmont : l'obscurité atténuait l'impression de propreté oppressante du lieu. Les fenêtres éclairées qui perçaient à travers les feuillages, maison après maison, suggéraient le calme, l'ordre et une tranquillité bien gagnée. La soirée était très paisible et l'air sentait délicieusement bon.

— ... Non, mais je peux tout à fait comprendre l'attrait de cet endroit, disait Bill Brock. Il n'y a rien de bancal, rien de tordu ou déglingué. J'imagine que c'est ce qu'on recherche quand... on est marié, qu'on fonde une famille, tout ça. Je suis même sûr que des millions de personnes donneraient n'importe quoi pour avoir la chance de vivre ici. Y compris un paquet des gars que j'ai connus quand je travaillais pour ce syndicat. Mais ça ne convient pas à tous les tempéraments.

Il serra gentiment le bras de sa petite amie.

— Tu imagines Paul dans un endroit comme celui-là ?

— Mon Dieu, souffla Diana.

Et le frisson quasi audible qui la traversa se réverbéra le long de la colonne vertébrale de Michael.

— Il en mourrait. Paul tomberait littéralement raide mort, s'il devait vivre ici.

— ... Non mais, vraiment, elle ne se rendait pas compte que c'était une réflexion foutrement indélicate ? lança Michael à son épouse, après le départ de leurs invités. Elle

40

nous prend pour qui, bon sang ? Et je n'ai pas davantage apprécié son fichu éclat de rire quand il nous a comparés à « Blondie et Dagwood ».

— Je sais, dit Lucy d'une voix apaisante. Je sais. C'était une soirée... très pénible.

Mais il était content d'avoir explosé. S'il avait gardé tout cela en lui, c'est sans doute Lucy qui aurait craqué la première, et en lieu et place de la colère, il y aurait probablement eu des larmes.

Il s'était aménagé un espace de travail dans un coin du grenier de la maison de Larchmont. Ça n'avait rien d'extraordinaire, mais il y était au calme, et il lui tardait d'y passer quelques heures en fin de journée. Il lui semblait que son livre prenait forme et qu'il pourrait même en voir le bout s'il parvenait à parachever le long poème ambitieux supposé justifier les autres et boucler la boucle. Et il avait déjà un brouillon de titre pour son recueil : *Tout est dit*. Mais certains vers refusaient obstinément de prendre vie et des sections entières du truc menaçaient sans cesse de s'effondrer ou de s'évaporer sous sa plume. S'il passait la plupart de ses soirées à travailler au grenier, jusqu'à ce qu'il se sente accablé de fatigue, il lui arrivait d'être incapable d'aligner deux pensées et de rester assis, comme pétrifié, l'esprit trop volatil pour se concentrer, et de fumer cigarette sur cigarette en se maudissant avant de finir par aller se coucher. Et, même ces nuits-là, il ne dormait jamais assez pour se sentir prêt à affronter l'effervescence et la cohue des matins à Larchmont.

Dès qu'il refermait la porte d'entrée derrière lui, il était emporté par le flot torrentiel de banlieusards en route pour la gare ferroviaire. Des hommes de son âge, de dix ou vingt ans de plus que lui, de dix ou vingt ans de moins que lui, et quelques sexagénaires, semblant tous tirer une grande fierté de leur conformité, avec leurs costumes sombres bien repassés, leurs cravates classiques et leurs chaussures brillantes qui martelaient le trottoir à une cadence quasi

41

militaire. Rares étaient ceux qui marchaient seuls. Ils avaient tous au moins un compagnon de voyage pour leur tenir compagnie, et la plupart progressaient en petits groupes compacts. Michael évitait de regarder à droite et à gauche de crainte de récolter un sourire empreint de camaraderie (qui voudrait de la compagnie de ces gars-là ?), et néanmoins, il ne parvenait pas à savourer cette solitude qui le renvoyait trop aux tristes temps de l'armée, lorsqu'il se sentait isolé au milieu des conversations et des rires de gars bien dans leur peau. Son inconfort atteignait toujours son paroxysme quand ils s'entassaient dans la gare de Larchmont et qu'il n'y avait rien de plus à faire que rester debout à attendre son train.

Et puis, un jour, il remarqua un inconnu, adossé à un mur, louchant sur sa cigarette à travers ses lunettes cerclées d'acier, comme si l'acte de fumer nécessitait toute son attention. Plus petit et apparemment plus jeune que Michael, l'homme ne portait même pas la tenue de rigueur : à la place de la veste de costume rituelle, il arborait l'un de ces blousons de treillis vert que convoitaient la plupart des troupes de l'armée de terre stationnées en Europe, parce qu'on ne les octroyait qu'aux soldats voyageant dans les grands véhicules d'assaut à chenilles.

Michael s'approcha pour être à portée de voix et lança :

— Vous faisiez partie d'une division de blindés ?

— Hein ?

— Je vous demandais si vous avez combattu dans une division blindée pendant la guerre ?

Clairement déconcerté, le jeune homme cligna des yeux derrière ses lunettes.

— Oh, le blouson, finit-il par comprendre. Nan, je l'ai acheté à un gars.

— Oh, je vois.

Et plutôt que de répondre Ma foi, c'est un bon achat, ces blousons sont vraiment sympas – ce qui l'aurait encore plus fait passer pour un imbécile –, il la ferma et fit mine de s'éloigner.

Cependant, l'inconnu ne semblait pas impatient de se retrouver seul.

— Non, je n'ai pas combattu, reprit-il d'une traite, du même ton contrit que Bill Brock lorsqu'il faisait allusion à l'armée. Je n'ai été incorporé qu'en 45, on ne m'a pas envoyé en Europe. Je n'ai même pas quitté Blanchard Field.

— Ah non ? fit Michael, puis, l'invitant à poursuivre l'échange, il ajouta : Eh bien, j'ai passé quelque temps à Blanchard en 43, et je vous assure que je n'avais aucune envie d'y rester. Ils vous ont affecté où, là-bas ?

Une petite grimace de révulsion humoristique traversa le visage du jeune homme.

— À la fanfare, mon pote. À la fichue fanfare. Lors de l'entretien, j'ai commis l'erreur de leur dire que je jouais à la batterie, si bien qu'à la minute où j'ai terminé l'entraînement de base, ils m'ont collé une caisse claire dans les bras. Tambour de la fanfare. *Ratatatam, ratatatam.* Parades de retrait des troupes, parades en uniforme, cérémonies de remise des médailles : tout le tintouin. Mon Dieu, j'ai bien cru que je n'en sortirais pas vivant.

— Vous êtes musicien ? Dans la vie civile ?

— Oh non. Pas professionnel. Mais j'aime bien jouer. Et vous, qu'est-ce que vous faisiez à Blanchard ? Vous suiviez l'entraînement de base ?

— Non, j'étais mitrailleur.

— Ah ouais ?

Le jeune homme avait ouvert de grands yeux, comme l'aurait fait un enfant.

— Vous étiez dans l'armée de l'air ?

La conversation devenait aussi plaisante que celles qu'il avait eues à Harvard sur le sujet, ou même dans les bureaux de *L'Ère des grandes chaînes* : tout ce que Michael avait à faire, dès lors, était de répondre aux questions de manière aussi laconique que possible, et ressentir le respect grandissant qu'il inspirait à son interlocuteur. Oui, il avait combattu dans l'aviation – dans la 8ᵉ Air Force, en Angleterre –, non, il n'avait jamais été touché ni blessé, même s'il avait eu la frousse de sa vie à plusieurs reprises, et, oui, les Anglaises étaient aussi fantastiques qu'on le disait. Oui, non, oui, non.

Et, comme chaque fois qu'il avait ce genre de conversation, il s'arrangea pour changer de sujet avant de percevoir le plus petit signe de lassitude chez son interlocuteur. Il demanda au jeune homme depuis combien de temps il habitait Larchmont (un an seulement) et s'il était marié.

— Oh, bien sûr, qui ne l'est pas ? Vous connaissez des célibataires ici ? C'est *la* raison d'être de Larchmont, mon pote.

Et il avait quatre enfants. Tous des garçons, tous séparés d'un an.

— Ma femme est catholique, expliqua-t-il, et elle avait des idées bien arrêtées sur le sujet depuis un bail. Mais je pense avoir réussi à lui faire changer d'avis. Je l'espère, en tout cas. Attention, ce sont de chouettes gamins, ils sont vraiment sympas, mais quatre, c'est plus qu'assez.

Il demanda alors à Michael où il habitait et s'exclama :

— Waouh, une maison pour vous seuls ? C'est super. Nous occupons juste l'étage supérieur de la nôtre. Mais on y est bien mieux qu'à Yonkers. On a passé trois ans à Yonkers avant ça, je n'y retournerais pour rien au monde.

Le temps que le train arrive dans un crissement métallique, ils avaient échangé une poignée de main et leurs noms – l'inconnu s'appelait Tom Nelson. Ils avançaient sur le quai quand Michael remarqua qu'il portait ce qui ressemblait à un fin rouleau de serviettes en papier retenues par un élastique. Le papier, qui ne paraissait ni assez doux ni assez uni pour être de l'essuie-tout, avait un aspect marbré et usé qui évoquait les grandes feuilles sur lesquelles on établissait laborieusement l'inventaire de pièces détachées ou d'outils – sans doute commandés par le présent employeur de Tom Nelson (propriétaire de garage ? chef de chantier ?) – qu'il devait passer des heures à rechercher dans les entrepôts d'endroit lugubres, tels que Long Island City.

Voyager en compagnie de Tom Nelson lui rapporterait au moins quelques histoires tristes ou amusantes à raconter à Lucy, sur ce trop jeune père de quatre enfants, époux infortuné d'une dévote, batteur désabusé qui avait traîné sa caisse claire dans la poussière de Blanchard Field mais n'avait pas mérité sa veste de treillis, et encore moins son statut de musicien professionnel.

Ils se tinrent silencieux durant les premières minutes du voyage, comme s'ils cherchaient tous deux un nouveau sujet de conversation, puis Michael tenta :

— Ils organisaient toujours ce tournoi de boxe à Blanchard, de votre temps ?

— Oh, oui, c'est un incontournable. Pour remonter le moral des troupes, sans doute. Vous aimez ce genre de spectacle ?

— Eh bien, j'y ai même participé. Comme poids moyen. J'ai tenu jusqu'aux demi-finales, et puis un sous-officier d'intendance m'a envoyé au tapis avec deux directs du gauche. Je n'avais jamais connu de gars avec un direct gauche de cette puissance. Et il savait aussi se servir de son poing droit. K.-O. technique au huitième round.

— La vache. Je ne pourrais jamais m'amuser à ce genre de jeu, avec mes yeux. Remarquez, même si j'avais de bons yeux, je ne m'y risquerais pas. Mais, aller jusqu'en demi-finale, c'est impressionnant. Et vous travaillez dans quel domaine, maintenant ?

— En fait, je suis écrivain ; du moins, j'essaie de le devenir : j'écris de la poésie et du théâtre. Je suis sur le point de terminer un recueil de poèmes, et deux de mes pièces ont été montées par de petits théâtres, dans la région de Boston. Mais en attendant, je me suis trouvé un boulot idiot de rédacteur commercial. Pour faire bouillir la marmite, en quelque sorte.

— Ouais.

Tom Nelson lui coula une œillade gentiment taquine.

— Mon Dieu. Mitrailleur, boxeur, poète et dramaturge. Vous savez quoi ? Vous m'avez l'air d'arriver tout droit de la Renaissance.

Gentille ou pas, la taquinerie le piqua au vif. Pour qui se prenait ce petit con ? Et le pire, le plus nauséeux dans l'histoire, c'était que Michael devait bien reconnaître qu'il l'avait cherché. La dignité et la réserve avaient toujours été les qualités qu'il estimait le plus, alors pourquoi fallait-il qu'il ouvre sans cesse sa grande gueule ?

Et même s'il était clair qu'un homme comme Paul Maitland ne tomberait pas « raide mort » au sens propre s'il devait vivre dans un endroit comme Larchmont, il était également certain que Paul Maitland n'aurait jamais offert l'occasion à un petit banlieusard de le tourner en ridicule.

Tom Nelson ne sembla pas s'apercevoir de l'humiliation qu'il venait d'infliger.

— Ah, j'ai toujours eu un gros faible pour la poésie, reprenait-il déjà. Je serais bien incapable d'en écrire, mais j'en lis pas mal. Vous aimez Hopkins ?

— Beaucoup.

— Il prend aux tripes, hein ? Un peu comme Keats, et Yeats sur la fin. Et j'adore Wilfred Owen. Et même Sassoon, dans une certaine mesure. Quelques Français, aussi, comme Valéry, mais je ne pense pas qu'on puisse vraiment les comprendre à moins de maîtriser la langue. J'ai déjà illustré des poèmes. Je me suis pris de passion pour l'illustration à un moment, ça a duré un ou deux ans. J'y reviendrai sans doute, mais pour l'heure, je me contente de peindre des tableaux.

— Vous êtes artiste ?

— Eh bien, oui. Je pensais vous l'avoir dit.

— Du tout. Et vous travaillez à New York ?

— Non, je travaille à la maison. J'emporte mes trucs en ville de temps en temps. Deux fois par mois.

— Et vous arrivez à…

Michael était sur le point de dire « vous arrivez à en vivre ? » mais le sujet des revenus d'un artiste était potentiellement délicat.

— ... travailler à plein temps ? préféra-t-il terminer.

— Oh, oui. Enfin, j'étais obligé d'enseigner quand nous étions à Yonkers. Dans le lycée du coin. Et puis, la sauce a commencé à prendre.

Michael s'aventura à tâtons sur le terrain de la technique : Nelson peignait-il à l'huile ?

— Nan, il ne se passait pas grand-chose quand j'ai essayé ça. Je peins à l'aquarelle, encre et lavis, rien de sophistiqué. Je suis très limité.

Peut-être était-il limité par les contraintes imposées par les agences de publicité, ou peut-être – le mot « aquarelle » évoquant de jolies saynètes montrant des bateaux amarrés dans leurs ports ou des volées d'oiseaux toutes ailes déployées – par celles qu'imposaient les boutiques de souvenirs suffocantes dans lesquelles ses tableaux côtoyaient des cendriers hors de prix, des figurines en porcelaine et des assiettes imprimées des portraits du Président et de Mme Eisenhower ?

Une ou deux questions de plus auraient suffi à le confirmer, ou à le renseigner sur sa situation réelle, mais Michael préféra jouer la sécurité. Il demeura silencieux jusqu'à ce que le train entre dans l'effervescence et le brouhaha de Grand Central.

— De quel côté allez-vous ? l'interrogea Nelson quand ils ressortirent dans la rue, éblouis par le soleil. Vers le centre ou l'extérieur ?

— En direction de la Cinquante-Neuvième.

— Bien, je vous accompagne jusqu'à la Cinquante-Troisième. Je dois faire un saut au Moderne.

Il mit un peu de temps à comprendre le sens de la phrase, mais lorsqu'ils tournèrent pour s'engager dans la Cinquantième Avenue, Michael n'avait plus de doute sur la question : « faire un saut au Moderne » signifiait que Nelson avait un rendez-vous professionnel au musée d'Art moderne. Il aurait aimé trouver un prétexte pour l'accompagner et découvrir ce qu'il pouvait bien avoir à faire là-bas, mais lorsqu'ils arrivèrent au niveau de la Trente-Troisième, ce fut finalement Nelson qui lui proposa :

— Vous voulez venir avec moi ? Ça ne prendra que deux minutes. Ensuite, je repars dans votre direction.

Il lui sembla que le visage de l'homme en uniforme qui leur ouvrit la grande porte en verre exprimait un certain respect, de même que l'attitude du liftier dans l'ascenseur, mais il pouvait se tromper. Toute ambiguïté fut bientôt levée quand la fille séduisante qui occupait le bureau d'accueil, au bout de la grande salle silencieuse de l'étage, ôta ses lunettes en écaille d'un geste preste, et, ses beaux yeux brillant d'admiration et de plaisir, s'exclama :

— Oh, Thomas Nelson. La journée s'annonce splendide.

Une fille ordinaire aurait décroché son téléphone sans se lever et appuyé sur un ou deux boutons, mais il n'y avait rien d'ordinaire chez cette fille-là. Elle se leva et s'empressa de contourner son bureau pour prendre la main de Nelson, révélant sa silhouette élancée et sa tenue élégante. Elle cligna des yeux et marmonna un « salut » lorsqu'il lui présenta Michael, comme si elle s'apercevait seulement de sa présence. Puis elle pivota à nouveau vers Nelson et ils se lancèrent dans un petit échange enjoué et rieur que Michael ne fut pas en mesure de suivre.

— Oh, mais je sais bien qu'il vous attend, conclut-elle. Pourquoi ne pas entrer directement ?

Et de fait, l'homme hâlé d'une quarantaine d'années qu'ils trouvèrent seul dans le bureau, les poings posés sur la surface nue de sa table de travail, semblait clairement attendre son arrivée.

— Thomas ! s'écria-t-il.

Il fit montre d'un peu plus d'amabilité que la fille en saluant l'invité de Nelson, lui proposant de s'asseoir – offre que Michael déclina – avant de reprendre place derrière son bureau.

— Bien, Thomas, déclara-t-il. Voyons voir les merveilles que vous nous apportez, cette fois encore.

L'élastique fut ôté, les feuilles de papier tacheté déroulées et roulées à l'envers pour être aplaties, et six aquarelles furent offertes à l'inspection de l'homme ; ou plutôt, semblait-il, à la délectation du monde de l'art lui-même.

— Mon Dieu, souffla Lucy ce soir-là, quand Michael en arriva à ce passage de son récit. Et à quoi ressemblaient ces aquarelles ? Peux-tu me les décrire ?

Le « Peux-tu me les décrire ? » le contraria un peu, mais il laissa couler.

— Eh bien, elles ne sont résolument pas abstraites. Je veux dire qu'elles sont figuratives : elles représentent des personnes, des animaux et des objets, mais pas de manière réaliste. Elles sont un peu... comment dire...

Ici, il fut reconnaissant à Nelson de l'unique information technique qu'il lui avait offerte dans le train.

— Il dessine des formes floues à l'encre avec une plume pointue et applique des lavis à l'aquarelle.

Elle le récompensa d'un hochement de tête approbateur, comme pour complimenter un enfant qui vient de formuler une réflexion d'une maturité surprenante.

— Bref, reprit-il, le gars du musée s'est déplacé très lentement le long de la table, et il déclaré « Ma foi, Thomas, je peux vous dire d'emblée que si je laisse passer celui-ci, je ne me le pardonnerai jamais ». Il a continué à marcher un moment, et a repris : « Celui-là exerce un pouvoir grandissant sur moi. Puis-je les avoir tous les deux ? » Nelson a répondu : « Bien sûr, Eric, servez-vous. » Il était planté là, incroyablement stoïque avec sa foutue veste de treillis, semblant n'en avoir absolument rien à faire.

— Ils lui achètent ces aquarelles pour... une exposition saisonnière ? s'enquit Lucy.

— C'est la première question que je lui ai posée quand on est ressortis, et il a répondu « Oh, non, celles-là sont pour la collection permanente ». Tu imagines ? La collection permanente !

Michael marcha jusqu'au comptoir de la cuisine pour remettre des glaçons et du bourbon dans son verre.

— Oh, et autre chose. Tu sais sur quoi il peint ? Sur du papier pour recouvrir les étagères.

— Quoi ?

— Tu sais, le genre de papier que les gens utilisent pour recouvrir les étagères sur lesquelles ils entreposent leurs conserves ou ce genre de trucs. Il a commencé à peindre là-dessus il y a des années, parce que c'était bon marché, et puis il a décidé qu'il aimait bien « la manière dont ça absorbe la peinture ». Et il bosse par terre, dans sa fichue cuisine. Il a installé une plaque d'acier galvanisé dans un coin, pour que la surface de travail soit lisse, il étale ses bandes de papier à étagère mouillées là-dessus, et il se met à bosser à quatre pattes.

Lucy avait préparé le dîner, tant bien que mal, depuis le retour de Michael, mais ses interruptions, trop nombreuses, l'avaient distraite de sa tâche. Les côtes de porc étaient trop cuites, elle avait oublié de laisser refroidir la compote de pommes servie en garniture, les haricots verts étaient mous et les pommes de terre encore crues. Michael ne remarqua rien de tout cela, ou ne parut pas s'en soucier. Il mangea, un coude sur la table, la main sur le front, un troisième, puis un quatrième verre de whisky posé à côté de son assiette.

— Je lui ai demandé, continuait-il en mâchant, combien de temps il mettait pour faire un tableau, et il m'a répondu : « Oh, une vingtaine de minutes quand j'ai de la chance, mais en général c'est plutôt deux heures, parfois un jour ou plus. Ensuite, environ deux fois par mois, je les trie, j'en jette une grande partie – le quart ou le tiers du lot peut-être – et je les emporte en ville. Le Moderne veut toujours être le premier à faire son choix, et il arrive que la Whitney ait envie d'y jeter un œil à son tour. Après quoi j'emporte le reste chez mon courtier... à ma galerie, j'entends. »

— Quelle galerie ? questionna Lucy.

Et quand il lui en répéta le nom, elle s'exclama « Mon Dieu » une fois de plus, le nom du lieu figurant souvent dans les pages art du *New York Times*.

— Et il m'a dit... il ne se vantait même pas, je te jure, ce petit con n'avait pas une once de vanité dans la voix... il m'a dit qu'ils lui organisaient une expo rien que pour lui au moins une fois par an. L'année dernière il y en a même eu deux.

— Eh bien, c'est un peu... difficile à avaler, n'est-ce pas ? commenta Lucy.

Michael repoussa son assiette, sa pomme de terre au four intouchée, et attrapa son verre de whisky comme s'il entamait le plat de résistance.

— Incroyable. Vingt-sept ans. Et, franchement, mon chou, quand on y pense... Bon sang.

Il secoua la tête, sidéré.

— Si c'est pas ce qu'on appelle « donner aux choses les plus difficiles l'apparence de la simplicité »...

Après un silence, il reprit :

— Oh, et il aimerait nous inviter à dîner un de ces prochains soirs. Il va en discuter avec sa femme et nous appellera.

— Ah oui ?

Lucy semblait aussi ravie qu'une fillette le jour de son anniversaire.

— C'est vraiment ce qu'il a dit ?

— Ouais, vraiment, mais tu sais comment c'est. Ça peut lui sortir de la tête. Je ne compterais pas trop sur cette invitation, à ta place.

— On ne pourrait pas les appeler ?

Il réprima son exaspération. Pour une fille issue de la couche supérieure de la haute société, elle pouvait avoir des manières incroyablement pataudes. D'un autre côté, les gens ordinaires étaient mal placés pour savoir si les

51

bonnes manières étaient vraiment l'apanage des million-naires.

— Je ne crois pas, mon chou, répondit-il. Ça ne me paraît pas une bonne idée. Je vais sûrement le recroiser dans le train, on trouvera une solution.

Il reprit :

— Mais attends que j'en vienne à la fin de l'histoire. Quand j'ai fini par arriver au bureau, mon cerveau mouli-nait à cent à l'heure. Je savais que je n'arriverais pas à me mettre au travail, alors je suis allé passer un moment avec Brock, et je lui ai parlé de Tom Nelson. Il m'a écouté, et il a rétorqué : « Ouais, c'est intéressant. Je me demande qui est son père. »

— C'est tout lui, ça, n'est-ce pas ? commenta Lucy. Bill Brock répète à qui mieux mieux qu'il déteste le cynisme sous toutes ses formes, et c'est l'être le plus cynique que j'aie jamais rencontré.

— Attends, il y a pire. Je lui ai dit : « Premièrement, Bill, il se trouve que son père est droguiste à Cincinnati, et deuxièmement, je ne vois pas le rapport. » Et il a répondu : « Oh. Très bien, dans ce cas je me demande qui il peut bien sucer. »

Lucy fut si révulsée qu'elle se leva de table. Un « Berk ! » jaillit de ses lèvres pincées et elle croisa les bras sur sa poitrine en tressaillant.

— Oh, c'est si vil de sa part, s'indigna-t-elle. C'est la chose la plus vile que j'aie jamais entendue.

— Bah, tu connais Brock. Et puis, il est d'humeur mas-sacrante ces dernières semaines. Je crois qu'il a des soucis avec Diana.

— Ça ne me surprend pas le moins du monde, dit-elle en débarrassant la table. Je ne comprends pas pourquoi elle ne l'a pas largué depuis longtemps. Je n'ai jamais compris comment elle pouvait le supporter.

*

Un samedi matin, Bill Brock leur téléphona et, d'une voix empreinte d'une timidité inhabituelle, leur demanda s'il pourrait passer à Larchmont, dans l'après-midi. Seul.

— Tu es sûr qu'il a dit « seul » ? s'enquit Lucy.

— Il l'a marmonné, ou glissé en douce, mais je suis certain que c'est bien ce qu'il a dit. En tout cas, je n'ai pas entendu « nous » une seule fois.

— Dans ce cas, c'est terminé, en déduisit-elle. Tant mieux. Seulement, on est bons pour le consoler maintenant. Il s'attendra à ce qu'on l'écoute se lamenter et parler de son cœur brisé pendant des heures.

Mais Brock ne se lamenta pas. Du moins, pas dans la première partie de sa visite.

— En réalité, je me sens mieux dans les relations de court terme, leur expliqua-t-il, assis au bord de leur canapé, disposé à leur ouvrir son cœur. J'ai fini par m'en rendre compte, parce que j'ai toujours été comme ça. J'ai le sentiment que je suis incapable de maintenir le même niveau d'intérêt… sur la durée. Je finis toujours par me lasser de la fille. Et l'ennui me rend mauvais, c'est aussi simple que ça. Franchement, je n'ai jamais compris cette histoire de mariage. Enfin, tant mieux si ça semble vous convenir, ça vous regarde, pas vrai ?

Il leur raconta alors qu'au fil des derniers mois, Diana avait commencé à lâcher le mot mariage, ici et là.

— Oh, c'était juste de petites allusions, au début, rien de bien difficile à gérer. Et puis, elle est devenue plus insistante. Au point que j'ai été obligé de lui dire : Écoute, mon chou, on va mettre les points sur les *i*, tu veux ? On s'est mis d'accord pour qu'elle quitte mon appartement et qu'elle aille s'installer avec une copine. Et on a continué à se voir sur des bases différentes. Deux fois par semaine, environ. Les choses en étaient là la dernière fois que nous vous avons rendu visite ici. Et puis elle s'est inscrite à un cours de théâtre – vous savez, ces petits cours de « Méthode » qui s'ouvrent un peu partout en ville, montés par des acteurs fauchés qui essaient de joindre les deux bouts, pour la plupart. Ça paraissait une bonne idée, au début. Je me suis dit que ça lui ferait du bien. Mais, bon sang, moins de deux semaines plus tard, elle se mettait à sortir avec un gars rencontré là-bas. Un de ces jeunes acteurs à la manque. Un connard d'acteur. Un gosse de riches de Kansas City que son père est trop content de payer pour qu'il reste loin de la maison. Et, il y a trois soirs de ça... la pire soirée de ma vie, je vous jure... Je l'ai emmenée dîner dehors et elle m'a balancé ça d'un ton glacial. Elle m'a annoncé qu'elle s'installait avec ce gars. Qu'elle était « amoureuse » et tout le tintouin.

« Merde, je suis rentré à la maison anéanti. J'avais l'impression qu'un camion m'avait roulé dessus. Je me suis écroulé sur le lit... »

Il se carra dans le canapé et envoya son avant-bras sur ses yeux pour suggérer l'accablement total.

— ... et j'ai pleuré comme un bébé. Je n'arrivais pas à m'arrêter. J'ai pleuré pendant des heures en me répétant : Je l'ai perdue. Je l'ai perdue.

— Eh bien, à t'entendre, Bill, dit Lucy, on penserait plutôt que c'est toi qui l'as rejetée.

— Oui, tu as raison, convint-il, sans abaisser son bras. Tu as raison. Et n'est-ce pas la pire des tragédies ? De ne s'apercevoir de la valeur d'une chose que lorsque vous l'avez rejetée ?

Bill Brock passa la nuit dans leur chambre d'ami (« Je le savais », marmonna Lucy plus tard, « Je savais qu'il dormirait ici »), et il ne partit qu'après le déjeuner, le lendemain.

Quand ils furent enfin seuls, elle demanda à Michael :

— Tu as remarqué comme la compassion que t'inspire le chagrin d'un individu, peu importe qui, commence à se dissiper sitôt qu'il se met à décrire la durée et l'intensité de ses sanglots ?

— Ouais.

— Enfin, il est parti au moins. Mais il reviendra. Bientôt. Et souvent. Tu peux y compter. Et le pire dans tout ça... Le pire, c'est qu'on ne reverra sans doute jamais Diana.

Michael sentit son cœur se serrer. Il n'y avait pas pensé, mais à l'instant où Lucy formula l'idée, il comprit qu'elle avait raison.

— Tu es toujours supposé prendre parti pour l'un des deux quand un couple se sépare, reprit-elle, et, le plus étrange, c'est que ça dépend entièrement du hasard, en réalité, tu ne crois pas ? Parce que si c'était Diana qui nous avait appelés – et ça aurait tout à fait pu se produire –, eh bien, ce serait elle notre amie. Et je n'aurais pas trouvé dommage que Bill Brock sorte de nos vies.

— Ah, je ne m'en ferais pas trop à ta place, chérie. Peut-être qu'elle nous appellera quand même. Elle peut appeler d'un jour à l'autre.

— Non. Je pense la connaître assez pour ne pas m'attendre à cela de sa part.

— Eh bien, dans ce cas, c'est nous qui l'appellerons.

— Et comment ? On ne sait même pas où elle habite. Et même si on trouvait son adresse et qu'on l'appelait, même dans ce cas je ne pense pas qu'elle serait très heureuse de nous entendre. On est tous prisonniers de la situation.

Un peu plus tard, quand elle eut fini de laver la vaisselle, elle se posta dans l'encadrement de la porte de la cuisine, et, s'essuyant les mains d'un air triste, elle reprit :

— J'espérais tant qu'on deviendrait amis avec elle... et avec Paul Maitland, aussi. Pas toi ? Ils paraissaient tous deux... si intéressants.

— Mike Davenport ? s'enquit une petite voix timide au téléphone, un soir, quelques jours plus tard. Tom Nelson à l'appareil. Mon épouse et moi nous demandions si ça vous dirait de venir chez nous vendredi soir. Vous seriez libre pour dîner ?

Et il sembla alors aux Davenport que leur besoin de côtoyer des gens intéressants n'était peut-être pas une cause perdue.

4.

— Ce n'est pas extraordinaire, comme vous allez le constater, les avertit Tom Nelson, descendu au pas de course pour leur ouvrir la porte d'entrée vitrée. C'est difficile de garder très longtemps intactes de belles choses.

Son épouse, l'irréductible catholique qui aurait pu mettre en péril la carrière de son mari, les accueillit, souriante, en haut de l'escalier.

Elle s'appelait Pat. Son passé de dévote et d'enfant craintive de Cincinnati se lisait sur son visage quand elle se penchait sur un nuage de vapeur pour piquer les légumes bouillis, ou s'accroupissait, louchait à travers la porte du four et tirait le rôti pour l'arroser ; et cependant, quand elle riait, assise avec des amis, un verre à la main, on sentait que le musée d'Art moderne avait eu son petit effet sur elle. Elle se tenait bien droite, sans être raide, portait une robe d'une simplicité très en vogue, et ses yeux et sa bouche séduisants avaient le don (apparemment inné) d'exprimer à la fois la gaieté et le sérieux.

Les trois garçons les plus jeunes étaient déjà couchés, mais l'aîné, un enfant potelé de six ans du nom de Philip dont le visage rond ne ressemblait en rien à ceux de ses parents, était autorisé à veiller un peu plus tard, et à observer les visiteurs avec un air méfiant. À la demande pressante de sa mère, il leur fit passer une assiette de crackers tartinés de pâté de foie, puis, ayant reposé l'assiette sur la table basse, il retourna se poster contre le genou maternel.

— Nous commencions à penser que Larchmont n'était habité que de gens… comment dire : Larchmont jusqu'au bout des ongles, déclara Pat Nelson.

Lucy Davenport lui assura avec fougue qu'elle et Michael commençaient à penser la même chose. Contre toute attente, ils ne parlèrent ni de peinture ni de poésie, mais les Davenport ne tardèrent pas à comprendre combien cette attente était idiote de leur part : le talent allait de soi entre gens de bonne compagnie. De sorte qu'ils n'abordèrent que des sujets triviaux.

Ils détestaient tous le cinéma, mais reconnurent y être allés assez souvent pour échanger des plaisanteries sur certains films. Et si c'était June Allyson qu'on avait choisi pour tenir le rôle de Scarlett O'Hara ? Ou Dan Dailey pour le rôle joué par Humphrey Bogart dans *Casablanca* ? Et, de Bing Crosby et Pat O'Brien, qui serait le plus apte à incarner Albert Schweitzer dans une adaptation cinématographique de sa vie ? Puis, de manière purement rhétorique, Michael demanda si l'un d'eux savait combien de films, tous genres confondus – comédies, romances, films de guerre, policiers, westerns –, contenaient la réplique « Attends une minute, je peux tout t'expliquer ». Et, à sa grande surprise, tout le monde sembla penser que c'était la plaisanterie la plus hilarante proférée au cours de la soirée.

Philip fut envoyé rejoindre ses frères dans ce qui ressemblait à une chambre en mezzanine surpeuplée, et ils prirent place à la table de la cuisine, une pièce juste assez grande pour qu'on y serve un dîner pour quatre, et surchauffée par les préparatifs du repas. Dans un coin, à l'écart de la table et à distance de la cuisinière, Michael remarqua la feuille d'acier galvanisé, étalée par terre à côté d'un carton imprimé d'une réclame pour la marque Kellogg's Rice Krispies. Plusieurs rouleaux de papier à recouvrir les étagères en dépassaient.

Il supposa qu'il contenait aussi la peinture, l'encre, les plumes et les pinceaux.

58

— Oh, je vous en prie, ôtez votre veste et votre cravate, Michael, insista Pat Nelson, vous allez mourir de chaud.

Un peu plus tard, pendant qu'ils dînaient, elle se mit à fixer l'une des fenêtres embuées, comme si elle contemplait de belles visions du futur.

— Enfin, au moins il ne nous reste plus que quelques mois à passer ici, déclara-t-elle. Tom vous a-t-il dit que nous partons nous installer à la campagne, cet été ? Pour de bon, j'entends.

— Oh, mais c'est affreux, laissa échapper Lucy, d'un ton plus catastrophé que nécessaire. Enfin, c'est merveilleux pour vous, mais affreux pour nous. Nous aurons tout juste le temps de faire connaissance que vous partirez déjà.

Pat lui assura, aimablement, qu'ils n'iraient pas loin : ils comptaient s'installer dans le comté de Putnam. Au nord de Westchester, un coin assez rural, selon elle, où on ne sentait presque pas le rayonnement de la ville. Tom et Pat s'y étaient rendus plusieurs fois pour visiter les environs, et avaient fini par mettre la main sur la bonne maison et le bon terrain, près du village de Kingsley. La bâtisse avait besoin d'être rénovée, mais les travaux avaient commencé et on leur avait promis qu'ils seraient terminés à temps pour le déménagement en juin.

— Et ce n'est qu'à une courte distance d'ici. Un peu plus d'une heure de voiture, n'est-ce pas, Tom ? Alors nous pourrons continuer à voir tous nos amis.

Lucy coupa un morceau de sa deuxième tranche du rosbif presque froid, et Michael comprit à son expression que le « tous nos amis » l'avait blessée. Les Nelson n'avaient-ils pas laissé entendre qu'ils n'avaient pas d'amis à Larchmont ? Puis, mâchant sa viande, il songea que Pat faisait allusion à leurs amis du musée d'Art moderne et de la Whitney, ces New-Yorkais décontractés et admiratifs qui s'offraient tous les tableaux de Thomas Nelson qu'ils pouvaient se payer, et à la joyeuse troupe de jeunes peintres talentueux de leur cercle rapproché qui ne tarderaient pas à être reconnus.

— Ma foi, c'est formidable, lança Michael avec chaleur.

En plus de s'être débarrassé de sa veste et de sa cravate, il avait défait les deux boutons du col de sa chemise et remonté ses manches. À présent, penché sur son verre de vin et s'exprimant d'une voix que Lucy risquait de juger un brin trop sonore, il était déterminé à suggérer que lui aussi serait bientôt délesté du poids des obligations triviales du quotidien.

— Quand je serai en mesure de laisser tomber mon fichu boulot, déclara-t-il, nous serons prêts à prendre le même chemin, nous aussi.

Il adressa un clin d'œil à sa femme.

— Peut-être après la parution du livre, hein, mon chou ?

Le dîner terminé, ils regagnèrent le salon et Michael remarqua un bureau couvert de six ou sept soldats de plomb en uniforme britannique d'époque : le genre de pièces de collection qui devaient coûter une bonne centaine de dollars l'unité.

— Mince, Tom, dit-il. Où les avez-vous dégottés ?

— Ah, ça. Je les ai faits moi-même, répondit Nelson. C'est facile. Vous prenez un soldat de plomb ordinaire, vous le faites fondre ici et là pour le modifier, et vous collez les nouveaux éléments avec le genre de colle qu'on utilise pour les maquettes d'avion. Ensuite, il n'y a plus qu'à les peindre.

— Mince alors.

L'un des soldats tenait une grande perche surmontée d'un drapeau britannique partiellement déroulé.

— Et pour le drapeau ?

— J'ai découpé un tube de dentifrice. Un bout de tube de dentifrice donne un drapeau plutôt sympa, si vous vous débrouillez pour le plisser de la bonne manière.

Michael se retint de dire : Vous savez quoi, Nelson ? Ç'en est trop. Ç'en est franchement trop. Au lieu de quoi, après avoir bu une gorgée de son verre de bourbon bien lourd, il déclara que les soldats étaient magnifiques.

— Bah, je fais ça pour m'amuser, et les garçons adorent me regarder bricoler. En vérité, j'ai toujours adoré les soldats de plomb. Tenez, regardez...

Il ouvrit un tiroir du bahut.

— Ce sont les troupes de combat.

Le tiroir contenait des centaines de soldats jetés pêle-mêle, sans doute achetés au bazar du coin : des fusiliers en position de tir ou prêts à lancer des grenades, des mitrailleurs assis et debout, des soldats accroupis devant des mortiers. Michael sentit sa gorge se serrer et éprouva une pointe de jalousie inattendue. Il pensait avoir été le seul garçon de Morristown, New Jersey, et même le seul garçon au monde, à continuer à adorer ses soldats de plomb au-delà de l'âge de dix ans, au lieu de se tourner vers l'athlétisme, comme les autres gamins. Il conservait son trésor dans une boîte cachée au fond de son armoire, qu'il sortait souvent aux premières heures du matin, avant le réveil de ses parents. Un jour, son père l'avait pris en flagrant délit et avait exigé qu'il jette ces fichues babioles.

— Et on peut organiser de véritables batailles avec, continuait Nelson.

— De véritable batailles ?

— Enfin, les petites armes ne fonctionnent pas, mais l'artillerie oui.

Aussitôt, d'un autre tiroir, il tira deux de ces pistolets en plastique conçus pour tirer des bâtonnets à ventouse en caoutchouc propulsés par la force d'un gros élastique.

— Avec un de mes amis de Yonkers, on organisait des batailles qui pouvaient durer des après-midi entiers, expliqua Nelson. On commençait par chercher le terrain adapté – une étendue de terre nue vallonnée. Et, si on décidait que c'était la Première Guerre mondiale, on creusait une série de tranchées dans les deux camps opposés. Ensuite, on divisait les troupes en deux et on passait un temps fou à les déployer en tentant d'élaborer les meilleures tactiques. Oh, et on avait des règles strictes en matière de tirs d'artillerie : on s'interdisait de tirer au hasard, sinon ça aurait été la pagaille. Il fallait reculer de deux mètres derrière votre infanterie et garder le poignet au sol quoi qu'il arrive.

Joignant le geste à la parole, il se mit à plat ventre et cala la crosse de son pistolet sur le tapis.

Assise à l'autre bout de la petite pièce avec Lucy, Pat Nelson leva les yeux au ciel, l'air tendrement exaspéré.

— Oh, mon Dieu, le voilà reparti avec ses soldats. Enfin, ne faites pas attention à eux.

— On avait le droit de choisir notre hauteur de tir et nos objectifs, continua Nelson, et on pouvait changer de position ; on avait le droit à trois mouvements par bataille, mais on devait toujours tirer d'un point fixe et ventre à terre, comme de véritables soldats.

Michael était fasciné par ce qu'il entendait, et par la candeur assumée et le sérieux avec lesquels Nelson s'exprimait.

— Après ça, quand on avait livré une belle bataille, on soufflait de la fumée de cigarette au ras du sol et on prenait des photos. Ça ne fonctionnait pas toujours, mais certaines d'entre elles étaient très réalistes. On croyait presque voir des clichés de Verdun.

— Ben mince, alors, fit Michael. On peut faire ça à l'intérieur, aussi ?

— Ça nous arrivait les jours de pluie, mais c'est loin d'être aussi bien sans collines ni tranchées, ni rien.

— Eh bien, Nelson…, déclara Michael prenant un ton faussement belligérant.

Il but une autre gorgée de son verre avant d'ajouter :

— … j'ai la ferme intention de vous livrer bataille au moment qui vous conviendra le mieux, dans mon jardin, le vôtre, ou sur le terrain le plus propice que nous pourrons trouver.

Il commençait à ressentir les effets de l'ivresse mais n'aurait su dire si c'était à cause du whisky ou de ce moment de camaraderie, et il fut ravi de voir Tom Nelson lui répondre par un sourire aimable.

— Mais j'aurai un gros handicap à moins de m'essayer un peu aux différentes manœuvres : je ne saurai même pas utiliser mon arme de combat. Que diriez-vous de disposer quelques compagnies ici même ? Dans cette pièce ?

— Nan, ça ne marcherait pas sur le tapis, Mike, répondit Nelson. Il faudrait du parquet pour que les soldats tiennent debout.

— Zut, et on ne peut pas rouler le tapis ? Juste pour que je m'entraîne à déployer mes troupes ?

Il eut vaguement conscience d'entendre Nelson protester :

— Nan, écoute, il…

Mais il s'était déjà élancé vers le bord du tapis qui apparaissait au niveau de la porte : il recula d'un pas, s'accroupit, l'attrapa à deux mains (remarquant pour la première fois qu'il était vert, de mauvaise qualité, et usé jusqu'à la corde) et le souleva d'un coup tandis que Nelson s'exclamait :

— Non, attendez ! Il est fixé au sol.

Trop tard. Une centaine de petits clous de tapissier sautèrent dans des nuages de poussière le long de trois des quatre bords du tapis, de la porte jusqu'à la table basse où se trouvaient les filles. Pat Nelson bondit sur ses pieds.

— Non mais qu'est-ce qu'il vous prend ? s'écria-t-elle.

Et Michael n'oublierait jamais l'expression qu'il lut sur son visage à ce moment-là. Elle n'était pas en colère à proprement parler – du moins, pas encore –, elle n'était que surprise et incrédulité.

— Oh…, fit-il, le bord du misérable tapis sous son menton, je ne m'étais pas rendu compte qu'il était fixé. Je suis terriblement confus, si j'avais su…

Tom Nelson vint prestement à son secours :

— On voulait disposer quelques soldats par terre, expliqua-t-il. Mais ça va aller, on va tout remettre en ordre.

Pat campa ses deux petits poings sur ses hanches, furieuse cette fois, mais c'est vers son mari qu'elle se tourna, écarlate, comme si cela s'accordait mieux avec son sens de l'hospitalité.

— J'ai mis quatre jours à clouer ce tapis. Quatre jours entiers.

— Madame, commença Michael, ayant découvert par le passé que de donner du « Madame » à une jeune femme était susceptible de détendre l'atmosphère dans certaines situations. Je crois que si vous m'autorisiez à vous emprunter un petit marteau et d'autres clous de tapissier, je pourrais réparer ce désastre en un rien de temps.

— Oh, c'est ridicule, dit-elle.

Et ce n'était pas à Tom qu'elle s'adressait, à présent.

— Si j'ai mis quatre jours, vous en mettriez probablement cinq. Ce que vous pouvez faire, en revanche – tous les deux – c'est vous mettre à quatre pattes et ramasser ces fichus clous, jusqu'au dernier. Je ne veux pas que les garçons déboulent ici demain matin et s'entaillent les pieds.

Ce n'est qu'à cet instant que Michael risqua un regard à sa femme (il n'en avait pas eu le courage avant). Elle était légèrement de profil, mais il était à peu près certain de ne l'avoir jamais vue aussi embarrassée.

Pendant une heure ou plus, les deux hommes se promenèrent dans tous les coins du salon et sur toute la surface du tapis gondolé à la recherche de petits clous rouillés, tordus ou cassés. Tout en s'exécutant, ils parvinrent à échanger quelques plaisanteries timides, et, à une ou deux reprises, lorsque les filles joignirent leurs rires hésitants à ceux de leurs époux, Michael se prit à espérer que la soirée ne serait pas un fiasco total. Leur travail terminé, quand Pat leur servit « un dernier verre », il lui sembla même qu'elle avait retrouvé une partie de sa bonne humeur. Une partie seulement, parce qu'il avait conscience que si elle avait retrouvé toute sa bonne humeur elle n'aurait pas précisé « dernier ». Par bonheur, ils n'abordèrent plus le sujet du tapis avant que le moment soit venu pour les Davenport de souhaiter bonne nuit à leurs hôtes.

— Madame ? s'enquit alors Michael. Pensez-vous pouvoir me pardonner un jour, pour le tapis, et que nous pourrons devenir amis ?

— Oh, ne dites pas de bêtises, rétorqua Pat, en lui touchant le bras avec une certaine gentillesse. Je suis désolée de m'être emportée.

Mais le trajet de retour avec Lucy fut une autre paire de manches.

— Bien sûr, qu'elle t'a « pardonné ». Tu aurais dû voir ta tête. On aurait dit un petit garçon tout content que sa maman lui ait « pardonné » une grosse bêtise. Tu n'as pas remarqué à quel point ils sont modestes quand nous sommes entrés dans cet appartement ? Ou combien ils l'étaient jusqu'à l'année dernière ? Et maintenant qu'il commence à gagner sa vie, ils mettent chaque dollar de côté pour se payer cette maison à la campagne. Ils se bâtissent un bel avenir grâce au labeur de cet homme, et tu peux être certain qu'ils auront une vie magnifique, parce que ce sont les êtres les plus admirables qu'il m'ait été donné de rencontrer. Seulement, voilà, ils sont bloqués ici pour un petit moment encore, et ils ont commis l'affreuse erreur de nous inviter à dîner. Quand je t'ai vu arracher ce tapis du sol, j'avais l'impression de regarder un parfait inconnu agir de manière totalement démente et destructrice. Et je n'avais qu'une pensée en tête : je ne connais pas cet homme, c'est la première fois que je vois cette personne.

Puis, comme si elle se rendait compte que parler de tout ça ne ferait rien de mieux que l'épuiser, elle se tut, et Michael ne trouva rien à lui répondre. Il se sentait plus honteux que vexé, et conscient qu'il n'existait aucune réponse adéquate, il serra les dents pour s'empêcher de rétorquer quoi que ce soit. De temps à autre, il levait les yeux vers les étoiles qui apparaissaient entre les arbres, le long du trottoir, comme pour implorer le ciel nocturne : est-ce qu'un jour viendra où je ferai les choses – oh, ne serait-ce qu'une chose – correctement ?

Sa situation s'améliora vers la fin du printemps de cette année-là.

Michael fut enfin en mesure de laisser tomber son fichu boulot, ou presque. Il réussit à obtenir de *L'Ère des grandes chaînes* d'être employé comme « pigiste », et non plus comme salarié. De sorte qu'il travaillerait désormais en free-lance et ne passerait au bureau que deux fois par mois pour rendre sa copie et prendre une nouvelle commande. Il allait perdre la sécurité et les « bénéfices annexes » qu'offraient un emploi salarié, mais se sentait capable de gagner autant d'argent de cette manière-là. Et le meilleur dans tout ça, expliqua-t-il à sa femme, c'était qu'il organiserait lui-même son emploi du temps : il pourrait se débarrasser de ses obligations pour *L'Ère des grandes chaînes* en deux semaines, sinon moins, et travailler pour lui le reste du temps.

— Eh bien. Voilà qui est très… encourageant, lui répondit Lucy.

— Et comment !

Et il y avait plus encourageant encore : il avait terminé son recueil de poèmes, qui avait été accepté presque immédiatement par un certain Arnold Kaplan, un ancien camarade d'Harvard devenu éditeur au sein d'une des maisons d'édition les plus modestes de New York.

— On est peut-être une toute petite maison, Mike, avait convenu Arnold Kaplan, mais ça ne nous empêche pas de mettre une déculottée à certaines grandes presses universitaires.

Et Michael était tout disposé à en convenir, même si certains des jeunes poètes qu'il admirait le plus (et qui commençaient résolument à se faire un nom) étaient publiés par des presses universitaires.

Il reçut une modeste avance de cinq cents dollars – sans doute une petite fraction de ce que Tom Nelson recevait pour une aquarelle peinte en vingt minutes –, qu'ils dépensèrent d'un coup en s'offrant une voiture d'occasion qui, à leur surprise, se révéla de très bonne qualité.

Et puis, les épreuves du recueil arrivèrent et Michael les relut, grimaçant et pestant à chaque fois qu'il soulignait une erreur typographique, le plus souvent à seule fin de dissimuler à Lucy, sinon à lui-même, la fierté qu'il éprouvait à voir ses vers imprimés.

Autre source de réconfort de ce printemps-là : Tom et Pat Nelson continuèrent à leur donner tous les signes d'amitié qu'ils pouvaient souhaiter. Ils acceptèrent de dîner chez eux à deux reprises et les reçurent une fois de plus dans leur petit appartement, où l'incident du tapis ne fut pas mentionné. Tom lut les épreuves corrigées du livre de Michael et le déclara « chouette », ce qui le chagrina un peu (plusieurs années s'écouleraient avant que Michael ne comprenne que « chouette » était le terme le plus élogieux qu'on pouvait attendre de la part de Nelson), jusqu'à ce qu'il lui demande la permission de copier deux ou trois de ses poèmes qu'il avait envie d'illustrer. Et quand les Nelson quittèrent la ville pour emménager dans leur nouvelle maison du comté de Putnam, qui était presque devenu une sorte de terre promise, ils avaient tous la ferme intention de se revoir très bientôt.

Un photographe de *L'Ère des grandes chaînes* lui offrit de réaliser son portrait pour la quatrième de couverture du livre, afin d'avoir son nom en copyright, mais Michael fut si déçu par ses planches contact qu'il songea à les jeter et à embaucher un « véritable photographe ».

— Allons, c'est idiot, le raisonna Lucy. Je trouve qu'il y en a une ou deux plutôt réussies. Comme celle-ci, par exemple. Et puis, qu'est-ce que tu espères obtenir avec ? Une audition à la Metro-Goldwyn-Mayer ?

Mais leur seul désaccord sérieux survint lorsqu'il rédigea la « note biographique » qui devait être imprimée sous la photo. Michael s'était isolé pour tenter de trouver les mots justes, conscient d'y consacrer beaucoup trop de temps, mais tout aussi conscient de l'attention qu'il portait à celles des autres jeunes poètes et de l'importance capitale des détails les plus subtils. Son travail terminé, il le soumit à l'appréciation de Lucy :

Michael Davenport est né à Morristown, New Jersey, en 1924. Il a servi dans l'armée de l'air pendant la guerre, a étudié à Harvard, et n'a pas réussi à aller en finale des Gants d'or. Il vit à présent à Larchmont, New York, avec son épouse et leur fille.

— Je ne comprends pas le passage sur les Gants d'or, dit-elle.

— Allons, mon chou, il n'y a rien à « comprendre ». Tu sais que j'y ai participé. À Boston, un an avant notre rencontre, je te l'ai raconté une centaine de fois. Et je t'ai dit que je n'ai pas réussi à aller en finale. Merde, je n'ai même pas réussi à passer le troisième...

— Je n'aime pas ce passage.

— Écoute. C'est bien de glisser une légère touche d'autodérision. Sinon ça ferait...

— Ce n'est ni léger ni de l'autodérision, rétorqua-t-elle. C'est douloureusement maladroit, rien de plus. On dirait que tu as peur qu'« Harvard » fasse un peu femmelette et que tu veux lever toute ambiguïté en y accolant cette histoire de match de boxe. Tu sais, ces écrivains qui n'ont jamais quitté l'université, ceux qui sont devenus chargés de cours et ont gravi les échelons jusqu'à ce qu'ils obtiennent leur poste de professeur ? Eh bien, eux, c'est ça qu'ils ont peur de laisser transparaître dans leurs biographies, alors ils se font photographier en bras de chemise et ils énumèrent tous les petits jobs qu'ils ont décrochés quand ils étaient jeunes : « William Untel a été vacher, chauffeur de camion, ouvrier agricole, matelot dans la marine marchande. » Ne vois-tu pas combien c'est ridicule ?

Michael retraversa le salon, le dos raide, sans dire un mot, puis pivota et prit place dans un fauteuil à cinq mètres d'elle.

— Il paraît de plus en plus clair, ces derniers temps, déclara-t-il sans la regarder, que tu en es venue à me prendre pour un imbécile.

Il y eut un silence, puis il leva les yeux et la découvrit au bord des larmes.

— Oh. Oh, Michael, c'est vraiment l'impression que je t'ai donnée ? dit-elle. Oh, c'est détestable… Oh, Michael, je n'ai jamais, jamais cherché à… Oh, Michael…

Et, la voyant combler l'espace qui les séparait d'un pas d'une lenteur presque théâtrale avant même qu'il ne se lève pour la recevoir dans ses bras, il comprit qu'il n'y aurait plus de critiques, plus de réflexions condescendantes et plus de problèmes sous ce toit.

Larchmont ne vaudrait jamais Cambridge, mais l'odeur des cheveux de cette fille, le goût de ses lèvres, le timbre de sa voix et le murmure de son souffle passionné étaient les mêmes qu'à l'époque de Ware Street et de leurs longues soirées passées sous ses couvertures de l'armée.

Il finit par décider qu'elle avait probablement raison. Le monde, ou la portion infinitésimale du lectorat américain qui se donnerait la peine de prendre un exemplaire de son livre pour y jeter un coup d'œil, ne saurait jamais que Michael Davenport n'avait pas réussi à disputer la finale des Gants d'or.

5.

Dans le comté de Putnam, à l'automne, il n'est pas rare de voir des faisans sortir du couvert des fourrés et voler au ras des longs champs virant au fauve ; il arrive même qu'on aperçoive un cerf hésitant entre les troncs majestueux des chênes et des bouleaux. Et cependant, les chasseurs avertis ne s'intéressent pas à cette région jugée trop peu « ouverte » avec ses routes d'asphalte trop fréquentées traversant d'occasionnels lotissements de maisons, ses commerces, ses écoles publiques et son réseau autoroutier qui charrie un flot constant d'intrus arrivant de New York.

À la frontière sud du comté, on trouve le lac Tonapac, un ancien lieu de plaisance estival prisé des New-Yorkais moyens. Le coin est depuis longtemps tombé en désuétude, mais la petite zone commerciale qui la jouxte est toujours en activité.

C'est dans ce petit village sinistre que les Davenport pénétrèrent un après-midi de septembre : Michael au volant de leur voiture, cherchant le prochain embranchement à gauche, Lucy penchée sur une carte routière dépliée sur ses genoux.

— C'est là, lui dit-il. Il faut qu'on tourne ici.

Ils longèrent une rangée de petites maisons serrées les unes contre les autres dont certaines arboraient dans leur jardin des Vierge Marie en plâtre ou de hauts mâts d'où pendait mollement un drapeau américain.

— Ma foi, tout cela a un petit côté kitsch, tu ne trouves pas ? lui demanda Lucy.

Mais ils s'engagèrent bientôt sur une portion de route courbe bordée de vieux murs en pierre dont dépassaient des arbres touffus, et finirent par trouver ce qu'ils cherchaient : une boîte à lettres composée de lattes de bois marron portant l'inscription « Donarann ».

Ils avaient été attirés ici par une annonce immobilière qui leur offrait de louer un « charmant pavillon de quatre pièces et demie situé sur une propriété privée avec un parc arboré idéal pour les enfants ».

— L'allée n'est pas en très bon état, lui fit remarquer Michael, alors que leurs pneus rebondissaient sur les ornières, soulevant des nuages de poussière.

Et néanmoins, ils étaient tous deux intrigués par sa longueur et impatients de découvrir où elle menait.

— Oh, parfait, vous êtes les Davenport, les accueillit la propriétaire des lieux, émergeant de sa maison, un gros trousseau de clefs à la main. J'espère que vous n'avez pas eu trop de mal à nous trouver. Je suis Ann Blake.

Elle était petite et vive. Avec son menton minuscule et ses faux cils, son visage vieillissant était presque comique. Michael lui trouva une ressemblance avec Betty Boop, ce personnage des vieux dessins animés.

— Je crois que le mieux serait de commencer par la visite du petit pavillon, au cas où il répondrait à vos attentes, proposa-t-elle. Je l'adore, mais je sais qu'il n'est pas au goût de tout le monde. Ensuite, s'il vous convient, je vous ferai faire le tour du parc, qui, en réalité, est le principal attrait de cette propriété.

Elle avait raison pour le pavillon : il n'était pas au goût de tout le monde. C'était une bâtisse massive aux proportions peu harmonieuses avec une façade en stuc d'un vieux rose délavé et des fenêtres peintes du même bleu lavande que les volets en bois. Au bout du couloir de l'étage, des portes-fenêtres ouvraient sur un balcon étroit couvert de vigne vierge d'où partait un escalier en colimaçon qui descendait jusqu'à une terrasse pavée menant à ce qui se révéla être la porte d'entrée. Quand on reculait jusqu'à la

71

pelouse pour juger de l'effet d'ensemble, la maison avait un côté asymétrique et tape-à-l'œil qui évoquait un dessin d'enfant.

— Je l'ai dessinée moi-même, leur confia Ann Blake tout en cherchant la bonne clef dans son trousseau. C'est moi qui ai dessiné tous les bâtiments qui se trouvent sur cette propriété, il y a des années, quand mon mari et moi l'avons achetée.

Ils furent toutefois agréablement surpris par l'intérieur de la maison, marron et gris, qui offrait, ainsi que le souligna Lucy, beaucoup de coins et de recoins prometteurs. Il y avait également une jolie cheminée et des poutres attrayantes (à défaut d'être vraies) au plafond du salon. Des placards et des bibliothèques encastrées. Et la plus grande des deux chambres de l'étage – celle qui ouvrait sur le balcon avec son escalier en colimaçon couvert de lierre, qu'ils s'attribueraient sans doute – était assez lumineuse et spacieuse pour que Lucy la déclare « plutôt élégante, tu ne trouves pas ? ».

Oh, c'était certes une drôle de petite maison, mais quelle importance ? Elle était plutôt correcte, elle ne coûtait pas trop cher, et elle ferait l'affaire pour un an ou deux au moins.

— Alors ? s'enquit Ann Blake. Vous êtes prêts à découvrir le reste ?

Et ils la suivirent à travers les pelouses, passant devant un saule pleureur géant (« N'est-ce pas un arbre spectaculaire ? » leur demanda-t-elle), jusqu'au bas d'un escalier montant à flanc de colline.

— J'aurais aimé que vous puissiez voir ces terrasses il y a un mois ou deux, leur dit-elle. C'était une explosion de couleurs paradisiaques : asters, pivoines, œillets d'Inde et que sais-je encore ; et là-bas, sur ces treillages, il y avait de nombreux rosiers grimpants. Nous avons la chance d'avoir un jardinier exceptionnel.

Elle leur coula à chacun un bref regard pour ménager ses effets, comme s'ils ne pourraient manquer d'être impressionnés par le nom qu'elle s'apprêtait à prononcer.

— Notre jardinier est M. Ben Duane.

Au sommet de la butte, derrière le dernier parterre de fleurs, Michael remarqua un abri de jardin plus grand que la normale : il devait bien mesurer quatre mètres carrés. Songeant aussitôt que ce serait un bon endroit pour travailler, il leva le loquet rouillé de la porte pour jeter un coup d'œil à l'intérieur. Il y avait deux fenêtres et suffisamment de place pour y installer une table et une chaise. Il imaginait la satisfaction qu'il ressentirait après une journée de doux labeur dans la solitude de ce lieu, saison après saison, son crayon glissant sur la page, jusqu'à ce que les mots, puis les lignes, se mettent à couler tout seuls.

— Oh, c'est juste un petit abri pour la pompe à eau, dit Ann Blake. Vous n'aurez pas besoin de vous en occuper, il y a un homme très compétent au village qui vient l'entretenir régulièrement. Venez plutôt par ici, que je vous montre le dortoir.

Il y avait plusieurs années de cela, leur expliqua-t-elle, essoufflée à force de parler en marchant, il y avait plusieurs années de cela, son mari et elle avaient fondé le théâtre de Tonapac.

— Vous avez dû voir la pancarte à votre arrivée, non ? Juste de l'autre côté de la route.

À une époque, c'était le festival de théâtre d'été le plus renommé de l'État, mais, par les temps qui couraient, il devenait difficile de conserver sa renommée bien longtemps. Ces cinq ou six derniers étés, elle l'avait loué à des petites compagnies indépendantes, et c'était un véritable soulagement de ne plus avoir ce surcroît de travail, même si cette époque lui manquait.

— Venez voir le dortoir, dit-elle se dirigeant vers un long bâtiment en stuc et bois qui apparaissait derrière les arbres.

— Nous l'avons fait construire pour que les troupes de théâtre puissent y dormir et y prendre leurs repas l'été. Nous avions embauché un chef de New York fantastique, et une employée de maison – ou gouvernante, comme elle préférait qu'on l'appelle – et... Oh, Ben !

Un vieil homme de grande taille venait de tourner à l'angle du bâtiment poussant une brouette chargée de briques. Il s'arrêta, posa sa brouette et, ébloui par le soleil, mit son bras en visière. Il était torse nu et portait un short court vert kaki et des chaussures de travail sans chaussettes ; un bandana bleu lui enserrait la tête au niveau des sourcils. Ses yeux et sa bouche trahirent un certain enthousiasme quand il comprit qu'on allait lui présenter de nouveaux locataires.

— Voilà Ben Duane, leur annonça Ann Blake.

Et après avoir tenté en vain de se remémorer le nom des Davenport, elle déclara :

— Ces gentilles personnes sont venues jeter un œil au pavillon, Ben. Je leur fais visiter la propriété.

— Oh, le petit pavillon, oui, dit-il. Il est très joli. Mais je pense que vous découvrirez que le véritable atout des lieux est le lieu lui-même : l'espace, la verdure et l'intimité qu'il offre.

— C'est ce que j'essayais de leur expliquer. N'est-ce pas ? reprit Ann, quêtant l'assentiment des Davenport du regard.

— Nous sommes bien ici, à l'écart du monde, continua Ben Duane, se grattant l'aisselle d'un geste machinal. Nous sommes protégés des cahots du monde extérieur. Bien en sécurité.

— À quoi servent ces briques, Ben ? s'enquit Ann.

— Oh, les bordures d'une ou deux des terrasses auraient besoin d'être relevées. J'ai pensé qu'il vaudrait mieux le faire avant les premières gelées. Eh bien, ravi de vous avoir rencontrés, tous les deux. J'espère que ça marchera.

Ann Blake les entraîna au loin, semblant presque incapable d'attendre que le vieil homme soit hors de portée de voix pour leur souffler :

— Vous avez entendu parler de Ben, n'est-ce pas ?

74

— Oui, certainement, répondit Lucy, offrant à Michael l'opportunité d'acquiescer sans rien dire (il n'avait jamais entendu ce nom-là).

— J'avoue que le contraire m'aurait étonnée. C'est un artiste-né, un monstre sacré du théâtre américain. Ses lectures de Walt Whitman à elles seules auraient suffi à le rendre célèbre – il est allé dans toutes les grandes villes des États-Unis avec ce spectacle. Et il a interprété le rôle d'Abraham Lincoln à Broadway, bien sûr, dans *Les Difficultés de M. Lincoln*. Il est merveilleusement polyvalent : il a même chanté dans la première production de la comédie musicale *Stake Your Claim !* à Broadway. Oh, quel spectacle pétillant c'était ! Il a été blacklisté, depuis, comme vous devez le savoir – encore un acte d'une bassesse innommable du sénateur McCarthy – et nous sommes profondément honorés qu'il ait choisi d'attendre la fin de son exil ici. C'est l'un des êtres les plus... exquis que je connaisse.

Ils venaient de rejoindre une route de gravier qui devait être l'allée principale, à présent. De nouveau hors d'haleine, Mme Blake dut s'arrêter quelques secondes, la main sur la poitrine, avant de pouvoir reprendre son monologue.

— Si vous jetez un œil dans cette direction, à travers les arbres, là-bas, vous verrez la clairière où se trouve notre aire de pique-nique. Vous voyez le joli brasero, là-bas ? Et les longues tables ? Mon mari les a fabriqués de ses mains. Nous y avons organisé des fêtes merveilleuses, avec des lanternes japonaises suspendues un peu partout. Mon mari disait toujours qu'il ne nous manquait plus qu'une piscine, mais je ne m'en suis jamais souciée, je ne sais même pas nager.

« Et un peu plus loin devant nous, il y a l'annexe du dortoir. Il arrivait que les troupes de théâtre soient si grandes qu'il nous fallait un bâtiment supplémentaire pour les loger. La plupart des chambres sont fermées et barricadées depuis des années, mais le bâtiment contient un très joli appartement que nous avons décidé de louer à une gentille famille. Les Smith. Ils ont quatre jeunes enfants et adorent cet endroit. Ils sont le sel de la terre.

Assise dans l'herbe au bord du chemin de gravier, une fille d'environ sept ans changeait soigneusement les vêtements de sa poupée. À côté d'elle, dans un parc à bébé, un enfant de quatre ou cinq ans suçait son pouce, tenant la barrière de sa main libre.

— Bonjour, Elaine, lança gaiement Mme Blake à la petite. Ou, attends, es-tu Elaine ou Anita ?

— Je suis Anita.

— Eh bien, vous grandissez tous si vite que j'ai du mal à m'y retrouver. Et toi, lança-t-elle au garçonnet. Que fabrique un grand gaillard comme toi dans un parc ?

— Il doit rester là, expliqua Anita. Il a une paralysie cérébrale.

— Oh.

Ils s'éloignèrent, et Ann Blake sembla juger qu'une explication était nécessaire.

— Ma foi, quand je disais des Smith qu'ils sont « le sel de la terre », je voulais surtout suggérer que ce sont des gens très, très simples. Harold Smith est employé de bureau en ville. Il a toujours une demi-douzaine de stylos à bille coincés dans la poche de sa chemise, si vous voyez ce que je veux dire. Il travaille pour la New York Central, et l'une des manières dont cette vieille compagnie de chemin de fer arrive à fidéliser ses employés, c'est de leur offrir la possibilité de voyager gratuitement sur tout son réseau. Alors Harold en a profité pour quitter le Queens et s'installer ici avec sa famille. Son épouse est une jolie fille très gentille, mais je la connais à peine parce qu'à chaque fois que je passe, elle est coincée derrière sa planche à repasser. Elle repasse en regardant la télévision, matin, midi et soir.

« Mais le plus curieux dans tout ça, c'est qu'Harold m'a confié un jour, avec une grande modestie, qu'il avait fait un peu de théâtre au lycée. Et qu'il avait même décroché une audition. Pour faire court, il a joué le policier dans *Le Fantôme de Gramercy*, et il s'en est sorti à merveille.

Vous ne le devineriez jamais à son apparence, mais il a un talent naturel pour la comédie. Quand je lui ai demandé « Harold, avez-vous déjà envisagé d'en faire votre métier ? », il a répondu « Z'êtes dingue ? Avec une femme et quatre gamins ? ». Point final. Quand même, j'avoue que je n'étais pas au courant pour la paralysie cérébrale du petit. Ni pour le parc.

Elle se tut enfin et s'éloigna de quelques pas des Davenport, afin de leur donner le temps de réfléchir tranquillement. La route de gravier les ramena vers le pavillon, qu'ils purent de nouveau voir de loin, planté sur sa petite butte d'herbe verte, dans la lumière déclinante de l'après-midi, une maison qui aurait pu être dessinée par un enfant. Michael serra la main de sa femme dans la sienne.

— Tu veux qu'on la prenne ? Ou tu veux y réfléchir encore un peu ?

— Oh, non, prenons-la. Nous ne trouverons rien de mieux à ce prix-là.

Quand ils lui firent part de leur décision, Ann Blake déclara :

— Merveilleux. J'adore ça ! J'adore les gens qui se connaissent assez bien pour prendre des décisions rapides. Vous voulez bien passer chez moi une minute ou deux que nous nous occupions de la paperasse ?

Elle les guida jusqu'à la porte de sa cuisine en désordre, se tournant pour leur dire :

— Vous m'excuserez pour toutes ces saletés.

— Je ne suis pas une saleté, déclara un jeune homme, assis sur un tabouret haut du comptoir et courbé sur un toast aux œufs pochés.

— Oh que si, tu l'es, rétorqua-t-elle, lui ébouriffant les cheveux, parce que tu es toujours, toujours, dans mes pattes quand j'ai des choses à faire.

Elle adressa un sourire à ses visiteurs.

— Je vous présente mon ami, le séduisant jeune danseur Greg Atwood. Greg, voici les Davenport. Nos futurs voisins. Ils vont s'installer dans le pavillon, enfin, si j'arrive à trouver les papiers à signer.

— Oh, sympa.

Il s'essuya la bouche et descendit du tabouret avec une certaine indolence. Il était pieds nus et portait un jean moulant couleur paille et une chemise bleu marine déboutonnée jusqu'à la taille dans le style récemment popularisé par Harry Belafonte.

— Vous... êtes danseur professionnel ? questionna Lucy.

— Eh bien, en partie. J'enseigne, aussi. Mais, pour le moment, je travaille surtout pour le plaisir. Je tente de nouvelles expériences.

— C'est un peu comme de travailler son instrument de musique, expliqua Ann Blake, fermant un tiroir pour en ouvrir un autre et fourrager dedans. Certains artistes ont besoin de s'entraîner pendant quelques années entre deux spectacles. Personnellement, je me moque de ce qu'il fabrique tant qu'il reste ici et que je peux garder un œil sur lui. Ah, les voilà !

Elle étala sur le comptoir deux exemplaires d'un contrat de location prêt à être signé.

Puis, elle raccompagna les Davenport à leur voiture, tenant ostensiblement la main de Greg Atwood, jusqu'à ce qu'il la libère pour lui passer un bras autour de la taille.

— Que signifie le nom de la propriété ? s'enquit alors Michael.

— Donarann ? Oh, c'était une idée de mon mari. Il s'appelait Donald, voyez-vous – enfin, il s'appelle Donald – et moi Ann : c'était une manière idiote de joindre nos deux prénoms. Je dois toujours me reprendre pour dire s'*appelle* Donald, parce qu'il est bien vivant et en bonne santé. Il habite à sept kilomètres d'ici, plus au nord ; il possède une propriété deux fois plus grande que celle-ci, achetée pour la petite hôtesse de l'air surexcitée avec laquelle il est parti, il y a sept ans. Comme on dit, rien n'est éternel. Enfin. Ce fut un plaisir. À très bientôt.

— Je ne pense pas que ce soit une bêtise, dit Michael alors qu'ils débutaient leur long voyage de retour à Larchmont. Ce n'est pas parfait, mais rien ne l'est jamais, n'est-ce pas ? Et je pense que Laura va adorer, pas toi ?

— Oh, je l'espère, répondit Lucy. Je l'espère sincèrement.

Au bout d'un moment, il reprit :

— Dis, c'est une chance que tu aies reconnu le type à la brouette, parce que j'aurais sans doute gaffé.

— En réalité, j'ai seulement entendu dire que c'était une sorte de folle des grands chemins, dit-elle. Il y avait une fille originaire de Westport avec nous, à l'université. Ben Duane s'était acheté une maison là-bas, à l'époque de la pièce sur Abraham Lincoln. D'après elle, il n'y était pas resté très longtemps parce que la police de Westport lui avait posé un ultimatum : soit il partait, soit il était poursuivi en justice pour avoir montré des films dégoûtants à des petits garçons.

— Oh. C'est moche. Et je suppose que Greg le danseur est du même bord, lui aussi.

— Tout le laisse à penser, oui.

— Eh bien, si cette vieille Ann et lui sont à la colle, je me demande bien comment ils font leurs petites affaires.

— C'est comme d'être ambidextre, je dirais. Ou de manger à tous les râteliers.

Ils parcoururent encore une dizaine de kilomètres avant que, d'une voix plus douce, Lucy lui explique pourquoi elle avait bon espoir que leur fille aime leur nouvelle maison.

— C'est vraiment tout ce à quoi je pensais, cet après-midi. J'essayais de voir tout ça avec les yeux de Laura, en me demandant ce qu'elle en penserait. Je suis à peu près sûre qu'elle aimera la maison. Elle la trouvera sans doute « douillette ». Et quand nous avons grimpé sur cette colline, je n'arrêtais pas d'admirer cette belle nature en me répétant Oh, elle va surtout adorer ça.

79

« Et puis, il y a eu cet enfant attardé dans le parc, et là, j'ai pensé Non, attends une minute, ça ne va pas, ça ne marchera pas ; et aussitôt Mais pourquoi pas ? Ce genre d'endroit n'est-il pas plus vrai que tout ce qu'elle pourra connaître à Larchmont, ou ce que j'ai pu connaître au cours de ma propre enfance ?

Il fut irrité par sa manière de dire « plus vrai ». Seuls les riches et leurs enfants parlaient de cette manière, qui trahissait un vieux désir de s'encanailler. Mais il ne lui en fit pas la réflexion : il comprenait ce qu'elle voulait dire, et il était d'accord avec elle.

— Je pense qu'il faut bien peser le pour et le contre avant de décider ce qui est mieux pour un enfant.

— Exactement, approuva-t-il.

À six ans et demi, Laura était une fillette timide et nerveuse, grande pour son âge, avec une mâchoire supérieure légèrement en avant et des yeux d'un bleu remarquable. Son père venait de lui apprendre à claquer des doigts et elle le faisant souvent des deux mains en même temps, machinalement, comme pour ponctuer ses pensées.

Elle n'avait pas aimé le cours primaire et redoutait le cours élémentaire et l'interminable liste de notes humiliantes qu'elle devrait endurer jusqu'à ce qu'elle devienne grande, comme sa mère. Mais elle adorait la maison de Larchmont. Sa chambre était son domaine privé, l'unique endroit au monde où elle pouvait conserver ses secrets. Et le jardin offrait à ses sorties quotidiennes un caractère imprévisible et aventureux – du moins, aussi imprévisible et aventureux qu'elle le voulait bien.

Ces derniers temps, elle avait beaucoup entendu parler du « comté de Putnam » à la maison, et elle en était venue à redouter ce qui se cachait derrière ces mots, même si ses parents se disaient persuadés qu'elle adorerait ça. Et puis, un matin, un énorme camion de déménagement rouge recula lentement jusqu'à la porte de leur cuisine, et des hommes débarquèrent chez eux et emportèrent tout sur leur passage. D'abord les cartons que, le cœur serré par l'angoisse, elle avait vu ses parents remplir et sceller au cours des derniers jours, et ensuite leurs meubles, leurs lampes, leurs tapis : tout.

— Partons, Michael, tu veux bien, finit par dire sa mère. Je ne pense pas qu'elle ait envie de voir ça.

Aussi, au lieu de voir ça, elle resta assise seule sur la banquette arrière de la voiture pendant très longtemps, serrant contre elle le vieux lapin en peluche crasseux que sa mère lui avait proposé de prendre avec elle, et essayant d'entendre et de comprendre tout ce que ses parents disaient à l'avant.

Le plus drôle, c'est qu'au bout d'un moment, elle n'eut plus peur du tout : elle sentait monter en elle une exaltation irrépressible. Et si les hommes emportaient aussi la maison de Larchmont et qu'il ne restait plus là-bas que des débris et de la poussière ? se disait-elle. Et si le camion de déménagement se perdait sur la route et n'arrivait jamais à l'endroit où il était supposé se rendre ? Et si... et si son père lui-même oubliait à quel endroit ils étaient supposés se rendre ? Qu'est-ce que ça pouvait bien faire ?

Qu'est-ce que ça pouvait bien faire, tant que Laura Davenport et ses parents étaient en sécurité dans leur voiture, qui roulait tranquillement à travers l'espace et le temps ? Au besoin, cette voiture, aussi petite soit-elle, pourrait leur servir de nouvelle maison, à tous les trois – ou à tous les quatre, si son désir d'avoir une petite sœur finissait par se réaliser.

— Comment vas-tu, ma chérie ? lui lança son père.

— Bien, répondit-elle.

— Tant mieux. Il n'y en a plus pour très longtemps, nous sommes presque arrivés.

Ce qui signifiait que son père savait où ils allaient. Ce qui signifiait qu'il n'y avait pas de problème fondamental, que la vie reprendrait bientôt son cours normal, ou un cours aussi proche de la normale que le permettraient ses parents. Laura en éprouva du soulagement, mais aussi, contre toute attente, de la déception : elle ne pouvait s'empêcher de penser qu'elle aurait peut-être préféré l'autre possibilité.

*

Un jour ou deux après leur installation dans la nouvelle maison, pleine de leurs affaires intactes mais toujours en désordre, Laura sortit pour s'amuser sur la terrasse où son père maniait un taille-haie imposant. Il tentait de couper d'épais tronçons de la vigne vierge qui encombrait l'escalier en colimaçon. Elle l'observa jusqu'à ce que ça devienne ennuyeux, et fut alors surprise de voir une fille de son âge traverser la pelouse et avancer vers elle d'un pas décidé.

— Salut, dit l'inconnue. Je m'appelle Anita, et toi comment tu t'appelles ?

Laura fila aussitôt se cacher derrière les jambes de son père, comme un bébé.

— Oh, allons, chérie, la gronda-t-il avec impatience.

Il posa son taille-haie par terre et la poussa devant lui.

— Anita t'a demandé comment tu t'appelles.

Elle n'eut alors d'autre choix que de se montrer brave et de s'avancer.

— Je m'appelle Laura, annonça-t-elle, claquant des doigts des deux mains.

— Hé, c'est chouette ce que tu fais, remarqua Anita. Où as-tu appris ça ?

— C'est mon père qui me l'a appris.

— Tu as des frères et sœurs ?

— Non.

— Moi, j'ai deux sœurs et un frère. J'ai sept ans. Notre nom de famille est Smith, et c'est très facile de s'en souvenir parce que c'est le nom le plus commun de la terre. Et toi, c'est quoi ton nom de famille ?

— Davenport.

— Waouh, il est long celui-là. Tu veux venir chez moi un moment ?

82

— D'accord.

Et Michael appela sa femme sur la terrasse pour regarder les fillettes s'éloigner côte à côte.

— On dirait qu'elle commence déjà à avoir une vie sociale, dit-il.

— Oh, c'est parfait, n'est-ce pas ?

Ils étaient convenus qu'il ne leur faudrait qu'un jour ou deux de plus pour rendre la maison « présentable », avant de commencer à s'occuper de leur propre vie sociale.

— Oh, c'est génial, commenta Tom Nelson au téléphone. Vous avez trouvé une maison qui vous convient ? Parfait. Et si vous veniez nous rendre visite un après-midi ? Pourquoi pas demain ?

La ville de Kingsley, où résidaient les Nelson, n'aurait jamais pu être qualifiée de lieu de plaisance déserté depuis l'arrivée d'une communauté de cols-bleus accueillant un festival de théâtre moribond chaque été. Les qualificatifs n'étaient pas nécessaires, et on ne leur en servit aucun.

Ce n'était même pas une « ville » à proprement parler : à l'exception d'une petite enfilade de commerces, constituée d'un bureau de poste, d'une station-service, d'une épicerie et d'une boutique de vins et spiritueux, il n'y avait que de la campagne. Les résidents de Kingsley vivaient ici parce qu'ils avaient gagné ce droit. Ils avaient gagné suffisamment d'argent à New York pour tourner le dos à la misère et à la vulgarité une bonne fois pour toutes, et étaient jaloux de leur intimité. Les quelques maisons visibles de la route étaient serties dans des écrins d'arbres et de buissons, de sorte que leurs plus beaux atours étaient inaccessibles aux regards extérieurs. L'endroit évoqua à Michael la résidence estivale des parents de Lucy, à Martha's Vineyard.

La grande ferme blanche restaurée avec goût par les Nelson faisait exception : elle se dressait dans son intégralité au sommet d'une petite colline verte sitôt que vous passiez le dernier virage d'un joli lacet de route secondaire et que la colline elle-même surgissait. Et cependant, dès le premier regard, elle paraissait hermétique à toute intrusion ou compromission. Il était clair qu'aucun vieil homosexuel ne s'aviserait de pousser sa brouette sur cette pente, et qu'aucun jeune homosexuel ne se prélasserait devant une assiette d'œufs pochés au pied de cette colline-ci. Cet endroit était le fief de Thomas Nelson et de sa famille. Ils en étaient les seuls maîtres.

— Ah, salut, les accueillit Tom au bout de l'allée, tandis que sa femme émergeait de la maison en souriant. Débuta alors la joyeuse visite des lieux, Lucy s'exclamant « Merveilleux » à chaque découverte. Le salon baigné de lumière du jour était trop grand pour être englobé d'un seul regard, et son attrait le plus remarquable, pour Michael, était son long mur couvert de rangées de livres du sol au plafond. Il y avait au moins deux milles volumes ici, peut-être même le double.

— Je les accumule depuis des années, expliqua Tom. J'achète des livres depuis toujours. Il n'y avait pas assez de place pour eux à Yonkers, ni à Larchmont, alors je les avais mis au garde-meubles. C'est sympa de les avoir ici. Tu veux que je te montre l'atelier ?

L'atelier aussi était long, large et baigné de lumière. La vieille plaque de fer galvanisé était par terre, dans un coin, et paraissait toute petite à présent. Plusieurs dessins récents étaient épinglés négligemment sur des tableaux en liège installés au-dessus – Michael en déduisit que c'était sans doute le seul coin utilisé de la pièce.

— C'est mon tout premier atelier. Je me sens un peu perdu ici, parfois, confirma Tom.

Mais, pour se détendre quand il se sentait un peu perdu, il avait un vaste assortiment de caisses claires à l'autre bout de la pièce, ainsi qu'une chaîne stéréo composée de plusieurs appareils distincts et un grand nombre d'étagères chargées de disques. La collection de disques de jazz de Tom Nelson était presque aussi impressionnante que sa bibliothèque.

Sur le chemin de la cuisine, où les femmes discutaient, Michael remarqua que les soldats avaient également trouvé leur place. Les figurines étaient alignées debout sur un meuble, avec leurs épées et leurs drapeaux en tube de dentifrice froissé, et il y avait un nombre suffisant de tiroirs profonds, juste au-dessous, pour recevoir les troupes de combat au grand complet.

— Oh, je suis si heureuse pour vous, s'exclama Lucy quand ils furent tous quatre installés au salon. Vous avez trouvé l'endroit idéal pour élever vos enfants. Vous n'aurez plus à vous soucier d'en chercher un meilleur.

Les Nelson voulurent alors savoir quel genre d'endroit les Davenport s'étaient trouvé, et leurs amis, gênés, ne cessèrent de s'interrompre mutuellement avant de pouvoir leur fournir cette information.

— Oh, c'est juste une maison de location, commença Michael, et c'est un bail temporaire, mais c'est...

— C'est une drôle de petite maison sur une vieille propriété privée, reprit Lucy, chassant des flocons de cendre de cigarette de ses genoux. Il y a un grand parc tout autour et les gens qui y vivent sont comme qui dirait...

— Une sorte de salade de fruits, termina Michael.

— Une salade de fruits ?

Et Michael s'évertua à leur expliquer ce qu'il entendait par là.

— Ben Duane ? Ce n'est pas le gars qui lisait Whitman ? questionna Tom Nelson. Il n'a pas été dans le collimateur du comité McCarthy, il y a deux ou trois ans ?

— C'est ça, confirma Lucy. Et je suis certaine qu'il est parfaitement... inoffensif, même si je suppose qu'il serait plus malaisé d'élever un garçon là-bas. Et j'imagine qu'il faudra aussi nous tenir à une saine distance de la propriétaire et de son petit ami. Toutefois, nous n'aurons jamais l'impression d'être aussi seuls là-bas que vous ici.

— Hum, fit Pat Nelson, pinçant un peu le coin des lèvres. Je ne vois pas ce qu'il y a de si merveilleux à avoir l'impression d'être seuls. Tom et moi deviendrions dingues si nous ne pouvions pas voir nos amis. Nous donnons une réception presque chaque mois, à présent, et certaines d'entre elles se sont révélées vraiment amusantes ; mais, mon Dieu, à notre arrivée ici, c'était affreux. Nous étions vraiment isolés, pour le coup. Et puis, nous sommes allés à une petite soirée, en haut dans la rue – je ne me souviens même plus du nom de ces gens –, et un type s'est approché et m'a bombardée de questions. Il m'a demandé « Et que fait votre mari ? ». J'ai répondu « Il est peintre ». Il a dit « Ouais, ouais, d'accord, mais je veux dire, qu'est-ce qu'il *fait* ? ». J'ai insisté : « C'est ce qu'il fait : il peint. » Et le type a continué : « Vous voulez dire que c'est un dessinateur publicitaire ? ». J'ai répondu « Non, non, ce n'est pas un dessinateur publicitaire, il est juste, enfin, il est *peintre* ». Il a dit « Vous voulez dire peintre en *beaux-arts* ? ».

Et je n'avais jamais entendu ce terme avant, et vous ? Peintre en « beaux-arts ».

On a continué à avoir ce dialogue de sourds pendant un moment, jusqu'à ce qu'il finisse par partir ; mais juste avant de s'éloigner, il m'a coulé un regard en coin très déplaisant, et il m'a lancé : « Et vous vivez de quoi, les jeunes, d'un fonds fiduciaire ? »

Les Davenport secouèrent la tête pour manifester leur intérêt.

— Non mais, vous allez en trouver beaucoup de ce genre, par ici, les prévint gentiment Pat. Ces gens de Putnam County qui supposent que tout le monde a nécessairement un travail pour gagner sa vie et un autre pour... enfin, vous savez, pour le plaisir. Il n'y aura aucun moyen de les démentir, ils ne vous croiront jamais, ils penseront que vous vous moquez d'eux, ou que vous avez forcément un fonds fiduciaire quelque part.

Michael ne put rien faire d'autre que de baisser les yeux sur son verre de whisky vide, regrettant qu'il ne soit pas plein, et se taire. Il préférait éviter tout éclat dans cette maison, sachant que ce serait humiliant, mais il ne faisait aucun doute qu'il exploserait plus tard, quand Lucy et lui se retrouveraient seuls, soit dans leur voiture, soit de retour à la maison. « Pour *l'amour* de Dieu. Qu'est-ce qu'elle s'imagine que je fais, moi ? Que je gagne ma fichue vie en écrivant des fichus poèmes ? »

Puis, aussitôt, une saine prudence le ramena à la raison : il ne pourrait pas se permettre d'exploser devant Lucy non plus. De se laisser aller à se plaindre de ce genre de chose à Lucy ne ferait que ranimer le débat délicat et épineux qui les opposait depuis le soir de leur lune de miel au Copley Plaza.

Quand ? risquait-elle de lui demander. Quand se décide-rait-il enfin à se montrer raisonnable ? Ne savait-il donc pas qu'ils n'avaient jamais eu besoin de son emploi à *L'Ère des grandes chaînes*, pas plus que de Larchmont et de leur petite maison isolée au cœur de la décadence de Tonapac ? Pourquoi ne la laissait-il pas prendre le télé-phone et appeler ses banquiers, ses courtiers ou n'importe lequel des gars en mesure de les libérer instantanément ?

Non, non. Il devrait se contrôler, une fois de plus. Il devrait se taire ce soir, et demain, et le jour suivant. Il devait avaler la pilule en silence.

6.

Un jour, alors qu'il s'était rendu au village de Tonapac pour y acheter des pneus neige, Michael reconnut une silhouette familière qui avançait sur le trottoir devant lui : un grand jeune homme en veste et jean Levi's avec une démarche de cow-boy.

— Paul Maitland ? appela-t-il.

Et Maitland se retourna surpris.

— Mike ! Nom d'un chien. Qu'est-ce que tu fais ici ?

Il y avait quelque chose de réconfortant dans la vigueur de sa poignée de main.

— Tu as le temps de prendre un verre ? dit-il, entraînant Michael dans le bar d'ouvriers mal éclairé qui semblait être sa destination initiale.

Plusieurs clients accoudés au comptoir lancèrent des « Salut Paul » ou des « Hé, Paul ! » quand il passa devant eux pour gagner une table du fond de la salle, et Michael fut impressionné qu'un artiste puisse entretenir de si bonnes relations avec ces types mal dégrossis.

Quand leurs verres de whisky arrivèrent, Paul Maitland leva le sien à quelques centimètres de ses lèvres et attendit un instant, savourant l'imminence du plaisir. Puis, il cligna des yeux et évoqua le bon vieux temps de la White Horse Tavern.

— Je n'oublierai jamais le soir où tu as sidéré ce vieux type bourru de la marine marchande originaire du Yorkshire en chantant quelques couplets de « On Ilkley

Moor without a Hat » – et avec un accent parfait, qui plus est. C'était un fichu numéro.

— Il se trouve que j'ai été stationné en Angleterre pendant la guerre. J'y ai rencontré une fille du Yorkshire qui m'a appris les paroles.

C'était sympa. Boire un whisky au milieu de la journée avec un homme considéré comme un génie qui ne lui avait guère manifesté d'intérêt par le passé et qui, tout à coup, se donnait la peine de lui rappeler qu'il avait fait une chose mémorable à la White Horse Tavern.

— … Tu te souviens de Peggy ? reprenait Paul Maitland. Eh bien, on est mariés, maintenant. Son beau-père possède une belle propriété à quelques kilomètres d'ici, du côté d'Harmon Falls. On lui loue une petite maison là-bas. C'était un peu difficile, au début, mais j'ai commencé à décrocher pas mal de boulots de charpentier ici, à Tonapac, et dans une ou deux autres villes du coin, alors on s'en sort plutôt bien.

— Et tu as assez de temps pour peindre ?

— Oh, bien sûr, je peins tous les jours. Je peins comme un malade, comme un dingue. Rien ne m'arrêtera jamais. Et toi et Lucy, vous habitez où ?

En lui décrivant l'endroit, Michael fut sur le point de lancer « C'est une sorte de salade de fruits », mais il se ravisa. Il commençait à comprendre que de devoir partir dans certaines explications lui attirait plus de soucis qu'autre chose. Puis il lui demanda :

— Comment va… ton adorable sœur ?

— Oh, Diana va bien. Elle ne devrait plus tarder à se marier. Le gars s'appelle Ralph Morin. Il a l'air plutôt sympa.

— L'acteur ?

— Il l'était oui, mais il est metteur en scène, maintenant – ou il essaie de le devenir.

Paul regarda son verre pensivement.

— Je suppose que j'espérais qu'elle finirait par épouser ce bon vieux Bill Brock. Ils semblaient si bien ensemble.

Enfin, personne n'a vraiment son mot à dire dans ce genre d'affaire.

— Exact.

Et devant son deuxième verre, Michael aborda un sujet qu'il espérait plus joyeux.

— Dis, Paul, tu sais qu'il y a un autre peintre dans le coin que tu pourrais apprécier ? À moins que tu ne le connaisses déjà. Tom Nelson ?

— Oh, j'ai entendu parler de lui, bien sûr.

— Eh bien, c'est l'un des types les plus sympas et les plus modestes que tu puisses imaginer, et je suis presque certain que vous vous entendriez. Peut-être qu'on pourrait se retrouver tous les trois un de ces jours.

— Ah, merci, Mike, mais je ne suis pas vraiment intéressé.

— Oh, et pourquoi ça ? Tu n'aimes pas son travail ?

Paul lissait la moitié de sa moustache avec trois doigts, cherchant visiblement les bons mots.

— Je trouve que c'est un bon illustrateur.

— Mais, il ne fait pas que de l'illustration. Il peint des tableaux, et ils...

— Ouais, ouais ; ils sont très prisés par les musées, je sais. Mais ce que ces gens-là considèrent comme des tableaux, vois-tu, ces dessins qu'ils achètent, ce ne sont somme toute que des illustrations.

Michael sentit ses poumons se vider à l'idée qu'il allait avoir une conversation qui le dépassait totalement, où aucun terme ne serait défini et où rien ne ferait sens.

— Parce qu'ils sont... figuratifs, tu veux dire ?

— Non, répondit Paul Maitland avec une pointe d'impatience. Non, bien sûr que non. J'aimerais tellement que les gens arrêtent d'employer ce terme asinien. Et j'aimerais aussi qu'ils arrêtent de dire « expressionnisme abstrait ». On essaie tous de peindre, c'est tout. Et quand un tableau est bon, il se suffit à lui-même, il n'a pas besoin de texte explicatif. Ce qu'il te reste, ce sont les trouvailles, les trucs éphémères, les trucs du moment.

90

— Tu suggères que le travail de Nelson ne tiendra pas sur la durée ?

— Oh, ce n'est pas à moi de le dire, rétorqua Paul Maitland, l'air satisfait d'avoir mis les points sur les *i*. Ce sera à d'autres d'en décider au fil du temps.

— Oui, commença Michael, parce qu'il lui paraissait nécessaire de conclure ce petit échange tendu de manière amicale. Je crois que je comprends ce que tu veux dire.

Et aussitôt, il se sentit tout faible à l'intérieur, comme si on l'avait obligé à trahir un ami.

— Attention, je n'ai rien contre l'homme lui-même, ajouta Paul. Je suis sûr qu'il est très sympathique ; c'est juste que j'ai du mal à imaginer ce que nous pourrions trouver à nous dire. Nous nous situons aux antipodes de la discipline.

Puis, après avoir bu en silence pendant ce qui parut un long moment, Paul lui demanda :

— Tu vois toujours Bill ?

— Parfois. D'ailleurs, il se peut qu'il vienne ce week-end. Je crois qu'il veut nous montrer sa nouvelle petite amie.

— Oh, super. Dis, tu voudras bien nous téléphoner, s'il vient ?

Puis, se frappant soudain le front de la main :

— Non, attends... ça ne marchera pas : Diana et l'autre type viennent aussi ce week-end. Quelle plaie, hein ? D'avoir à choisir son camp.

— Ouais.

Paul vida son verre de whisky et fit signe au serveur. Trois verres coup sur coup sans avoir déjeuné, juste avant d'entamer un après-midi de travaux de charpente, ça paraissait un peu imprudent. D'un autre côté, Maitland avait l'air d'un homme qui savait ce qu'il faisait.

— J'ai toujours eu un faible pour ce bon vieux Bill, avoua-t-il. Il parle fort, il est arrogant et imbu de sa personne, je sais, et toutes ces conneries marxistes sont ennuyeuses à mourir. Les rares textes de lui que j'ai lu auraient facilement pu passer pour des parodies de la ligne

91

du parti, s'il n'avait pas été sérieux. Je me souviens d'une histoire qui commençait comme ça : « Joe Starve se jeta à corps perdu sur sa chaîne de montage, marmonnant Saloperie.» N'empêche qu'il peut se montrer agréable, drôle et de bonne compagnie. C'était toujours un plaisir de le recevoir.

Et Michael eut soudain meilleure conscience. Si Maitland pouvait critiquer de la sorte un homme qu'il appréciait, alors peut-être que son moment de déloyauté envers Tom Nelson n'était pas si déshonorant.

Quand ils émergèrent, éblouis, dans la rue lumineuse et échangèrent une nouvelle poignée de main, Michael comprit qu'il serait juste capable de récupérer ses fichus pneus neige avant de rentrer à la maison, de se pieuter et de dormir tout l'après-midi. Pendant ce temps-là, Paul Maitland gravirait un échafaudage en plein soleil et fixerait d'épaisses planches avec des clous de vingt centimètres, ou ferait les trucs qu'il était supposé faire pour gagner sa vie.

— … Et voici Karen, lança Bill Brock, aidant galamment l'intéressée à descendre de voiture.

Elle était petite, mince, brune, et très intimidée à l'idée de rencontrer des amis de la campagne de Bill.

— Tu sais à quoi ça ressemble ? dit Bill, s'arrêtant sur la pelouse. Ça ressemble à une des maisons de F. Scott Fitzgerald. Un peu vieillotte, mais ça ne fait que renforcer l'impression. On s'attendrait presque à le voir sortir par la porte-fenêtre en peignoir de bain, une bouteille de gin à moitié vide dans la main alors que la matinée n'est pas encore terminée. Il aura passé la nuit à peiner sur une nouvelle pour que sa fille puisse passer une année de plus à Vassar, et, cet après-midi, quand il aura retrouvé ses esprits, il commencera à écrire *L'Effondrement*.

Bref, conclut-il, englobant la propriété d'un geste ample, c'est foutrement mieux que Larchmont.

Et ils s'installèrent tous quatre au salon (« On aime bien ces petits coins et recoins », casa Michael) et Bill prit la conversation en main.

— Ce que je vais vous dire va être très ennuyeux pour Karen, commença-t-il, parce qu'elle n'entend que ça depuis des semaines, mais il y a eu quelques grands changements dans ma vie. Le premier est que j'ai renoncé à la gauche. Comme écrivain, je veux dire. J'ai pris mes deux romans prolétaires et toutes mes nouvelles et je les ai rangés dans un carton que j'ai ficelé et fourré au fond de mon armoire. Vous n'imaginez pas mon soulagement. « Écris sur ce que tu connais. » Mon Dieu, j'ai entendu ce conseil toute ma vie et je l'ai toujours jugé naïf. J'estimais que j'étais trop malin pour ça. Et pourtant, c'est le meilleur avis qu'on puisse donner, pas vrai ? Oh, je vais sans doute pouvoir sauver quelques idées de mon roman sur les employés de la compagnie d'électricité, mais je vais totalement changer de concept. Je vais me concentrer sur cette question : pourquoi un gamin qui a étudié dans les meilleures écoles privées, puis à Amherst, pourrait avoir un jour le désir de travailler pour un syndicat – si vous voyez où je veux en venir ?

Ils voyaient tous où il voulait en venir, mais seule Karen était fascinée par son discours. Le deuxième grand changement qu'il avait opéré dans sa vie, annonça-t-il avec une timidité inhabituelle, était qu'il venait d'entamer une psychothérapie.

Ça n'avait pas été une décision facile à prendre, expliqua-t-il ; ça lui avait demandé plus de courage que tout ce qu'il avait pu faire par le passé, et le pire dans tout ça, c'était qu'il pourrait s'écouler des années – oui, des années ! – avant que cette aide qu'il sollicitait ait un effet bénéfique sur sa vie. Seulement, voilà, il en était arrivé au point où il n'y avait pas d'alternative. Il pensait sincèrement que s'il n'avait pas pris cette décision, il serait devenu dingue.

— Comment ça marche au juste, Bill ? le questionna Lucy. Je veux dire, tu t'allonges sur un divan et tu... fais de la libre association ? C'est ça ?

Michael fut étonné que le sujet l'intéresse suffisamment pour qu'elle l'interroge.

— Non, ce type-là n'a pas de sofa, il ne croit pas en ses vertus, pas plus qu'à la technique de la libre association – du moins, pas au sens freudien du terme. Nous sommes assis sur des fauteuils, face à face, et nous discutons. Ça paraît très naturel, la plupart du temps. Mais surtout, j'ai le sentiment d'avoir été extrêmement chanceux de trouver ce gars-là. Un homme dont l'intelligence m'inspire du respect. Je pense que je l'aurais apprécié si je l'avais rencontré dans le cadre social plutôt que professionnel, mais c'est là pure spéculation de ma part. Et il apparaît que nous avons beaucoup de choses en commun : il est un peu marxiste, lui aussi. Enfin, bref, c'est presque impossible d'expliquer ces choses-là à des personnes extérieures, c'est difficile à résumer.

Puis, comme s'il était conscient d'avoir monopolisé la conversation un peu trop longtemps, il se concentra sur son verre et laissa le champ libre à Michael. Et Michael avait justement quelques petites choses à dire : il commença par leur confier qu'il travaillait comme une bête de somme.

— De sorte que je pense pouvoir terminer cette pièce d'ici la fin de l'année. Et je commence à avoir le sentiment qu'elle a un potentiel commercial...

En entendant l'intonation et le rythme de sa propre voix à mesure qu'il développait son sujet, l'élargissait pour inclure le thème de ses grands espoirs et de ses modestes attentes, une conclusion élégante teintée d'autodérision, il prit conscience de ce qu'il faisait : il tentait d'impressionner l'inconnue timide et attentive assise à côté de Bill Brock. Elle n'était pas spécialement jolie, mais elle était là, toute nouvelle, et il n'avait jamais pu résister au plaisir de chercher à épater les nouvelles venues.

— Je nous sers un autre verre et nous pourrons aller faire un tour avant le coucher du soleil, offrit-il.

Ils se promenèrent du côté du saule pleureur géant (que Karen trouva « splendide »), puis, reprenant le chemin parcouru avec Ann Blake, ils gravirent l'escalier de pierre bordé de terrasses fleuries.

— Le drôle de petit abri que vous voyez, là-haut, est l'endroit où je travaille, leur expliqua Michael. Il ne paye pas de mine, mais j'aime le calme qu'il m'offre.

... et parlant de coins et de recoins, continua-t-il alors qu'ils faisaient le tour du dortoir, il y a un petit coin douillet dans ce bâtiment-là qui sert de refuge à l'un des pédés les plus célèbres du cinéma américain – une si grosse pédale que les flics l'ont viré de Westport pour avoir montré des films cochons à des jeunes garçons.

— Bonsoir, lança Ben Duane, posté à l'ombre de la porte d'entrée.

Vêtu d'une chemise propre et d'un costume froissé, il ajustait la boucle en turquoise de sa cravate ficelle comme s'il s'apprêtait à descendre la colline pour aller dîner chez Ann Blake. Il n'y avait pas moyen de savoir s'il avait entendu Michael, mais cette possibilité était assez alarmante pour qu'aucun des Davenport n'ait envie de s'attarder ici et de lui présenter leurs invités.

— Bonjour, monsieur Duane, lança sobrement Michael alors qu'ils s'éloignaient aussi vite que possible.

Mon Dieu ! souffla-t-il, se passant la main sur le front. C'est la chose la plus idiote, la plus absolument idiote que j'ai faite depuis que nous avons emménagé ici.

— Oh, je ne pense pas qu'il t'ait entendu, le rassura sa femme, mais ce n'était pas l'une de tes meilleures sorties.

Il était toujours confus et chagriné quand ils terminèrent leur tour du parc et regagnèrent leur salon, où il se laissa tomber dans un fauteuil pour se remettre de ses émotions.

Lucy ne tarda pas à apporter le dîner à table – de bonne heure, expliqua-t-elle, parce qu'ils étaient tous invités à une réception chez les Nelson.

— Nelson ? s'enquit Brock. Oh, oui, le génie de l'aquarelle. Ah, très bien. Une réception est une réception.

Quand Tom Nelson les accueillit sur sa terrasse illuminée, il portait un blouson de fusilier de l'armée de l'air.

— Où as-tu trouvé ce blouson de parachutiste ? lui demanda Michael sitôt que les présentations furent terminées.

— Je l'ai acheté à un gars. Sympa, hein ? J'aime beaucoup les poches.

Le blouson de tanker de Larchmont aussi avait été « acheté à un gars », songea Michael agacé. Qu'est-ce qu'il cherchait, à la fin ? À passer pour un ancien combattant d'une nouvelle unité chaque fois qu'il changeait de ville ?

Le grand salon des Nelson grouillait d'invités, ainsi que l'atelier, juste derrière. Il y avait des filles adorables – on se serait cru sur les lieux d'un casting de cinéma –, et des hommes jeunes côtoyaient des quarantenaires vigoureux, dont certains étaient barbus. Il y avait trois ou quatre Noirs aux allures de musiciens de jazz, et la musique entraînante d'un disque de Lester Young semblait unir les éclats de voix et les rires disparates en vagues successives de conversations enjouées. À première vue, et même lorsqu'on y regardait de plus près, personne ne semblait bouder son plaisir.

Il y avait un Arnold Spencer, professeur d'histoire de l'art à Princeton.

Il y avait un Joel Kaplan, critique de jazz pour *Newsweek* et *The Nation*.

Il y avait un Jack Bernstein, sculpteur dont la dernière exposition venait de débuter à la Downtown Gallery.

Et il y avait une Marjorie Grant, poétesse qui déclara d'emblée qu'elle « mourait » d'envie de rencontrer Michael dont elle avait « adoré » le recueil.

96

— Oh, c'est très gentil. Merci, lui répondit-il.

— Je suis dingue de votre style. Il y a un ou deux poèmes qui m'ont paru un peu moins heureux que les autres, mais j'adore votre style.

Elle en récita un, pour montrer qu'elle l'avait appris par cœur. Elle semblait avoir le même âge que Michael mais avait un petit côté désuet avec l'épais châle qu'elle serrait autour de son buste et ses cheveux blonds tressés qui formaient une couronne autour de sa tête. Sans le châle et la couronne, elle aurait été sublime. Mais un grand homme bien bâti du nom de Rex ne la quittait pas d'une semelle. À voir le sourire patient avec lequel il l'écoutait parler avec Michael, il était clair qu'à l'heure actuelle Rex était le seul homme au monde à savoir à quoi elle pouvait bien ressembler sans son châle et sa tresse.

— Ma foi, dit Michael, je crains de ne pas connaître votre travail, mais il est vrai que je ne me tiens pas aussi bien informé que...

— Oh, non, l'interrompit Marjorie Grant. Je n'ai sorti qu'un recueil, et il a été publié par une toute petite maison, les presses universitaires de Wesleyan.

— Oh, mais Wesleyan est l'une des meilleures....

— C'est ce qu'on dit, je sais, mais ce n'est pas justifié en ce qui me concerne. Un critique m'a qualifiée d'« espiègle », et quand j'ai enfin cessé de pleurer, j'ai compris qu'il n'avait pas complétement tort. Je travaille sur un projet plus ambitieux, à présent, j'espère que vous...

— Oh, très certainement, la coupa Michael. Et je me procurerai également votre premier recueil, que cela vous plaise ou non.

— Marjorie. Tu veux venir voir les dernières œuvres de Tom dans l'atelier ? s'enquit Rex.

Quand ils furent partis, Michael rayonnait encore du plaisir que lui avaient procuré ses compliments ; les vers qu'elle venait de réciter ne lui avaient jamais semblé aussi bons, même s'il aurait aimé savoir lesquels de ses poèmes étaient, selon elle, moins heureux que les autres.

Après avoir bu un verre ou deux en regardant Tom Nelson naviguer courtoisement d'un groupe d'invités à un autre, il décida que le blouson de parachutiste ne le gênait pas tant que ça. La plupart de ces gens savaient sans doute qu'il n'avait jamais combattu dans l'armée de l'air, et quand bien même ils l'ignoreraient, quelle importance ? La guerre était finie depuis onze ou douze ans, le moment n'était-il pas venu pour chacun de s'habiller comme bon lui semblait ? Ne serait-ce pas faire preuve de bêtise et de « rigidité » que de penser le contraire ? Et puis, peut-être que Nelson aimait sincèrement toutes ces poches. Quel mal y avait-il à cela ?

— Tu sais quoi ? lui demanda Lucy, s'approchant de lui une heure plus tard, les yeux plus brillants qu'à l'ordinaire. Je ne pense pas avoir vu autant de personnes si cultivées rassemblées dans le même lieu de toute ma vie.

— Ouais, tu as raison.

— Enfin, à l'exception de ces deux-là, près du mur, corrigea-t-elle. Ils sont horribles. Je me demande bien où les Nelson sont allés les chercher – et pourquoi. Mais je suis contente que Bill Brock soit coincé avec eux : ils se méritent bien.

L'un des intéressés était un jeune homme robuste dont les cheveux bruns ne cessaient de lui tomber sur les yeux, l'autre, une fille quelconque portant une robe bon marché visiblement inconfortable et humide au niveau des aisselles. Leurs visages étaient si sérieux, si exempts d'humour, si crispés par l'effort qu'ils faisaient pour être bien compris qu'ils détonnaient dans cette assemblée.

— Ils s'appellent Damon, reprit Lucy. Il est opérateur de linotype à Pleasantville et prétend être en train d'écrire « un ouvrage sur l'histoire sociale du pays ». Et elle écrit « des petites choses pour faire bouillir la marmite familiale ». Ils sont communistes, je pense, et ils sont sans doute très sympathiques, mais quand même *horribles*.

Elle se détourna d'eux.

— Tu veux aller voir l'atelier ?

— Pas maintenant, répondit Michael. Je te rejoins dans une minute.

— … dans une boîte en *carton* avec *une ficelle* autour, expliquait Bill Brock aux Damon de sa voix sonore, Karen pendue à son bras, comme pour se placer sous sa protection. Ça représente six ans et demi de travail. Alors, vous voyez, je ne peux qu'approuver ce que vous dites, Al, et être d'accord avec tout ce que vous allez écrire, mais du point de vue politique seulement. Ce genre de matériau ne se prête tout simplement pas à la forme romanesque. Il ne s'y est sans doute jamais prêté et ne s'y prêtera jamais.

— Bah, fit Al Damon, passant une main nerveuse dans ses cheveux, je ne vous accuserai pas d'avoir « vendu votre âme », l'ami, mais je suggérerai que vous courez après des chimères. Je suggérerai que vous êtes toujours sous le charme des gens de la « génération perdue » d'il y a trente ans : le problème est que nous n'avons plus rien de commun avec ces gens-là. Nous sommes la *seconde* génération perdue.

Et parce que Michael Davenport n'avait jamais entendu de réflexion plus idiote de la part d'un adulte que ce « nous sommes la deuxième génération perdue », il s'avança pour faire la connaissance des Damon.

— … j'ai cru comprendre que vous opériez une machine linotype, Al ? À Pleasantville ?

— Oui, c'est ce que je fais pour gagner ma vie, répondit Al Damon.

— Ça semble logique. Ça permet d'avoir une expérience pratique du monde de l'imprimerie, et de bénéficier des avantages et des à-côtés du travail syndiqué. Ça a sans doute plus de sens que ce que nous faisons Bill et moi.

Bill Brock trouva cela assez juste.

— Et vous m'avez l'air en forme, Al. Quel genre de sport pratiquez-vous ?

— Eh bien, je me rends au travail à vélo, et je soulève quelques poids.

Mme Damon, qui se prénommait Shirley, commença à paraître un peu anxieuse.

— Dites, Al, reprit Michael, et si on tentait un truc, juste pour rire ?

Il désigna le haut de son abdomen.

— Frappez-moi là de toutes vos forces. Juste à cet endroit.

— Vous plaisantez ?

— Non, je suis sérieux. Frappez-moi là de toutes vos forces.

Michael banda les muscles de son torse, comme apprennent à le faire les boxeurs, tant amateurs que professionnels.

Le sourire ahuri et incrédule de Damon fit place à un air concentré et furieux et il rassembla ses forces pour envoyer un droit puissant à l'endroit désigné.

Le coup ne coupa pas tout à fait le souffle à Michael, et ne le fit reculer que d'un ou deux pas, mais la douleur fut plus intense qu'il ne s'y était attendu. Il n'avait pas rejoué à ce petit jeu depuis l'université.

— Pas mal, Al, approuva-t-il. À mon tour, maintenant. Vous êtes prêt ?

Et il se campa sur ses pieds.

Le poing de Michael ne parcourut qu'une courte distance mais il était rapide et frappa pile au bon endroit. Al Damon s'écroula inconscient sur le tapis.

Shirley Damon poussa un hurlement et se jeta à terre. Semblant arriver de nulle part, Lucy attrapa son bras et se mit à le secouer comme s'il venait d'abattre un homme avec un pistolet.

— Pourquoi as-tu fait *ça* ?

Il y eut hoquet contenu mais général de la part des autres femmes présentes dans la pièce, et les hommes murmurèrent des « Saoul… saoul ». Au début, Michael pensa qu'ils soupçonnaient Damon de s'être écroulé parce qu'il était ivre ; puis, toujours secoué et incendié par Lucy, il comprit que l'accusation d'ivrognerie lui était adressée.

100

La voix aiguë et tremblante de Marjorie s'éleva à l'autre bout de la pièce :

— Oh, je ne supporte pas la violence, je ne supporte aucune forme de violence.

— C'était juste un jeu, expliqua Michael à Lucy et à qui voulait l'entendre. On échangeait des coups. C'était parfaitement loyal, il a frappé le premier. Mon Dieu, je ne voulais pas...

Tom Nelson apparut, souriant, à l'entrée de l'atelier, clignant des yeux derrière ses lunettes.

— Que se passe-t-il ?

Al Damon reprit connaissance au bout de quelques secondes. Il roula sur le côté et se serra les côtes, les genoux relevés contre sa poitrine.

— Laissez-lui un peu d'espace, ordonna une voix.

Mais il en avait suffisamment pour se relever, et c'est ce qu'il fit en six ou sept secondes, aidé de sa femme.

Shirley hésita à peine avant de couler à Michael une œillade de haine incandescente, puis elle entraîna lentement son mari vers la porte d'entrée tandis qu'un invité récupérait leurs manteaux. Ils n'eurent pas le temps de l'atteindre qu'Al Damon s'arrêta, se plia en deux, et vomit par terre.

— ... et s'il avait vomi pendant qu'il était inconscient, ça aurait pu remonter dans ses poumons et le tuer. Tu penses que tu aurais pu t'en laver les mains, là ?

Lucy avait pris le volant, comme chaque fois qu'elle voulait suggérer à Michael qu'il était trop ivre pour conduire, et il se sentait toujours humilié – quasi émasculé – assis dans le siège passager.

— Oh, tu en fais tout un plat. On a échangé des coups de poing, c'est tout, ce n'est pas une tragédie, je n'ai pas assassiné un innocent. La plupart des gens s'en sont lavé les mains. Tom Nelson l'a fait, lui ; il m'a même demandé de lui apprendre à encaisser. Et Pat a répété que ce n'était pas grave. Elle m'a embrassé gentiment à la porte et m'a dit de ne pas m'en faire. Tu étais *là*.

— Personnellement, j'étais ravi, lança Bill Brock, assis sur la banquette arrière, un bras passé autour des épaules de Karen. Ce type est un connard. Et sa femme une connasse.

— Exactement, approuva sa compagne d'une voix ensommeillée. Ni l'un ni l'autre ne possédaient le moindre... charisme.

— Eh bien, c'est une petite chose insignifiante, déclara Lucy, le dimanche soir, quand Bill et Karen eurent regagné la ville. Mais elle est gentille. Et elle convient bien mieux à Bill que Diana Maitland.

— C'est certain, convint Michael.

Il était réconforté d'entendre sa femme reprendre son ton habituel avec lui, pour la première fois depuis la soirée des Nelson, le vendredi soir. Avec un peu de chance, les choses allaient se tasser.

Ils ne surent jamais ce qu'il advint de Karen car, quelques semaines plus tard, Bill réapparut avec une autre fille à son bras. Celle-ci s'appelait Jennifer, était blonde, carrée d'épaules et portée à sourire en rougissant.

Ils ne faisaient que passer, leur expliqua Bill. Ils étaient en route pour Pittsfield où ils devaient rendre visite aux parents de Jennifer qui souhaitaient l'examiner de près.

— Bill et moi ne nous fréquentons que depuis trois semaines, mais j'ai commis l'affreuse erreur d'en parler à mes parents, dit-elle. Je prenais une douche un matin quand le téléphone a sonné, alors j'ai demandé à Bill de répondre et c'était ma mère. Le problème, c'est que mon père et elle se font du souci pour moi depuis que je me suis installée à New York. Oh, je sais que ça paraît ridicule parce que j'ai presque vingt-trois ans, mais ils sont très vieux jeu. Ils sont d'un autre temps.

— Bah, je ne suis pas inquiet, dit Bill, faisant sauter ses clefs de voiture dans sa main. Je vais sortir le grand jeu et les faire fondre.

Et peut-être y parvint-il, mais ils ne surent jamais ce qu'il advint de Jennifer ; pas plus que de Joan, de Victoria, ni d'aucune des autres filles qu'il soumit à leur appréciation au cours des années suivantes. De sorte qu'ils en vinrent à supposer que, comme il le leur avait expliqué un jour, Bill était plus doué pour les relations de court terme.

Un vendredi après-midi, un mois après l'incident avec Al Damon, les Davenport se mirent à lire des magazines assis chacun dans un coin différent du salon, à défaut d'avoir mieux à faire. Ils n'avaient plus mentionné le nom des Nelson, et cependant, ils étaient rongés par l'anxiété à l'idée de ne plus jamais être conviés à leurs réceptions, à l'idée d'avoir été rayés de la liste de leurs invités.

Le hasard voulut que Paul Maitland choisisse de les appeler ce jour-là : Diana était de passage pour le week-end, avec son petit ami, leur annonça-t-il, et elle serait heureuse de les revoir. Leur était-il possible de venir à Harmon Falls vers cinq heures ?

Michael profita du court trajet en voiture pour s'armer de courage en prévision de cette nouvelle rencontre avec Diana. Peut-être qu'elle était devenue stupide après avoir passé tant d'années avec cet acteur à la manque, ce connard d'acteur. Ce ne serait pas la première fille à changer de la sorte. Ou peut-être pas. Et à l'instant où il l'aperçut dans l'allée de la maison, entre son frère et son épouse et son jeune et grand compagnon, les regardant garer leur voiture un sourire de bienvenue aux lèvres, il comprit qu'elle n'avait pas changé le moins du monde. C'était toujours la fille gracieuse et malhabile qu'il avait connue, si unique et si parfaite qu'il aurait fallu être dingue pour lui préférer qui que ce soit d'autre au monde.

Ils échangèrent des baisers et des poignées de main (Ralph Morin semblait déterminé à prouver à Michael qu'il pourrait lui broyer les doigts si l'envie lui en prenait), puis pénétrèrent dans une grande maison de pierre bâtie pour Walter Folsom, l'ingénieur retraité qui se trouvait être le beau-père de Peggy. Dans la pièce principale, où M. Folsom et son épouse s'avancèrent pour accueillir le jeune couple, une immense fenêtre donnait sur un ravin verdoyant qui descendait vers un torrent, chatoyant à une centaine de mètres de là.

— Toute ma vie, j'ai rêvé de posséder une maison équipée d'un robinet fixé au mur dont s'écoulerait du whisky, déclara M. Folsom à ses invités. Et vous voyez, j'ai enfin réussi à réaliser mon souhait.

S'enfonçant dans l'un des canapés qui faisaient face à la fenêtre, Ralph Morin expliqua à Mme Folsom qu'il avait toujours apprécié « la grande sérénité des lieux ». Il envoya son bras sur le dossier du canapé pour illustrer son propos.

— Si je devais un jour vivre dans une maison comme celle-ci, je passerais mon temps à lire devant cette fenêtre tous les livres que j'ai toujours souhaité lire, et plus encore.

— Oui, répondit son hôtesse, semblant dépitée d'être coincée avec cet interlocuteur. C'est un endroit très propice à la lecture.

Ceux qui ignoraient que Ralph Morin avait reçu une formation d'acteur, décida Michael, pouvaient le déduire en observant ses gestes et ses mouvements ; à sa manière de présenter son visage sous son meilleur angle en fonction de la lumière disponible ; à la position artificielle de son bras sur le dossier du canapé ; et même à sa façon de tenir son verre et de présenter le galbe de ses chaussures luisantes sur le sol. Il semblait toujours prêt à être pris en photo.

Depuis qu'il était à la retraite, Walter Folsom s'était mis à peindre, tout comme son épouse, et ils étaient ravis de l'époux que s'était choisi la jeune Peggy. Durant le reste de l'après-midi, ils profitèrent de chaque moment d'inattention de Paul pour faire savoir aux Davenport le bien qu'ils pensaient de son travail, et, à une occasion, M. Folsom en parla dans les exacts mêmes termes que le sous-traitant dans le marché de la construction présent à la soirée de

Delancey Street, des années auparavant : « Ce type-là est un artiste-né. » Apparemment, Paul Maitland ne pouvait aller où que ce soit sans s'attirer des admirateurs.

Pour sa part, Michael passa le plus clair de son temps à chercher des prétextes pour s'isoler avec Diana, à l'écart des conversations. Il ne savait pas ce qu'il lui dirait, il voulait juste l'avoir pour lui seul, afin d'offrir des réponses intéressantes aux questions qu'elle voudrait bien lui poser.

L'occasion ne se présenta qu'une fois, alors qu'ils quittaient tous la maison des Folsom pour aller dîner chez les Maitland. Diana marcha à son niveau et lui dit :

— C'était un recueil de poèmes incroyablement touchant, Michael.

— Tu veux dire que tu l'as lu ? Et que tu l'as aimé ?

— Bien sûr que je l'ai lu et que je l'ai aimé. Pourquoi te le dirais-je si ce n'était pas le cas ?

Après un moment délicat, elle ajouta :

— J'ai particulièrement apprécié le long poème final, « Tout est dit ». Il est vraiment magnifique.

— Eh bien, merci, dit-il, trop intimidé pour prononcer son prénom.

Paul et Peggy habitaient un petit chalet en bois brut qui se trouvait déjà sur place quand Walter Folsom avait acheté la propriété, et l'on décelait des signes de la modestie du jeune couple un peu partout dans sa pièce principale. Telle la paire de chaussures de travail couvertes de boue abandonnée près de la porte d'entrée, à côté de la boîte à outils de charpentier de Paul, les cartons encore fermés, ou, un peu plus loin, la planche à repasser derrière laquelle il était aisé de se représenter Peggy repassant les vêtements en jean de son mari. Courbés sur les bols de ragoût de bœuf que la maîtresse de maison leur avait servis, ils auraient aussi bien pu se trouver sous les toiles de jute de l'appartement de Delancey Street.

— Oh, c'est délicieux, Peg, la félicita Diana.

Et Mme Folsom, dont le joli visage semblait incapable de dissimuler ses sentiments, fut visiblement ravie

105

d'entendre louer ainsi la cuisine de sa fille. Puis elle demanda :

— Paul ? Pourrons-nous jeter un œil à l'autre chambre, tout à l'heure, pour voir votre travail ?

— Oh, pas aujourd'hui, Helen, si cela ne vous dérange pas. Ce ne sont que des barbouillages, pour l'instant. C'est un projet très expérimental. Je ne pense pas avoir quoi que ce soit à montrer avant que nous soyons rentrés de Cape. Mais merci quand même.

« Expérimental » était le mot que le critique du *Harvard Crimson* avait employé pour fustiger le jeu de Lucy dans sa première pièce, se remémora Michael. Il se demandait s'il serait capable de faire la différence entre les toiles « expérimentales » de Paul et ses toiles abouties, et était content qu'on lui épargne la peine de devoir essayer.

Un peu plus tard, il entendit Lucy s'exclamer « Mais, *pourquoi*, Paul ? », et vit Maitland secouer la tête en mâchant une bouchée, lui opposant un refus aimable mais catégorique, comme pour lui expliquer que le « pourquoi » n'avait aucune importance. Michael comprit qu'elle n'insistait pas pour voir ses peintures : il était question d'autre chose.

— D'accord, mais je ne comprends pas, persista-t-elle. Les Nelson sont des gens merveilleux, et ce sont de bons amis à nous, je sais que tu les apprécierais. Ce n'est pas parce que Tom et toi ne voyez pas les choses sous le même angle, professionnellement, que vous ne pourriez pas vous apprécier sur le plan *social*.

Ralph Morin se pencha et posa la main sur l'avant-bras de Lucy.

— Je n'insisterais pas à votre place, ma chère, il est des moments où un artiste doit faire usage de son propre jugement.

Et Michael aurait pu l'étrangler, tant pour avoir dit « ma chère » à Lucy que pour sa petite remarque pédante.

— ... Oh, mais Cape est ravissante hors saison, expliquait Peggy Maitland. Les paysages sont déserts et battus par les vents, et leurs couleurs sont d'une subtilité magnifique. Et il y a ce festival d'hiver, à deux pas de l'endroit où nous avons séjourné l'année dernière. Avec des gens délicieux. Des gitans. Ils sont très amicaux et très fiers...

C'était la première fois que Michael l'entendait formuler de si longues phrases. En général, elle se contentait de répondre aux questions par monosyllabes ou d'adresser des œillades adoratrices à son mari. Elle arrivait au point culminant de son anecdote :

— ... alors j'ai demandé à l'un d'eux quel était son numéro – pour le festival – et il a répondu « Je suis avaleur de sabres ». J'ai demandé « Ça ne fait pas mal ? » et il a dit « Vous pensez que je vous le dirais ? ».

— Oh, mer-veilleux ! s'exclama Ralph Morin en riant. C'est l'essence même de l'artiste.

En rentrant à Tonapac, ce soir-là, Lucy lui demanda :

— Qu'as-tu pensé de ce... comment s'appelle-t-il déjà ? Morin ?

— Pas ma tasse de thé. Pédant, imbu de sa personne, ennuyeux. Je pense que c'est sans doute un imbécile.

— Tu aurais dit ça de toute façon.

— Pourquoi ?

— À ton avis ? Peut-être parce que tu as toujours eu un énorme béguin pour Diana. C'était gros comme le nez au milieu du visage, ce soir. Rien n'a changé.

Et parce qu'il ne se sentait pas le courage de le nier, parce qu'il n'avait pas spécialement envie de le nier, ils parcoururent le reste du trajet en silence.

En dehors d'Harold Smith et de quelques autres employés de bureau dont les billets de transport étaient offerts par la compagnie de chemin de fer, très peu de locaux se rendaient à New York quotidiennement : le trajet prenait une heure et cinquante minutes. Quand Michael effectuait un de ses voyages bimensuels, il échangeait toujours un salut cordial avec son voisin sur le quai de la gare, puis, une fois dans le train, se plongeait dans son journal, assis d'un côté du couloir, tandis qu'Harold se joignait aux autres employés de sa compagnie, de l'autre côté, sur les sièges qui se faisaient face, afin d'entamer une partie de cartes qui durait tout le trajet. Pourtant, un matin, d'humeur gentiment timide, Harold s'aventura de son côté de l'allée centrale et s'assit dans le siège voisin de celui de Michael.

— Hier soir, mon épouse et moi nous disions que nous étions heureux que vous vous soyez installés dans le petit pavillon, commença-t-il. Parce que Ann Blake est très gentille, mais nous craignions qu'elle ne le loue encore à un couple d'homos. Enfin, je veux juste dire que c'est bien agréable d'avoir une famille normale, là-bas. Et notre Anita ne tarit pas d'éloges sur votre petite fille.

Michal s'empressa de lui répondre que Laura aussi aimait beaucoup Anita, et il ajouta que c'était d'autant plus réconfortant pour eux qu'elle était enfant unique.

— Ma foi, c'est parfait, déclara Harold Smith. Elles vont donc pouvoir continuer à jouer ensemble, n'est-ce pas ? Et nos autres filles n'ont que neuf et dix ans, alors elles devraient toutes bien s'entendre. Notre fils a six ans, lui. Il est… handicapé.

Il y eut un silence, puis il reprit :

— À quoi consacrez-vous votre temps libre, Mike ? Vous aimez le bowling ? Vous jouez aux cartes ?

— Oh, la plupart du temps je travaille, Harold. J'essaie de terminer une pièce, voyez-vous, et j'ai commencé quelques poèmes, aussi.

— Ah, oui, je suis au courant. Ann nous en a parlé. Vous avez aménagé le vieil abri de jardin en bureau, n'est-ce pas ? Non, mais je voulais parler des moments où vous vous reposez.

— Nous lisons beaucoup, ma femme et moi. Et il nous arrive de rendre visite à nos amis de Harmon Falls et de Kingsley.

Et ce n'est qu'en s'entendant dire « nos amis » et « Kingsley », qu'il prit conscience de sa grossièreté.

Harold Smith se pencha en avant pour gratter sa cheville qui dépassait de sa très courte chaussette. Dans le mouvement, sa veste de costume s'ouvrit, révélant cinq ou six stylos bille fixés à la poche de sa chemise. Michael craignit alors qu'il se redresse, ouvre son journal, et passe le reste du long trajet dans un silence vexé.

Il fallait qu'il dise quelque chose. Je crains de ne pas trop m'intéresser au bowling, et je n'ai jamais appris à jouer au poker, Harold, pourrait-il tenter en guise d'ouverture, mais j'aime regarder les combats de boxe, et vous ? Les filles ne seraient sans doute pas partantes, mais nous pourrions peut-être aller dans un de vos bars préférés, un de ces soirs, quand il y aura un bon championnat, et…

Non, non. Harold Smith risquait de répondre : Je ne m'intéresse pas à la boxe, ou Je ne fréquente pas les bars. Ou pire : Ah ouais ? Je ne vous aurais pas cru amateur de boxe, ce qui l'entraînerait de nouveau sur le terrain glissant du souvenir de Blanchard Field et du tournoi des Gants d'or, qui était devenu un sujet proscrit.

Finalement – et en ce qui lui parut un rien de temps – Michael retrouva sa voix et se mit à parler sans réfléchir.

— Dites, Harold, pourquoi Nancy et vous ne viendriez-vous pas dîner à la maison un de ces prochains soirs ? Ou, si vous ne pouvez pas venir dîner, nous pourrions boire un verre un peu plus tard, afin de faire connaissance. Parce que, tant qu'à être voisins, autant être bons amis, pas vrai ?

— Eh bien, ce sera avec plaisir, Mike. Merci.

Et l'espace d'une seconde, il lui sembla percevoir, dans le visage quelconque mais rosissant de plaisir d'Harold, des signes de ce don naturel pour la comédie qu'Ann Blake avait mentionné.

Eh bien, voilà, ce n'était pas si difficile que ça ! Quand ils déplièrent leurs journaux respectifs dans un froissement de papier, se retranchant dans une intimité agréable pour le reste du voyage, Michael avait toujours du mal à se remettre de la découverte qu'il venait de faire : il arrivait parfois (rarement, mais parfois), que les relations sociales ne se révèlent pas infernalement compliquées.

Le soir convenu, les Smith se munirent d'une lampe torche puissante et traversèrent le parc pour rejoindre le petit pavillon. Harold avait passé sa tenue d'homme de la campagne : une épaisse chemise de chasse à carreaux rouges et noirs qu'il portait avec le col relevé et pendant sur son pantalon. Nancy paraissait tirée à quatre épingles dans son pull bleu et son jean joliment délavé. Les Davenport, quant à eux, avaient commis l'erreur d'être trop habillés pour l'occasion. Michael portait un costume-cravate et Lucy ce que l'on pouvait raisonnablement qualifier de robe de cocktail. Et cependant, à condition de parler et de boire suffisamment, Michael était certain que la question des vêtements ne se poserait bientôt plus.

Oui, bien sûr, travailler pour les chemins de fer était une vraie galère, leur confia Harold Smith, s'adossant à son fauteuil, un gin-tonic dans la main. Il n'aimait pas trop son poste de jeune employé de bureau quand ils l'avaient embauché, et, en toute honnêteté, il ne pouvait pas prétendre que ça s'était beaucoup amélioré depuis.

— Mon père m'a dit : « Tu ferais mieux de te trouver un boulot, fiston », alors je me suis trouvé un boulot. Et voilà, c'est l'histoire de ma carrière.

Il but une gorgée de sa boisson pour laisser une salve de rires résonner dans la pièce.

— Enfin, j'ai quand même bénéficié d'avantages inattendus dès le début. Le tout premier été, quand j'ai pointé le bout de mon nez au bureau du personnel un matin, j'ai remarqué la belette ici présente.

Il adressa un clin d'œil à sa femme.

— Elle était assise à sa machine à écrire, comme les autres filles, sauf qu'elle ne tapait pas : elle s'étirait en bâillant, les deux bras tendus au-dessus de sa tête. On aurait dit qu'elle aurait préféré se trouver n'importe où ailleurs. Et je me souviens avoir pensé *Voilà* une fille à qui je me sentirais capable de parler. J'étais très timide à l'époque, voyez-vous. Plutôt futé et aguerri, certes – j'avais servi dans la marine, et tout –, mais très timide avec les filles.

— Vous avez eu un coup de foudre ? déduisit Lucy Davenport. Comme c'est charmant.

Et Michael craignit aussitôt que ce « charmant » ne passe pour de la condescendance.

— Eh bien, on ne peut pas dire que ce soit arrivé si vite que ça, dit Harold. J'ai commencé à me rendre au bureau du personnel trois ou quatre fois par jour, sous des prétextes quelconques – je me contentais parfois d'y déposer un tas de planchettes à pince. Trois semaines se sont écoulées ainsi avant que je ne trouve le courage de lui parler.

— Plutôt six semaines, corrigea Nancy Smith, récoltant son lot de petits rires. Et durant tout ce temps, je me demandais pourquoi ce garçon séduisant ne cessait de venir dans mon bureau mais ne m'adressait jamais la parole.

— Attends un peu, ma coquine, l'arrêta Harold, un index levé. Qui raconte cette charmante histoire, maintenant, toi ou moi ?

Et quand il fut certain d'avoir récupéré l'attention de son auditoire, il reprit le fil de son récit.

— À l'époque, voyez-vous, on ne nous accordait qu'une demi-heure pour déjeuner. On était supposés courir au distributeur du coin, glisser ses pièces dans la fente, avaler son sandwich et sa petite part de tarte minable, et filer au travail comme un rat. En d'autres termes, je ne voyais pas trop l'intérêt de l'inviter à déjeuner, si vous voyez ce que je veux dire. Mais j'ai eu une meilleure idée. Je lui ai dit « C'est une belle journée, n'est-ce pas ? Ça vous dirait de faire une promenade ? ». Et on a remonté Park Avenue, de la Quarante-Sixième à la Cinquante-Neuvième Rue, en prenant tout notre temps et sans arrêter de parler. À deux reprises, quand elle m'a lancé « Harold, ils vont nous *renvoyer* », je lui ai répondu « Vous voulez parier ? », et elle a pouffé de rire. Parce que, franchement, vu le genre de job

111

qu'on avait à l'époque, ça leur aurait coûté plus cher de nous virer que de nous garder. Et puis on avait juste disparu tout un après-midi, et il était possible que personne n'ait remarqué. Bref, il était quatre heures quand on a fini par déjeuner, à la cafétéria de Central Park – celle qui se trouve à côté du zoo. Mais je ne pense pas qu'on ait beaucoup mangé l'un ou l'autre : on était trop occupés à se tenir la main et se bécoter et se dire toutes sortes de sottises : le genre de choses qu'on avait entendu dire dans des films, je suppose.

— Oh, je trouve cela merveilleux, commenta Lucy.

— C'est vrai, oui, mais on a rencontré pas mal de difficultés plus tard, continua Harold. Voyez-vous, ma famille est catholique et celle de Nancy est luthérienne, et tout ça ne fait pas bon ménage. D'autant que ses parents espéraient qu'elle épouserait un homme possédant une meilleure situation – une autre petite emmerde. On a mis plus d'un an à convaincre tout le monde, mais ils ont fini par accepter.

L'espace d'un instant tendu, Michael craignit que les Smith ne s'attendent à entendre l'histoire de la rencontre des Davenport, qui allait nécessiter la mention gênante de lieux tels que « université », et même « Harvard » ou « Radcliffe » ; mais Harold sembla juger que cela pouvait attendre. Il avait déjà bien entamé son deuxième verre et s'était habitué à son rôle d'orateur en chef, et il décida d'en revenir au sujet qu'il voulait aborder depuis le début, à savoir son ambition.

Même une vieille compagnie brinquebalante comme la Central, expliqua-t-il, méritait qu'on lui reconnaisse certaines qualités. Notamment, la possibilité qu'elle offrait à ses employés de voyager sans payer. N'était-ce pas là un exemple éloquent de gestion éclairée ? Sans cela, comment Nancy et lui auraient-ils pu élever leurs enfants dans un endroit comme celui-ci, tant qu'ils étaient encore assez jeunes pour en savourer les bénéfices ? Et, mince, il devait reconnaître qu'il appréciait les gars qui travaillaient avec lui au Traitement des données. Ils se connaissaient depuis longtemps et se comprenaient bien. Et il y avait un club de hand-ball où les hommes se retrouvaient le vendredi après-midi, ce qui était également très agréable. Ça le maintenait en forme.

Mais le meilleur dans tout ça, dit-il, se carrant dans son siège avec son nouveau verre, la chose la plus encourageante, c'était le programme de formation mis en place par la Central pour ses employés les plus performants du service de Traitement des données. Il se pouvait qu'il ne soit pas admissible avant deux bonnes années, mais c'était certainement un objectif motivant. Quelques cours seraient assurés « au sein de la corporation », expliqua-t-il, mais la plupart d'entre eux leur seraient dispensés par des « professeurs de l'administration des affaires de plusieurs des universités les plus réputées de New York... ».

Les trois auditeurs d'Harold, dont les regards s'étaient animés et éclairés quand il avait parlé de sa première promenade avec Nancy, affichaient désormais une patience stoïque. Nancy, qui avait déjà entendu tout ça, semblait avoir l'esprit ailleurs, Lucy s'appliquait à récompenser leur orateur de petits hochements de tête idiots chaque fois qu'il marquait une pause, pour lui signifier qu'elle partageait son point de vue, et Michael fixait son verre, comme si, absorbé en quantités raisonnables, l'alcool pourrait se révéler un remède efficace pour l'empêcher de mourir d'ennui.

Enfin, Harold glissa vers le bord de son fauteuil, suggérant qu'il en avait presque terminé.

— Parce que, voyez-vous, l'industrie des transports du futur ne s'embarrassera pas de savoir si un gars vient des chemins de fer *ou* de l'aviation. Ce sera juste un membre responsable et décisionnaire de... l'industrie des transports tout court.

— Ma foi, c'est tout à fait... intéressant, dit Lucy.

— Vous avez raison. C'est intéressant. Et à présent, je suis très intéressé d'en découvrir davantage sur votre branche, Mike.

113

— Ma branche ?

— *L'Ère des grandes chaînes.* Parce que c'est vraiment ce qu'on appelle le *changement*, ça. Il y a quelques années encore, on avait sa petite épicerie de quartier, sa droguerie, son petit poissonnier du coin. Et voilà qu'on vit une révolution du concept du commerce, pas vrai ? Alors, quand on travaille dans un magazine comme le vôtre, à l'avant-garde de tous ces changements, on doit avoir l'impression d'être au cœur d'un monde d'opportunités chaque fois qu'on met le pied au bureau.

— Oh non, Harold, lui répondit Michael. C'est juste un moyen de payer mes factures, vous savez, et de continuer à faire mes trucs à côté.

— Oui, bien sûr, je comprends, mais quand même, vous *travaillez* pour ce magazine, non ? Quel était le sujet de votre dernier article ? Ça m'intéresse vraiment.

Michael ressentit des picotements à la base du crâne et serra les dents en songeant qu'ils ne tarderaient plus à rentrer chez eux.

— Laissez-moi réfléchir. J'ai écrit une série d'articles sur un gars du Delaware, un certain Klapp. Il est architecte. Il a construit un centre commercial dans un centre-ville et il pense que c'est vraiment super et il voudrait en construire dans d'autres centres-villes, mais il se dit freiné par les « politiques ».

— Vous l'avez rencontré ?

— Je lui ai parlé deux fois au téléphone. Ça m'a l'air d'un vrai connard. L'unique raison pour laquelle mon rédacteur en chef m'a commandé ces articles, c'est que le magazine prépare un numéro sur le renouvellement urbain, ce genre de conneries.

— Ah, je vois. Mais supposons que vos articles le fassent passer pour un mec bien. Et supposons que le magazine *Life* tombe dessus, décide de faire son portrait, et que le gars se fasse une fortune en construisant ses trucs dans des tas d'autres villes. Et supposons qu'il vous en soit tellement reconnaissant qu'il vous dise « Hé, Mike, j'aimerais bien que tu deviennes mon attaché de presse ». Alors peut-être que ce sera toujours un connard, mais (là, Harold lui adressa un petit clin d'œil, comme il devait l'avoir fait le jour où il avait trouvé le courage de parler à Nancy au bureau du personnel), ce ne serait pas un peu plus sympa d'écrire vos poèmes et vos pièces avec un salaire de cinquante mille dollars par an ?

Quand le brave rayon de la torche des Smith les reconduisit enfin chez eux, Lucy déclara :

— Eh bien, voilà une expérience que nous ne réitérerons pas, ou du moins, pas de sitôt.

Au bout d'un instant, elle ajouta :

— C'est drôle, tu ne trouves pas ? On l'imagine très bien acteur comique : il est vraiment drôle. Mais Dieu ce qu'il peut être soporifique quand il n'est pas d'humeur à vous faire rire !

— Ouais, c'est ce qu'il t'arrive quand tu passes des années à faire un sale petit boulot de col blanc. Ce n'était pas si mal avant qu'il se mette à vanter les vertus du management éclairé, après ça, on était foutus. On a plein de gars comme lui au magazine. C'est un peu effrayant.

Elle avait ramassé les verres vides et les emportait à la cuisine.

— Pourquoi « effrayant » ? questionna-t-elle.

Et il était juste assez fatigué, et juste assez alcoolisé, pour exprimer – et même exagérer – ses peurs.

— Eh bien, parce que... et si ma pièce n'était pas le gros succès que j'espère ? Ni même la prochaine ?

Debout devant l'évier, elle lavait les verres et l'assiette dans laquelle elle avait servi les biscuits salés et le fromage.

— Tout d'abord, déclara-t-elle, c'est peu probable, comme tu le sais. Ensuite, tu auras bientôt deux, voire trois bons recueils de poésie à ton actif, et les universités se battront pour t'avoir.

— Ouais, ouais, c'est super. Seulement, tu sais quoi ? Les départements de lettres des universités américaines sont pleins de gars très semblables à Harold. Ceux-là ne croient peut-être pas aux vertus du management, mais les choses auxquelles ils croient te feraient dresser les cheveux sur la tête. Si je deviens professeur d'université, un jour, je te garantis que je réussirai à te faire mourir d'ennui en moins de deux ans.

Elle ne répondit pas, et le silence qui s'étirait dans la cuisine commença à avoir un goût de honte. Parce qu'il savait ce qu'elle se retenait de dire, qu'en dernier lieu, il y aurait toujours son argent. Et à présent, il trouvait effrayante l'idée que le petit malaise provoqué par cette soirée ennuyeuse l'ait poussé à prendre le risque d'inciter Lucy à le répéter.

Il s'approcha d'elle et fit courir sa main le long de sa colonne vertébrale tendue.

— C'est bon, chérie. Montons nous coucher maintenant.

Il ne termina pas sa pièce avant la fin de l'année. Il passa l'hiver à travailler, du matin au soir, dans l'abri de jardin, où le poêle au kérosène fumait tant qu'il ressortait avec une pellicule de suie sur les mains, le visage et les vêtements. Autour du mois de mars ou d'avril, quand il put cesser de le chauffer et ouvrir les fenêtres, il pensait avoir effectué assez de modifications judicieuses à ses deuxième et troisième actes pour qu'ils prennent vie, mais le premier acte s'étalait, toujours inerte, sur les pages. C'était une scène d'exposition laborieuse, dans ce genre de style résistant obstinément à toute amélioration qu'il aurait juré avoir dépassé depuis des années. Si la marque d'un professionnel était de faire paraître simples les choses les plus difficiles, l'écriture de cette pièce progressait résolument dans la direction opposée : chaque nouveau procédé qu'il tentait pour sauver ce misérable premier acte ne réussissait qu'à faire paraître difficiles les choses les plus simples.

La mi-juillet arriva, et sa seule consolation fut alors de savoir qu'il était capable de rester concentré pendant plu-

116

sieurs heures d'affilée. Il ne ressentait même plus la chaleur et les effets du confinement strict qu'il s'imposait ; il n'avait conscience que du crayon qu'il tenait entre ses doigts, ou des gouttes de sueur qui l'obligeaient sans cesse à s'essuyer les yeux. Parfois, il émergeait de son bureau au crépuscule, pensant qu'il était midi.

Il mettait tant de cœur à l'ouvrage que, par un après-midi étouffant, il entendit à peine le gros fracas qui fit trembler la porte de l'abri de jardin, comme si quelqu'un avait foncé dedans tête baissée. Il s'écoula une bonne demi-heure avant qu'il s'aperçoive qu'une odeur nauséabonde insupportable avait envahi la pièce. Bon sang mais qu'est-ce que c'était ? Il dut pousser la porte de toutes ses forces pour l'entrouvrir et constater qu'elle était bloquée par ce qui se révéla être un sac en toile de jute mouillé pesant une bonne cinquantaine de kilos. Le sac bascula et une multitude d'objets en forme de piques, qu'il ne réussit pas à identifier immédiatement parce qu'ils grouillaient de grosses mouches bleues luisantes, s'éparpillèrent par terre.

— Oh ! lança Ben Duane, à une cinquantaine de mètres de là.

Il arriva en courant dans son mini-short kaki. Il avait les jambes arquées mais était très agile pour son âge, et il arborait un grand sourire satisfait.

— J'ignorais qu'il y avait quelqu'un à l'intérieur, ou j'aurais mis ça ailleurs.

— C'est que, je travaille ici, monsieur Duane, lui rappela Michael. Je travaille ici depuis plusieurs années, déjà. Tous les jours.

— Vraiment ? C'est drôle que je n'aie pas remarqué. Attendez, je vais vous débarrasser de tout ça.

S'accroupissant bien bas, il rassembla à mains nues les têtes de poisson, les mouches et le reste et les fourra dans le sac.

— Ce sont des têtes de maquereau, expliqua-t-il. Ça ne sent plus très bon à ce stade, mais c'est un excellent engrais.

117

Puis il se redressa, souriant toujours, et envoya le sac sur son épaule nue.

— Bon. Désolé pour la gêne, l'ami, dit-il.

Et il retourna à ses parterres de fleurs.

Il n'y eut plus moyen d'accomplir quoi que ce soit, après ça. Les têtes de maquereau avaient beau avoir disparu, leur odeur lourde et prégnante semblait suinter des cloisons de l'abri, et chaque fois que Michael se laissait aller à fermer les yeux, il revoyait les nuées de mouches bleues luisantes.

— Et tu sais quoi ? dit-il à Lucy, un peu plus tard. Je te parierais que ce vieux connard l'a fait exprès.

— Ah ? Et pourquoi aurait-il fait une chose pareille ?

— Bah, je ne sais pas. Et merde. Je ne sais plus rien.

7.

Les parents de Michael venaient de Morristown en voiture une fois par an, et se montraient toujours des invités
modèles : leur séjour n'était ni trop long ni trop court, ils
ne trouvaient rien de plus étrange à Tonapac qu'à Larchmont, et ne posaient jamais de questions embarrassantes.
Il était clair que c'était essentiellement pour voir leur
petite-fille qu'ils entreprenaient ce voyage, et Laura semblait les aimer tous deux de tout son cœur.
Les parents de Lucy étaient bien moins prévisibles,
quant à eux. Il pouvait s'écouler deux ou trois ans sans
que les Davenport ne reçoivent d'autres signes de vie de
leur part qu'une carte de Noël griffonnée en vitesse et un
petit cadeau pour l'anniversaire de Laura, puis, sans le
préavis d'usage, ils apparaissaient soudain en chair et en
os : deux êtres riches et loquaces dont chaque regard et
chaque geste était un acte de malveillance délibérée.
— C'est donc *ici* que vous vous cachiez, lança Charlotte
Blaine en descendant d'une voiture très propre et très
longue.
Elle s'arrêta sur la pelouse et jeta un œil autour d'elle.
— J'adore votre petit escalier en colimaçon, ma chérie,
mais je ne vois pas trop à quoi il peut servir.
— Oh, c'est un grand sujet de conversation, répondit
Lucy.
Michael trouva que son beau-père avait beaucoup
vieilli depuis leur dernière rencontre. Stewart Blaine (dit
« Whizzer ») était toujours agile au squash, en ville, et au

tennis, à la campagne, il pouvait encore s'élancer du plongeoir le plus haut et exécuter un certain nombre de longueurs vigoureuses, mais son visage avait pris cet air déconcerté des hommes qui ne comprennent pas où sont passées les dernières années.

À en croire Lucy, il aurait un jour confié à sa fille qu'il jugeait « louable » le refus de Michael d'utiliser sa fortune ; mais à le voir assis le nez dans son verre de bourbon à l'eau, à cet instant, il paraissait évident qu'il avait changé d'avis.

— Alors, Michael, dit-il après un long silence. Comment vont les affaires sur le front du... comment vous appelez ça... le journal d'entreprise ?

Et, avec un petit sourire désinvolte qui lui réchauffa le cœur, il entendit Lucy répondre :

— Oh, c'est presque de l'histoire ancienne, tout ça.

Et elle lui parla de l'arrangement trouvé et du contrat de rédacteur free-lance comme s'il n'avait plus à se soucier du tout de L'Ère des grandes chaînes. Après une pause pleine d'emphase, elle ajouta qu'il avait presque terminé un autre recueil de poèmes.

— Oh, c'est bien, répondit M. Blaine. Et où en sont les pièces ?

Cette fois, Michael répondit lui-même.

— Je n'ai pas été très chanceux de ce côté-là, jusqu'ici, avoua-t-il.

En réalité, il n'avait pas été chanceux *du tout*. Si plusieurs de ses pièces de jeunesse traînaient encore sur les bureaux ou dans les classeurs de plusieurs producteurs indépendants, la plus importante, la tragédie en trois actes qui lui avait donné tant de mal, ne lui avait rapporté qu'un accusé réception de son agent l'informant qu'elle faisait « la tournée des comités de lecture » – parcours interminable sur lequel il fondait peu d'espoirs. À deux ou trois reprises, au cours de l'été, il avait même songé à proposer le manuscrit au Festival de théâtre de Tonapac, et s'était heureusement abstenu. Le metteur en scène de la compagnie itinérante de cette année, un exalté nerveux et indécis, ne lui inspirait guère plus de confiance que ses acteurs, des gamins indisciplinés avides de titres professionnels et d'anciens soldats incompétents invariablement trop vieux pour leurs rôles. Et, de toute façon, il n'aurait pas supporté qu'ils lisent sa pièce et la refusent.

— Le monde de la production théâtrale est très, très rude, conclut-il.

— Oh, j'en ai conscience, dit M. Blaine. Enfin, je l'imagine bien.

Laura rentra de l'école à cet instant et Michael comprit que la visite toucherait bientôt à son terme. Stewart et Charlotte Blaine n'avaient jamais eu beaucoup de temps à consacrer à leur rôle de parents, il était donc raisonnable de ne pas s'attendre à ce qu'ils s'intéressent à une enfant de la génération suivante. Leurs exclamations ravies rituelles sonnaient faux, et ils semblaient incapables d'accorder la moindre parcelle d'attention à la fillette aux grands yeux timides et aux vêtements maculés de traînées d'herbe dont la présence les obligeait à lever leurs verres d'alcool hors de sa portée et à tendre le cou de manière comique pour poursuivre leur conversation entre adultes.

Sitôt que les Blaine furent partis, Michael serra sa femme dans ses bras et la remercia d'avoir répondu à la question de son père de cette manière.

— Tu m'as vraiment sauvé, dit-il. C'était formidable. C'est toujours formidable quand... tu prends ma défense, comme ça.

— Oh, je l'ai fait autant pour moi que pour toi.

Et il sentit qu'elle se raidissait dans ses bras, ou que ses bras se raidissaient autour d'elle. Il avait peut-être marché sur sa chaussure ? Ou ils s'étaient séparés trop vite ? Quoi qu'il en soit, ce fut l'étreinte la plus maladroite de l'histoire de leur couple.

*

Un matin d'automne, quelqu'un frappa à la porte de l'abri de jardin et Michael se retrouva nez à nez avec un Tom Nelson souriant dans son vieux blouson de tanker GI.

— Ça te dirait d'aller chasser le faisan ? lui proposat-il.

— Je n'ai pas de fusil. Ni de permis de chasse, d'ailleurs.

— Oh, c'est pas dur à trouver, ça. Tu peux t'acheter une carabine correcte à vingt-cinq dollars, et le permis n'est pas difficile à obtenir. Je suis allé chasser seul, ces deux derniers jours, et j'ai pensé qu'un peu de compagnie serait bienvenue. Je me suis dit qu'un ancien mitrailleur de l'armée de l'air ferait un bon deuxième fusil.

L'idée que Tom Nelson était venu de Kingsley pour lui faire cette proposition était plaisante. Voire flatteuse. Michael l'entraîna vers la maison pour que Lucy puisse savourer sa part de ce plaisir. Ils avaient souvent été invités aux réceptions des Nelson, et les Nelson s'étaient souvent affichés, joyeux et rieurs, aux leurs, et cependant, Lucy était toujours contente de recevoir de nouveaux témoignages d'amitié de leur part.

— Tirer sur des *oiseaux* ? s'étonna-t-elle. Est-ce vraiment une bonne idée ?

— Ah, c'est ce vieil esprit ancestral du chasseur, m'dame, invoqua Tom Nelson. Et puis, c'est un prétexte pour sortir, faire un peu d'exercice.

Un matin, de très bonne heure, alors que, lesté de sa carabine bon marché, il traversait des champs jaunis en direction du « coin de nature » que Nelson lui avait indiqué, Michael sentit soudain son intérêt pour la chasse s'éveiller. En dehors de la boxe, qui l'avait attiré pour des raisons compliquées, il n'avait jamais pratiqué, ni même apprécié, le moindre sport de sa vie.

Mais quand ils s'installèrent sur un rocher tapissé de lichen, il lui apparut que Tom était moins intéressé par les faisans que par sa compagnie : ce qu'il voulait surtout, c'était parler des femmes en général.

Michael avait-il remarqué la petite brune présente à leur dernière réception ? La fille avec la bouche délicate et le genre de petits seins à se damner ? Elle était à la colle avec un historien à la manque qui enseignait à Yale (si c'était pas un crève-cœur ?), et le pire, c'est qu'elle semblait vraiment attachée au vieux schnock.

Oh, et, parlant de crève-cœur : il y a une quinzaine de jours, il avait traîné au Modern pour essayer de parler à un joli petit bout de fille qui semblait tout droit sortie du Sarah Lawrence College avec ses yeux de biche et ses jambes (oh quelles jambes), et il avait juste réussi à lui dire qu'il était peintre.

— Elle s'est exclamée « Vous voulez dire que vous êtes Thomas *Nelson* ? ». Et il a fallu qu'une de ces tapettes de conservateurs choisisse ce moment pour m'appeler de l'autre bout de la salle de son ton flûté : « Oh, *Thomas*, venez donc rencontrer Blake Machin-Chose du Musée national. » Sans blague, je me suis *recroquevillé* sur moi-même et j'ai traversé la salle comme un rat, absolument persuadé qu'elle me prenait pour un pédé.

— Tu n'aurais pas pu aller la retrouver plus tard ?

— J'avais un déjeuner, mon pote. Je devais *déjeuner* avec ce connard du Musée national. J'ai passé une demi-heure à la chercher partout, après, mais elle avait filé. Elles filent toujours, soupira-t-il douloureusement. Le problème, c'est que je me suis marié trop jeune. Oh, je ne crache pas dans la soupe : le foyer, la famille, la stabilité, tout ça, c'est chouette.

Il écrasa sa cigarette entre ses bottes.

— Mais certaines filles sont… sont vraiment à tomber par terre. Tu veux qu'on essaie de choper un oiseau ou deux ?

Et ils en cherchèrent, consciencieusement, sans succès.

La saison des daims débuta peu après. Le seul moyen légal de chasser le daim dans le comté de Putman était de le faire au fusil de chasse, et le bout trapu et rugueux des cartouches coincées dans leur gaine cartonnée paraissait si menaçant que beaucoup de chasseurs guettaient leurs proies à contrecœur. Michael et Tom ne faisaient même pas mine de les guetter à contrecœur : leurs matinées dans les bois étaient le plus souvent consacrées à des causeries itinérantes intercalées de longs sit-in avec leur fusil sur les genoux.

— Tu as déjà reçu une lettre d'une fan de tes poèmes ?

— Non. Ça ne m'est jamais arrivé.

— Mais ça t'aurait plu, non ? Qu'une jolie fille s'entiche de toi, qu'elle t'écrive une petite lettre énamourée, et que tu lui proposes un rendez-vous quelque part ? Il faudrait organiser ça prudemment, mais ça pourrait être vraiment sympa, non ?

— Ouais.

— Ça m'est presque arrivé, une fois. Je dis bien presque. Une fille a vu une de mes expos et elle m'a écrit : « J'avais le sentiment que vous cherchiez à me parler, que nous avions peut-être des choses à nous dire. » Comme ça. J'ai préféré feindre la désinvolture, et grand bien m'en a pris. Je lui ai demandé de m'envoyer une photo, et le petit jeu a commencé. Elle s'est fait prendre en photo à l'ombre d'un tas de feuillages, le visage partiellement dissimulé, pour faire artistique, j'imagine, mais on voyait quand même ses yeux minuscules, sa bouche en cul-de-poule et ses cheveux frisés. Pas vilaine à proprement parler, mais pas loin. Imagine ma déception. Enfin, ça n'aurait pas été si tragique si je ne m'étais pas représenté une fille totalement différente. Bon sang, ce que l'imagination peut vous faire.

Une autre fois, Nelson se plaignit de ne presque jamais quitter la maison, à part lorsque le magazine *Fortune* lui commandait une illustration.

— La plupart du temps, j'apprécie beaucoup les commandes d'illustrations, le job est facile, et j'aime voyager. L'année dernière, ils m'ont envoyé dans le sud du Texas pour faire des croquis de puits de pétrole. Cette partie-là du boulot était sympa. Le problème, c'étaient les deux gars chargés de me faire visiter le coin en Jeep. Je ne comprenais pas pourquoi ils ne m'aimaient pas : ils m'appelaient « l'artiste » et se lançaient des : « Hé, Charlie, tu veux bien emmener l'artiste au Numéro Cinq ? » ou « Tu penses que l'artiste en a assez vu pour aujourd'hui ? ». Et puis on est allés déjeuner dans un restauroute, ils ont commencé à parler de leurs familles et j'ai mentionné que j'avais quatre fils.

« Mince, alors. Tu aurais dû voir leurs airs ahuris ! Ce « quatre fils » ça changeait absolument tout. Le truc, tu vois, c'est que beaucoup de ces gars s'imaginent qu'« artiste » égale « tapette », et on ne peut pas vraiment leur en vouloir. Bref, à partir de ce moment-là, ils se sont coupés en quatre pour me faire plaisir. Ce soir-là, ils m'ont payé des tournées en me donnant du « Tom », ils m'ont demandé de leur raconter des trucs sur New York et ils ont ri de mes plaisanteries. Ils ont même voulu me brancher avec une fille, mais je n'avais pas le temps. Je devais attraper mon fichu avion.

Le dernier jour de la saison des daims, alors qu'ils regagnaient la maison pour prendre leur petit-déjeuner, traînant des pieds comme des fantassins épuisés, leurs armes se balançant sur leur bandoulière, Tom Nelson déclara :

— Bah, je ne comprendrai jamais ce qui n'allait pas chez moi, quand j'étais jeune. J'ai été très lent à me développer. Je lisais, je jouais à la batterie, je faisais l'andouille avec mes soldats de plomb – *tout ça* au lieu de sortir et de chercher à m'envoyer en l'air.

Lucy mit plus de temps que d'ordinaire à laver la vaisselle, ce soir-là ; et quand elle regagna le salon, elle écarta une mèche de cheveux de ses yeux d'une manière qui suggérait qu'elle avait une déclaration difficile à faire.

— Michael, commença-t-elle. J'ai décidé que j'avais besoin d'aller voir un psychiatre.

Ses poumons se contractèrent, l'obligeant à prendre des inspirations plus modestes.

— Ah ? Pourquoi ? demanda-t-il.

— Il n'y a pas de raison, en tout cas aucune que je puisse expliquer, répondit-elle. S'il y en avait une, je serais en mesure de l'expliquer.

Et il se souvint de l'impatience avec laquelle elle avait répondu à sa question sur l'expressionnisme abstrait dans cette galerie d'art de Boston dont il gardait par ailleurs un assez vague souvenir : « S'il avait pu le dire, il n'aurait pas eu besoin de le peindre. »

— Je me demandais juste si tu as le sentiment que ça pourrait être lié à des problèmes conjugaux ? Ou à d'autres genres de problèmes ?

— Il y a... un peu de tout. Des choses du quotidien, d'autres qui remontent à mon enfance. J'ai fini par ressentir le besoin de demander de l'aide, c'est tout. Et il y a un certain Dr Fine, à Kingsley, qui jouit d'une bonne réputation. J'ai déjà pris rendez-vous avec lui, je le vois mardi, et je pense aller le consulter deux fois par semaine. Je voulais juste que tu le saches, parce que ça m'aurait fait bizarre de ne pas te le dire. Oh, et bien sûr, ne te fais pas de souci pour les honoraires, je paierai avec... enfin, avec mon argent.

C'est ainsi que le mardi après-midi, il se posta devant la fenêtre pour la regarder partir. Il y avait une chance pour qu'elle revienne très vite, agacée par les questions et les manières du psychiatre, mais il lui semblait bien plus probable qu'à dater de ce jour, elle disparaîtrait chaque mardi et chaque vendredi dans un monde de secrets qui ne se confiaient pas. Qu'elle deviendrait de plus en plus distante, et finirait par s'évaporer et disparaître de sa vie.

— Papa ? demanda Laura quand ils se retrouvèrent seuls. Qu'est-ce que c'est un « dilemme » ?

— Oh, c'est comme quand tu n'arrives pas à prendre une décision. Comme quand tu as envie de jouer avec Anita Smith mais qu'il y a une belle émission à la télé-

vision et que tu aimerais bien regarder. C'est ça un
« dilemme ». Tu vois ?

— Oh. Oui, je vois. C'est un bon mot, n'est-ce pas ?

— Certainement. Tu peux l'utiliser de bien des manières.

Quand les grosses chutes de neige s'abattaient sur le
comté de Putnam, il fallait toujours attendre quatre ou
cinq jours avant qu'Ann Blake se débrouille pour faire
déneiger l'allée principale. Ces matins-là, frissonnant et
riant, Michael et Laura traversaient péniblement l'épais
tapis neigeux main dans la main pour gagner l'arrêt du bus
scolaire et avaient souvent Harold Smith et ses enfants
pour compagnie. Harold portait Keith, son fils handicapé,
en marmonnant « Tu commences à peser ton poids, fiston »,
tandis que ses filles marchaient dans leur sillage. Une fois
ses enfants déposés à l'arrêt de bus, tout piteux avec leurs
cache-nez piquetés de flocons, leurs mitaines raidies par le
froid et leurs bottes en caoutchouc, Harold le saluait d'un
petit geste de la main et remontait les deux kilomètres de
trottoir restant pour gagner la gare ferroviaire. Les jours
où Michael devait se rendre à *L'Ère des grandes chaînes*,
il faisait le chemin avec Harold. Ils marchaient alors d'un
pas soutenu, s'arrêtant le temps de s'accroupir pour vider
leur nez dans la neige, et discutant comme des camarades
amochés par la vie.

— Ouais, un drôle de truc, le mariage, Mike, lui dit une
fois Harold, de la buée s'envolant par-dessus son épaule.
Tu peux passer des années là-dedans sans jamais connaître
la personne qui partage ta vie. C'est une énigme.

— Oui, tu as raison, convint Michael. C'est une énigme.

— Bien sûr, la plupart du temps, ça n'a pas d'importance : tu fais aller, tu avances, les gamins naissent et
commencent à grandir, et bientôt c'est tout ce qui te tient
éveillé jusqu'à ce qu'il soit l'heure d'aller dormir.

— Ouais.

— Et puis, une fois de temps en temps, peut-être, tu
regardes cette fille, ta femme, et tu te dis : Qu'est-ce que

c'est que ce truc ? Comment c'est arrivé ? Pourquoi elle ? Pourquoi moi ?

— Ouais, je vois bien ce que tu veux dire, Harold.

Au printemps de l'année 1959, Michael eut l'impression de totalement redécouvrir la poésie. Les retours sur son deuxième recueil avaient été décevants – il avait reçu peu de critiques, et elles avaient presque toutes été tièdes – mais celui qu'il était en train d'écrire promettait d'atteindre l'excellence.

Certains de ses nouveaux poèmes étaient assez brefs, mais aucun d'eux n'était léger ni relâché, et il aimait s'entendre lire les plus réussis à voix haute, dans la solitude de l'abri de jardin. Il lui arrivait même de verser des larmes – presque exemptes de honte – en lisant. Le long poème ambitieux qui devait clôturer le volume, un poème comparable à celui qu'il avait intitulé « Tout est dit », que Diana Maitland avait tant apprécié, était encore loin d'être abouti, mais il s'ouvrait sur des vers puissants et Michael avait une idée assez claire de la manière dont il voulait le développer et bon espoir de le finir d'ici le mois de septembre, si tout se passait comme prévu. Il comptait commencer lentement, puis accélérer le tempo et gagner en complexité. Ses images les plus fortes auraient trait au temps qui passe, au changement, à la décomposition, et à la fin, de manière très subtile, il établirait un lien avec l'effondrement d'un mariage.

Les mots et les vers défilaient dans sa tête quand il marchait de la maison à l'abri, chaque soir, et, plus tard, assis au salon avec son whisky, tandis que Lucy évoluait dans les odeurs délicieuses qui arrivaient de la cuisine.

Il laissait traîner ses yeux dans la pièce, l'esprit ailleurs, quand il remarqua un livre violet et blanc qui devait être sur la table basse depuis plusieurs jours. *Comment aimer*, de Derek Fahr. La photo imprimée au dos montrait un homme chauve fixant l'objectif d'un regard intense.

— Qu'est-ce que c'est ? s'enquit-il quand Lucy revint pour dresser la table du dîner. Un genre de manuel sur le sexe ?

— Pas du tout. C'est un ouvrage de psychologie. Derek Fahr est philosophe, et psychiatre. Je pense que ça pourrait beaucoup t'intéresser.

— Ah oui ? Pourquoi moi ?

— Eh bien, je ne sais pas. Pourquoi *moi* ?

Le dimanche suivant, à l'heure où tous les bruits et mouvements du salon étaient étouffés par les froissements de papier des journaux du dimanche, il leva les yeux du *New York Times Book Review* et lança :

— Lucy ? Sais-tu que ce Derek Fahr est en haut de la liste des meilleures ventes depuis vingt-trois semaines ?

— Oui, bien sûr que je le sais, dit-elle, feuilletant les pages mode de l'autre côté de la pièce.

Puis, le dévisageant :

— Tu penses que tous les livres qui figurent sur la liste des best-sellers sont forcément nuls, pas vrai ? Tu l'as toujours pensé.

— Non, pas tout. Je n'ai jamais dit ça. Mais la plupart, sans aucun doute, tu ne crois pas ?

— Non, je ne suis pas du tout de ton avis. Quand un homme est capable d'écrire un livre qui plaît à un grand nombre de personnes, quand ses idées et sa manière de les exprimer répondent aux attentes de ses lecteurs, et même à leurs besoins, je pense qu'on peut considérer que c'est une assez belle réussite.

— Oh, je t'en prie, Lucy, tu es plus maligne que ça. Il n'a jamais été question d'« attentes » ni de « besoins », il s'agit de savoir ce que les gens sont capables de *piger*. C'est le même petit principe commercial pourri qui détermine ce qu'on voit dans les films ou à la télévision. La manipulation du goût du public en utilisant la règle du plus petit dénominateur commun. Mon Dieu, je *sais* que tu comprends ce que je veux dire.

Il secoua son journal pour le repositionner à la verticale, lui signifiant ainsi que le débat était clos.

Il y eut un silence de dix ou quinze secondes avant qu'elle ne reprenne la parole.

— Oui. Je comprends ce que tu veux dire, mais je ne suis pas d'accord avec toi. J'ai toujours compris ce que tu voulais dire. Toujours. Et ce qui est terrible, c'est que je n'en avais même pas conscience avant ces derniers mois.

Et elle se leva, avec une expression empreinte d'un mélange étrange de défi et de crainte.

Les pages « Livres » tombèrent à terre quand Michael se leva à son tour.

— Attends une petite minute. C'est l'un des sujets que vous avez abordés ton fichu Dr Fine et toi lors de vos petites séances douillettes ?

— J'aurais dû me douter que tu t'empresserais d'en tirer cette conclusion grossière. Il se trouve que tu te trompes du tout au tout, je ne suis même pas certaine de vouloir continuer à voir le Dr Fine, mais tu peux bien croire ce qui te chante. Tu veux bien te taire maintenant, je te prie ?

Et elle fila à la cuisine, mais il lui emboîta le pas.

— Je m'arrêterai de parler quand j'aurai décidé de m'arrêter de parler, et pas avant.

Elle pivota et le toisa de bas en haut.

— En fait, c'est étrange. Intéressant, même. Je veux dire que c'était déjà étonnant de découvrir que j'ai toujours détesté tes précieuses petites idées élitistes tirées de la *Kenyon Review*, seulement – même si, Dieu sait qu'il ne me tarde pas de t'entendre prononcer les mots « poème » ou « pièce » – je sais à présent que c'est le son de ta voix que je déteste par-dessus tout. Tu me comprends ? Je ne peux plus supporter le son de ta voix. *Ni* la vue de ton visage.

Et elle ouvrit à fond les deux robinets de l'évier.

Michael retourna au salon, qu'il se mit à arpenter, tremblant, évitant les journaux étalés par terre. C'était pire que grave, c'était le pire du pire envisageable. Au cours de précédentes disputes, il lui était arrivé de lui offrir un moment de solitude et de silence pour qu'elle se calme et finisse par s'en vouloir, mais les vieilles méthodes n'étaient désormais plus en vigueur. Et, de toute façon, il n'en avait pas terminé.

Elle était penchée sur un nuage de vapeur quand il revint se poster à une distance prudente, derrière elle.

— D'où tu tires « précieuses » ? Et d'où tu tires « élitiste » ? Et d'où tu tires « *Kenyon Review* » ?

— Je pense qu'on ferait mieux d'arrêter ça tout de suite, rétorqua-t-elle. Laura nous entend. Elle est sans doute en train de pleurer dans sa chambre.

Il sortit, claquant la porte de la cuisine derrière lui, et prit le chemin des extravagantes terrasses de fleurs de Ben Duane. Mais une fois assis à son bureau, il fut incapable de tenir son crayon ou même de fixer la page. Il resta assis, le poing dans la bouche, respirant par le nez, essayant de se faire à l'idée qu'il avait touché le fond du fond. Que c'était fini.

Il avait trente-cinq ans, et il était aussi terrifié qu'un enfant à l'idée qu'il allait devoir vivre seul.

Lucy ne respirait pas très bien non plus quand elle termina la vaisselle. Elle pendit le torchon mouillé sur son support qui se descella du mur, laissant apparaître quatre drôles de petites blessures dans le plâtre de mauvaise qualité. Rien n'avait jamais fonctionné dans cette cuisine de fortune, rien n'avait jamais été d'équerre dans cette maison de fortune, pas plus que dans la propriété de deuxième choix pathétique qui l'entourait.

— Et je vais te dire autre chose, murmura-t-elle férocement en fixant le mur. Un poète, c'est quelqu'un comme Dylan Thomas. Et un auteur de théâtre – mon Dieu ! – un auteur de théâtre c'est quelqu'un comme Tennessee Williams.

D'aussi loin que remontaient ses souvenirs, Laura avait toujours désiré avoir une petite sœur. Il lui arrivait de se dire qu'un petit frère ferait l'affaire, si c'était ça ou rien, mais en réalité, c'était une sœur qu'elle rêvait d'avoir. Elle avait même choisi son prénom depuis longtemps. Melissa. Et elle passait des heures à converser doucement avec cette enfant imaginaire.

— Tu es prête pour aller prendre le petit-déjeuner, Melissa ?

— Pas encore. Je n'arrive pas à me passer ce peigne idiot dans les cheveux.

— Oh, attends, je vais t'aider. Je suis douée pour défaire les nœuds. Ça ne prendra qu'une seconde. Voilà. C'est mieux ?

— Oui, c'est bien maintenant. Merci, Laura.

— Pas de quoi. Hé, Melissa ? Ça te dirait d'aller chez les Smith après le petit-déjeuner ? Ou tu préfères qu'on reste s'amuser ici avec les poupées et les autres jouets ?

— Je ne sais pas, je n'arrive pas à me décider. Je te le dirai tout à l'heure, tu veux bien ?

— Bien sûr. Ou... tu sais ce qu'on pourrait faire, si tu en as envie ?

— Quoi ?

— On pourrait aller jusqu'au coin pique-nique et essayer de grimper en haut du grand arbre.

— Tu veux parler de l'arbre qui est vraiment très grand ? Oh, non. Ça me ferait trop peur, Laura.

— Pourquoi ? Tu sais bien que je serai là pour te rattraper si tu glisses. Je ne comprends pas pourquoi tu as toujours si peur de tout, Melissa.

— Parce que je ne suis pas aussi *grande* que toi, voilà pourquoi.

— Mais tu as même peur des enfants de ta classe.

— Non, c'est pas vrai.

— Si, c'est vrai, et en plus, on fait que des trucs de bébé en cours élémentaire, c'est connu. Si tu as peur alors que tu es en cours élémentaire, je n'ose même pas imaginer ce que ce sera en cours *moyen*.

— Ah oui ? Je parie que c'est *toi* qui as peur des enfants de ta classe.

— C'est la chose la plus ridicule que j'aie jamais entendue. Je suis un peu intimidée, parfois, mais je n'ai pas peur. Il y a une grande différence entre la timidité et la peur, Melissa. Il ne faut pas confondre.

— Dis, Laura ?

— Quoi ?

— J'aimerais qu'on arrête de se disputer.

— Bon, d'accord. Mais tu ne m'as toujours pas répondu. Qu'est-ce que tu aimerais faire, aujourd'hui ?

— Oh, peu importe. Tu n'as qu'à décider, Laura.

Et puis, par moments, sans raison apparente, Melissa disparaissait dans le néant pendant des jours, voire des semaines entières. Laura pensait à de nouvelles conversations intéressantes qu'elle pourrait avoir avec elle, à de nouvelles choses à faire ; elle allait même jusqu'à murmurer les questions et y répondre à la place de Melissa, mais dans ces moments-là, elle ne pouvait s'empêcher de penser, non sans honte, qu'elle parlait toute seule. Et chaque fois que Melissa disparaissait, il lui semblait qu'elle ne reviendrait plus.

Laura était dans ces dispositions-là, un après-midi de septembre de sa neuvième année, de retour de l'école. Elle était seule dans sa chambre et elle coiffait consciencieusement les longs cheveux bruns en nylon d'une poupée miniature, quand sa mère l'appela du bas de l'escalier :

— Laura ? Tu veux bien descendre, s'il te plaît ?

Emportant sa poupée et sa brosse, elle descendit jusqu'au palier et demanda :

— Pourquoi ?

Sa mère parut étrangement embarrassée.

— Parce que papa et moi avons une chose importante à te dire, chérie, et nous voulons en discuter avec toi, c'est tout.

133

— Oh.

Et alors qu'elle descendait la deuxième volée de marches pour gagner le salon, prenant tout son temps, Laura eut le sentiment inexorable qu'on allait lui annoncer quelque chose d'affreux.

DEUXIÈME PARTIE

1.

Pendant une longue période, après la séparation, et encore après le rapide divorce, Lucy ne fut pas en mesure de décider où aller ni que faire. Il lui semblait souvent que c'était parce que le champ de ses possibilités était trop vaste. Elle savait qu'elle pouvait aller presque n'importe où et faire presque tout ce qui lui plaisait. Mais elle se demandait parfois, secrètement effrayée, si ce n'était pas juste de l'inertie.

— Mais pourquoi rester *ici*, chérie ? la questionna sa mère au cours d'une visite aussi brève qu'impatiente.

— Oh, je pense que c'est la seule chose raisonnable à faire. Pour le moment, du moins. Ce ne serait pas juste envers Laura de déménager pour déménager de manière impulsive. Je ne veux pas la déraciner, l'obliger à quitter son école et tout le reste, tant que je ne serai pas sûre de ce que je recherche et de l'endroit où je souhaite vivre. Et en attendant, c'est sans doute la meilleure façon pour moi de… faire le point, peser le pour et le contre, réfléchir à la suite. Et puis, j'ai des amis ici.

Mais plus tard, après le départ de sa mère, elle ne fut même plus sûre du tout de ce qu'elle avait voulu dire par « amis ».

Les gens de son entourage étaient résolument accueillants, attentifs, et prompts à lui assurer qu'ils l'appréciaient autant seule que lorsqu'elle était mariée à Michael, sinon plus, puisqu'ils en étaient venus à mieux la connaître. Et elle était touchée et ravie de leurs attentions, elle leur en était reconnaissante. Mais c'était justement là le problème : elle n'aimait pas particulièrement éprouver de la reconnaissance, elle n'aimait pas la sensation qui se diffusait sur son visage figé en un sourire de reconnaissance quasi permanent.

— J'ai une grande admiration pour votre mère et votre beau-père, confia-t-elle à Peggy Maitland, un soir, alors qu'elles s'éloignaient de la grande maison d'Harmon Falls.

Peggy parut déconcertée par sa remarque. L'après-midi avait été agréable, le whisky avait coulé à flots du fameux robinet fixé au mur, M. et Mme Folsom avaient affiché une décontraction charmante, discutant et riant devant la fenêtre gigantesque qui donnait sur le ravin.

— Qu'entends-tu par « admiration » ? questionna Peggy.

— Eh bien, ils sont si... tranquilles. C'est comme s'ils avaient tous deux compris beaucoup de choses, envisagé plusieurs alternatives et décidé d'être ce qu'ils sont. Je veux dire par là qu'il ne semble pas y avoir la moindre contrainte dans leur vie.

— Oh. Je pense que c'est juste parce qu'ils sont vieux, répondit Peggy, glissant une main gracieuse sous le bras de Paul. Pour ma part, je préfère être jeune, pas toi ? N'est-ce pas le cas de tout le monde ?

De retour au chalet des Maitland, Peggy se mit à préparer le dîner, et, s'installant dans un fauteuil qui émit un crissement de cuir, Paul coula à leur invitée le genre de regard qui suggère une affection de longue date.

— Diana m'a demandé de tes nouvelles, Lucy, lui dit-il.

— Ah ? C'est gentil.

Elle avait failli dire « C'est très gentil » mais s'était ravisée à temps.

— Comment... se sent-elle à Philadelphie ?

— Oh, je ne pense pas qu'ils s'intéressent ni l'un ni l'autre à Philadelphie, mais ils ont l'air d'apprécier ce qu'ils y font.

Ralph Morin avait été nommé « directeur artistique » d'une nouvelle compagnie théâtrale : le Philadelphia Group Theater. Diana et lui étaient mariés depuis un an, voire un peu plus.

— Transmets-leur mes amitiés, Paul, dit Lucy. À tous les deux.

Peggy arriva de la cuisine avec un petit sachet en cellophane contenant deux ou trois centimètres de ce qui ressemblait à du tabac.

— Tu fumes, Lucy ? s'enquit-elle.

Michael Davenport avait toujours affirmé détester la marijuana, parce que les rares fois où il en avait fumé, il avait eu le sentiment d'avoir perdu l'esprit. Lucy n'aimait pas beaucoup ça non plus, mais, se sentant sans doute mise au défi par la réflexion de Peggy sur sa fierté d'être jeune, elle répondit :

— Oui, avec plaisir.

Et c'est ainsi qu'ils se roulèrent consciencieusement des joints qu'ils fumèrent ensemble pendant que la viande et les légumes frémissaient sur la cuisinière.

— C'est de la qualité supérieure, déclara Peggy, enfouissant ses jolies jambes sous les coussins du canapé. On se l'est procurée grâce à un de nos amis de Cape. Ce n'est pas donné mais ça vaut le coup, parce que ce qu'on trouve dans le coin, c'est vraiment pour Gaminville, si tu vois ce que je veux dire. Adoland.

Jusqu'ici, le vocabulaire « branché » de Peggy, ses abus de « machin-ville » et « truc-land » empruntés au jargon noir-américain, avait vaguement irrité Lucy ; mais ce soir, ses manières ne lui paraissaient pas affectées le moins du monde. Rien ne l'embêtait plus chez Peggy. Elle n'était que jeunesse, fraîcheur et honnêteté. Elle était née pour épouser Paul Maitland, le servir et l'inspirer, et Lucy trouvait ce sort enviable.

— Tu sais ce qui est curieux ? dit Paul. C'est que je peux pas peindre quand je suis saoul. Je l'ai découvert il y a des années. Mais je peux peindre quand je suis drogué.

Si bien qu'après trois ou quatre bouchées de ce qu'ils avaient réussi à sauver du dîner oublié sur le feu, il s'excusa, alluma le grand plafonnier de la pièce voisine et s'isola pour travailler.

Lucy dut rouler très lentement pour rentrer chez elle, ce soir-là. Elle ne cessait de se répéter qu'elle aurait l'esprit bien encombré le lendemain, de nouvelles perspectives, de nouvelles idées sur elle-même et son avenir ; mais, à son réveil, elle découvrit que toutes ses réflexions s'étaient envolées, elle ne songeait plus qu'à préparer Laura et la déposer à l'arrêt du bus scolaire.

Parfois, Lucy et les Nelson sortaient voir un film au cinéma, riant de l'idée saugrenue mais appréciant néanmoins de se retrouver assis dans le noir, absorbés par l'écran, et de se partager une ration de pop-corn, comme des enfants. Et ce qu'ils aimaient le plus dans ces soirées de détente, c'était le moment où, de retour chez les Nelson ou chez Lucy, ils se mettaient à démolir le film qui les avait tant captivés, jusque tard dans la nuit, convenant de ses faiblesses et trivialités en buvant un verre ou deux avant que le moment soit venu de se souhaiter bonne nuit.

Et puis, il y avait les réceptions des Nelson. Au début, Lucy était intimidée à l'idée de s'y rendre seule, mais elle y passait presque toujours un bon moment. Elle connaissait désormais la plupart de leurs invités (il y avait, en général, peu de nouveaux visages) et elle pouvait compter sur la présence d'au moins trois autres jeunes divorcées dans l'effervescence sophistiquée de leur maison.

Un soir, son regard tomba sur un grand gars qui lui souriait de l'autre bout de l'atelier, comme s'il l'observait depuis un moment. C'était un professeur d'université avec lequel elle avait eu quelques échanges amicaux, mais qui ne lui avait jamais témoigné d'intérêt particulier auparavant. Tout à coup, il s'adressa à elle – ou plutôt l'interpella – d'une voix joviale si sonore qu'elle fit taire presque tous les invités qui se trouvaient sur son parcours :

— Alors, Lucy Davenport. Vous vous êtes déjà trouvé un nouvel homme ?

Elle aurait volontiers traversé la salle et giflé son visage souriant. Elle n'avait jamais été aussi mortifiée de sa vie, et il lui semblait qu'il ne lui restait plus qu'à trouver un endroit où poser son verre, récupérer son manteau et sortir d'ici.

— Oh, je suis sûre qu'il ne voulait pas se montrer grossier, lui assura Pat Nelson dans l'encadrement de la porte, désolée de la voir partir. Il est charmant, il *mourrait* de chagrin s'il se doutait qu'il t'a mise en colère. Bah, il a sans doute un peu trop bu et il... enfin, tu sais. C'est le genre de chose qui arrive quand... Je veux dire que ce genre de chose arrive dans les soirées.

Lucy finit par accepter de rester un peu, mais demeura très silencieuse et évita autant que possible de se mêler aux autres, se faisant l'effet d'un fruit gâté.

Il lui semblait très important, à cette époque, que tout soit prêt, à la cuisine, pour accueillir Laura à son retour de l'école. Un sandwich à la gelée et au beurre de cacahuète tout frais devait l'attendre sur le comptoir impeccable de la cuisine, juste à côté de son verre de lait froid. Et Lucy aussi devait l'attendre. Bien habillée et soignée, comme pour lui montrer que sa vie lui était entièrement dédiée.

— ... Et le truc vraiment sympa, c'est qu'ils ont fait un concours, disait Laura en mangeant son sandwich.

— Un concours de quoi, ma chérie ?

— Je te l'ai déjà dit, maman. On devait faire des statues d'Abraham Lincoln avec de la neige. Tu connais le Lincoln Memorial ? Celui où il est assis ? Eh bien on devait le représenter comme ça. Les trois classes de cours moyen devaient construire leur propre statue, et quand on a terminé il y a eu un vote et notre classe l'a emporté, parce que la nôtre était la plus belle.

— Ce devait être amusant, ça ! De quelle partie de la statue t'es-tu occupée ?

— J'ai aidé à modeler ses jambes et ses pieds.

— Et qui s'est occupé du visage ?

— Oh, on a deux garçons très doués pour faire les visages dans notre classe, alors on les a laissés faire. C'était vraiment chouette.

— Et vous avez reçu une récompense pour avoir gagné le concours ?

— Non, ce n'était pas vraiment une récompense : après, le directeur est venu dans notre classe et il a accroché une sorte de banderole en haut du tableau noir avec « Félicitations » écrit dessus.

Laura termina son lait et s'essuya la bouche.

— Hé, maman ? Je peux aller chez Anita ?

— Bien sûr. Mais il faut bien t'emmitoufler.

— Je sais. Dis, maman...

— Quoi ?

— Tu vas venir, toi aussi ?

— Euh, non. Pourquoi ?

Laura parut intimidée.

— Pour rien. C'est juste qu'Anita dit que sa mère a dit que tu ne faisais plus attention à elle.

Elles trouvèrent Nancy Smith à l'endroit où on ne manquait jamais de la trouver : debout derrière sa planche à repasser, entre deux piles géantes de vêtements et de sous-vêtements d'enfants.

— *Lucy*, s'exclama-t-elle, levant la tête de son fer en mouvement. Quelle belle surprise. Ça fait longtemps. Assieds-toi, si tu trouves un endroit où t'asseoir... tiens, ici. Attends une seconde, je vais éteindre la télé.

Sitôt que les fillettes eurent filé dans une autre pièce, leurs mères s'installèrent de part et d'autre de la grande table.

— Je ne pense pas t'avoir vue plus d'une fois depuis que Mike et toi vous êtes séparés, commença Nancy Smith. Ça va faire combien... six mois ?

— Cinq, je pense.

Nancy hésita, comme si elle craignait que sa question suivante soit indélicate, mais la posa néanmoins.

— Il te manque ?

— Non, pas plus que je ne m'y attendais. Ça m'a paru être la bonne décision sur le moment, et depuis, je n'ai pas eu... enfin, je n'ai pas de regrets.

— Il vit toujours seul en ville ?

— Eh bien, je ne pense pas qu'il passe beaucoup de temps seul. J'imagine que plusieurs filles ont déjà défilé dans cet appartement. Mais il se comporte bien avec Laura quand elle y va, le week-end. Il l'a emmenée voir deux ou trois spectacles de Broadway – elle a beaucoup aimé *The Music Man* – et ils font beaucoup d'autres choses aussi ; elle a l'air de bien s'amuser avec lui.

— Oh, c'est sympa.

Il y eut un silence, et Lucy sentit que la conversation pouvait désormais prendre deux directions différentes : Nancy pouvait faire allusion à sa tranquillité et son bonheur domestique, ou, gênée et baissant les yeux, exprimer le regret de ne pas avoir, quant à elle, trouvé le courage de demander le divorce.

Mais Nancy était à des lieues de ce genre de préoccupations.

— C'est l'anniversaire de mon frère, demain, annonça-t-elle. Mon frère Eugene. Il a toujours trouvé génial d'être né le même jour qu'Abraham Lincoln, ça a toujours été très important pour lui. Quand il avait onze ou douze ans, il en savait sans doute davantage sur la carrière de Lincoln que n'importe lequel de ses professeurs d'histoire ; et il connaissait par cœur le discours de Gettysburg. Ils lui ont demandé de le réciter devant toute l'école, une fois, à l'assemblée. Je me souviens avoir craint que les enfants ne se moquent de lui, mais, mon Dieu, on aurait entendu une épingle tomber dans l'auditorium.

Ah ça, je n'étais pas peu fière ! J'ai un an de plus, vois-tu, je passais mon temps à craindre qu'on l'embête ou qu'on le maltraite, même si, dans le fond, je n'avais aucune raison de m'inquiéter. Personne n'a jamais embêté Eugene, les gens voyaient bien que c'était un garçon exceptionnel. Parce qu'il *y a* des êtres comme ça, tu sais ? Des gamins si brillants, tellement hors du commun, que tout le monde comprend qu'il faut les laisser tranquilles.

Et puis, il a été incorporé, juste après le lycée, en 44, et quand il a commencé l'entraînement de base, il m'a dit que, apparemment, il ne répondait pas aux critères pour être pris dans l'infanterie. C'est ce qu'ils ont dit, « ne répond pas aux critères ». Il faut répondre à certains critères pour devenir soldat, vois-tu, et Eugène n'avait pas obtenu un score assez élevé au stand de tir. Il m'a dit qu'il n'arrêtait pas de sursauter et de cligner des yeux quand il tirait – c'était ça le problème. Il est rentré à la maison le temps d'une permission de trois jours avant d'embarquer pour l'étranger, et je me souviens avoir trouvé son uniforme étrange : les manches étaient bien trop courtes et le col descendait sur son dos, comme s'il appartenait à quelqu'un d'autre. Je lui ai dit : « Alors, tu réponds aux critères, finalement ? » Et il a répondu : « Non, mais ça n'a pas d'importance, au bout du compte ils ont trafiqué les résultats et ils ont pris tout le monde. »

Je crois que la bataille des Ardennes touchait à son terme quand le groupe de remplacement auquel appartenait Eugene est arrivé en Belgique. On les a gardés en réserve pendant quelques jours, jusqu'à ce que les bataillons d'infanterie reviennent du front et les retrouvent là-bas. Et puis, ils sont descendus dans l'est de la France en raison de ce qu'ils ont appelé la poche de Colmar. Je ne connais personne qui ait entendu parler de la poche de Colmar, et pourtant, elle a bien existé. Tout un groupe d'Allemands défendait la ville de Colmar, vois-tu, et il fallait envoyer des hommes pour les faire partir.

Alors la compagnie d'Eugene a traversé un grand pré labouré. Je me suis toujours bien représenté ce moment-là : tous ces gamins pataugeant dans la boue, leurs fusils dans les bras, faisant de leur mieux pour ne pas paraître effrayés

144

et pour rester à dix mètres les uns des autres ; parce que c'était la règle, il fallait marcher à dix mètres les uns des autres. Et Eugène a marché sur une mine, et il n'est pratiquement rien resté de lui. Il aurait eu dix-neuf ans la semaine suivante. Le garçon qui a écrit à mes parents pour leur raconter tout ça a dit que nous pouvions nous estimer heureux qu'il n'ait pas souffert. Je dois avoir lu cette lettre une vingtaine de fois et je ne comprends toujours pas. « Heureux », ça ne me paraît pas être le mot juste.

Oh, mais ne te méprends pas, Lucy, je n'y pense plus beaucoup, je ne laisse pas ce souvenir me hanter, seulement, l'anniversaire d'Abraham Lincoln m'a toujours... l'anniversaire d'Abraham Lincoln est une véritable torture. Année après année.

Nancy avait la tête baissée, comme si elle pleurait, mais quand elle la releva, ses yeux pensifs étaient secs.

— Et je vais te dire autre chose, Lucy, reprit-elle. Beaucoup de gens ont de la peine pour Harold et moi, à cause de notre garçon handicapé. Mais tu sais quelle est la première chose qui m'est venue à l'esprit quand on m'a annoncé son handicap ? Je me suis dit Oh, merci mon Dieu. Merci mon Dieu, l'armée ne pourra jamais me le prendre, lui.

Ann Blake était sur un tabouret haut de sa cuisine, les bras croisés et les épaules voûtées. Elle semblait trembler légèrement, le nez sur sa tasse de café. Elle se leva promptement pour lui ouvrir la porte mais eut toutes les peines du monde à s'appliquer un petit sourire sur les lèvres quand Lucy lui tendit le chèque de son loyer.

— Alors. Comment encaissez-vous le choc, Lucy ?

— Pardon ?

— Vous tenez le coup ? Vous réussissez à survivre ?

— Oh, nous allons bien, merci, répondit Lucy.

— Ah, oui, « nous ». Vous pouvez encore dire « nous », n'est-ce pas, vous avez encore votre fille. Certains d'entre nous sont moins chanceux. Enfin, je ne vais pas... entrez donc, venez vous asseoir un petit moment si vous avez le temps.

Ann ne tarda pas à lui confier que Greg Atwood l'avait quittée. Il avait signé un contrat pour faire une tournée de six mois avec une troupe de danseurs, puis, la tournée terminée, il l'avait appelée pour lui annoncer qu'il ne rentrerait pas à la maison. Il avait décidé de se joindre à une nouvelle troupe constituée par le noyau dur de l'ancienne, dont le projet était de partir pour une tournée encore plus longue, de sorte qu'il risquait d'être sur la route pendant « une période indéterminée », selon ses termes.

— Il s'est envolé, conclut-elle.

— Envolé ?

— Oui, bien sûr. Avec les autres fées. Promettez-moi une chose, Lucy. Ne tombez jamais amoureuse d'un homme… fondamentalement homosexuel.

— Oh. Il est très peu probable que cela m'arrive, répondit Lucy.

Ann fronça les sourcils et l'enveloppa d'un regard appréciateur.

— Vous êtes encore jeune, et vous êtes jolie. J'adore la manière dont vous vous coiffez ces derniers temps. Il y aura d'autres hommes dans votre vie. Bien des années s'écouleront avant que votre chance ne tourne, si elle tourne un jour.

Puis, elle se leva de son tabouret, recula de deux ou trois pas et lissa ses vêtements.

— Quel âge me donnez-vous ?

Lucy avait du mal à le dire. Quarante-cinq ? Quarante-huit ans ? Mais Ann ne lui laissa pas le temps de répondre.

— J'ai cinquante-six, ans, dit-elle, se rasseyant au comptoir. Mon mari et moi avons fait construire cet endroit il y a plus de trente ans. Ah, vous n'imaginez pas les espoirs que nous fondions dessus alors. Je regrette de ne pas avoir mieux connu mon mari, Lucy. C'était un homme inconséquent à bien des égards – *c'est* un homme inconséquent – mais il était dingue de théâtre. Nous voulions monter un festival d'été qui fasse pâlir d'envie tout le nord-est du pays, et nous avons presque réussi. Quelques-unes des compagnies qui se sont produites ici ont filé tout droit à Broadway. J'aime autant m'abstenir de les nommer, vous risqueriez de répondre que vous n'avez jamais entendu parler d'elles. Mais je peux vous dire que cet endroit grouillait de jeunes gens merveilleux, à cette époque – des garçons et des filles formidables portés par des ambitions qu'ils n'ont jamais vraiment réalisées. Enfin. Je ne veux pas vous retenir. Je suis désolée de m'être délestée de mes soucis sur vous, Lucy. C'est juste que vous êtes la première personne que je vois depuis que Greg... depuis cet affreux petit coup de fil, et...

Ses lèvres se mirent à trembler.

— Aucun souci, Ann, vraiment, s'empressa de lui assurer Lucy. Vous ne me retenez pas. Je peux vous tenir compagnie un peu plus longtemps si vous le souhaitez. Jusqu'à ce que vous vous sentiez mieux.

Lucy n'avait jamais été invitée au-delà des limites de la cuisine de cette maison, aussi se sentit-elle étrangement privilégiée quand Ann lui proposa de la suivre au salon. C'était une pièce étonnamment petite. La maison tout entière était plus petite qu'on ne l'aurait imaginé du dehors, et l'escalier montait sans doute vers une chambre de maître luxueuse. C'était le genre de maison que certains auteurs-compositeurs des années 1980 devaient avoir en tête quand ils parlaient de « nid d'amour ».

— La cheminée est bien trop grande, vous voyez, disait Ann. C'était une idée de mon mari. Il aimait nous imaginer pelotonnés l'un contre l'autre sur le canapé, à regarder les flammes et nous réchauffer comme des bouillottes avant d'aller nous coucher. C'était un incorrigible sentimental. Je n'ai jamais vu la maison qu'il a fait construire à sa petite hôtesse de l'air, mais je parierais qu'elle dispose d'une cheminée au moins aussi grande que celle-ci.

Elle se tut un moment, avant de reprendre :

— Greg aussi l'adorait. Il s'asseyait ici et fixait le feu pendant des heures, comme hypnotisé. Parfois, je montais me coucher seule en me disant : Et moi, alors ? Et moi ? Elle parut à nouveau accablée de chagrin.

— Au diable cette cheminée. Ça m'étonnerait que je me donne la peine de l'allumer pour moi toute seule à l'avenir.

— Et si on l'allumait tout de suite ?

— Oh, non, ma chère. C'est très gentil à vous, mais je suis sûre que vous avez mieux à faire que...

De retour dans la brise de février, Lucy fit tomber la neige de trois ou quatre bûches du tas empilé à côté de la porte de la cuisine, rassembla assez de petit bois pour allumer un feu et emporta le tout au salon, où Ann venait d'ouvrir une bouteille de scotch.

— Je sais qu'il est encore tôt pour ça, dit-elle, mais je ne pense pas que quiconque s'en soucie. Ça ne vous dérange pas ?

Les premières flammes s'élevèrent bientôt des bûches chuintantes, et la pièce s'emplit d'une atmosphère de paix bien méritée. Ann Blake était pelotonnée dans le canapé, comme une enfant, et son invitée avait pris place dans un fauteuil. Lucy, qui n'avait jamais aimé le scotch, découvrait qu'une fois qu'on s'habituait au goût, ce n'était pas beaucoup plus désagréable que le bourbon. Ça remplissait son office. Ça atténuait les contours rugueux de la journée.

— Vous êtes... ce qu'on appelle une femme riche, n'est-ce pas, Lucy ?

— Eh bien... oui. Mais comment le savez-vous ?

— Oh, ce sont des choses qui se sentent. Michael n'a jamais eu cette odeur particulière ; mais vous si, toujours. Enfin, le mot « odeur » n'est sans doute pas heureux, j'espère que vous ne vous sentez pas insultée.

— Non.

— Et puis, j'ai aperçu vos parents à une ou deux reprises. Et chez eux, ça saute aux yeux : vieille fortune.

— Oui, sans doute. Il y a toujours eu... de l'argent dans ma famille.

— C'est pourquoi j'ai du mal à comprendre pourquoi vous restez ici. Pourquoi vous n'emmenez pas votre fille vivre ailleurs, auprès de gens comme vous ?

— Sans doute parce que je ne sais pas vraiment qui sont les gens comme moi.

La réponse lui parut bancale sur le moment, mais plus elle y réfléchissait plus elle faisait sens. C'était en tout cas plus proche de la vérité qu'un « J'ai des amis ici », ou même « Ce ne serait pas juste envers Laura de déménager de manière impulsive ». Oui, elle approchait de plus en plus de la vérité. Ou peut-être n'avait-elle plus besoin d'en approcher, peut-être qu'il lui suffisait de faire ce que son cœur lui dictait depuis le début. La vérité (était-ce le whisky d'Ann Blake qui la faisait apparaître si clairement ?) était qu'elle ne voulait pas quitter le Dr Fine.

Elle avait interrompu sa relation avec cet homme à deux reprises, déjà, quittant la séance la tête haute, pleine de rébellion et de fierté. Et, les deux fois, elle y était retournée quelques semaines plus tard, remplie d'humilité. Tous les patients se sentaient-ils liés de la sorte à leur psychiatre ? Se prenaient-ils à savourer les petits événements du quotidien sachant qu'ils auraient quelque chose à leur raconter à chaque fichue séance ?

Oh, et mercredi je me suis saoulée avec ma propriétaire, commença-t-elle à formuler mentalement, en prévision de sa prochaine rencontre avec le Dr Fine. Elle a cinquante-six ans, elle vient d'être abandonnée par un homme beaucoup plus jeune qu'elle, et c'est sans doute la personne la plus pathétique que je connaisse. J'imagine que j'espérais que ce moment passé à boire en sa compagnie m'aiderait à m'oublier un peu. Comme je m'étais un peu oubliée en écoutant Nancy Smith me parler de son frère, juste avant. Parce que, vraiment, docteur, personne ne peut vivre, personne ne peut respirer et se nourrir de son, de son...

— J'ai certes du mal à imaginer ce que serait ma vie si j'avais beaucoup d'argent, poursuivait Ann Blake par-dessus le crépitement des flammes. Je n'y ai jamais vrai-ment pensé, parce que la seule chose que j'aurais voulu avoir c'est du talent. Et je me serais contentée de n'en avoir qu'une dose modeste. Enfin, j'imagine que l'argent et le talent se ressemblent un peu. En avoir vous isole. Naître nanti dans ces deux domaines vous comble au-delà des espérances de la plupart des gens, mais exige de vous un sens des responsabilités à toute épreuve. Ignorez ou négligez ces dons et vous sombrez dans l'oisiveté et le gaspillage. Et le plus terrible, Lucy, c'est la facilité avec laquelle vous vous laissez sombrer dans l'oisiveté et le gaspillage, au point d'en faire votre mode de vie.

… Et tout à coup, elle m'a étonnée, docteur. Elle a dit « Et le plus terrible, Lucy, c'est la facilité avec laquelle vous vous laissez sombrer dans l'oisiveté et le gaspillage, au point d'en faire votre mode de vie », et c'était comme une prophétie. Parce que c'est ce que je suis en train de faire de ma vie, ne le voyez-vous pas ? Cette obsession névrotique de ma personne que vous encouragez sans cesse – bien sûr que si, vous l'encouragez, docteur, ne le niez pas – et l'inévitable inertie qui en découle. Tout n'est qu'oisiveté, tout n'est que gaspillage…

— Dites, Lucy. Cela vous dérangerait-il de fermer les rideaux, pour que j'oublie quelle heure il est ? Oh, merci, ma chère.

Et quand la pièce fut plongée dans l'ombre, Ann soupira :

— C'est mieux. J'aimerais qu'il fasse nuit. J'aimerais qu'il fasse nuit et que le jour ne se lève jamais plus.

La bouteille de whisky était encore au quart pleine, remarqua Lucy en l'inclinant vers la cheminée. Elle s'en versa un plein verre d'un geste décidé, pour s'assurer qu'elle n'oublierait rien de ce qu'elle avait prévu de dire au Dr Fine.

— Je pense que je vais m'allonger un petit moment, Lucy, si ça ne vous dérange pas. Je n'ai pas... je n'ai pas bien dormi.

— Bien sûr. Aucun problème, Ann.

Et le silence de la pièce lui parut répondre parfaitement à son propre besoin de solitude et de contemplation.

En sortant, elle se cogna légèrement au mur et dut se stabiliser un instant pour retrouver l'équilibre. Par chance, son manteau était toujours à l'endroit où elle l'avait laissé.

Il ne devait pas y avoir plus de cinq cents mètres de neige entre la porte de la cuisine d'Ann Blake et la maison de Lucy, et pourtant, la distance lui paraissait infranchissable. Elle la parcourut néanmoins et, le vent glacial lui fouettant le visage, elle resta un long moment dehors à fixer l'escalier en colimaçon nappé de gel avec dégoût. Cet objet n'avait aucune raison de faire parler de lui, ne mériterait jamais qu'on en parle, à moins qu'on veuille se lancer dans la discussion la plus ridicule du monde.

Elle envoya son manteau sur un fauteuil du salon et s'empressa de gagner la cuisine pour préparer le goûter et le verre de lait de Laura. Elle sortit le pot de beurre de cacahouète du placard et fouillait un peu partout à la recherche de la gelée quand elle s'arrêta net, incapable d'aller plus loin. Elle s'appuya au comptoir, la tête entre les mains.

Ah, peu importe. Laura était assez grande pour se préparer un sandwich. Tout ce qu'il lui restait à faire, c'était de se lever et de monter se coucher. Elle grimpa lentement l'escalier, se tenant au mur, puis écarta les couvertures du lit et s'allongea tout habillée. L'espace d'un instant, elle regretta que Michael ne soit pas là pour la prendre dans ses bras (« Oh, mon Dieu, quelle fille adorable tu es »), mais la paix qu'elle ressentait à l'idée de se savoir toute seule prit vite le dessus.

Une ou deux respirations de plus et elle serait trop profondément endormie pour entendre Laura rentrer et appeler « Maman ? Maman ? ». Il y aurait peut-être une pointe de terreur dans la voix de l'enfant, quand elle appellerait à nouveau sans obtenir davantage de réponse, mais cela non plus n'était pas grave. Si Laura voulait savoir où était sa mère, elle n'aurait qu'à monter à l'étage.

— Cette peur du « lien » n'a rien d'inhabituel, lui expliqua le Dr Fine. Il n'est pas rare qu'un patient en vienne à se sentir dépendant de son thérapeute, et ce sentiment peut parfois sembler étouffant. Mais ce n'est qu'une illusion, madame Davenport. Vous n'êtes pas plus « liée » à moi qu'au travail que nous accomplissons ici. En aucune façon.

— Vous avez réponse à tout, n'est-ce pas ? C'est une belle petite arnaque que vous dirigez là, vous et vos amis.

Il parut se demander si elle plaisantait.

— Hein ?

— C'est évident. Vous jouez avec le feu sans assumer la moindre responsabilité. Vous absorbez les gens dans votre machine quand ils ne savent plus vers qui se tourner, vous les charmez pour qu'ils vous confient tous leurs petits secrets, jusqu'à ce qu'ils se retrouvent complètement nus, et si complètement absorbés par leur propre nudité que rien d'autre au monde ne semble réel. Et si l'un d'eux ose dire « Attendez, on arrête, laissez-moi *sortir* de ce truc », vous haussez les épaules et vous leur expliquez que ce n'est qu'une illusion.

Une fois de plus, elle se sentit prête à se lever et à partir. Et si sa rébellion et sa fierté n'étaient pas des plus authentiques, si elle se sentait même un brin ridicule à l'idée de faire ce numéro pour la troisième fois, elle savait qu'elle retrouverait peu à peu ses forces en rentrant chez elle sachant que c'était la dernière.

Ce fut la gêne, plus qu'autre chose, qui la maintint sur son fauteuil. Elle n'aimait pas l'inflexion stridente et téméraire qu'avait pris sa voix, ni les notes étranglées qui résonnaient dans le silence du cabinet, trahissant l'imminence des sanglots. Si elle ne pouvait pas partir avec un minimum de dignité, autant rester.

— Et si nous revenions un peu en arrière, madame Davenport ? proposa le Dr Fine, les yeux sur ses mains délicatement croisées.

Il y avait quelque chose de visqueux chez cet homme chauve et pâle, il lui avait toujours fait penser à un ver ; ce qui, à présent, faisait paraître son explosion encore plus vaine. Comment pouvait-on se sentir liée à un ver ?

— Il est parfois utile de résumer et de clarifier les choses, continua-t-il. Le problème central dont nous avons discuté ici, depuis la fin de votre mariage, c'est de trouver le moyen de tirer le meilleur parti de votre richesse et de la liberté qu'elle vous offre.

— Oui.

— Deux incertitudes persistent : où aller et que faire. Et, bien que nous ayons amplement discuté de ces deux questions distinctes, nous comprenons depuis le début qu'elles sont interdépendantes : trouver une réponse satisfaisante à la première répondra à la seconde.

— C'est juste.

Voilà pour le résumé, voilà pour la clarification. À présent, le moment était venu pour le Dr Fine d'aller au fond des choses. Dernièrement, poursuivit-il, Lucy ne semblait plus « concentrée » sur le problème central. Elle laissait son attention dériver, se laissait distraire par divers sujets de mécontentement ou d'insatisfaction découlant de sa situation présente. Et, bien qu'elle ait des raisons de trouver tout cela détestable, ces insatisfactions étaient vouées à n'être que transitoires et temporaires. Ne serait-il pas plus profitable de voir un peu plus loin ?

— Si, bien sûr, convint-elle. Et je le fais, du moins j'essaie de le faire. Je sais que cette période est transitoire, je sais qu'il faut juste que je prenne le temps de faire le point, de m'éclaircir les idées, d'essayer de faire des projets…

Et elle songea alors que c'étaient là les mêmes trois activités consciencieuses qu'elle avait énumérées à sa mère l'automne précédent.

— Bien, dit le Dr Fine. Alors peut-être que nous pourrions avancer dans la bonne direction, maintenant.

Mais il commençait à paraître fatigué, voire un peu las, comme si, lui aussi, laissait son attention dériver ; ce dont Lucy ne pouvait guère lui tenir rigueur. Même un psychiatre exerçant dans une petite ville pouvait avoir des choses plus intéressantes à faire que de jauger l'équilibre émotionnel d'une fille très, très riche qui ne savait ni où aller ni que faire de sa vie.

Rien de notable ne se passa au cours des dernières semaines de cet hiver-là. Pas plus qu'en mars, en avril ou au début du mois de mai. Et puis, par une belle journée odorante, quelqu'un frappa à la porte de sa cuisine. Elle ouvrit et elle trouva un homme d'une beauté étonnante, planté sur son palier, les deux pouces coincés dans les poches de son jean.

— Madame Davenport ? s'enquit-il. Ça ne vous dérangerait pas que j'utilise votre téléphone une minute ?

Il s'appelait Jack Halloran. Il lui expliqua qu'il était metteur en scène et qu'il dirigeait la troupe qui répéterait bientôt dans le théâtre de Tonapac. Sur quoi, il appela la compagnie de téléphone et, d'un ton patient et professionnel, s'arrangea pour faire installer « immédiatement » des téléphones dans le théâtre, le dortoir et l'annexe.

— Puis-je... vous offrir une tasse de café ? proposa-t-elle quand il eut terminé. Ou une bière, peut-être ?

— Eh bien, si vous avez assez de bière, ce sera avec plaisir, merci.

Quand il fut installé au salon, face à elle, il reprit :

— C'est difficile à croire, mais la personne qui dirige ce théâtre a toujours dû se débrouiller sans téléphone. Vous imaginez ? Si ça ne fait pas kermesse de village, ça.

154

Elle n'avait jamais entendu cette expression et se demanda si elle était de lui.

— J'ai l'impression que les choses vont un peu à vau-l'eau depuis quelques années. Mais le festival avait une très bonne réputation, jadis.

— Ce serait sympa que quelqu'un lui rende sa splendeur, non ?

Il but une grande gorgée de bière, qui fit monter et redescendre sa pomme d'Adam proéminente.

— Peut-être même que ça pourrait arriver cet été, continua-t-il en s'essuyant la bouche. Je ne peux rien promettre, mais j'ai passé plus d'un an à former cette petite compagnie, et nous ne sommes pas là pour nous amuser. Nous avons des jeunes gens très talentueux parmi nous et nous allons monter de très belles pièces.

— Eh bien, c'est... une bonne nouvelle, dit Lucy.

Jack Halloran avait des yeux bleu pâle, les cheveux bruns et le genre de visage à la fois dur et sensible des acteurs qu'elle admirait le plus depuis l'enfance. Elle avait envie de lui, c'était évident, la question était de trouver le moyen de parvenir à ses fins le plus gracieusement possible. Et dans un premier temps, il fallait continuer à le faire parler.

Il lui raconta qu'il venait de Chicago, où il avait été élevé par des « inconnus bien intentionnés » ; dans un orphelinat catholique d'abord, puis dans une succession de familles d'adoption, jusqu'à ce qu'il soit assez grand pour entrer dans le corps des Marines. Et c'est lors d'une permission de trois jours à San Francisco, peu après avoir été renvoyé à la vie civile, qu'il avait mis les pieds dans un théâtre pour la première fois de sa vie. Il avait vu *Hamlet,* monté par une petite compagnie itinérante.

— Je ne pense pas avoir compris la moitié de l'histoire, mais ça m'a transformé. J'ai commencé à lire toutes les pièces sur lesquelles je mettais la main – de Shakespeare et des autres –, et à aller en voir, autant que possible. Et je me suis débrouillé pour ne jamais plus quitter le monde du théâtre. Et, bon sang, il se peut que je ne perce jamais, ni comme acteur ni même comme metteur en scène, mais ça ne signifie pas que je renoncerai pour autant. C'est le seul monde que je comprenne.

À sa deuxième ou troisième bière, il laissa échapper une chose qu'il n'avait sans doute pas l'habitude de confier à une connaissance si récente : il avait inventé son nom.

— Mon vrai nom est lituanien, expliqua-t-il, il comprend plus de syllabes que la plupart des gens sont capables d'en prononcer. J'ai choisi de m'appeler « Jack Halloran » quand j'avais seize ans, parce que j'avais l'impression que les gamins irlandais s'en sortaient mieux que les autres. C'est sous ce nom-là que je suis entré dans les Marines. Plus tard, quand j'ai commencé à travailler dans le monde du spectacle, c'est devenu plus naturel, parce que beaucoup d'artistes ont des noms de scène.

— C'est juste, convint Lucy, néanmoins déçue par cette information particulière.

Elle n'avait jamais rencontré de personne vivant sous un nom d'emprunt, elle n'aurait même jamais pensé que des gens puissent vivre sous de faux noms, en dehors des criminels, et... eh bien, des acteurs.

— Bon, je pense qu'on va passer un bel été, déclara-t-il, se levant pour partir. J'aime beaucoup cet endroit. Mais, en toute honnêteté, je ne me serais jamais attendu à trouver un acteur de la stature de Ben Duane dans les parages. Je lui ai demandé s'il accepterait de travailler avec nous, mais c'est une fichue tête de mule : s'il ne peut pas travailler à Broadway, il aime autant s'occuper de ses fleurs.

— Oui. C'est un... drôle de personnage.

— C'est M. Duane qui m'a parlé de vous, ajouta Jack Halloran. Il m'a dit que vous étiez divorcée, aussi – j'espère que ça ne vous met pas mal à l'aise que j'y fasse allusion.

— Du tout.

156

— Tant mieux. Et, maintenant qu'on va devenir voisins, Lucy, j'espère qu'on sera amenés à se revoir ?

— Certainement, dit-elle. J'aimerais beaucoup ça, Jack.

Sitôt qu'elle eut refermé la porte de la cuisine derrière lui, elle se mit à virevolter sur la pointe des pieds. Elle retourna au salon en six ou huit pirouettes impeccables qu'elle ponctua d'une petite révérence.

... Et à l'instant où je l'ai vu, docteur, j'ai été envahie par une onde de chaleur étrange et merveilleuse...

Elle se retint de terminer sa phrase en pensée, sachant que le Dr Fine ne l'entendrait sans doute jamais, et tandis que les battements de son cœur s'apaisaient, elle se posta devant une fenêtre ouverte et admira les couleurs du printemps.

2.

Pendant un jour ou deux, attendant son retour, elle entretint une pensée qui l'incita à la prudence : pouvait-on faire l'amour avec un homme dont on ne connaissait même pas le nom ? Mais, très vite, il lui rendit une deuxième visite, et la réponse à cette question s'imposa d'elle-même.

Oui. On pouvait. Vous pouviez échanger des baisers passionnés, des étreintes, frémir et gémir entre ses bras, dans le lit que vous aviez partagé avec votre mari ; vous pouviez désirer cet homme si douloureusement que vous aviez l'impression d'être à l'agonie ; vous pouviez vous ouvrir en grand pour l'accueillir, s'il semblait en avoir l'envie, ou enserrer son corps de vos jambes si vous le soupçonniez de préférer cela ; vous pouviez même crier « Oh, Jack ! Oh, Jack ! », sachant que « Jack » était un alias qu'il s'était inventé parce que les jeunes Irlandais s'en sortent mieux que les autres.

Elle avait prévu de lui demander son véritable nom à la première occasion. Elle savait que plus elle attendrait plus ce serait gênant. Mais elle ne réussit pas à trouver les mots : le nom Jack Halloran résonnait déjà trop fort dans sa vie, réveillant ses sens, accélérant son pouls, envahissant ses rêves.

Il semblait ne jamais y avoir assez de temps pour cela. Ils devaient toujours s'habiller en vitesse, descendre et faire mine d'entretenir une conversation à une distance respectable l'un de l'autre, avant que Laura ne rentre de l'école. Et quand les vacances scolaires arrivèrent, ils durent mettre au point un mode de camouflage plus subtil et hasardeux encore : Laura pouvait disparaître dans les bois ou de l'autre côté de la prairie pendant des heures avec les filles Smith, et rentrer sans crier gare, claquant la porte de derrière. Et bientôt, les acteurs et les techniciens du festival se mirent à affluer, au rythme de cinq ou six par jour, ce qui obligea Jack à s'absenter de plus en plus souvent pour aller travailler.

La veille du début des répétitions, il réussit cependant à s'éclipser presque tout un après-midi pour être seul avec elle. L'idée de vivre des instants volés leur rendit le moment plus exquis que jamais. Ils finirent par retomber sur le matelas, riant à en avoir mal aux côtes à cause d'une petite plaisanterie qu'ils avaient faite, puis, toujours hilares et hoquetant, ils se rhabillèrent avec indolence et descendirent. Dans la cuisine, enfin calmés, il l'enveloppa dans une longue étreinte romantique.

C'est alors que, timidement, le visage contre sa chemise, elle murmura :

— Jack ? Tu penses que tu pourrais me dire ton vrai nom, maintenant ?

Il s'écarta et lui coula un regard perplexe.

— Nan, attendons encore un peu, tu veux bien, mon chou ? Je n'aurais jamais dû te parler de ça.

— Mais j'ai trouvé ça charmant que tu m'en parles, dit-elle, espérant être crédible. C'est l'une des toutes premières choses qui m'ont charmée chez toi.

— D'accord, mais c'était avant qu'on fasse connaissance.

— Oui, justement. Je ne pourrai pas continuer indéfiniment à t'appeler « Jack Halloran », tu comprends ? C'est comme si je me promenais avec une contrefaçon et que je faisais mine de m'en moquer. Crois-moi, je suis capable de prononcer une longue série de syllabes sans me tromper, et j'adorerais le faire. Tu penses que je suis trop snob pour ça ?

Il sembla tourner et retourner la question dans sa tête.

— Non, répondit-il. C'est moi qui suis trop snob pour ça. Les petits orphelins lituaniens peuvent se révéler d'un snobisme redoutable en présence de jeunes bourgeoises de Nouvelle-Angleterre ; on ne te l'a jamais dit ? Nous nous sentirons toujours supérieurs à vous, vois-tu, parce que nous avons la tête et les tripes, et vous, vous n'avez que l'argent. Et même s'il arrive qu'on accepte l'un des vôtres parmi nous, de temps en temps, il reste toujours une petite pointe de condescendance dans la relation. Alors, vraiment, je pense que c'est mieux ainsi pour nous deux, Lucy. Tant que je serai Jack Halloran, on continuera à bien rigoler, je te le promets.

Et il disparut dans la lumière du soleil, aussi soudainement qu'il en était sorti, reprenant le chemin du dortoir, en haut de la colline. Dortoir qui devait déjà être rempli de filles.

Il revint le soir même, peu après la tombée de la nuit. Le bout incandescent de sa cigarette se dessina derrière la moustiquaire. Quand elle le laissa entrer dans la cuisine, il ne sembla pas juger nécessaire de lui présenter ses excuses, ou lui laissa la possibilité d'interpréter le clin d'œil qu'il lui adressa et le « Lucy » qu'il murmura avant de l'embrasser pour des excuses implicites.

— Écoute, mon chou, lui dit-il. Je vais devoir travailler tous les jours, à partir de maintenant, et je ne pourrai pas passer ici le soir sans que ça perturbe Laura, bien sûr. Alors, voilà : j'ai une jolie chambre au bout du dortoir, une chambre à moi tout seul, assez grande pour deux. Tu penses que tu pourrais te débrouiller pour m'y rejoindre de temps en temps ?

— Eh bien… est-ce qu'elle dispose d'un accès privé ?

— Qu'est-ce que tu entends par là ?

— Est-ce qu'il faudra que je traverse le dortoir plein de gens chaque fois que je…

— Bah, quelle importance ? Ils ne te remarqueront sans doute pas, et quand bien même, ils n'en auront que faire. Ce sont de chouettes gamins.

Lucy n'avait jamais mis les pieds au dortoir. L'endroit sentait la poussière et le vieux bois, et le rez-de-chaussée, où les membres de la troupe prenaient leurs repas, était sombre et chauffé par les vapeurs des récents repas – ils avaient eu du foie et du bacon au dîner, ce soir-là.

Une fois à l'étage, elle découvrit un espace ouvert occupé par des petits lits alignés le long des murs à intervalles réguliers, comme dans des baraquements de l'armée. Ici et là, quelques pensionnaires pudiques avaient tendu des draps ou des couvertures autour de leurs lits, pour se ménager un semblant d'intimité : des cloisons de fortune d'autant plus inefficaces qu'elles ne faisaient qu'attirer l'attention sur elles. Mais la majorité des membres de la troupe semblait s'accommoder de la situation. De petits groupes rieurs s'étaient formés dans la grande pièce lumineuse. À l'exception d'un occasionnel quarantenaire, ils paraissaient tous très jeunes. Lucy choisit de demander son chemin à un garçon plutôt qu'à une fille.

— Excusez-moi, savez-vous où je pourrais trouver M. Halloran ?

— Qui ça ?

— Jack Halloran.

— Oh, *Jack.* Bien sûr. Là-bas.

Elle pivota vers l'endroit qu'il lui désignait et comprit aussitôt qu'elle aurait pu s'en sortir sans son aide : c'était l'unique porte en vue.

— Salut, mon chou, l'accueillit Jack. Assieds-toi, tu veux ? Je suis à toi dans une seconde.

Il était torse nu devant un petit lavabo surmonté d'un miroir et se rasait avec un rasoir électrique. Il n'y avait aucune autre possibilité que le lit pour s'asseoir, et il était aussi étroit que ceux que l'on trouvait de l'autre côté de la porte. De toute façon, Lucy n'était pas encore disposée à s'asseoir. Elle se promena dans la pièce, tel un agent du service d'inspection de l'habitat, examinant chaque détail des lieux avec soin. Il y avait une salle de bains, ou plutôt, un placard contenant un pichet et un lavabo, une fenêtre qui, de jour, devait offrir une vue sur les terrasses fleuries de Ben Duane, et, posées contre le mur, deux grandes valises de mauvaise qualité usées jusqu'à la corde. En découvrant des bagages en si piteux état à un arrêt d'autobus, qui pourrait deviner qu'ils appartenaient à un jeune comédien-metteur en scène brillant et ambitieux en route pour un festival ? Sans doute personne. Les regards glisseraient vite dessus comme sur des emblèmes de la misère et de l'échec. C'était le genre de bagages que traînaient sur les routes les Noirs éreintés, allant d'État en État pour bénéficier de prestations sociales.

Quand elle finit par s'asseoir sur le lit, elle remarqua que la porte était équipée de l'une de ces vieilles serrures avec un trou par lequel on pouvait voir à l'intérieur, sans la grosse clef ancienne pour l'obturer, et au même instant elle prit conscience que le vrombissement incessant du rasoir électrique lui faisait grincer les dents.

— Il n'y a pas de clef ? s'enquit-elle.

— Hein ?

— La clef de la porte ?

— Oh, si. Je l'ai dans ma poche.

Il éteignit enfin son rasoir et le rangea. Puis il ferma la porte à clef, non sans difficulté, et tourna la poignée à plusieurs reprises pour s'assurer qu'il avait réussi. Il vint alors s'asseoir à côté d'elle, et lui passa un bras autour de la taille.

— J'ai pris soin de réserver cette chambre avant l'arrivée des jeunes, expliqua-t-il. Je savais que j'aurais envie d'intimité, mais j'ignorais encore que je pourrais la partager avec une personne aussi adorable que toi. Oh, et je nous ai apporté de la bière.

Il passa la main sous le lit et en tira un pack de six Rheingold Extra Dry.

— Elles ne sont sans doute plus très fraîches, mais qu'importe, une bière est une bière, n'est-ce pas ?

162

Oui. Une bière était une bière, un lit était un lit, le sexe était le sexe, et tout le monde savait qu'il n'y avait pas de classes sociales en Amérique.

Une fois débarrassée de ses vêtements, elle lui demanda :

— Jack ? Comment vais-je sortir d'ici ?

— Comme tu es entrée, non ? Qu'est-ce que tu veux dire ?

— C'est que, je ne peux pas rester trop longtemps, Laura n'a pas l'habitude d'être seule, tu sais, et je ne sais vraiment pas si je...

— Tu ne lui as pas donné le numéro de téléphone d'ici ? Au cas où elle aurait besoin de quoi que ce soit ?

— Non. J'ai oublié. Et je ne suis pas certaine d'être capable d'affronter les regards de tous ces gens une fois de plus.

— Allons, tu ne crois pas que c'est un peu idiot, Lucy ? Viens, détends-toi. Nous n'avons pas beaucoup de temps, alors autant en profiter au maximum.

Et c'est certainement ce qu'ils firent. S'envoyer en l'air dans un petit lit était, à certains égards, encore meilleur que s'envoyer en l'air dans un grand lit : vous étiez si collés l'un à l'autre que vous aviez l'impression d'être un animal à deux têtes se tortillant pour assouvir un besoin urgent et viscéral. Au paroxysme de leurs ébats, alors que Lucy redoutait que ses gémissements irrépressibles soient audibles du dortoir, une phrase de Shakespeare lui revint en mémoire pour la première fois depuis des années : « Faire la bête à deux dos. »

— Oh, mon Dieu, dit-elle lorsqu'elle eut retrouvé son souffle. Oh, mon Dieu, Jack, c'était... c'était vraiment...

— Je sais, mon chou. Je sais. C'était vraiment.

Le festival d'été du Nouveau Théâtre de Tonapac devait s'ouvrir avec une comédie légère (« En guise d'échauffement », avait expliqué Jack Halloran). Lucy assista aux dernières répétitions de la pièce, assise seule dans la grande salle aux allures de vieille grange qui faisait face au dortoir.

Les préparatifs étaient bien avancés, de sorte que les choses suivaient leur cours sans qu'il soit besoin de faire beaucoup appel à Jack, mais c'était un plaisir de le voir planté dans un coin sombre de la scène, le corps raidi par la concentration, et de savoir qu'il était aux commandes. Un script ouvert dans une main, il tapotait son jean avec l'index de son autre main, d'une manière qui évoquait le mouvement d'un métronome battant le rythme d'une partition subtile. De temps à autre, il interpellait un comédien : « Non, à gauche, Phil, à gauche » ou « Jane, tu n'as toujours pas la bonne inflexion pour cette réplique, essayons encore ».

À un moment, quand une série d'hésitations contagieuses menaça de saccager toute une scène, il les interrompit tous et avança dans la lumière.

— Bon, écoutez. On a investi une quantité phénoménale de temps et de talent dans cette pièce, alors on va y arriver. On va y arriver, même s'il faut qu'on travaille sans relâche toute la nuit, c'est clair ?

Il marqua une pause comme pour permettre aux questions et aux plaintes de s'exprimer. Personne ne pipa mot. La plupart des comédiens fixaient le sol avec des mines d'enfants embarrassés.

— Je ne comprends tout simplement pas comment on peut continuer à faire ce genre de bêtises, continua-t-il. Certains d'entre vous ont l'air de penser qu'on est là pour jouer à la kermesse du village, ou je ne sais quoi.

Il y eut un autre silence, et quand il reprit la parole, sa voix était plus basse, moins exaspérée.

— OK. On va reprendre au moment de la réplique de Marta sur le bonheur, et continuer. Seulement, cette fois, restez concentrés.

Les spectateurs de la première ne remplissaient qu'un peu plus des deux tiers du théâtre, mais – chose prometteuse – ils n'avaient pas l'air de locaux. Il ne semblait pas

164

vain d'espérer attirer un public new-yorkais par ici au cours de l'été – même pour voir cette pièce d'ouverture relativement mineure.

Et les comédiens furent à la hauteur. Il n'y eut pas d'erreur visible, les rires s'élevèrent, fournis et spontanés, aux bons moments, et les applaudissements furent assez longs et sonores pour permettre trois rappels. Juste avant le dernier tombé de rideau, l'un des comédiens tira Jack Halloran des coulisses pour un salut timide et courtois, et Lucy éprouva une telle fierté qu'elle en eut presque les larmes aux yeux.

*

Jack possédait une Ford bruyante et malodorante qu'il faisait rarement réviser et ne lavait presque jamais (ce dont il s'excusait sans cesse), mais qui lui fut bien utile, certains soirs de cet été-là, pour entraîner Lucy dans de longues virées et « quitter un peu ce fichu trou ».

Une fois lancée sur la route, en dépit de ses onze ans, elle semblait aussi brave que n'importe quelle voiture récente et avalait des kilomètres de route du comté de Putnam tandis qu'il parlait des répétitions de la journée, des spectacles du soir, des personnes de la troupe qui ne s'intégraient pas bien, de celles avec qui c'était un plaisir de travailler.

Ils s'arrêtaient dans des bars avec des flippers et de grands bocaux de pieds de porc au vinaigre – le genre de pub « provincial » pittoresque qu'elle avait arrêté de fréquenter après la fac –, mais repartaient toujours assez vite, Jack ne tardant jamais à se soucier des nombreuses obligations qui l'attendaient le lendemain. Et cela convenait bien à Lucy qui, au bout d'une heure ou deux d'escapade, était impatiente de regagner la petite chambre du dortoir.

Vers la fin de l'été, au rythme d'une nouvelle pièce par semaine, la compagnie avait déjà joué Tchekhov, Ibsen,

Shaw et Eugene O'Neill, et offert une mise en scène ouvertement ambitieuse du *Roi Lear*, que Jack en vint à considérer comme leur seul échec en date (« Ah, on a mis trop de labeur dans celle-là, ça se sentait »).

Les comédiens manquaient de sommeil et de repos, et il n'était pas rare qu'une fille fonde en larmes au cours d'une répétition. Même l'un des garçons avait éclaté en sanglots, une fois. Clairement honteux, il s'était tourné vers Jack et l'avait traité de connard esclavagiste.

Mais le public continuait d'arriver de New York en flux de plus en plus dense, et la plupart des spectacles frisaient le triomphe. Un homme de l'agence William Morris vint même en coulisse pour proposer à Jack de « le prendre sous sa coupe », et quand, plus tard, Lucy s'exclama « C'est merveilleux ! », Jack lui répondit que ce n'était pas si extraordinaire que ça.

— Les gars de chez Morris courent les rues, lui expliqua-t-il, et j'ai déjà un agent. Non, la seule d'entre nous qui va vraiment percer après ce soir, c'est Julie. Bon sang, c'est pas magnifique, ça ? Je suis... vraiment très fier d'elle.

— Eh bien, moi aussi, dit Lucy. Et elle le mérite certainement.

Julie Pierce était une fille élancée de vingt-quatre ans avec des cheveux bruns lisses et de grands yeux lumineux. Elle avait tenu les rôles principaux de *La Mouette*, *Une maison de poupée* et *Major Barbara*. Et elle venait de « percer », parce qu'on lui avait offert d'auditionner pour un rôle dans la nouvelle comédie d'un auteur de théâtre de Broadway très connu.

Elle était très effacée et timide quand elle n'était pas sur scène, semblant toujours au comble de la nervosité (Lucy avait remarqué que ses ongles étaient rongés jusqu'à la chair), mais sa tension disparaissait sitôt qu'elle se mettait au travail. Les trois ou quatre autres comédiennes de la compagnie qui la dépassaient en beauté, et en avaient bien conscience, ne pouvaient s'empêcher d'envier et d'admirer Julie Pierce pour sa « présence incroyable » sur scène. Sa voix claire et vibrante emplissait le théâtre même quand elle murmurait. C'était un instrument subtil et merveilleux qui parvenait à donner vie aux situations les plus factices.

Aussi n'eut-elle aucun mal à reconnaître la voix unique de Julie Pierce, par une nuit étouffante, quand on frappa un petit coup à la porte de la chambre de Jack Halloran.

— Madame Davenport ? Votre fille au téléphone.

Lucy s'était assoupie, un bras de Jack en travers du buste et une main posée sur un de ses seins. Elle se libéra de son étreinte et s'habilla avec une telle hâte qu'elle oublia ses bas et ses sous-vêtements par terre.

Elle prit le combiné du téléphone mural, près de l'escalier.

— Laura ?

— Maman, tu veux bien rentrer à la maison tout de suite ? Papa vient d'appeler et il avait une voix bizarre.

— Ah, il arrive que ton père boive un peu trop, ma chérie, et ensuite...

— Non, il n'était pas ivre, c'était différent. Il disait n'importe quoi.

Elle descendit les marches des terrasses fleuries et odorantes d'un pas prudent, de crainte de trébucher dans le noir, mais une fois en bas, elle se mit à courir vers la maison éclairée. Arrivée dans le salon, elle serra brièvement Laura dans ses bras pour la rassurer.

— Je vais te dire ce qu'on va faire, dit-elle. Je vais appeler papa pour voir s'il est malade, et si c'est le cas, je ferai tout mon possible pour l'aider à aller mieux.

Elle s'installa devant le téléphone et composa le numéro de Michael à New York, craignant d'avance qu'il ne réponde pas : il avait pu appeler Laura de n'importe quelle cabine téléphonique de la ville.

Mais il décrocha à la première sonnerie.

— Oh, Lucy, dit-il. Je savais que tu rappellerais. Je savais que tu ne me laisserais pas tomber. Dis, tu veux bien rester au téléphone avec moi une minute ? Je veux dire rester en ligne une minute ?

— Michael ? Tu veux bien m'expliquer quel est le problème ?

— Le problème, répéta-t-il, comme si ça l'aidait à s'éclaircir les idées, c'est que je n'ai pas dormi depuis cinq – non, sept – merde, je ne sais même plus combien de jours. Je n'arrête pas de regarder le soleil se lever sur la Septième Avenue et puis je me retourne une heure plus tard et il fait déjà nuit noire. Et je ne pense pas avoir quitté cet endroit depuis une, ou peut-être deux ou plutôt trois semaines, maintenant. Il y a des sacs en papier pleins d'ordures un peu partout dans la pièce, et il y en a un ou deux qui se sont renversés et vidés de leur contenu. Tu vois le tableau, Lucy ? J'ai peur. Je suis mort de trouille. J'ai peur de sortir d'ici et de marcher dans la rue, parce que chaque fois que je le fais je vois toutes sortes de gens et de choses qui ne sont même pas *là*.

— Attends un peu, Michael. Tu n'as pas une amie que tu pourrais appeler ? Quelqu'un qui pourrait venir et prendre soin de toi ?

— Une « amie » ? Tu veux dire une petite amie ? Non, rien de ce genre. Mais ne te méprends pas, mon chou, j'ai eu plus que mon lot de filles depuis que tu m'as jeté dehors. Bon sang, j'ai mangé du minou au petit-déjeuner, du minou au déjeuner...

— Je t'en prie, Michael, l'interrompit-elle avec impatience. Écoute, et si tu me laissais appeler Bill ? Tu veux bien ?

— Du minou au dîner. Oh, et des tas de minous pour le petit creux de minuit, termina-t-il. Bill qui ?

— Bill Brock. Il pourra peut-être passer et...

— Non. Impossible. Pas question de faire venir Brock ici. Il me chante les louanges de la psychanalyse depuis des années. Il va s'asseoir et il va essayer de me psychanalyser. Et je suis peut-être fou, mais pas fou *à ce point*. Oh, mon Dieu Lucy, essaie de comprendre : je veux juste dormir.

— Dans, ce cas, Bill pourra t'apporter des somnifères.

— Ah, oui, « pourra ». Dis-moi, Lucy : Pourquoi tu dis toujours « pourra » au lieu de « pourrait » quand tu es dans cette humeur d'infirmière générale ? Tu as toujours eu au moins six attitudes artificielles et affectées différentes, tu en as conscience ? Tu changes totalement de personnalité selon l'occasion. Je l'avais déjà remarqué à Cambridge, mais je pensais que ça te passerait avec le temps. Mais non, il faut croire que tu es coincée avec ce truc pour la vie. C'est sans doute d'être millionnaire parmi des gens ordinaires qui te rend comme ça ; tu dois avoir le sentiment de devoir jouer la comédie en permanence, pas vrai ? Jouer fichu rôle sur fichu rôle. Dame Générosité toujours prête à rendre service, hein ? Eh bien, sache que c'est précisément le genre de conneries que j'en suis venu à trouver très très fatigantes au fil des ans, Lucy. Et tu veux savoir autre chose ? Durant presque toute la durée de notre mariage, j'étais amoureux de Diana Maitland. Je ne l'ai jamais eue, je n'ai jamais eu la moindre chance, mais, bon sang, j'aurais pu mourir pour cette fille. Je n'arrêtais pas de me demander si tu avais idée du calvaire que je traversais, jusqu'au jour où j'ai compris que ça n'avait aucune importance, parce que tu étais probablement amoureuse de Paul – ou alors de Tom Nelson ou de n'importe quelle autre abstraction romantique mille et une fois plus solide et plus admirable que moi. Tu sais ce qu'on a fait, Lucy ? Toi et moi ? On a passé notre vie ensemble à *pâlir d'envie*. C'est pas la chose la plus foutrement pathétique du monde ?

Elle lui répondit qu'ils feraient mieux de raccrocher, maintenant, qu'elle puisse appeler Bill Brock, puis, la communication terminée, elle prit le temps d'aller réconforter Laura dont les yeux étaient agrandis de terreur.

— Ça va aller, ma chérie. Tout va bien se passer, tu verras. Tu me promets de ne pas te faire de souci, hein ?

— Il était cohérent cette fois ?

— Eh bien, il était un peu confus au début, mais quand on a commencé à discuter, il l'est devenu, oui. Il était très cohérent.

Bill Brock semblait s'être réveillé en sursaut quand il répondit au téléphone. Lucy se le représenta dans sa chambre, une fille en chemise de nuit endormie à ses côtés – elle n'avait jamais pu se représenter Bill Brock seul.

— Oui, bien sûr, Lucy, dit-il, quand elle lui eut exposé la situation. J'y vais immédiatement. Je peux lui apporter un ou deux de mes somnifères. Ils sont très légers, mais ils feront peut-être l'affaire. Et je resterai avec lui jusqu'à ce que je puisse joindre mon psy, demain matin. C'est un bon psy, il est doué, et solide. Il te plairait. Et on peut lui faire confiance. Je suis sûr qu'il saura quoi faire. Je te rappellerai dès que possible. Alors ne t'inquiète pas, d'accord ? Ce n'est pas grave. Ces choses-là arrivent à beaucoup de gens.

— Je ne te remercierai jamais assez, Bill, répondit-elle, se mordant aussitôt la lèvre : il lui avait si longtemps été antipathique.

— Allons, mon chou, ne dis pas de bêtises. C'est à cela que servent les amis.

Elle avait à peine reposé le combiné que le téléphone sonna de nouveau. C'était Michael. Il semblait secoué de hoquets de rire, mais elle finit par comprendre qu'il pleurait.

— … Oh, Lucy, je ne pensais rien de tout ça, disait-il, luttant pour raffermir sa voix. Je ne pensais pas ce que j'ai dit sur Diana Maitland, ni le reste, tu entends ?

— Ça va, Michael. Bill est en chemin. Il va t'apporter des somnifères et rester avec toi.

— Oui, mais écoute : je n'aurai peut-être pas d'autre occasion de te dire ça, alors je t'en supplie, ne raccroche pas.

— Je ne raccroche pas.

— D'accord. J'aimerais que tu n'oublies jamais ça, Lucy, et c'est sans doute la dernière occasion que j'ai de te le dire : il n'y a jamais eu qu'une seule fille dans ma vie. Une fille brillante, splendide...

— Oui, d'accord, c'est gentil, le coupa-t-elle d'un ton sec, mais je pense que je préférais la première version.

Il sembla ne pas l'avoir entendue.

— ... Oh, mon chou, tu te souviens de Ware Street ? Tu te souviens que nous étions si jeunes que nous pensions que tout était possible, que le monde s'arrêtait de tourner chaque fois qu'on s'envoyait en l'air ?

— Je pense que tu en as assez dit, Michael, tu ne crois pas ? Calme-toi, et attends Bill sans bouger.

Il y eut un long silence. Quand il finit par reprendre la parole, personne n'aurait pu penser qu'il avait pleuré un instant plus tôt : sa voix était aussi froide et plate que celle d'un soldat acceptant des ordres.

— D'accord. Compris. Message reçu.

Et il coupa la communication.

Elle monta à l'étage avec Laura et la borda dans son lit, comme si elle avait quatre ou cinq ans et non dix et demi.

Ce n'est qu'une fois seule dans sa propre chambre, lorsqu'elle ôta sa robe, qu'elle se souvint des sous-vêtements et des bas abandonnés par terre dans celle de Jack Halloran.

Après son départ, Jack aura très bien pu enfiler son pantalon et rouvrir la porte pour lancer : « Hé, Julie ? Je peux t'offrir une bière ? »

Et la jeune comédienne timide et talentueuse aura très bien pu s'asseoir à côté de lui sur le petit lit, pour discuter de son avenir prometteur. Le souffle court, elle lui aura confié qu'elle ne se serait jamais « trouvée » sans son aide, cet été, et il aura insisté sur le fait qu'elle ne devait son succès qu'à elle-même.

Oh, il ne se sera sans doute pas jeté sur elle tout de suite, Jack avait un sens du tempo bien trop rodé pour cela, et cependant, tout en l'écoutant parler, il aura certainement tiré la clef de sa poche et se sera levé une dernière fois pour verrouiller la porte.

Bill Brock appela dans la matinée, bien après le départ de Laura pour l'école, et elle comprit au son de sa voix qu'il fournissait un effort pour garder son sang-froid.

— Bon, ça va aller maintenant, Lucy, dit-il. Michael est en sécurité, il est entre de bonnes mains et on va le soigner.

— Oh. C'est... très bien. Ton... médecin va être en mesure de l'aider, alors ?

— Non, pas lui, ça n'a pas marché. Écoute, je vais te raconter exactement ce qui s'est passé, d'accord ?

— D'accord.

— Quand je suis arrivé là-bas, hier soir, il faisait les cent pas et parlait sans discontinuer, de manière compulsive. Parfois, il redevenait cohérent pendant cinq minutes, et puis il s'éparpillait à nouveau. C'était irrationnel. Le nom de Diana Maitland revenait sans cesse : il n'arrêtait pas de raconter des trucs incompréhensibles à propos de Diana Maitland. J'ai supposé que c'était parce qu'elle était toujours associée à moi dans son esprit, tu comprends.

— Oui.

— Et l'appartement était sens dessus dessous, Lucy. Je pense qu'il n'avait pas sorti les poubelles depuis un mois, je n'avais jamais vu autant de mégots écrasés de ma vie. Alors j'ai refait son lit et je lui ai donné les somnifères que j'avais apportés. Mais ça n'a eu aucun effet – je t'ai dit qu'ils étaient très légers –, et au bout d'un moment il a insisté pour sortir faire un tour. J'ai essayé de l'en dissuader, d'abord, et puis je me suis dit que ce n'était pas une si mauvaise idée. J'ai pensé que l'exercice pourrait l'aider à dormir. On a remonté la Septième Avenue un moment, et jusqu'à ce qu'on arrive à la Quarantième Rue, tout semblait bien aller : il était très calme, très docile, il ne parlait pas beaucoup. Et puis, tout à coup, il est devenu complètement dingue.

— « Dingue » comment ?

— Il ne cessait d'avoir ces sortes d'explosions d'énergie incontrôlables, et alors il s'éloignait de moi et il n'y avait pas moyen de le contrôler. Il courait sur la chaussée sans se soucier des voitures, comme s'il voulait se suicider, et j'ai compris que je n'arriverais pas à gérer la situation seul. Alors j'ai arrêté un flic pour qu'il vienne m'aider – et je sais que tu ne vas sans doute pas apprécier la suite, Lucy, mais il y a des moments où on a vraiment besoin des flics –, et il a appelé une ambulance de la police et on l'a conduit à Bellevue.

— Oh.

— Je sais, Lucy : on a tous entendu des histoires sur Bellevue, et je suppose qu'on ne peut pas s'attendre à ce qu'il dorme beaucoup là-bas – pas les premiers jours en tout cas –, mais n'oublie pas que c'est un établissement dernier cri. Les meilleurs psychiatres de New York consultent là-bas, et ces gars connaissent leur boulot. J'ai eu une longue conversation avec le médecin des admissions, un jeune homme très aimable et très brillant fraîchement sorti de l'école de médecine de Yale, et j'aurais vraiment aimé que tu puisses lui parler, toi aussi, parce qu'il s'est montré très rassurant. Il a dit que Mike ne resterait là-bas qu'une semaine, ou deux maximum, et qu'on lui prescrirait le meilleur traitement disponible à ce jour, un truc qui lui coûterait une fortune dans une clinique privée. Et quand j'ai appelé mon propre psy, ce matin à la première heure, parce que je voulais avoir son avis, il a dit qu'il lui semblait que j'avais bien agi.

— Bien sûr, répondit Lucy. Enfin, ça ne m'étonne pas... et c'est sans doute vrai.

— Alors, je te tiens au courant, Lucy, d'accord ? Je vais y retourner dès que le service de Mike sera ouvert aux visites, et je t'appellerai pour te dire comment il va, et tout le reste.

Lucy le remercia une fois de plus, et prononça même les mots « Merci infiniment pour ton aide, Bill » et « Merci pour tout », impatiente de ne plus avoir à endurer le son de sa voix.

Oui, elle avait entendu parler de Bellevue. Et des groupes d'hommes vêtus de pyjamas en loques que l'on

173

faisait marcher pieds nus dans les couloirs des services mal aérés et fermés à clef, du matin au soir ; que l'on obligeait à déambuler jusqu'au mur du fond, pivoter et aller jusqu'au mur opposé, et ainsi de suite, parce que c'était le meilleur moyen qu'avaient trouvé les aides-soignants noirs massifs de les garder à l'œil. Et quand certains d'entre eux criaient, hurlaient ou se battaient, la punition était la même : on injectait de force un sédatif puissant à chaque perturbateur avant de l'enfermer, seul, dans une cellule capitonnée.

Lucy n'avait aucun mal à imaginer Michael se traînant à la fin de cette file terrifiante, ou gisant, humilié, sur le matelas souillé d'une cellule, et elle savait qu'il aurait du mal à croire que tout ça lui arrivait. C'était impossible, parce que… eh bien, parce qu'il était Michael Davenport, et parce qu'il avait juste besoin de dormir.

Quand Jack Halloran passa la chercher pour l'emmener assister aux répétitions de l'autre côté de la route, il lui demanda :

— Quel était le problème, hier soir, avec Laura ?

— Oh, ce n'était rien de grave. Elle était un peu perturbée, sans doute parce qu'elle était seule. J'ai préféré rester avec elle. Elle allait mieux ce matin.

Lucy ne mentait presque jamais, de crainte que ça ne l'amène à devenir quelqu'un d'autre, mais cette fois, il était hors de question de dire la vérité.

La journée s'annonçait aussi chaude et étouffante que celles de la veille et l'avant-veille. Ils s'engagèrent dans l'allée d'Ann Blake et Lucy attendit qu'ils arrivent au bout et qu'il n'y ait plus aucun membre de la troupe en vue pour se tourner vers Jack avec un large sourire artificiel.

— Alors ? Vous avez pris du bon temps Julie et toi, hier soir ?

Il la regarda avec un air inexpressif, puis parut si sincèrement déconcerté qu'elle éprouva un léger soulagement.

— Je crois que tu as perdu l'esprit, Lucy, répondit-il.

— Peut-être. Peut-être que de vous imaginer tous les deux dans ce fichu lit m'a *fait* perdre l'esprit.

Ils s'étaient arrêtés de marcher et se faisaient face. Il la saisit par les épaules.

— Tu veux bien arrêter ça, Lucy ? Mon Dieu, mais pour quel genre de minable me prends-tu ? Tu penses vraiment que je ferais venir une fille dans ma chambre juste après ton départ ? Pour l'amour du Ciel, ça tiendrait du vaudeville à la française, ou de la mauvaise farce.

Elle se laissa faire quand il l'entraîna de l'autre côté de la route d'asphalte brûlant, pour rejoindre le théâtre.

— Et de toute façon...

Il passa un bras autour de sa taille. Une mèche de ses cheveux noirs rebondissait de manière séduisante sur son front à chacun de ses pas.

— ... de toute façon, je n'ai pas *envie* de Julie Pierce. Pourquoi aurais-je envie de Julie Pierce ? Elle est bien trop maigre, elle n'a même pas de seins. Et, d'accord, elle a un sacré talent, mais je pense pas que ça ne tourne tout à fait rond là-haut. Alors, tu veux bien me laisser démarrer ma journée de travail, et arrêter tes âneries, mon chou ?

— Je suis désolée. Oh, je suis désolée, Jack.

— Hé, chérie ? Tu es réveillée ? murmura-t-il d'une voix douce, quelques nuits plus tard.

— Oui ?

— Ça ne te dérangerait pas qu'on s'asseye une minute pour discuter ?

— Non.

Elle savait que quelque chose le tracassait depuis plusieurs heures – plusieurs jours, même – et elle était contente d'avoir enfin l'opportunité d'apprendre de quoi il s'agissait.

— Tu veux une bière ? proposa-t-il.

— Euh, je ne sais pas. D'accord, pourquoi pas.

Il finit par aller droit au but.

— Tu as déjà joué la comédie, n'est-ce pas ? C'était à Harvard ? Dans une ou deux des pièces écrites par ton mari, je crois ?

— Eh bien, oui, mais c'était juste... tu sais... des trucs d'étudiant. Je n'ai reçu aucune formation.

— En fait, j'aimerais beaucoup travailler avec toi. J'aimerais voir de quoi tu es capable, et j'ai le sentiment que tu t'en sortirais très bien.

Elle aurait voulu protester, ou rejeter l'offre avec une boutade, mais le sentiment agréable qui grandissait en elle la poussa à attendre sans rien dire.

Jack voulait clore la saison en beauté. Il voulait que la dernière pièce soit si phénoménale qu'aucun spectateur du Nouveau Théâtre de Tonapac ne l'oublierait jamais. Il y avait beaucoup réfléchi au cours de l'été, et il savait quelle pièce il voulait monter, seulement il n'était pas certain d'avoir tous les acteurs dont il avait besoin. Lucy avait-elle déjà assisté à une représentation d'*Un tramway nommé Désir* ?

— Oh, mon Dieu ! s'exclama-t-elle.

Michael Davenport l'avait emmenée voir la mise en scène originale à Broadway, un week-end, peu après leur rencontre. Elle n'avait jamais oublié son air à la fois sidéré et extasié quand ils étaient ressortis du théâtre. « Tu sais quoi, mon chou ? avait-il déclaré. C'est la meilleure fichue pièce américaine jamais écrite. À côté de ce Williams, O'Neill sonne creux. » Elle avait pris son bras et lui avait répondu qu'elle aussi avait adoré – adoré, adoré. Un mois plus tard, ils avaient refait le voyage de Boston à New York pour la voir une deuxième fois.

— ... Le problème c'est que j'ai poussé Julie au bout du bout, cet été, continuait Jack Halloran. Je crains que ses nerfs ne lâchent. Et puis, elle n'est pas assez âgée pour jouer Blanche DuBois. Elle pourrait jouer Stella, à la rigueur, mais c'est également un rôle très exigeant, il vaudrait peut-être mieux que je le confie à une autre fille.

Enfin, mon souci principal est de trouver la bonne personne pour jouer Blanche, et j'ai pensé à toi. Non, attends, écoute-moi…, s'empressa-t-il d'ajouter, levant la main pour repousser son refus. Avant de me dire non, chérie, laisse-moi parler. Nous avons tout le temps qu'il nous faut, tu n'as pas à te soucier de ça. Nous avons deux semaines entières.

Et il lui expliqua qu'ils ne débuteraient les répétitions que dans une semaine à compter du lendemain, ce qui leur laisserait sept jours pour « l'entraînement préliminaire ». Ils auraient le théâtre à eux seuls tous les après-midi, quand la journée de travail serait terminée et que tous les jeunes seraient partis, et alors, il l'aiderait à répéter son texte ligne après ligne, jusqu'à ce qu'elle se sente « à l'aise » avec, jusqu'à ce qu'elle « prenne suffisamment confiance en elle » pour commencer à répéter avec les autres comédiens. N'était-ce pas une proposition honnête ?

— Eh bien, ce serait certainement… un honneur, Jack.

Elle lui coula un regard, pour vérifier qu'il ne trouvait pas le mot « honneur », ridicule.

— Et j'aimerais beaucoup essayer. Mais tu dois d'abord me promettre une chose. Promets-moi que si tu ne me trouves pas à la hauteur, tu me le diras immédiatement. Avant qu'il ne soit trop tard, d'accord ?

— Bien sûr, bien sûr que je te le promets. C'est vraiment génial que tu acceptes d'essayer, Lucy. Ça m'enlève vraiment un gros poids.

Il se pencha et tira de l'endroit où il conservait la bière une boîte en carton pleine d'exemplaires de la pièce. Elle pouvait en emporter un à la maison pour la lire et prendre des notes, afin d'être prête pour leur première séance de travail.

— Qui as-tu à l'esprit pour jouer l'homme ? s'enquit-elle. Comment s'appelle-t-il déjà ? Stanley Kowalski ?

— Ah oui, ça, c'est mon deuxième souci. Je sais qu'il y a deux ou trois gamins de la troupe qui s'en sortiraient sans doute bien, mais je n'ai pas joué depuis si longtemps que ça commence à beaucoup me manquer. Et puis, mince, ce sera la dernière pièce, non ? Alors je me suis dit que j'allais le jouer moi-même.

3.

— ... Me voilà, Stanley, récita Lucy. Toute fraîche et parfumée, prête à poser pour une revue féminine[1] !

Mais au lieu de lui donner la réplique avec la voix de Stanley Kowalski, la posture voûtée menaçante de Stanley Kowalski, Jack Halloran sortit un instant de son personnage pour reprendre son rôle de professeur.

— Non, écoute, chérie. Laisse-moi t'expliquer une petite chose. Certes, le public doit soupçonner depuis le début que Blanche est en train de devenir folle, ou il n'y croira pas quand le rideau retombera. Mais je commence à craindre que tu ne la fasses paraître folle un peu trop tôt. Quand tu laisses l'hystérie se dessiner sur ton visage et teinter ta voix de cette manière, tu nous prives de beaucoup de tension dramatique et de suspense. Tu vends un peu la mèche, si tu vois ce que je veux dire.

— Bien sûr que je vois ce que tu veux dire, Jack, répondit-elle. C'est juste que je n'avais pas conscience de... l'hystérie dont tu parles.

— Eh bien, j'ai peut-être mal choisi mes mots, mais tu comprends l'idée. Et, autre chose : il est clair que Blanche déteste Stanley, qu'elle est révoltée par tout ce qu'il représente, et tu es très juste à cet égard-là. Mais sous la surface – inconsciemment, ou malgré elle – elle est attirée par lui.

---

1. Toutes les citations d'*Un tramway nommé Désir* sont tirées de l'édition de la pièce dans la collection « Pavillons poche » de 2017, Robert Laffont, traduction de Pierre Laville.

C'est sous-jacent mais il faut que ce soit là pour que ça fonctionne plus tard. Je sais que tu en as conscience, mon chou, mais le fait est que tu ne l'as pas vraiment suggéré pour l'instant. Et aussi, les répliques suivantes sont très importantes : quand elle lui demande de boutonner le dos de sa robe. J'aimerais que tu ne te contentes pas du ton coquettement moqueur que tu as employé la dernière fois que tu les as lues ; je veux sentir une pointe... de véritable séduction, aussi.

Lucy n'eut d'autre choix que de répondre qu'elle ferait de son mieux. C'était leur troisième ou quatrième séance d'entraînement préparatoire, et elle perdait un peu plus confiance en elle de jour en jour, au lieu de s'enhardir. Elle commençait à redouter jusqu'à l'odeur du théâtre.

— Cela vous paraît-il encore concevable qu'on ait pu me trouver aussi – séduisante ? dit-elle, avec la voix de Blanche, un peu plus tard dans la même scène.

— Vous êtes encore correcte.

— J'attendais un vrai compliment, Stanley.

— Je connais rien à ces trucs-là.

— Quels – trucs ?

— Les compliments aux dames sur leur dégaine.

Jack connaissait chaque nuance du personnage de Stanley Kowalski, qu'il avait interprété à plusieurs reprises dans des festivals d'été.

— Les femmes que j'ai rencontrées savaient toutes seules si elles étaient belles ou pas, sans qu'on ait besoin de le leur dire, et y en a même qui se trouvent mieux qu'en réalité. Je suis sorti une fois avec une fille qui me disait : « Y a pas plus sexy que moi, tu peux chercher y a pas ! » Et j'ai répondu : « M'en fous ! »

— Et qu'est-ce qu'elle a répondu ?

— Rien. Ça lui a cloué le bec.

— Ça a mis fin à votre romance.

— Ça a mis fin à la conversation – c'est tout...

— Jack, je ne pense pas que ça puisse fonctionner, lui dit Lucy, alors qu'ils remontaient l'allée sous un coucher de soleil orange vif, le dernier après-midi. Je ne vois pas comment ça pourrait...

— Écoute, je t'ai fait une promesse, n'est-ce pas ?

Il envoya un bras autour de sa taille. Et comme à chaque fois qu'il faisait ce geste, elle se sentit soudain importante et en sécurité.

— Je t'ai promis que si je ne te trouvais pas à la hauteur, je te le dirais. Eh bien, je pense que ça va aller. Il y a sans doute un ou deux angles à arrondir, mais attends un peu. Demain, Julie et les autres se joindront à nous, et tu pourras commencer à te faire une idée de ce qu'est une vraie répétition. La pièce va nous imposer son rythme et nous rendre meilleurs qu'on aurait jamais pensé pouvoir le devenir – et d'ici le soir de la première ce sera au poil.

— C'est... Julie qui va jouer Stella Kowalski, finalement ?

— Eh bien, j'ai essayé de la dissuader de le faire, sachant à quel point elle est fatiguée, mais elle a insisté, elle dit qu'elle préfère travailler que se reposer. Je me suis montré très réticent – parce que je crains vraiment qu'elle soit à bout de nerfs – mais j'ai fini par céder. Et dans le fond, je suis ravi qu'on l'ait. Julie est le genre de comédienne capable de porter une pièce à bout de bras.

C'est le soir que Michael choisit pour la rappeler. Juste avant le dîner. Laura décrocha le téléphone (« Salut, papa ! ») et discuta avec lui d'un ton joyeusement bavard pendant quelques minutes avant de couvrir le combiné d'une main et de le tendre à Lucy.

— Il veut te parler, maman. Il a l'air vraiment mieux.

— Ah, c'est bien, dit-elle. Pourquoi ne filerais-tu pas dans ta chambre, chérie, au cas où papa aurait besoin de parler de choses privées ?

— De quel genre de choses privées ?

— Oh, je ne sais pas, de choses d'adultes. Allez, monte, veux-tu ?

Puis elle prit le combiné.

— Bonjour, Michael. Je suis… vraiment contente que tu sois rentré chez toi.

— Oui. Merci, répondit-il. Quand même, je me demande si tu as la moindre idée de ce à quoi ressemble ce genre d'endroit.

— Je pense en avoir une petite idée. Je pense que tout le monde, à New York, a entendu parler de Bellevue au moins une fois.

— Ouais, mettons, sauf que Bellevue est environ mille et une fois pire que ce que tout le monde à New York en a entendu dire. Enfin, passons, je suis sorti. J'ai été récuré au savon anti-puces, au savon anti-poux, et je suis désormais le programme des patients sortants : c'est un peu comme d'être en liberté surveillée. Je dois retourner là-bas une fois par semaine pour suivre une « thérapie » avec un petit connard pompeux guatémaltèque en costume violet. Oh, et j'ai des pilules à prendre, aussi. Tu n'as jamais vu un tel assortiment de ta vie. Et elles sont merveilleuses, ces pilules : elles permettent à ton cerveau de continuer à fonctionner alors que ton esprit est mort.

Elle savait que c'était une erreur de le laisser parler de la sorte – comme s'ils étaient encore mariés – mais ignorait quoi dire pour l'arrêter.

— Non, mais le pire du pire, c'est ce qu'ils ont fait à mon dossier.

— Ton « dossier » ? De quel dossier parles-tu ?

Et elle regretta aussitôt d'avoir posé la question.

— Oh, mon Dieu, Lucy, ne soit pas si sotte. Tout le monde a un dossier en Amérique – les fichiers du FBI n'en sont qu'une partie infime –, et tout est noté dedans. Absolument tout, et pour toujours. Oh, mon dossier *débutera* sans doute de manière plaisante avec mon enfance à Morristown, l'armée de l'air, Harvard, et puis il y aura les trucs sur notre mariage, Laura, *L'Ère des grandes chaînes*, et la publication de mes poèmes ; et franchement, même le divorce ne sera pas une grosse ombre au tableau, parce que personne ne se soucie plus de ce genre de chose. Mais, tout à coup, *bam*. On pourra lire : « Épisode psychotique, août 1960 ». Et il y aura la signature d'un policier de New York, ou son numéro de matricule, parce que ce sont les flics qui m'ont emmené, et il y aura la signature d'un larbin de Bellevue, aussi, et ensuite – doux Jésus – il y aura la fichue signature de William Brock, citoyen inquiet, gardien de l'ordre et de la morale publics ; parce que c'est ce connard qui m'a fait enfermer. Tu comprends, Lucy ? Tu comprends ce que je te dis ? Je suis un dingue certifié. Je serai un dingue certifié jusqu'à la fin de ma vie.

— Je pense que tu es encore très fatigué, et que tu ne crois pas réellement aux idioties que tu dis.

— Tu veux parier ? Tu veux parier, Lucy ?

— Écoute, je veux raccrocher avant que Laura ne commence à s'inquiéter. Ça n'a pas été une période facile pour elle. Mais avant cela, j'aimerais te dire quelque chose. Je ne te le dirai qu'une fois, alors écoute-moi avec attention : à partir de maintenant, quand tu appelleras Laura, ne demande plus à me parler. Parce que si tu le fais à nouveau, je refuserai de prendre l'appareil et nous serons tous deux coupables de faire souffrir notre fille sans raison valable. Est-ce que c'est clair ?

— Car il y a des choses qui se passent dans le noir entre un homme et une femme, dit Julie Pierce dans le rôle de Stella, qui changent tout – radicalement – et rendent tout le reste dérisoire.

— Tu parles de désir brutal, dit Lucy Davenport dans le rôle de Blanche, tu ne parles que de ça – de Désir ! Du nom de ce tramway cahotant avec son bruit de ferraille à travers les rues du quartier, en allant et venant sans arrêt...

— Tu as déjà pris ce tramway ?

— C'est lui qui m'a amenée ici, dit Lucy. Où je ne suis pas la bienvenue et où j'ai honte d'être...

— Tu ne trouves pas tes airs supérieurs un tant soit peu déplacés ?

183

— Je ne suis ni ne me sens quelqu'un de supérieur. Je te prie de le croire ! C'est seulement ma façon de voir les choses. Un homme comme lui, c'est quelqu'un avec qui on sort une, deux, ou trois fois quand on a le diable au corps. Mais de là à vivre avec lui ! À avoir un enfant de lui !

— Je t'ai dit que je l'aime.

— Alors je tremble pour toi ! Je tremble pour toi... Il a un comportement d'animal, il a les mêmes réflexes qu'un animal ! Il mange, bouge et parle comme un animal ! Il atteint même un degré – subhumain – en deçà de l'humain ! Avec quelque chose de simiesque... Des milliers et des milliers d'années plus tard, il est encore là – Stanley Kowalski – survivant de l'âge de pierre ! Rapportant la viande crue du gibier qu'il est allé tuer dans la jungle ! Et toi – toi, ici – qui es là à l'attendre !

— OK, lança Jack Halloran. Je pense qu'on peut s'arrêter là. Demain, on reprendra à partir de la scène 5. Hé, Julie ?

— Oui, Jack ?

— C'est vraiment bien ce que tu viens de faire, là.

Il ne fit aucune remarque à Lucy, ni à ce moment ni lorsqu'ils se traînèrent le long de l'allée bosselée, épuisés. Et il ne passa pas non plus son bras autour de sa taille.

« Alors, tu as répondu aux critères, finalement ? » avait demandé Nancy Smith à son frère. Et il avait rétorqué : « Non mais ça n'a pas d'importance, au bout du compte ils ont trafiqué les résultats et ils ont pris tout le monde. »

Plus tard, ce soir-là, ils restèrent assis tout habillés au bord du lit de Jack pendant ce qui lui parut un long moment, comme s'ils attendaient tous deux que l'autre commence à se dévêtir.

— Tu sais quoi, chérie ? finit-il par dire. Tu pourrais beaucoup apprendre en regardant Julie travailler.

— Ah ? Et... à quel égard ?

— Eh bien... à tous les égards. Observe son rythme. Elle est toujours pile sur la marque. Et prête attention à sa

184

manière d'occuper l'espace. Elle ne paraît jamais égarée, sauf quand le texte exige qu'elle paraisse égarée – et Dieu sait qu'elle sait jouer l'égarement. Vraiment, c'est le genre de comédienne qu'on ne croise qu'une fois par… enfin, très rarement. C'est une artiste-née.

Et moi non, se retint de répondre Lucy. Je ne le serai jamais et tu le sais, et tout ce que tu fais c'est m'utiliser, dans cette pièce. Tu m'utilises et tu m'utilises, et je te déteste. Je te déteste. À la place, elle répondit :

— Bien. J'essaierai de mieux l'observer, durant le peu de temps qu'il nous reste.

Car les jours filaient à toute vitesse. Et à la fin de chaque séance de travail (et ce jusqu'au jour du filage en costumes), Jack ne cessait de lui reprocher cette touche d'« hystérie » qui s'imprimait sur son visage et dans sa voix.

— Non, chérie, disait-il, quittant le rôle de Stanley Kowalski. Tu es encore un peu stridente, là – un peu déséquilibrée. Il faut que tu essaies de garder le contrôle, dans ce passage, Lucy. Il faut que tu essaies de conserver le contrôle aussi fort que Blanche DuBois essaie de le conserver, d'accord ? OK. Essayons encore.

Et cependant, deux heures avant le lever de rideau, le soir de la première, il entra chez elle et l'embrassa avec une euphorie suggérant son triomphe imminent.

— Tu sais ce qu'on va faire ? Toi et moi ? dit-il.

Il tira cérémonieusement une bouteille de bourbon d'un sac en papier.

— On va boire un verre. Je crois qu'on l'a mérité, tu ne trouves pas ?

Et c'était peut-être grâce à l'alcool, ou bien parce que, comme l'avait promis Jack, le rythme de la pièce avait fini par la porter, mais Lucy surmonta l'épreuve de cette première avec une autorité qu'elle n'aurait jamais cru pouvoir posséder. Elle était certaine que ni sa voix ni son visage n'avaient trahi la moindre hystérie, qu'elle avait exprimé le mélange parfait de fausse et de réelle séduction durant la fameuse scène subtile avec Stanley, et elle ne pouvait s'empêcher d'être au moins vaguement consciente que le jeu de Julie Pierce paraissait bien fade et modeste comparé au sien. Mais, après tout, le rôle de Julie était secondaire : si une actrice devait porter ce spectacle à bout de bras, c'était bien Lucy Davenport.

À certains moments contemplatifs de la pièce – lorsque le texte exigeait qu'elle ait l'air égarée, par exemple –, elle se prenait à songer aux Nelson et aux Maitland et à se demander s'ils étaient dans le public. Elle s'empressait alors de repousser ces pensées, sachant qu'aucune actrice digne de ce nom ne laisserait son esprit vagabonder de la sorte, mais la question ne cessait de revenir la tarauder. Elle pouvait presque sentir la présence des deux couples dans l'espace obscur, devant elle, assis séparément puisqu'ils étaient toujours des inconnus les uns pour les autres. Ses « amis », ces êtres dont l'existence avait changé sa vie. Et s'ils avaient éprouvé de la compassion pour elle, durant toutes ces années – pour la malheureuse épouse, pour la pauvre petite fille riche –, qu'ils s'accrochent bien à leurs fauteuils, parce qu'elle allait leur montrer qui elle était.

Elle avait une conscience aiguë de faire ce qu'il fallait quand il le fallait et de ne le devoir qu'à elle-même. C'était Lucy Davenport, et elle seule, qui menait Blanche DuBois de la neurasthénie au délire, du délire à la terreur et, au cours de l'ultime scène de la pièce, Lucy Davenport, et elle seule, qui la laissait sombrer dans une folie à laquelle aucun public au monde ne pouvait manquer de croire, manquer d'être sensible, ou ne pourrait oublier.

Le tonnerre d'applaudissements, qui se transforma en ovation, s'éternisa tandis que les seconds rôles avançaient sous les projecteurs pour saluer à leur tour. Émue aux larmes, Lucy parvint néanmoins à s'arrêter net de pleurer, et à se recomposer un visage timide et courtois, quand vint le moment de s'avancer, seule avec Jack, et d'attendre que le rideau se lève à nouveau. Il lui prit la main et la garda dans la sienne, suggérant aux spectateurs qu'ils formaient un couple à la ville. Les applaudissements redoublèrent et continuèrent à s'élever longtemps après que le rideau fut retombé pour la dernière fois, comme si la vision des deux acteurs main dans la main était gravée dans l'esprit du public.

Mais Jack la poussait déjà vers la cohue et le désordre qui avaient envahi les coulisses mal éclairées.

— Tu as été bonne, Lucy, la félicita-t-il, l'aidant à esquiver un escabeau et l'entraînant vers une porte de sortie. Tu as vraiment été bonne.

Ce fut tout ce qu'il lui dit jusqu'à ce qu'ils aient traversé la rue pour remonter l'allée de Tonapac, guidés par le rayon instable de sa lampe torche.

— Il y a... une ou deux choses à corriger. Enfin, une en particulier, reprit-il alors.

— Si tu me reparles d'« hystérie », Jack, je pense sincèrement que je vais...

— Non, c'était bien à ce niveau-là. Tu as bien gardé le contrôle, ce soir. Ce n'était rien de spécifique, plutôt une attitude générale. Mais c'est ce qui compte le plus, en réalité.

Il avait passé un bras autour de sa taille, mais elle n'en tirait aucun réconfort.

— Ce que je veux dire, c'est que tu as... surjoué du début à la fin de la pièce. Tu t'es comportée comme si tu étais seule sur scène. Tu as tiré toute la couverture à toi, et ce n'est jamais une bonne idée de faire ce genre de chose, parce que ça se voit. Le public n'est pas dupe.

— Oh.

Ce n'était sans doute pas la première fois qu'elle sentait une vague de honte cuisante l'engloutir et la brûler jusqu'aux entrailles – il devait y avoir eu d'autres occasions dans son enfance, à l'université, ou même depuis – mais, à cet instant, il lui semblait que c'était la première fois qu'elle saisissait pleinement le sens de ce mot. Ce qu'était précisément la honte.

187

— Oh, répéta-t-elle. Puis, d'une toute petite voix, elle ajouta : Donc, je me suis ridiculisée.

— Allons, Lucy, ce n'est pas du tout ce que j'essaie de te dire. Bon, oublie ça, ce n'est pas grave. Ça arrive à tous les débutants. Avoir un vrai public peut être enivrant, ça donne envie à beaucoup d'acteurs de devenir des « stars » avant même d'avoir appris à travailler avec les autres comédiens. Tu dois juste veiller à ne pas oublier que le théâtre est une entreprise collective, chérie. Bon, et si on allait chez toi boire encore un peu de ce bourbon délicieux ? Ça te remontera le moral.

Ils s'installèrent dans son salon et burent pendant une demi-heure. Mais la honte était toujours là.

Lucy n'était pas certaine d'être en mesure de parler quand elle réussit à formuler :

— Et je suppose que Julie Pierce est la comédienne que mon « surjeu » a le plus incommodée.

— Nan nan, Julie est une pro, répondit Jack. Elle ne se formalisera jamais de ce genre de chose. Et je ne pense pas que tu aies « incommodé » qui que ce soit, chérie. On t'apprécie tous, et on est fiers de toi : tu as tenu le coup. Je pense que tu risques de découvrir que les gens ordinaires sont bien plus gentils que tu ne le crois, Lucy ; plus gentils que tu n'oserais l'imaginer.

Mais elle avait l'esprit à des lieues de là, peuplé de gens qui n'avaient rien d'ordinaire.

« Bien sûr qu'elle en a fait des tonnes, disait peut-être Tom Nelson à sa femme, alors qu'ils se préparaient à aller se coucher. Bien sûr que c'était embarrassant. Mais, quand même, c'est bien qu'elle se soit trouvé un truc à faire, non ? Et c'est bien qu'elle se soit mise avec ce j'ai-oublié-son-nom. Le gars qui a monté la pièce. »

Dans une maison très différente, lissant sa moustache avec un petit sourire finaud, Paul Maitland demandait peut-être à Peggy : « Qu'est-ce que tu as pensé de Lucy, toi ? » Et Peggy répondait peut-être : « *Berk* », et « Total Étrangeville », ou « Emotionland » ou par n'importe quelle

188

autre petite formule médisante glanée en même temps que ses dirndl et ses copains gitans, au cours de sa jeunesse bohème.

— Ça t'aiderait si je te donnais quelques consignes pour demain soir ? s'enquit Jack.

— Non. S'il te plaît. Je ne pense pas pouvoir supporter davantage de consignes.

— Allons bon, j'ai sans doute exagéré tout ça. Je ne t'aurais rien dit si j'avais pensé que tu te sentirais si mal. Mais, écoute... je peux te dire une dernière petite chose, Lucy ?

Il avança jusqu'à son fauteuil et souleva son menton du bout des doigts afin qu'elle puisse contempler son visage d'une beauté remarquable.

— Rien de tout cela n'a d'importance, tu sais, reprit-il, lui adressant un clin d'œil. Ça ne prête pas à conséquence. C'est juste un petit festival d'été dont personne n'aura entendu parler. OK ?

Il relâcha son menton.

— Ça te dirait... de monter au dortoir avec moi ?

Son hésitation indiquait clairement qu'il se moquait de sa réponse.

— Non, je ne crois pas, Jack, pas ce soir.

— D'accord. Alors dors bien.

Elle mit un point d'honneur à éviter de suggérer le moindre désir de devenir une « star », quand ils jouèrent la pièce pour la deuxième fois. Elle se donna toutes les peines du monde pour laisser la couverture à tous les seconds rôles, et regretta presque de ne pas pouvoir s'évaporer lors des échanges avec Julie Pierce, afin que Julie ait toute latitude de montrer ce que Julie était capable de faire. Et tout ça sans cesser de se répéter que ce serait bientôt fini.

Mais quand elle retourna en coulisses à la fin de la scène 3, portant la chemise de bowling incongrue de Stanley Kowalski, Jack Halloran l'arrêta, une supplique dans le regard.

— Écoute, chérie. Ne te mets pas en colère, mais écoute. Tu vas trop loin dans la direction opposée, cette fois. Tu es trop effacée, trop distante. Et ça peut passer pour les premières scènes, mais il va falloir arrêter ça au plus vite, Lucy, ou il n'y aura pas de spectacle ce soir. Tu me suis ?

Oui, elle le suivait. C'était lui le metteur en scène, il ne se trompait jamais, et elle avait passé le plus clair de la journée à regretter de ne pas l'avoir suivi au dortoir la veille au soir.

C'était une question d'équilibre : aller assez loin, mais pas trop loin. Et Lucy fut presque certaine d'avoir trouvé le bon équilibre au fil des scènes suivantes.

Mais il lui fallut encore trouver le moyen de survivre à la troisième représentation, puis à la quatrième, et la cinquième ; et parfois, lorsque le rideau retombait pour la dernière fois, elle ne savait pas si elle avait réussi ou pas à trouver le bon équilibre. Elle avait conscience d'être meilleure certains soirs, et cependant, quand la fin de la semaine arriva enfin, elle fut incapable de dire quels étaient ces soirs-là, incapable de distinguer ses bonnes prestations des mauvaises.

Son souvenir le plus vivace, quand tout fut terminé, demeurait son rappel avec Jack, après l'ultime représentation, quand il lui tint ostensiblement la main une dernière fois. Elle se souvenait avoir pensé qu'elle avait intérêt à savourer ces applaudissements, à rester là et à prendre tout ce qu'il y avait à prendre, parce que ça n'arriverait jamais plus.

Jack ne lui avait pas dit grand-chose, en coulisse, ce soir-là, juste qu'elle s'était très bien débrouillée. Et puis il avait ajouté :

— Oh, les jeunes ont organisé une petite soirée au dortoir, plus tard. Tu pourras nous y retrouver ? Mettons, dans une heure ?

— D'accord.

— Bien. Parfait et, écoute, il va falloir que je reste ici pour les aider à démonter le décor. Tu veux la lampe torche ?

190

— Non, ça ira.

Elle plaisanta, ajoutant d'un ton gentiment désabusé qu'elle avait l'habitude de rentrer seule dans le noir.

La soirée, comme elle aurait pu s'y attendre, relevait moins de la célébration que d'une tentative de célébration. Jack sembla content de la voir, de même que Julie Pierce et la plupart des autres membres de cette troupe étrangement mal assortie, qu'elle aussi en était venue à surnommer « les gamins ». Plusieurs d'entre eux l'approchèrent, leur canette de bière ou leur gobelet de vin bien en main, pour lui dire qu'ils avaient été ravis de faire sa connaissance. Et, à en juger par le timbre de sa propre voix, lorsqu'elle leur retourna le compliment, Lucy se dit qu'elle se débrouillait bien, qu'elle leur donnait le change.

En réalité, elle était morte de fatigue et ne pensait qu'à rentrer à la maison et se coucher. Ce fichu festival d'été l'avait privée de son intimité et de sa sérénité. Et néanmoins, elle craignait de paraître grossière en s'éclipsant trop tôt.

Pendant une demi-heure ou plus, elle se tint dans un coin de la pièce et observa Jack et Julie échanger des messes basses. Il n'était pas déraisonnable de penser qu'ils avaient des choses à se dire. Julie devait bientôt auditionner à New York, et Jack comptait également retourner en ville : pour se trouver un appartement, d'abord, puis pour y faire tout ce qu'il trouverait à faire. (« J'aime rester le plus de temps possible à New York, lui avait-il expliqué un jour, parce que c'est là que ça se passe... c'est là que vivent les gens du monde du théâtre. »)

Lorsque Lucy commença à *éviter* de les observer, s'obligeant à détourner le regard vers d'autres zones du dortoir, jusqu'à ce que ses yeux reviennent brièvement, presque furtivement, vers eux, elle comprit qu'il était temps de décamper.

Elle passa voir toutes les personnes qui lui avaient témoigné de la gentillesse pour leur dire bonne nuit et leur souhaiter bonne chance, se laissa embrasser sur la joue par trois ou quatre d'entre eux, et se tourna vers Jack, qui lui lança « Je t'appelle demain, chérie, d'accord ? » et vers Julie Pierce, qui lui dit qu'elle avait été « merveilleuse ».

Le lendemain matin elle roula jusqu'à White Plains, la seule ville de la région qui disposait d'un grand magasin digne de ce nom, et acheta deux belles valises d'un fauve profond à cent cinquante dollars pièce.

De retour à la maison, elle les cacha dans le placard de sa chambre, pour que Laura ne tombe pas dessus et ne pose pas de questions. Elle s'installa ensuite au salon et attendit l'appel de Jack.

Quand le téléphone finit par sonner, elle bondit sur ses pieds pour répondre. C'était Pat Nelson.

— Lucy ? J'ai essayé de te joindre toute la semaine, mais tu n'es jamais chez toi. Écoute, on a vraiment beaucoup aimé la pièce. Tu as été *impressionnante.*

— Oh, merci Pat, c'est… très gentil.

— Dis, Lucy…

Pat baissa la voix et se mit à chuchoter avec un ton de lycéenne excitée.

— Ton Jack Halloran est vraiment incroyable. Il est à craquer. Tu pourras nous l'amener à la maison un de ces jours ?

Elle ne reçut pas d'appel des Maitland. Il aurait été idiot de sa part de s'imaginer qu'ils dilapideraient le revenu d'une journée de travaux de charpente au noir en billets de théâtre pour aller voir une pièce d'un petit festival d'été, dont personne n'avait jamais entendu parler qui plus est.

Cet après-midi-là, postée devant une fenêtre, elle regarda passer la petite procession des membres du Nouveau Théâtre de Tonapac en route pour la gare ferroviaire. À cette distance-là, ils ressemblaient vraiment à des gamins, ces garçons et ces filles venus des quatre coins du pays avec leurs petites valises bon marché et leurs sacs polochons de l'armée, ces braves gens du spectacle qui devraient peut-être voyager pendant plusieurs années encore, avant de s'apercevoir – pour la plupart d'entre eux au moins – qu'ils n'allaient nulle part.

Julie Pierce n'était pas parmi eux. D'un autre côté, personne ne s'attendait à ce qu'elle le soit. Julie avait sans aucun doute choisi de rester un jour ou deux de plus, pour reposer ses fameux nerfs et commencer à regagner les forces dont elle aurait besoin pour être à la hauteur du défi que représentait une vraie carrière.

La nuit tombait quand le téléphone sonna de nouveau.

— Lucy ? C'est Harold Smith ?

Certaines personnes déclinaient leur identité sous la forme d'une question, comme si elles craignaient qu'on les juge indignes d'exprimer des affirmations.

— Je ne sais pas comment vous dire ça, commença-t-il, parce que suis encore sous le choc, mais Nancy et moi vous avons trouvée absolument merveilleuse. Nous étions époustouflés.

— Oh, c'est... extrêmement gentil à vous, Harold.

— N'est-ce pas complètement dingue ? Qu'on puisse vivre à deux pas d'une personne pendant des années, et entretenir des relations amicales avec elle sans jamais vraiment la connaître ? Oh zut, je suis maladroit, comme c'était à prévoir. J'essaie juste d'exprimer notre... notre profonde admiration, Lucy, et nos remerciements. Pour ce que vous nous avez offert.

Elle répondit que c'était la chose la plus gentille qu'elle ait entendue depuis longtemps, puis, plus timidement, lui demanda quel soir ils étaient venus.

— Nous sommes venus deux fois. Le premier soir et l'avant-dernier. Et je ne veux même pas me mettre à les comparer, parce que les deux représentations étaient absolument extraordinaires.

— Ah, parce qu'il se trouve qu'on m'a dit que j'avais un peu surjoué le premier jour. J'aurais un peu embarrassé le public en essayant de faire la « star », apparemment.

— C'est n'importe quoi, rétorqua-t-il d'un ton irrité. Juste du bla-bla idiot. La personne qui vous a dit ça devait avoir perdu l'esprit. Parce que vraiment. Oh, vraiment, ma chère, vous avez une *présence* folle sur scène. Vous nous avez tenus, la gorge serrée, du début à la fin. Vous *êtes* une star. Et, j'aimerais ajouter autre chose : je ne suis pas un grand amateur d'effusions de larmes, mais quand le rideau est retombé, je pleurais comme un môme. Nancy aussi, d'ailleurs. Et, bon sang, Lucy, si ce n'est-ce pas à cela que sert le théâtre ?

Elle parvint à improviser un dîner convenable pour Laura et elle, et espéra que sa fille n'avait pas remarqué qu'elle n'y avait presque pas touché.

Il était huit heures passées quand Jack finit par l'appeler.

— Je ne peux pas te proposer de me retrouver au dortoir, ce soir, chérie, dit-il, parce qu'on a un comptable ici. Et ça va sans doute m'occuper toute la nuit. Il faut faire les comptes de la compagnie, je les ai négligés tout l'été. C'est un aspect du show-biz pour lequel je n'ai jamais été doué.

Et peut-être que c'était un bon acteur, ou même un acteur-né, mais n'importe quel enfant aurait deviné au son de sa voix qu'il mentait.

Durant presque toute la journée suivante, elle parcourut la maison, le poing contre sa bouche – posture décrite dans les didascalies de la pièce comme caractéristique de Blanche DuBois.

— Je suis encore dans la paperasse jusqu'au cou, malheureusement, invoqua Jack ce soir-là.

Elle aurait voulu lui répondre Oh, écoute : laissons tomber, tu veux ? Et si on oubliait ça, si tu me laissais tranquille et que tu retournais juste d'où tu viens ?

Mais il ajouta :

— Tu veux bien que je passe boire un verre chez toi demain ? Mettons, vers quatre heures ?

— Euh, oui, avec plaisir, accepta-t-elle. J'ai quelque chose pour toi.

— Ah oui ? Qu'est-ce que c'est ?

— Oh, je préfère te faire la surprise.

194

Des messes basses ponctuées de gloussements avec les filles Smith tinrent Laura à l'écart de la maison durant tout l'après-midi, au grand soulagement de Lucy ; néanmoins au moment où elle porta les valises au salon, et les déposa à côté du fauteuil de Jack Halloran, elle aurait presque préféré que sa fille soit là pour voir sa mine de petit garçon émerveillé au matin de Noël.

— Nom d'un chien, dit-il d'une voix étranglée. Nom d'un chien, Lucy, ce sont les choses les plus magnifiques que j'aie jamais vues.

Oui, Laura aurait aimé ça.

— J'ai pensé qu'elles pourraient t'être utiles, parce que tu voyages tout le temps.

— « Utiles » ? Tu plaisantes ?

Il ouvrit l'attache d'une des valises pour en inspecter l'intérieur.

— Avec des cintres intégrés et tout. Et, mon Dieu, regarde ces compartiments séparés. Lucy, je ne sais pas comment... je ne sais pas comment te remercier.

L'une des petites infortunes des personnes riches – et elle l'avait connue toute sa vie – était que les gens se sentaient souvent obligés de surjouer leur plaisir quand vous leur offriez des présents onéreux. Sans doute parce qu'ils étaient gênés de ne pas être en mesure de vous offrir quoi que ce soit de comparable en retour. Et elle se sentait toujours idiote, dans ces moments-là – ce qui ne l'empêchait pas de refaire la même erreur, encore et encore.

Quand elle apporta des boissons fraîches et s'installa de nouveau face à lui, il apparut de plus en plus patent qu'ils n'avaient pas grand-chose à se dire. Ils parvenaient difficilement à se regarder dans les yeux, après de longs silences, comme s'ils craignaient tous deux le sourire précaire et aimable de l'autre.

— Quand projettes-tu de partir, Jack ? finit-elle par demander.

— Oh, demain dans la journée, sans doute.

— Tu penses que ta voiture tiendra jusqu'à New York ?

— Oui, bien sûr. Elle m'a conduite jusqu'ici, elle me ramènera là-bas. Non, ce que je redoute le plus, à présent, ce sont les démarches qui m'attendent pour trouver un logement. Je dois revivre ça chaque année, si je veux rester à New York. Enfin, jusqu'ici ça s'est toujours bien passé, j'ai toujours trouvé où hiberner.

— Et cette année, ce sera particulièrement agréable, n'est-ce pas ? Parce que tu pourras hiberner avec Julie Pierce.

Son expression le trahit aussitôt. Et, comprenant qu'il n'y avait plus aucune raison de garder son secret, il répondit :

— Et quand bien même ? Pourquoi m'en priverais-je ?

— Parce que, si j'ai bonne mémoire, elle est beaucoup trop maigre, elle n'a pas de seins du tout et, elle a beau avoir un talent de dingue, il y a quelque chose qui ne tourne pas rond là-haut...

— C'est de très mauvais goût, Lucy. Une fille de ta classe devrait avoir un goût plus sûr. Je pensais que c'était un don que vous aviez à la naissance, vous autres.

— Ah oui ? Et toi et les tiens, quel don êtes-vous supposés posséder dès la naissance ? Un penchant insatiable pour la luxure et la trahison, peut-être, et le joli petit don de savoir causer une douleur insensée aux autres ? N'est-ce pas ?

— Faux. Nous naissons avec un instinct de survie surpuissant, et nous ne mettons pas longtemps à comprendre que rien d'autre ne compte plus que cela en ce monde.

Il se reprit aussitôt :

— Mon Dieu, Lucy, regarde-nous. C'est ridicule. On dirait deux acteurs qui se donnent la réplique. Écoute, tu vois vraiment la moindre raison pour laquelle on ne pourrait pas rester amis, toi et moi ?

— J'ai souvent songé que le mot « ami » est le plus traître qui soit. Tu ferais mieux de partir, maintenant, Jack.

Et le pire – tant pour lui que pour elle, semblait-il – fut qu'il dut faire sa sortie avec une valise dans chaque main.

Elle rangeait la cuisine, le lendemain matin, essayant de l'oublier, quand il se dessina derrière la moustiquaire, comme la première fois qu'il était apparu : jeune homme d'une beauté extraordinaire, les pouces coincés dans son jean.

Quand elle ouvrit la porte, il lança :

— Casimir Micklaszevics.

— Pardon ?

— Casimir Micklaszevics. C'est mon nom. Tu veux peut-être l'écrire ?

— Non, dit-elle. Ça ne sera pas nécessaire. Tu resteras toujours Stanley Kowalski pour moi.

Il la gratifia d'un clin d'œil.

— Pas mal, Lucy. C'est une jolie réplique finale que tu viens de trouver là. Je pense que je ne ferai pas mieux. Quoi qu'il en soit : je te souhaite tout le bonheur du monde.

Et il repartit aussi soudainement qu'il était arrivé.

Plus tard, d'une fenêtre du salon, elle vit le nez de sa voiture émerger entre les arbres du coin le plus éloigné du bâtiment qui abritait le dortoir. Le soleil éclaboussait son pare-brise. Elle se détourna aussitôt, s'accroupit et se couvrit les yeux des deux mains. Elle ne voulait pas voir Julie Pierce assise à côté de lui.

Encore plus tard, quand, allongée dans son lit, elle se laissa aller au genre de sanglots que Tennessee Williams aurait qualifiés de « luxuriants », elle regretta de ne pas l'avoir laissé écrire son nom sur un papier. Casimir quoi ? Casimir qui ? Et elle comprit alors que sa jolie petite allusion finale à Stanley Kowalski était aussi minable qu'amère – oh, et bien pire encore. C'était un mensonge, parce qu'il resterait à jamais Jack Halloran dans son cœur.

4.

Quand Lucy se décida enfin où aller, elle n'alla pas très loin. Elle se trouva une maison solide et confortable au nord de Tonapac, à la lisière de la ville de Kingsley, et s'arrangea pour l'acheter immédiatement. Elle avait prononcé le mot « location » pendant tant d'années, à voix haute et en pensée, que l'acte même d'entrer dans une banque pour acheter une maison lui donna le sentiment de s'engager bravement vers l'avenir.

Tout lui plaisait dans cette nouvelle maison. Ses plafonds hauts, ses pièces spacieuses sans être trop grandes, son aspect « civilisé ». Les grands buissons et les arbres qui la protégeaient du vis-à-vis, des deux côtés. Mais ce qui lui plaisait le plus, c'était le petit ruban noir de route lisse qui partait de sa porte et ondulait gentiment jusqu'à celle des Nelson. Elle pourrait se rendre chez eux à pied quand bon lui semblerait, et les Nelson pourraient en faire de même. Les après-midi d'été, les Nelson et leurs amis se promèneraient gaiement sur cette route baignée de soleil, leur verre à la main, et s'exclameraient « On veut Lucy ! Allons chercher Lucy ! ». Et les possibilités de rencontre romantique seraient presque infinies.

Elle s'éloignerait des Maitland, par la même occasion, mais de toute façon elle en était venue à les sentir moins proches. Tant qu'ils persistaient à chérir leur pauvreté, tant que Paul était si irrévocablement déterminé à bouder les Nelson et toutes les opportunités implicites qu'offraient leurs réceptions, il paraissait raisonnable de les laisser derrière elle.

Les filles Smith manqueraient à Laura, et peut-être que la vieille propriété hétéroclite elle-même lui manquerait, mais Lucy lui avait promis de l'emmener là-bas aussi souvent qu'elle le désirerait. Et le gros avantage de rester dans le voisinage de Tonapac, ainsi que Lucy l'expliqua maintes fois à sa mère et à d'autres au téléphone, était que Laura n'aurait pas à changer d'école.

En quelques jours, elle acheta des meubles de qualité pour toute la maison, ainsi que quelques pièces d'antiquité « uniques », et une voiture neuve. Il n'y avait aucune raison que les objets de son quotidien ne soient pas de la meilleure facture.

Tout ce qu'elle savait de la Nouvelle École d'études sociales de New York était qu'elle s'adressait aux adultes. Des années auparavant, la rumeur avait couru qu'il s'agissait d'un repaire de communistes de la première heure, mais elle ne s'était jamais souciée de ce genre de chose, ayant souvent considéré que si elle était née dix ans plus tôt, elle aurait facilement pu devenir une communiste de la première heure elle-même. Si quelques camarades n'auraient pas manqué de la mépriser pour son argent, son style de vie modeste au-dessus de tout reproche aurait sûrement forcé le respect de certains. Et, même à son époque, elle n'avait jamais été lassée par les discours communistes, sauf quand l'orateur était Bill Brock, qu'elle avait toujours soupçonné être de la trempe de ceux qui sont les premiers à courber l'échine sous la moindre pression politique.

Penchée sur le catalogue de la Nouvelle École – d'une épaisseur étonnante – ouvert sur la table basse du salon de sa nouvelle maison, Lucy prenait tout son temps pour étudier les différents programmes d'enseignement et planifier sa nouvelle vie.

Le département d'« Écriture créative » offrait cinq ou six cours, décrits en un ou deux paragraphes chacun, et elle ne tarda pas à comprendre que ces paragraphes avaient été rédigés par les enseignants eux-mêmes, dans une tentative laborieuse de se concurrencer les uns les autres.

Les noms de deux professeurs lui étaient familiers, bien qu'elle ne les ait jamais lus, mais les autres lui étaient totalement inconnus. Son choix finit par se porter sur l'un des inconnus : un certain Carl Traynor ; et elle fit une grosse marque au crayon devant son nom. Il avait un CV très impressionnant (« Nouvelles publiées dans plusieurs magazines et anthologies »), mais surtout, elle ne cessait de revenir au descriptif de son cours, qui était meilleur que les autres.

Dans ce cours, nous nous attacherons à l'écriture de nouvelles. Nous lirons des textes d'auteurs reconnus, mais la plus grande partie de nos cours hebdomadaires sera consacrée à l'évaluation critique des manuscrits des étudiants participants. Les étudiants seront supposés acquérir les ficelles du métier, le but ultime du cours étant d'aider chaque nouvel écrivain à trouver sa propre voix littéraire.

Pendant plusieurs jours, en attendant le début du semestre, Lucy contempla presque sereinement l'idée qu'elle pourrait devenir écrivain. Elle avait relu les deux nouvelles qu'elle avait réussi à terminer au cours de l'année passée, opérant de petites corrections ici et là, jusqu'à ce qu'il lui paraisse que toute modification supplémentaire risquait d'endommager l'ensemble. Les textes étaient là, ils étaient acceptables, et c'était elle qui les avait écrits.

Quand vous écriviez, personne ne se souciait de savoir si votre expression ou votre voix étaient parfois empreints d'hystérie (à moins, bien sûr, que vous ne la laissiez transparaître dans votre « voix littéraire »), parce que l'acte d'écrire s'accomplissait dans la bienheureuse intimité du silence. Et même si vous n'étiez pas totalement saine d'esprit, l'œuvre pouvait se révéler acceptable : vous pouviez essayer de mieux vous contrôler que Blanche DuBois, et, avec un peu de chance, procurer aux lecteurs de vos pages une sensation d'ordre et d'équilibre. Car, après tout, la lecture aussi était une chose que l'on faisait dans l'intimité et le silence.

La matinée était singulièrement douce et lumineuse pour un jour de février, et elle prit plaisir à marcher le long de la Cinquième Avenue. Ce quartier paisible et sélect était celui où Michael Davenport avait toujours désiré vivre (« dès que l'une des pièces aura rapporté », disait-il), et une fois, il y a longtemps, elle avait commis l'erreur de lui rappeler qu'ils auraient pu venir s'installer ici n'importe quand, tout de suite, si tel était leur désir ; ce qui lui avait valu un de ses silences fâchés suggérant qu'elle avait une fois encore enfreint une règle de leur accord de longue date, tandis qu'ils regagnaient à pied leur appartement de Perry Street.

Elle avait conservé de la Nouvelle École le souvenir d'un bâtiment austère évoquant l'Union soviétique, et, si la réalité se révéla en partie conforme à son souvenir, il était désormais accolé à une tour d'acier et de verre plus imposante, plus lumineuse, et plus ambitieuse que les États-Unis eux-mêmes.

Un ascenseur silencieux l'éleva jusqu'à l'étage demandé et elle entra timidement dans la salle de classe occupée par une grande table de conférence entourée de chaises. Certains étudiants déjà assis se coulaient des sourires gênés, tandis que d'autres formaient de petits groupes çà et là. Il y avait beaucoup de femmes – une déception pour Lucy qui avait plus ou moins espéré se retrouver dans une pièce pleine d'hommes séduisants –, et à l'exception d'une ou deux jeunes filles, toutes avaient la quarantaine passée. Elle se dit aussitôt, et peut-être à tort, qu'il devait s'agir de mères de famille dont les enfants avaient quitté la maison, les laissant enfin libres de réaliser l'ambition de leur vie. Parmi les rares hommes présents, le plus détonnant était un type aux traits burinés d'un chauffeur de poids lourd portant une chemise de travail verte dont la poche de poitrine gauche arborait l'insigne d'une compagnie – sans doute le genre d'auteur qui truffait ses nouvelles maladroites de « putain ». Il semblait avoir noué une conversation hésitante avec un homme plus petit, si pâle et fade avec son costume d'homme d'affaires et ses lunettes roses sans monture, que Lucy soupçonna d'être comptable ou dentiste. Assis un peu plus loin, un monsieur âgé avec des cheveux blancs hérissés sur la tête et des poils dépassant des narines venait sans doute de quitter sa retraite pour s'essayer à ce jeu, et sa moue amusée donnait le sentiment qu'il répétait déjà son rôle d'amuseur du cours auto-proclamé.

L'homme qui entra en dernier, et prit ostensiblement place à la tête de la table, était leur professeur. Il était grand et paraissait jeune au premier regard, mais ses épaules voûtées, le léger tremblement de ses mains et les cernes sombres qui soulignaient ses yeux trahissaient qu'il avait la trentaine bien tassée. « Mélancolique » fut le premier mot qui vint à l'esprit de Lucy pour le qualifier ; et elle décida aussitôt que ce n'était pas un défaut pour un professeur d'écriture créative, à condition de posséder d'autres qualités plus dynamiques.

— Bonjour, dit-il. Je m'appelle Carl Traynor, et il va sans doute me falloir un peu de temps pour retenir vos noms. Peut-être que le meilleur moyen de commencer serait de faire l'appel avec cette liste que l'on m'a remise, et vous pourriez peut-être – et je ne veux pas que quiconque se sente obligé de le faire s'il n'en a pas envie – vous présenter et nous parler un peu de vos activités passées, au fur et à mesure.

Sa voix agréable, ferme et profonde, inspira d'emblée confiance à Lucy.

Quand il appela son nom, elle répondit :

— Oui, présente. J'ai trente-quatre ans. Je suis divorcée… (elle se demanda aussitôt pourquoi elle avait jugé nécessaire de dire ça), et je vis dans le comté de Putnam avec ma fille. J'ai très peu d'expérience dans le domaine de l'écriture, en dehors de celle que j'ai acquise au cours de mes études, il y a des années.

La moitié de la classe au moins déclina l'invitation à fournir quelques informations personnelles, et Lucy songea que si son nom était arrivé plus loin dans la liste alphabétique, cela n'aurait rien changé : elle se serait présentée de la même façon. Le degré de réserve des participants paraissait élevé pour un cours où un certain niveau de sincérité émotionnelle était supposé être atteint. Et elle se demandait si son maladroit « Je suis divorcée » allait l'embarrasser jusqu'à la fin du programme.

L'appel terminé, Carl Traynor leur livra ses premières remarques.

— Bien. Je pourrais sans doute vous dire tout ce que je sais de l'écriture en une demi-heure – et j'essaierais volontiers, parce que je n'aime rien tant que me mettre en valeur.

Il attendit des rires qui ne vinrent pas, et ses mains se mirent à trembler de plus belle sur la table.

— Mais ce n'est pas un cours magistral. La seule manière d'apprendre cet art est de nous nourrir d'un maximum d'exemples, publiés ou non, et d'essayer d'utiliser au mieux nos découvertes pour notre propre travail.

Il prit le temps de bien leur expliquer ce qu'il considérait comme les avantages d'un « atelier » tel que celui-ci : comme tout texte publié, chaque manuscrit présenté bénéficierait d'un lectorat, puisqu'il serait évalué par les quinze étudiants. Puis il leur expliqua quel genre de critiques il attendait de leur part. Les critiques constructives étaient toujours les bienvenues, sauf lorsqu'elles ne servaient qu'à assurer ses arrières ou à démolir les autres ; néanmoins, il avait appris à se méfier de « l'honnêteté », qui servait trop souvent de prétexte pour frapper sans retenue. Il espérait qu'ils seraient capables d'exprimer leurs réserves sans discourtoisie.

— Nous sommes encore des inconnus les uns pour les autres, mais au cours des seize prochaines semaines, nous allons apprendre à mieux nous connaître. Et un cours d'écriture ne manquant jamais d'échauffer les esprits, il nous arrivera sans doute d'élever la voix, voire de nous montrer blessants. Aussi, je vous propose de nous fixer ce principe pour guide : le travail est plus important que la personne. Disputons-nous comme des amis, si c'est inévitable, mais jamais comme des conjoints.

À nouveau, il sembla attendre des rires qui ne vinrent pas. Mais ses mains étaient cachées, à présent : il en avait laissé tomber une sur sa cuisse et avait enfoui l'autre dans la poche de sa veste. Lucy n'avait jamais vu d'enseignant aussi mal à l'aise. Si le seul fait de parler le rendait nerveux à ce point, pourquoi parlait-il autant ?

Et elle n'aurait sans doute pas écouté la suite s'il ne s'était alors proposé de leur expliquer ce qu'il appelait « les modalités » du cours.

— Malheureusement, la Nouvelle École n'autorise pas l'utilisation de ronéotypie au sein des ateliers d'écriture. Il ne me sera donc pas possible de vous fournir des copies des nouvelles qui seront lues la semaine prochaine. C'est regrettable, bien sûr, mais c'est ainsi. C'est pourquoi elles seront lues à voix haute – par leurs auteurs ou moi-même –, et nous devrons fonder notre discussion sur ce que nous en aurons retenu.

Zut. Elle qui pensait que ses nouvelles seraient lues comme de véritables manuscrits et que les copies lui seraient retournées, annotées par les lecteurs. La lecture à voix haute lui paraissait aussi inadéquate qu'hasardeuse. Une phrase entière pouvait échapper à l'attention du lecteur avant qu'il ne retrouve sa concentration. Et cela s'apparenterait bien trop au travail du comédien.

— Plusieurs d'entre vous m'ont déjà envoyé leurs nouvelles, poursuivit Carl Traynor, de sorte que j'ai pu en sélectionner une pour le cours d'aujourd'hui. Madame Garfield ?

Et il coula un regard hésitant vers l'autre bout de la table.

— Voulez-vous lire votre texte, ou...

— Non, je préférerais que vous le lisiez, répondit une femme aux allures de matrone. J'aime le timbre de votre voix.

Il ne fut pas facile à Carl Traynor de dissimuler le plaisir que lui procura cette remarque, ce devait être le premier compliment qu'on lui faisait depuis des mois.

— D'accord, dit-il. Il s'agit d'un manuscrit de quinze pages qui s'intitule « Renouveau ».

Alors, d'une voix un peu trop mesurée et sonore, semblant vouloir se montrer à la hauteur du compliment de Mme Garfield, il débuta sa lecture.

Le printemps était tardif, cette année-là. Les crocus émergeaient à peine des taches de terre ponctuant les grandes étendues de neige grise, et les arbres étaient encore dénudés.

Au crépuscule, un chien errant dévala la grand-rue de la ville, reniflant les quelques signes de vie, et au loin, au-delà des plaines, s'élevait le gémissement macabre d'un train.

Environ deux pages plus loin, l'auteure s'approchait d'une pension de famille située dans la partie la plus pauvre de la ville, décrivant avec minutie la maison et le quartier ; puis elle accompagnait le lecteur à l'intérieur, où un certain Arnold, âgé de vingt-trois ans, se réveillait laborieusement. Le jeune homme avait passé la nuit à boire pour « noyer son chagrin ». Cependant, le lecteur (ou auditeur) devait encore assister à ses petits rituels du matin, et le suivre alors qu'il préparait tant bien que mal son café sur la vieille plaque chauffante, le buvait, puis prenait sa douche dans une baignoire rouillée et passait des vêtements suggérant son appartenance à la petite classe moyenne, avant de connaître la raison de ce chagrin. Lassée par sa « brusquerie », sa jeune épouse l'avait quitté un mois auparavant pour retourner vivre avec ses parents, dans une autre ville. Ensuite, Arnold montait dans son pick-up « cabossé », roulait en direction de cette autre ville, et découvrait avec plaisir que les parents s'étaient absentés pour la journée.

« Tu penses qu'on pourrait discuter, Cindy ? » demandait-il à la fille. Et elle acceptait. L'échange n'était pas long, mais « productif », parce que chacun d'eux réussissait à dire ce que l'autre avait le plus envie d'entendre, et la nouvelle de Mme Garfield s'achevait sur une étreinte sincère.

— Voilà, conclut Carl Traynor, l'air fatigué. Des commentaires ?

— Je trouve que c'est une très belle histoire, déclara une femme. Le thème du renouveau est annoncé d'emblée et développé à travers les descriptions de la nature – le renouveau de la terre avec le printemps naissant ; et il atteint son point culminant avec le renouveau du mariage des jeunes gens. Cela m'a profondément émue.

— Oui, je suis d'accord, approuva une autre élève. Et j'aimerais féliciter l'auteure. Mais j'ai une question : si elle écrit si bien que ça, pourquoi se considère-t-elle comme une étudiante ?

Ce fut au tour du chauffeur de poids lourd – qui s'appelait M. Kelly – de prendre la parole.

— J'ai eu du mal avec l'introduction, dit-il. J'ai trouvé ça beaucoup trop lent. On a le temps qu'il fait, la ville, le chien, le sifflet du train et Dieu sait combien d'autres trucs avant d'arriver à la pension de famille ; et là encore, on doit attendre un temps infini avant de rencontrer le gamin. Je ne sais pas pourquoi on a pas le gamin tout de suite et le reste après.

Mais mon principal problème, poursuivit-il, c'est le dialogue final. Je ne crois pas que quiconque soit capable d'exprimer ses sentiments aussi précisément que le font ces gamins, qui se répondent du tac au tac. Dans un film, à la rigueur, ça pourrait passer, parce qu'il y aurait de la musique douce pour faire comprendre au spectateur qu'on arrive à la fin. Mais ce n'est pas un film. On n'a que de l'encre et du papier, là, alors le lecteur doit fournir un gros effort pour croire au dialogue.

Et je ne suis même pas certain qu'un bon dialogue suffirait à faire le boulot. Je ne suis pas certain du tout que la vie de deux êtres puisse être transformée par une simple conversation. Il faudrait ajouter quelque chose là-dedans. Je ne pense pas qu'un crocus ferait l'affaire, parce que ce serait trop téléphoné symboliquement, et on ne veut pas non plus que la fille annonce au gars qu'elle est enceinte parce que ça enverrait la nouvelle dans une tout autre direction. Mais il faut quelque chose. Un incident, un événement inattendu qui sonnerait juste. Bon, voilà, je pense que je ferais mieux de la fermer, maintenant.

— Non, du tout, dit l'homme aux cheveux blancs. C'est très bien vu.

Il se tourna vers le professeur.

— Je suis de l'avis de M. Kelly du début à la fin. Il a formulé tout ce que j'aurais voulu dire.

Quand la plupart des étudiants se furent exprimés (plusieurs s'abstinrent de le faire), le moment fut venu pour M. Traynor de proposer une synthèse. Il parla pendant une vingtaine de minutes d'un ton tantôt doux, tantôt hésitant, jetant des coups d'œil à son bracelet-montre, et ne fit rien de plus que d'essayer de modérer les divergences d'opinion de chacun. Il commença par suggérer qu'il partageait le point de vue de M. Kelly, revint sur ses arguments, un à un, et informa Mme Garfield qu'elle serait avisée d'en prendre bonne note. Puis, reprenant ceux de la femme qui s'était déclarée bouleversée, il reconnut que lui aussi trouvait étrange que Mme Garfield se considère encore comme une étudiante, mais s'en déclara heureux, car, dans le cas contraire, ils n'auraient pas le plaisir de bénéficier de sa présence parmi eux.

— Parfait, conclut-il quand il eut terminé (ou plutôt, quand sa montre lui indiqua qu'il avait rempli son obligation de la journée à la Nouvelle École). Je pense que ce sera tout pour aujourd'hui.

C'était maigre. Ça semblait à peine mériter de faire le trajet de Tonapac. Mais Lucy était disposée à croire que les prochains cours seraient meilleurs, et, de toute façon, elle n'avait rien de mieux à faire.

La nouvelle lue la deuxième ou la troisième semaine était l'œuvre de l'une des jeunes femmes : une jolie fille élancée qui écouta M. Traynor lire son travail, fronçant les sourcils en rougissant ou fixant ses mains croisées sur la table.

C'était une journée aux reflets gingembre. Alors que Jennifer errait entre les vieux bâtiments du campus qu'elle en était venue à chérir au fil des trois dernières années – presque quatre, se rappela-t-elle –, elle eut le pressentiment que c'était le genre de journée où un événement merveilleux pouvait survenir à tout moment.

Son pressentiment se vérifiait. Arrivée à la cafétéria, elle rencontrait un garçon d'une beauté à tomber par terre qu'elle n'avait jamais vu auparavant. Il venait d'être transféré d'une autre faculté. Ils « buvaient un café » et passaient l'après-midi à se promener et discuter en parfaite harmonie. Le garçon possédait une MG bleue qu'il conduisait avec une aisance « admirable », et il l'emmenait dans un merveilleux restaurant d'une ville voisine. À la lueur des bougies, devant des plats français dont les noms étaient épelés correctement sur la page mais mal prononcés par M. Traynor, Jennifer se prit à penser « Ça pourrait devenir sérieux, lui et moi ». De retour au campus, à la nuit tombée, ils se promenaient autour de sa résidence universitaire, puis s'asseyaient sur l'herbe et batifolaient pendant un long moment.

Lucy se remémora qu'en temps de guerre le terme « batifoler » signifiait s'envoyer en l'air. Grâce à cette nouvelle, elle comprenait que pour cette génération-là, cela signifiait s'embrasser, se peloter, laisser le garçon dégrafer votre soutien-gorge ou glisser une main dans votre pantalon tout au plus.

Jennifer invitait le jeune homme dans sa chambre pour « boire un thé » et c'était alors que ça virait au cauchemar. Il se montrait terriblement brusque. Voulait l'entraîner au lit sans attendre, sans chercher à la cajoler un peu. Devant son refus, il se transformait en « une tout autre personne, plus démente qu'humaine ». Il lui hurlait dessus. Il la traitait de noms trop horribles pour être rapportés, ou même remémorés, et plus il se montrait violent, plus elle se recroquevillait, terrifiée. Par chance, il y avait une grosse paire de ciseaux sur sa commode : elle l'attrapait et la brandissait des deux mains devant son visage. Quand il quittait enfin sa chambre en claquant la porte, elle avait tout juste la force de se glisser sous les couvertures avant de fondre en larmes. Elle comprenait que ce garçon était malade, mentalement déséquilibré, et qu'il avait besoin de soins de toute urgence. C'était sans doute la raison de son départ de son ancienne université à un stade si avancé de ses études. Le matin était proche quand elle se remémorait la voix douce et pleine de sagesse de son père : « Nous devons toujours nous montrer compatissants envers les moins chanceux que nous. » Et sa dernière pensée, avant de s'endormir, était que la relation sérieuse qu'elle espérait ne serait pas pour tout de suite.

Le tour de table débuta et plusieurs femmes lui adressèrent des compliments prudents, pour la concision et la vivacité de son récit. L'une d'elles souligna qu'elle avait apprécié la scène du restaurant, ajoutant aussitôt qu'elle ne saurait dire pourquoi.

Ses gros bras croisés sur sa chemise de travail, M. Kelly déclara qu'il préférait passer son tour, cette fois.

Ce fut donc M. Kaplan, le dentiste – ou comptable – qui dut faire le plus gros du travail.

— J'ai été frappé par le manque de maturité de cette nouvelle, commença-t-il. Le ton est empreint d'une telle mièvrerie involontaire – celui de l'auteur, s'entend, pas des personnages –, que je n'aurais jamais cru possible qu'un adulte écrive de la sorte. Quand une nouvelle présente un défaut aussi majeur, il me semble qu'aucun degré de compétence technique ne pourrait être d'un grand secours.

— Je suis du même avis, renchérit le vieil homme, et j'ajouterai que ça m'intéresserait d'entendre l'histoire du point de vue du *garçon*. J'aimerais savoir ce qu'il a ressenti quand elle a brandi les ciseaux sous son nez.

— Mais elle était terrifiée, intervint une femme. Il était incontrôlable. Elle avait toutes les raisons de croire qu'il allait la violer.

— La violer, mes fesses ! Pardonnez-moi, madame, mais c'est l'histoire d'une allumeuse, rien de plus. Oh, et autre chose : je n'ai jamais vu de journée aux lueurs gingembre de toute ma vie, et vous non plus.

Lucy, qui jusqu'ici avait évité de regarder l'auteure du texte, risqua un coup d'œil dans sa direction. Le rose avait déserté ses joues et son visage exprimait un calme dédaigneux ; elle parvenait même à produire un petit sourire en coin empreint de la tolérance et de la pitié que lui inspiraient les imbéciles de cette classe et du monde entier.

Elle tiendrait le coup, elle survivrait sans mal à cette matinée, et M. Traynor en avait conscience. Il ne réprimanda même pas le vieil homme pour sa grossièreté superflue, comme on aurait pu s'y attendre, considérant sa sévérité du premier jour envers la « discourtoisie » en matière de critique. Il fit observer en pouffant qu'il était inévitable que certains textes soient plus controversés que d'autres, et expliqua à la fille que sa nouvelle méritait sans doute d'être retravaillée.

— Si vous pouviez trouver le moyen d'atténuer la suffisance du ton – ou l'*apparente* suffisance du ton –, vous pourriez avoir un propos… plus acceptable.

210

La première, et la moins solide, des deux nouvelles de Lucy, *Mademoiselle Goddard et le Monde de l'art*, fut proposée la semaine suivante. Elle écouta, rigide de terreur, Traynor la lire à voix haute, et dut reconnaître qu'il s'en sortait plutôt bien ; seulement, beaucoup de petites erreurs, inaudibles jusqu'alors, résonnèrent soudain haut et fort. Et quand il eut terminé, elle se sentait si faible qu'elle aurait voulu trouver un endroit où se cacher. Elle ne put qu'espérer que M. Kelly ne choisirait pas de passer son tour, une fois encore.

Et il ne le fit pas. Il fut même le premier à prendre la parole.

— Eh bien, un peu de dignité ne fait pas de mal, pour changer, déclara-t-il.

Et elle fut frappée par la beauté singulière du mot « dignité ».

— Cette dame comprend manifestement comment fonctionne une phrase – chose assez rare –, et elle sait comment les assembler les unes aux autres, ce qui est encore moins commun. On sent une grande force dans cette plume, beaucoup de grâce, et beaucoup de... eh bien, je l'ai déjà dit, mais c'est très présent : de dignité.

« Quant à l'histoire elle-même, je ne sais trop qu'en penser. Qu'avons-nous en fin de compte ? Une petite fille riche qui n'aime pas son internat parce que les autres se moquent d'elle en permanence, et qui n'aime pas rentrer chez elle pendant les vacances parce qu'elle est fille unique et que ses parents sont trop absorbés l'un par l'autre. Puis elle sympathise avec cette jeune professeure d'art non conventionnelle qui lui dit qu'elle a un talent naturel pour le dessin, et l'espace d'un instant j'ai pensé, à tort, qu'on était peut-être dans une nouvelle lesbienne. La professeure aide la fille à prendre confiance en elle grâce à l'art, si bien qu'elle finit par se sentir capable de vivre.

« Et peut-être que c'est là que le bât blesse : dans le fond, cette histoire relève de ce qu'on appelait avant le roman d'initiation, une formule commerciale qui s'est érodée quand les romans-photos ont fermé boutique après l'arrivée de la télévision.

« Non, en réalité, même ça me paraît secondaire, se reprit-il aussitôt. C'est une critique un peu facile. Je pense que ce que j'essaie vraiment de dire (il fronça les sourcils dans son effort pour trouver les mots justes), ce que j'essaie de dire, c'est que je crains que tout cela ne m'inspire qu'une sorte de « Et alors ? ». Une écriture très forte, très belle, mais une histoire : Ouais, ouais, je comprends, mais, et alors ?

Plusieurs élèves, de part et d'autre de la table, semblèrent approuver les deux critiques de M. Kelly. Ce qui simplifia beaucoup la vie de Carl Traynor, dont la timide autorité ne serait pas mise à l'épreuve, ce jour-là. Il n'y aurait aucun conflit à apaiser ou esquiver, et sa synthèse ne nécessiterait rien d'aussi brave qu'une idée originale.

Et cependant, Lucy retournait à la Nouvelle École, semaine après semaine, parce qu'il restait une chance pour que sa deuxième nouvelle, la plus ambitieuse, soit lue à voix haute. Elle avait envie d'entendre ce que George Kelly, Jerome Kaplan et un ou deux autres étudiants pourraient avoir à en dire. Il lui fallut écouter un bon nombre d'œuvres et de discussions, tantôt insipides, tantôt tumultueuses, avant que l'occasion ne se présente enfin.

— Nous avons un autre texte de Mme Davenport, ce matin, annonça Traynor. Une nouvelle de vingt et une pages qui s'intitule *Festival d'été*.

Cette fois, son oreille ne capta aucun défaut. Elle était persuadée que ses phrases seraient louées une fois de plus, et que personne ne pourrait prétendre que l'histoire ne méritait qu'un « Et alors ? ». Vers la fin, sa gorge se serra légèrement et elle se sentit presque aussi émue que si le texte avec été écrit par quelqu'un d'autre.

— D'accord, fit George Kelly quand la lecture fut terminée. Une fois encore, rien à dire au niveau de l'écriture, cette dame maîtrise la langue comme une pro, et l'histoire est bien plus intéressante que la précédente. Nous avons cette jeune divorcée qui tombe amoureuse d'un metteur en scène de festival de théâtre d'été, et toute cette partie est plausible et bien développée. Les scènes de sexe sont dessinées avec goût, ce qu'on peut rarement dire de textes de ce genre ; elles sont fortes et convaincantes. Le gars la pousse à accepter le rôle le plus difficile d'une pièce importante et elle sait qu'elle n'est pas prête pour ça. Mais elle accepte et se pousse à bout pour être à la hauteur ; et elle n'a pas le temps de reprendre des forces qu'il la quitte pour une fille plus jeune − ce qui est également plausible, parce que la possibilité est là, depuis le début. Et tout s'arrête d'un coup. Je trouve que c'est très bien vu.

« Mon seul problème (le voyant s'adosser à sa chaise pour aborder la deuxième partie de sa critique, Lucy serra les dents), mon seul problème, c'est que je ne comprends pas les trois ou quatre dernières pages, après le départ du gars avec la fille. Je ne comprends pas à quoi elles servent, sinon à nous donner des détails bavards sur l'état d'esprit de la femme. On a ce petit essai philosophique sur la trahison et la solitude, et je ne pense pas qu'on puisse développer ce genre de discours abstrait dans une fiction, ou du moins je n'ai jamais pensé qu'on pouvait le faire. Et ensuite, on est supposés croire qu'elle craint de perdre l'esprit, comme son ex-mari, ce qui est déplorable, puisqu'on sait qu'elle ne risque rien de tel, et on doit même endurer ses réflexions idiotes sur le suicide, une véritable perte de temps parce qu'on sait qu'elle n'attentera jamais à ses jours. Oh, il y a quelques bons moments dans cette partie, comme lorsque la fillette rentre de l'école pour son sandwich au beurre de cacahouète ; mais il n'y a aucune raison pour que ce moment-là n'apparaisse pas plus tôt dans le corps de la nouvelle. Cette partie nous montre surtout cette femme en train de se lamenter sur son sort sans aucune retenue. Il existe un mot pour qualifier ce genre de passage, et si j'avais un vocabulaire plus large, je le connaîtrais. Mais… attendez : « larmoyant ». Vous voyez ce que je veux dire ?

« Et je déteste avoir à insister là-dessus, madame Davenport, parce que j'étais déjà embêté de devoir le mentionner la dernière fois, mais cette fois encore j'ai eu le sentiment que vous saccagiez tout votre excellent travail pour le faire entrer dans la catégorie des romans d'apprentissage. Vous voulez nous faire croire que cette femme découvre soudain que cette aventure l'a « rendue plus forte », seulement personne ne peut croire à ça, parce que c'est n'importe quoi. C'est quoi le truc ? Quel individu doté d'un minimum de jugeote peut prétendre que le malheur est profitable ? Ce qui ne signifie pas que j'espérais que vous la montreriez juste « affaiblie » par cette aventure : parce qu'aucun de ces termes n'a de sens, dans ce contexte. Aucun n'est approprié à la situation. En réalité, la distinction entre les gens forts et les gens faibles ne tient jamais la route lorsqu'on les observe de près, tout le monde le sait. C'est une idée bien trop sentimentale pour qu'un bon écrivain s'y intéresse.

« Alors, dans le fond, ce qui arrive à cette femme, c'est qu'elle se fait larguer. Et il est légitime de supposer qu'elle se sent mal, et c'est déjà beaucoup. C'est ça l'histoire. Tout ce que vous avez à faire, madame Davenport, c'est de couper pratiquement tout ce qui suit le départ du gars avec la fille. Après ça, je pense qu'on pourra dire que vous avez tapé dans le mille.

M. Kaplan s'éclaircit la voix et déclara :

— J'aime le passage avec les valises. C'est une excellente idée, ces valises, je trouve.

L'une des femmes plus âgées approuva. Elle aussi avait aimé les valises.

— Monsieur Kelly ? lança Lucy après le cours, le rejoignant à la fontaine à eau du couloir. J'aimerais vous remercier pour vos critiques de mes nouvelles. Elles ont été très constructives, toutes les deux.

— Eh bien, c'était un plaisir, dit-il. Je suis content que vous ne m'en teniez pas rigueur. Excusez-moi.

Il se tourna pour boire une grosse gorgée d'eau, comme si l'exercice l'avait totalement assoiffé.

Il s'essuyait la main sur sa manche lorsqu'elle lui demanda, du ton timide et respectueux qu'elle avait appris à adopter lors des réceptions des Nelson, ce qu'il « faisait ». Et il se trouva qu'il n'était pas chauffeur de poids lourd. Il était réparateur d'ascenseurs, et travaillait principalement dans les gratte-ciel.

— Ce doit être très dangereux.

— Nan, du tout. Ils nous donnent au moins trente fois plus de matériel de sécurité qu'il nous en faudrait dans ces colonnes. Ce n'est pas plus difficile à réparer qu'une machine à écrire, et c'est mieux payé. Seulement, j'ai toujours voulu travailler avec ma tête.

— Eh bien, il me semble que vous y arrivez fort bien.

— Ah, oui, mais je veux dire : pour gagner ma vie. Travailler avec ma tête pour gagner ma vie, c'est un peu plus difficile à réaliser, si vous voyez ce que je veux dire.

Elle voyait ce qu'il voulait dire.

— Quand allez-vous nous lire une de vos créations en classe ? s'enquit-elle alors.

— Oh, ça... c'est difficile à dire. Peut-être pas cette année. Je travaille sur un gros roman – trop gros, je pense, ça commence à partir dans tous les sens –, Carl me dit que je pourrais en faire lire quelques extraits en classe, isoler des épisodes ou des parties qui pourraient fonctionner comme des nouvelles. J'ai trouvé que c'était une bonne idée au début, seulement, je n'arrête pas de le lire et le relire sans rien trouver qui fasse l'affaire. C'est une grande histoire... tout d'un bloc.

— Peut-être que ce n'était pas un si bon conseil que ça, alors, dit Lucy. Je crains de ne pas avoir une grande confiance dans l'avis de M. Traynor.

— Oh, non, répondit George Kelly visiblement troublé. Non, il ne faut pas sous-estimer Carl Traynor. J'ai lu quatre de ses nouvelles dans des magazines : il est bon. Vraiment bon. Je veux dire : ce gars est un artiste-né.

Julie Pierce, Paul Maitland, Tom Nelson et tous les invités d'honneur des réceptions des Nelson ; comment se faisait-il qu'elle ait croisé tant d'artistes-nés au cours de sa vie ? Et, bon sang, que fallait-il donc « faire » pour mériter un tel compliment ?

Mais George Kelly prenait déjà congé d'elle, avec une courtoisie prolétaire exagérée, lui semblait-il. S'il avait eu une casquette, il l'aurait sans doute serrée contre sa poitrine des deux mains.

— Eh bien, dit-il en reculant. J'ai été ravi de discuter avec vous, madame Davenport.

Elle se promena une heure ou deux dans le Village, cet après-midi-là, découvrant avec surprise combien le quartier avait changé chaque fois qu'elle s'engageait dans une nouvelle rue. Mais elle n'errait pas sans but : elle était en quête de ce qu'elle en était venue à appeler « du matériau ».

À l'extrémité ouest, dans Perry Street, elle retrouva l'endroit où Michael et elle avaient habité, mais l'immeuble était presque méconnaissable – il ne pouvait certainement pas avoir eu l'air si miteux, à l'époque. Toutes les boîtes à lettres étaient défoncées, et les rares étiquettes portant les noms de locataires, griffonnées et collées en vitesse avec du scotch, suggéraient que c'était devenu un lieu de transit.

Elle avança néanmoins dans le hall crasseux et retrouva assez de traces du passé pour être submergée par une vague de souvenirs. La grosse voix de Bill Brock résonnait à nouveau entre ces murs, et elle revoyait Michael, si nigaud qu'il ne se rendait même pas compte qu'elle se rendait bien compte qu'il désirait Diana Maitland de toutes les fibres de son corps. Ils échangeaient toujours des baisers pour se séparer, tard le soir, dans ce couloir ; parce

216

que Diana aimait ça. Elle embrassait tant les hommes que les femmes, et toujours de la même manière : caressant très légèrement votre joue de ses lèvres, avec une douceur qui ne semblait exprimer rien de plus que de la gentillesse. Voilà, semblait-elle dire par ce geste, juste pour que tu saches que je t'aime bien et que tu es sympa.

Puis Bill Brock passait un bras autour de ses épaules et la ramenait chez lui – chez « eux » – de l'autre côté d'Abingdon Square, et Lucy savait que c'était une torture pour Michael de les voir repartir ensemble.

Oui, il y avait peut-être une histoire à tirer de cette bonne vieille époque. Quatre jeunes gens enfermés dans leurs secrets respectifs. Et si écrire sur Bill Brock se révélait détestable, elle pourrait toujours en faire un personnage mineur ou le changer en quelqu'un d'autre. Ou mieux encore : elle le laisserait tel quel afin que l'amour que lui vouait Diana Maitland n'en paraisse que plus étonnant et ironique. L'histoire se concentrerait sur Diana et sur sa manière de flirter et d'attirer l'attention sur elle sans que personne ne trouve à y redire, parce que tout le monde savait que c'était une fille exceptionnelle. Les personnages secondaires seraient la jeune épouse (à la première, la troisième personne du singulier ?), et le jeune époux morose, dont on pressentait déjà le naufrage émotionnel, pourrait servir de... ah, peu importe, elle réfléchirait à tout ça de retour chez elle.

Mais elle n'avait pas encore atteint Tonapac que l'idée commençait à lui sembler faiblarde, au point que ce soir-là, assise dans sa maison hors de prix, elle se prit à craindre qu'elle n'avait pas de talent. En dehors des appréciations expertes de George Kelly, et des acquiescements occasionnels de M. Kaplan, elle n'avait reçu aucun encouragement. La fameuse « dignité » qu'elle insufflait à ses phrases pouvait fort n'être que le résultat de son éducation dans des établissements privés, de sorte qu'il n'y avait aucune raison de supposer qu'elle possédât le talent nécessaire pour devenir écrivaine. Elle allait passer un ou deux mois à travailler sur la nouvelle inspirée par Perry Street et la voir se déliter page après page, paragraphe après paragraphe, jusqu'à ce qu'il n'en reste rien – qu'en pensez-vous, monsieur Kelly, est-ce qu'on atteint les sommets en matière de nouvelle « d'apprentissage » ?

Elle était trop agitée pour décider si elle devait continuer ou arrêter d'aller à la Nouvelle École. Ses deux nouvelles avaient été lues et critiquées, elle n'avait aucune raison véritable de poursuivre : il était peu vraisemblable que Traynor lui permette de découvrir sa « voix littéraire » au cours des quelques semaines restantes. Mais les autres pourraient interpréter son abandon pour de l'égoïsme ou même du snobisme.

Ce fut la crainte de passer pour une snob qui la poussa à retourner à New York la semaine suivante, et c'était loin d'être la première fois de sa vie que la peur de passer pour une snob l'amenait, de manière perverse, à se comporter comme si elle l'était bel et bien.

Elle souffla de fines volutes de fumée de cigarette avec dédain tout le temps que dura la lecture du jour, et s'attendit presque à être louée pour la patience héroïque avec laquelle elle supporta le tour de table poussif qui suivit. Elle doutait d'être capable d'endurer la synthèse du professeur, mais il fut miséricordieusement bref ce jour-là ; et quand il finit par se taire, elle sut que le moment était venu de passer à l'action. Les autres attendaient, immobiles, comme s'ils savaient ce qui allait suivre, comme s'ils espéraient que Lucy Davenport reculerait sa chaise, se lèverait, et déclarerait :

— Ce cours... ce cours est du niveau d'une kermesse de village, déclara-t-elle. Je suis désolée, monsieur Traynor, parce que je sais que vous êtes un homme bien, mais nous sommes restés là, semaine après semaine, à nous fondre dans notre médiocrité mutuelle, et il ne s'est rien passé de plus. Et si certains peuvent tirer un bénéfice thérapeutique de ce genre d'activité, ça n'a résolument rien à voir avec de l'écriture créative. Vous vous imaginez vraiment qu'un

218

éditeur de fiction consacrerait plus de trois minutes à une seule des nouvelles qui ont été lues ici ? Ne serait-ce qu'*une* ?

Elle avait le vertige et la bouche sèche. George Kelly semblait aussi gêné que si elle avait violé une règle de bienséance implicite fondamentale. Que si elle avait déboulé chez lui ivre morte et s'était écroulée devant sa femme et le reste de sa famille, par exemple.

— Excusez-moi, je suis désolée, s'amenda-t-elle, par égard pour George Kelly uniquement, sans toutefois pouvoir soutenir son regard. Je suis vraiment désolée.

Et elle se rua hors de la salle.

Si elle avait mieux choisi son moment et s'était levée un peu plus tôt, elle aurait pu faire sa sortie seule, et ne se serait pas retrouvée dans l'ascenseur, entourée d'autres femmes du cours, dans un silence de mort.

Une fois dans la rue et débarrassée d'elles (débarrassée d'eux tous) elle se mit à marcher d'un pas vif. Elle avait parcouru près de cinq cents mètres quand elle entendit :

— Ohé, madame Davenport ! Ohé, *Lucy* !

Et c'est alors qu'elle le vit, courant à sa rencontre, son imper volant autour de ses jambes maigrelettes : Carl Traynor.

— Écoutez, dit-il dès qu'il eut repris son souffle. Je pense que je vous dois un verre. Pas vous ?

Il la guida jusqu'à l'entrée d'un bar, l'air plutôt content d'avoir réussi à accomplir l'étape la plus difficile de son plan, et il l'installa à une petite table près de la vitrine donnant sur la Sixième Avenue.

— Je suis désolé que mon cours vous ait déçue, commença-t-il, mais je peux le comprendre. C'est la première chose que je voulais que vous sachiez. Et il y a une ou deux autres choses aussi. Pouvons-nous discuter une minute ?

— Bien sûr.

— Permettez-moi d'être aussi direct que possible, reprit-il, se préparant à boire une première gorgée de son shot de bourbon accompagné d'un petit verre d'eau glacée.

Elle se prit à espérer que ce ne serait pas le premier d'une longue série qui s'étirerait jusque tard dans l'après-midi : il semblait bien trop maigre pour être capable d'absorber beaucoup d'alcool.

— Chaque fois que j'entre dans une salle de classe, je me sens perdu et effrayé, et je sais que les élèves le perçoivent – *vous* l'avez perçu, en tout cas –, et il me paraît honnête de vous expliquer pour quelle raison je continue à enseigner. Dieu sait que ce n'est pas pour l'argent : ce boulot rapporte moins du quart de ce dont j'ai besoin pour nous nourrir, ma famille et moi-même. Je suis divorcé, et j'ai deux enfants et quelques obligations de ce côté-là. Non, en réalité j'en ai besoin pour mon CV. Il se trouve que la Nouvelle École est la seule université américaine qui ait accepté de m'embaucher, parce que je ne possède aucun diplôme universitaire. Je ne suis même pas allé jusqu'au lycée. Et je n'ai aucune idée de l'attitude qu'est supposé avoir un professeur, ou seulement quelle *voix* est supposé avoir un professeur. Par moments, quand je m'entends parler de ce ton monotone que je prends, je me demande : Mais qui est ce *connard* ? Et j'ai juste envie de rentrer chez moi et de me faire griller la cervelle. Vous commencez à comprendre ?

— Eh bien, je n'aurais jamais deviné que vous n'étiez pas allé à l'université.

Son regard un peu offensé informa aussitôt Lucy que c'était une mauvaise réponse, que c'était presque comme de dire à un Noir qu'il paraissait aussi intelligent qu'un Blanc. Elle tenta de se rattraper.

— Comment cela se fait-il ? Que vous n'ayez pas pu étudier, j'entends ?

— Oh, ça prendrait trop de temps à expliquer, et c'est une histoire qui ne me montre pas sous mon meilleur jour. Je n'irais pas jusqu'à dire que j'en ai honte, mais je n'en ai jamais été très fier non plus. Quoi qu'il en soit, il y a des tas d'universités à travers le pays qui proposent des cours d'écriture créative. C'est une sorte de mode, je pense, mais j'ai le sentiment que ça va durer, et c'est bien payé. C'est le genre de poste que je recherche, voyez-vous. Et j'ai besoin de répondre aux critères exigés, d'avoir le CV qu'il faut pour décrocher ce genre de boulot.

Et elle songea à nouveau au frère de Nancy Smith, qui ne répondait pas aux critères : à la fin ils avaient falsifié les résultats et pris tout le monde.

— Oh, je ne m'attends pas à ce que ce soit génial, reprenait déjà Carl Traynor, mais ça me procurera la sécurité dont j'ai besoin, que je sois bon ou mauvais. Et ça vaudra mieux que tous les boulots merdiques que j'ai enchaînés. Que j'*enchaîne*.

— Quel genre de boulot merdique ?

— Des tâches d'écrivaillon en free-lance. Des petits textes de commande minables qui me rapportent une centaine de dollars ici et là ; j'ai passé des années et des années à faire ce genre de choses à l'époque où d'autres vont à l'université, et tout ça sans autre but que de gagner du temps. Toujours gagner du temps. Et c'est très... fatigant.

— Oui, je peux imaginer, répondit Lucy.

Parce qu'il avait vraiment l'air épuisé. Cette fatigue et la tristesse était ce qu'elle avait lu en premier sur son visage.

— M. Kelly m'a dit que vous aviez publié des nouvelles excellentes, suggéra-t-elle après un silence.

— Oh, c'est très gentil à lui.

Il termina son deuxième ou peut-être troisième verre.

— Mais je vais vous confier un secret que M. Kelly ignore. J'ai un livre important qui va sortir en octobre.

— Ah oui ? C'est... magnifique. Comment s'intitule-t-il ?

Le titre lui sortit de la tête sitôt qu'il le prononça, comme on oublie le nom d'un inconnu souriant qu'on vient de vous présenter à une réception.

— De quoi parle-t-il ?

— Oh, je ne sais pas si je suis capable de répondre à cette question, mais je peux au moins vous dire de quoi il s'agit. Il contient tout ce que je me suis débrouillé à apprendre du monde arrivé à l'âge de trente-cinq ans.

— C'est... (et elle posa la question que les romanciers étaient réputés trouver ennuyeuse, sinon énervante) auto-biographique ?

— Peut-être, répondit-il, pensif. Mais seulement dans la mesure où *Madame Bovary* peut l'être.

Elle trouva sa réponse intrigante. Il lui apparaissait peu à peu comme un nouveau Carl Traynor, qui ne tremblait pas, ne se tenait pas voûté et ne manquait pas de confiance en lui. Il avait beau être fatigué et triste, son petit air satis-fait n'était pas pour déplaire à Lucy, et pour la première fois, elle se dit que son charme particulier pourrait opérer sur une fille – peut-être même sur plusieurs.

— Ça m'a pris cinq ans, continua-t-il à propos de son livre, et j'aime autant oublier ce que ça m'a coûté, mais je pense qu'il est bon. En vérité, je pense qu'il est bien plus que bon. Je ne m'attends pas à ce qu'on se l'arrache, remarquez, mais je pense qu'il a de quoi retenir l'attention de certains.

— Ma foi, je suis impatiente de le lire, Carl.

C'était la première fois qu'elle l'appelait par son pré-nom, mais elle avait le sentiment qu'il l'avait mérité.

Les heures et les verres s'additionnant, il ne tarda guère à lui avouer qu'il la trouvait terriblement séduisante depuis le premier cours. Et qu'il avait toujours souhaité avoir l'occasion de mieux la connaître. Ne serait-il pas juste, à présent, que Lucy lui parle un peu d'elle et de sa vie ? suggéra-t-il.

— Ma foi, dit-elle à nouveau.

222

Sur quoi elle se lança dans un monologue qu'elle oublierait presque entièrement après coup. Elle se rappellerait juste qu'elle en avait dit assez mais pas trop, que tout ce qu'elle lui avait confié était vrai, mais qu'elle avait effectué une sélection prudente pour ne lui révéler que les vérités séduisantes que lui inspiraient son ivresse.

De sorte qu'elle ne fut pas surprise quand il tendit la main à travers la table et la referma sur la sienne.

— Dis, Lucy ? demanda-t-il d'une voix rauque. Tu veux bien rentrer avec moi ?

Il avait trop d'alcool dans le sang pour qu'elle se décide sur un coup de tête, et néanmoins, elle répondit aussi vite qu'elle le put pour ne pas le mettre au supplice.

— Non, Carl, je ne préfère pas. Je ne suis pas très douée pour les relations sans lendemain.

— Elle ne serait pas nécessairement sans lendemain. Nous pourrions en faire quelque chose d'assez joli. Nous pourrions même découvrir que nous sommes faits l'un pour l'autre, comme dans les films.

Mais elle réitéra son refus, couvrant sa main de la sienne pour adoucir la dureté de son rejet. Elle savait que c'était une chose qu'elle pourrait en venir à regretter, cependant elle craignait davantage les conséquences regrettables qu'un oui pourrait entraîner.

Arrivés au coin de la rue, il lui donna un baiser rapide et la serra dans ses bras un long moment. Et elle répondit pleinement à l'étreinte parce qu'il lui semblait que c'était une manière tendre et agréable de se dire adieu.

— Lucy ? souffla-t-il dans ses cheveux. Pourquoi t'es-tu arrêtée quand j'ai couru après toi ?

— Sans doute parce que j'étais désolée d'avoir fait une telle scène en classe. Pourquoi as-tu couru après moi ?

— Oh, mon Dieu, parce que je te désire depuis l'instant où je t'ai vue et que je ne voulais pas que tu partes comme ça. Écoute, Lucy...

Il la serrait toujours contre lui et elle ne ressentait aucun désir de se libérer : elle aussi le serrait contre elle et savourait le contact plaisant de son imperméable contre sa joue.

— Écoute, répéta-t-il. Il y a une autre raison. Tu voudras bien essayer de comprendre si je te la révèle ?

— Oui, bien sûr.

— Parce que... oh, ma douce... parce que tu as dit que j'étais un homme bien.

5.

Lucy travailla sur sa nouvelle inspirée de Perry Street pendant deux ou trois mois, mais le matériau était si délicat qu'il ne cessait de lui glisser entre les doigts. Quand il lui sembla enfin qu'elle avait réussi à lui donner forme, elle s'attaqua à l'épisode final qui avait au moins le bon goût de ne pas chercher à « apprendre » quoi que ce soit à qui que ce soit : un soir, après avoir reçu un baiser de leur fille avant d'aller se coucher, la jeune épouse laissait éclater sa rage et sa jalousie au visage de son mari. Le mari tentait faiblement de nier son « désir » pour l'autre fille, décuplant la colère et les reproches de l'épouse. Un grand plat coûteux était brisé dans l'évier, symbolisant le point de rupture qu'ils venaient d'atteindre, et c'était la fin.

Il lui semblait que ça « tenait la route », seulement... seulement ça ne s'était pas passé ainsi, et elle avait l'impression que cela conférait à l'ensemble un arrière-goût de mensonge désagréable. Comment pouvait-on croire à des choses qu'on avait inventées ?

Certains jours, ne supportant pas l'idée de poser les yeux sur son manuscrit, elle tentait d'apporter des corrections à l'une ou l'autre de ses précédentes nouvelles, la voix calme et avisée de George Kelly résonnant si fort dans sa tête qu'elle avait l'impression qu'il se tenait derrière sa chaise et observait le texte par-dessus son épaule.

Il avait raison. L'histoire qui se déroulait dans le pensionnat privé nécessitait une fin plus dramatique. Et une surabondance embarrassante de paragraphes suivait le passage sur lequel aurait dut se refermer *Festival d'été*.

Par un glorieux matin, elle termina enfin sa deuxième nouvelle en trois phrases laconiques mais éloquentes et déchira les pages superflues qu'elle laissa tomber dans la corbeille à papier avec le sentiment d'avoir atteint un niveau professionnel.

Mais c'est alors que, la relisant, elle commença à trouver certains passages un peu faibles : il y avait des scènes trop longues, d'autres pas assez, des paragraphes mal exploités, des phrases qui n'atteignaient pas le degré de dignité loué par George Kelly, et bien trop de formules faciles et peu heureuses. La seule approche professionnelle envisageable aurait été de réécrire toute cette fichue nouvelle.

Et le manuscrit de *Mademoiselle Goddard et le Monde de l'art* attendait encore sur sa table depuis des semaines, refusant obstinément de prendre corps. La faiblesse de sa chute demeurait problématique, mais le problème principal, avait-elle fini par décider, était qu'elle ne l'aimait pas, et ne l'aurait pas davantage aimée si quelqu'un d'autre l'avait écrite. Elle lui inspira même une petite critique assassine que George Kelly n'aurait pas manqué de valider : c'était le genre d'histoire « Dieu comme cette enfant est sensible ! ».

Elle la rangea toutefois dans un tiroir du bureau au lieu de la détruire. Peut-être trouverait-elle un jour le moyen de l'améliorer ou de sauver quelques passages, comme celui qui racontait la rencontre de la fille et Mlle Goddard (« L'espace d'un instant j'ai pensé, à tort, qu'on était peut-être dans une nouvelle lesbienne... »).

Quand le mois d'août arriva, elle commença à passer de moins en moins de temps à sa table de travail. Les jours de grand soleil, elle enfilait un maillot de bain (le bikini en coton bleu dont Michael Davenport disait souvent qu'il avait de quoi vous rendre dingue), prenait une couverture et restait allongée dans son jardin des heures entières, une réserve de gin-tonic et un seau thermos de glaçons à portée de main. À deux ou trois reprises, elle regagna la maison en fin d'après-midi pour passer une robe d'été et remonta la rue pour se rendre chez les Nelson et, chaque fois, s'arrêta à mi-chemin, ne sachant ce qu'elle pourrait leur dire une fois arrivée là-bas.

Au début elle pensa qu'il s'agissait juste d'une « panne d'inspiration ». Que c'était une chose qui arrivait à tous les écrivains. Et puis, un soir, alors qu'elle éprouvait des difficultés à s'endormir, elle commença à soupçonner qu'elle en avait tout simplement terminé avec l'écriture.

Parce que, si le jeu théâtral pouvait vous pousser à l'épuisement émotionnel, l'écriture vous poussait à l'épuisement intellectuel. L'écriture vous poussait à la dépression, à l'insomnie, et vous vous retrouviez bientôt à errer dans votre maison du matin au soir avec un air hagard. Or Lucy ne se sentait pas assez vieille pour ça. Le plaisir de l'intimité et du silence laissait la place à l'amertume de la solitude pure et simple, quand vous approchiez l'épuisement intellectuel. Vous commenciez à trop boire, ou au contraire, à vous priver d'alcool, ce qui, dans un cas comme dans l'autre, vous ôtait la capacité d'écrire. Et si vous macériez suffisamment longtemps dans cet état d'épuisement intellectuel, une série étourdissante de petites bourdes pouvaient suffire à vous envoyer à Bellevue, terrifié et diminué à vie. Et il y avait un autre danger qu'elle n'aurait jamais identifié si elle n'avait pas travaillé si dur sur ses trois premières nouvelles : n'écrire que sur vous-même permettait à toutes sortes d'inconnus de vous connaître un peu trop bien.

Des années auparavant, à l'époque de Larchmont, elle avait timidement critiqué l'un des poèmes de Michael, lui faisant remarquer qu'on sentait chez lui une certaine « réticence ».

Il avait arpenté la pièce en silence, la tête baissée, avant de répondre : « Oui, c'est sans doute vrai. Et ce n'est sans doute pas une bonne idée de se montrer trop réticent.

Mais, tout de même, personne n'est très pressé de baisser son pantalon dans la vitrine d'un grand magasin, tu ne crois pas ? »

Il avait raison. Et si elle avait tiré le moindre enseignement de cette expérience d'apprentie écrivaine, c'était qu'avec la meilleure volonté du monde, « baisser son pantalon dans la vitrine d'un grand magasin » était la seule chose qu'elle serait capable d'accomplir, encore et encore.

À l'une des réceptions des Nelson, l'automne de cette année-là, elle rencontra un homme qu'elle trouva beau à tomber par terre. Se moquant totalement de ce qu'il « faisait » (il était agent de change et fidèle collectionneur des aquarelles de Thomas Nelson), elle fut aussitôt subjuguée par son visage, ses épaules carrées et son ventre plat, et, dans les cinq minutes qui suivirent leur rencontre, découvrit que le timbre profond et courtois de sa voix suffisait à faire vibrer toute sa colonne vertébrale. Elle était éperdue.

— J'ai une terrible confession à vous faire, dit-elle dans sa voiture ce soir-là, alors qu'ils roulaient en direction de sa maison, à Ridgefield dans le Connecticut. J'ai oublié votre nom. C'est Chris n'est-ce pas ?

— Presque, lui répondit-il. Christopher Hartley, mais tout le monde m'appelle Chip.

Durant ce même trajet, elle songea que Chip Hartley était exactement le genre d'homme qu'elle aurait pu épouser si elle n'avait pas rencontré Michael Davenport : le genre d'homme avec lequel ses parents se seraient toujours sentis à l'aise. Et elle apprit autre chose dans cette voiture, après avoir posé une série ininterrompue de questions badines : lui aussi était né riche, il avait hérité d'une somme presque aussi importante que celle qu'elle possédait.

— Pourquoi travailler, alors ?

— Parce que j'aime ça, je suppose. Je n'y pense même pas comme à un « travail », j'ai toujours considéré le marché des changes comme une sorte de jeu. Tu apprends les règles, et tu relèves les défis à tes risques et périls. Le but du jeu est d'essayer d'aller plus vite que les autres. Si je m'aperçois un jour que je ne suis plus capable de défendre les intérêts de mes clients j'arrêterai, mais en attendant, je trouve ça stimulant et amusant.

— Mais ce n'est pas ennuyeux, la plupart du temps ? On ne s'installe pas dans une sorte de routine ?

— Si, c'est certain, mais j'aime également cette routine. J'aime prendre le train tous les matins pour me rendre en ville. Je trouve que le *Wall Street Journal* est le meilleur quotidien d'Amérique. J'aime déjeuner avec mes amis dans des restaurants où les serveurs connaissent nos noms. Et j'aime même les journées où je n'ai rien de mieux à faire que d'attendre que l'horloge du bureau m'informe qu'il est temps de rentrer chez moi. Je me prends souvent à penser : Bon, ce n'est peut-être pas grand-chose, mais c'est ma vie.

En dehors des dessins de Thomas Nelson, extrêmement bien encadrés et mis en valeur sur tous ses murs, rien dans son intérieur ne suggérait une opulence particulière. C'était le genre d'édifice que les architectes appellent une remise, une maison modeste mais de style, parfaite pour un homme sans enfant divorcé depuis trois ou quatre ans. Et à en juger par sa démarche assurée quand il la guida vers la chambre de l'étage, il devait rarement s'y retrouver seul.

Les filles devaient avoir d'autant plus de mal à résister à ce grand gaillard franc et direct qu'elles se doutaient que la liste d'attente était longue, et qu'un excès de réserve ou de timidité risquait fort de leur faire perdre leur tour. Et c'était un bon amant (sans doute pour les raisons qui faisaient de lui un bon gardien de la fortune des autres). Il était attentionné, attentif aux détails, prudent et aventureux à la fois, et rien en lui ne trahissait la moindre nervosité.

Il la prit deux fois, coup sur coup, puis s'endormit, une main errant un moment sur son corps avant de se poser sur un de ses seins. Quand elle se réveilla, son désir assouvi, tard le lendemain matin, elle l'entendit qui s'activait en bas dans la cuisine. Elle respira même une légère odeur de café quand elle s'étira langoureusement et s'autorisa à s'enfoncer à nouveau sous les draps. C'était délicieux.

Et le meilleur dans tout ça, comme elle le découvrirait vite, c'était qu'il n'y avait pas d'autre fille dans sa vie pour le moment, et qu'il voulait passer tout son temps libre avec elle, à Ridgefield, Tonapac ou New York. Un bon nombre de semaines s'écoulèrent ainsi, sans qu'aucun d'eux n'éprouve le besoin de les compter.

Cependant, c'était la première fois qu'elle était en couple avec un homme qui n'avait aucune ambition artistique, ce qui le rendait étrangement incomplet. D'accord, mais écoute, Chip, c'est vraiment tout ce qui compte pour toi ? brûlait-elle parfois de lui demander, le plus souvent quand ils dînaient dans un bon restaurant et que la conversation se tarissait. Faire de l'argent et t'envoyer en l'air, t'envoyer en l'air et faire de l'argent ? Elle s'était toujours retenue, redoutant qu'il ne lève les yeux de son plat d'huîtres luisantes, ou de sa côte de bœuf fumante et ne réponde : Ben, oui, et alors ?

— Nelson est le seul peintre dont tu collectionnes les œuvres ? s'enquit-elle un dimanche après-midi, à Ridgefield.

— Ouaip.

— Pourquoi ça ?

— Oh, je pense que c'est parce que j'aime le côté sans chichis de son travail. Tu as le sentiment d'acquérir un bien honnête. Ces derniers temps, la plupart des trucs qu'on trouve dans les galeries me passent au-dessus ou carrément au-dessous, je ne pourrais même pas les distinguer les uns des autres, alors j'aime autant ne pas m'en approcher. Ni pour le plaisir ni même pour investir.

— Certains pensent qu'il est plus illustrateur qu'artiste.

— C'est possible, concéda-t-il. N'empêche que j'aime bien voir ses œuvres sur mes murs. Et j'aime l'idée qu'un bon gros tas de gens aiment aussi ça. Il n'aurait pas autant de succès sinon.

Et le sujet sembla clos. Les dimanches, dans la vie bien organisée de Chip Hartley, étaient entièrement consacrés au repos, à une consommation d'alcool mesurée et à la lecture des nouvelles du monde ; de même que tous ses samedis étaient consacrés au sport et aux loisirs, et que la totalité des cinq jours de la semaine, à l'exception de leurs brèves soirées, étaient dédiés au travail.

On ne s'arracha pas le premier roman de Carl Traynor, mais Lucy lut avec attention plusieurs articles élogieux qui en faisaient la critique, et l'acheta aussitôt. Elle commença par ôter la vilaine jaquette qui le recouvrait – une illustration ordinaire sur le devant, et au dos, une photo qui lui donnait des airs d'étudiant morose –, puis s'installa pour le lire.

Elle fut touchée par la « dignité » de ses phrases et la clarté des scènes décrites, et arrivée au troisième ou au quatrième chapitre, elle commença à saisir pourquoi il avait mentionné *Madame Bovary*. Certains passages étaient étonnamment drôles venant d'un homme qui n'avait jamais laissé échapper un seul rire en cours, mais c'était la tristesse qui dominait au fil des pages, et vers la fin, le pressentiment bien orchestré d'une tragédie imminente.

Le livre la tint éveillée, assise dans son lit, toute la nuit, et lui arracha même quelques larmes (elle détourna la tête de la page et masqua sa bouche déformée par un sanglot de sa main), puis, après avoir passé la matinée à tenter de trouver le sommeil, en vain, elle chercha son nom dans l'annuaire téléphonique de Manhattan et l'appela.

— Lucy Davenport. C'est bon de t'entendre, dit-il.

Et d'une voix timide, cherchant ses mots, elle essaya de lui expliquer à quel point son roman l'avait touchée.

— Oh, merci Lucy, ça fait plaisir à entendre. Je suis content que tu l'aies aimé.

— Oh, « aimé » n'est pas le bon mot, Carl, je l'ai adoré. Je ne me souviens plus de la dernière fois qu'un livre m'a autant émue. Et j'aimerais beaucoup en discuter avec toi, mais le téléphone n'est pas vraiment... penses-tu que nous pourrions nous retrouver en ville pour prendre un verre ? Bientôt ?

— C'est que, j'ai de la compagnie, là... et je vais sans doute... être coincé pendant un moment, alors j'aimerais autant passer mon tour pour le verre, OK ?

Et pendant les heures qui suivirent, elle lui en voulut pour la maladresse de sa réponse. « J'ai de la compagnie, là », n'était-ce pas une drôle de manière de lui dire qu'il avait une petite amie ? Et puis ça faisait des lustres qu'elle n'avait pas entendu l'expression : « passer mon tour ». Ça aussi, c'était étrange. Surtout de la part d'un écrivain qui détestait les clichés.

Mais elle ne pouvait nier qu'elle n'avait pas brillé non plus : elle s'était montrée trop ouverte, trop directe, trop agressive. Si elle avait réussi à dormir un peu, elle aurait certainement envisagé une approche plus subtile.

Et elle n'avait pas seulement du mal à avaler le petit fiasco de ce coup de téléphone, elle était aussi terriblement déçue. Au cours de la nuit, et en particulier à l'approche du matin, elle avait laissé son esprit vagabonder, quittant l'histoire captivante du livre de Carl Traynor pour s'inventer de petites rêveries romantiques avec l'écrivain lui-même. De savoir qu'elle l'avait méjugé et sous-estimé, durant toutes ces semaines de cours, ne faisait qu'ajouter du piquant au long après-midi passé en sa compagnie dans le bar de la Sixième Avenue. Elle regrettait amèrement son refus de l'accompagner chez lui, si elle avait dit oui, elle serait peut-être avec lui en train de se réjouir du succès de son livre, à présent. Et elle savait qu'elle n'oublierait jamais son sentiment de bien-être quand il l'avait serrée contre lui et qu'elle avait posé la joue contre son imperméable, ce jour-là.

Puis, dans le silence de mort de l'aube, alors qu'elle avait laissé le livre un instant, sachant que le dernier chapitre allait lui briser le cœur, elle avait murmuré « Oh, Carl. Oh, Carl... » contre son oreiller.

Il n'était pas encore midi, le temps n'était pas encore venu de s'autoriser un premier verre, et elle n'avait plus aucune raison de se laisser aller à la moindre rêverie. Il ne restait plus rien. Tout n'était plus que désolation et misère parce que Carl Traynor préférait passer son tour. Elle savait depuis longtemps qu'une longue douche chaude voluptueuse pouvait vous requinquer presque autant qu'une bonne nuit de sommeil, et que se donner un mal exquis à choisir ses vêtements était une manière comme une autre de faire passer le temps.

Et ce jour-là, la chance fut avec elle : quand elle s'installa de nouveau devant le téléphone, son premier verre brillant d'un éclat aussi profond et réconfortant que le regard d'un ami fidèle, il était quatre heures passées. La Bourse de New York avait fermé une heure plus tôt et il se pouvait fort que, par un après-midi comme celui-ci, même un agent de change consciencieux n'ait rien de mieux à faire que d'attendre que l'horloge du bureau lui donne l'autorisation de rentrer chez lui.

— Chip ? demanda-t-elle. Es-tu terriblement occupé, ou peux-tu parler une minute ? Oh, parfait. Je me demandais si... si tu étais libre ce soir, parce que j'aimerais beaucoup te voir... Oh, c'est merveilleux... Non, *choisis* quand, et *choisis* où. Je suis à ta totale disposition.

— Maman ? Maman ? appela Laura d'un ton impatient, un soir, alors que Lucy rangeait la cuisine. Maman, viens voir, vite. Il y a ce nouveau feuilleton qui a l'air super à la télé, et devine *qui* joue dedans.

Lucy pensa que c'était peut-être Jack Halloran. Mais non : c'était Ben Duane.

— Ça se passe dans une ferme familiale du Nebraska, expliqua Laura quand Lucy prit place à côté d'elle devant l'écran moucheté et bourdonnant. Tu vas voir, c'est vraiment chouette. Ils sont supposés vivre au temps de la Grande Dépression, tu vois ; ils sont très pauvres et ils ont un petit carré de...

— *Chut*, l'interrompit Lucy, ses paroles s'entrechoquant beaucoup trop pour qu'elle puisse la suivre. Je pense que je vais réussir à comprendre.

La plupart de ces feuilletons télévisés étaient abominables, mais de temps en temps, ils trouvaient une bonne formule, et celle-là était plutôt prometteuse. Le père était un homme fier et taciturne que les épreuves avaient vieilli prématurément, et la mère une femme séduisante et posée dont la patience frisait la sainteté. Leur fils, un garçon à la moue déconcertée, émergeait tout juste de l'adolescence, et leur fille, plus jeune de deux ans, avait un petit côté dégingandé mais les grands yeux d'une beauté sur le point de s'épanouir.

Ben Duane tenait le rôle du grand-père alerte, et à l'instant où il apparaissait, descendant l'escalier d'un pas guilleret pour le petit-déjeuner, on comprenait qu'il serait adorable en tous points. Les scénaristes ne lui avaient pas offert beaucoup de répliques dans ce « pilote », il se contentait de lever la tête de son bol de porridge de temps à autre pour dispenser des bribes de sa sagesse caustique, mais récoltait la majeure partie des rires, ou des gerbes de rire « instantané » pré-enregistré.

— Je parie que la fille deviendra une star, pas toi ? lui demanda Laura quand l'épisode fut terminé.

— Si. Ou le garçon, ou l'un ou l'autre des parents, répondit-elle. Et je ne serais pas étonnée qu'ils mettent Ben en vedette dans certains des épisodes qui suivront. C'était un acteur très réputé, tu sais, par le passé.

— Ouais, je sais. Mais, avec Anita, on trouvait juste que c'était un vieux type inquiétant.

— Ah oui ? Pourquoi ça ?

— Je ne sais pas. Il ne paraissait jamais assez habillé.

Laura se leva, éteignit le poste de télé et erra un peu dans le salon. Elle errait un peu partout ces derniers temps, au lieu de marcher d'un endroit à l'autre. Elle aurait treize ans dans quelques semaines.

Peggy Maitland avait étudié le dessin et la peinture à l'Art Students League de New York pendant six mois environ, avant d'abandonner pour vouer sa vie à Paul, et elle répétait sans cesse qu'elle avait « adoré » ses cours là-bas. La League n'avait pas de conditions d'admission particulières ni de programme d'études strict : les débutants et les étudiants de longue date étaient « tous mélangés », et les professeurs accordaient leur attention à chacun selon ses besoins.

Lucy décida de tenter sa chance. Elle n'avait pas le sentiment d'avoir besoin d'apprendre à dessiner, ses dessins avaient fait l'objet d'éloges extravagants de la part d'une professeure très admirée, quand elle était pensionnaire, il y avait une demi-vie de cela. Mais la peinture à l'huile sur toile serait un tout autre défi à relever. D'un autre côté, qu'avait-elle à perdre ?

La première chose qu'elle découvrit sur la peinture à l'huile, le premier jour, dans l'un des vastes ateliers baignés de lumière de la League, était que ça sentait merveilleusement bon : ça sentait l'Art. Puis, peu à peu, d'erreur en erreur, elle commença à apprendre des petites choses. Que tout était question de lumière, de lignes, de formes et de couleurs, que vous disposiez d'un espace limité que vous deviez combler de la manière la plus satisfaisante possible.

— Là, on dirait que vous tenez quelque chose, lui fit remarquer son professeur d'une voix tranquille, un après-midi, alors qu'il venait de se poster derrière elle, Dieu sait combien de semaines après son inscription. Je pense que vous tenez quelque chose, madame Davenport. Si vous continuez à travailler là-dessus, vous aurez peut-être un tableau.

C'était un petit homme chauve au teint mat, un Espagnol du nom de Santos qui parlait anglais presque sans accent, et Lucy avait compris dès les premiers cours que c'était un véritable professeur. Il n'était pas craintif, sa méthode n'avait rien de hasardeux, il ne flattait jamais les lourdauds et les imbéciles, attendait des élèves qu'ils aient des exigences aussi élevées que les siennes propres, et le plus grand compliment qu'il pouvait vous adresser – d'autant plus précieux qu'il le faisait rarement – était : « Vous aurez peut-être un tableau. »

— Et *j'adore* ça, s'exclama-t-elle, un samedi soir, chez Chip Hartley, pivotant vers son fauteuil, sa jupe tournoyant autour de ses jambes de manière séduisante. Et *j'adore* avoir le sentiment de bien faire, sans effort ni crainte de l'échec. D'être peut-être même née pour faire cette chose-là.

— Eh bien, c'est génial. De trouver quelque chose, comme ça, qui fait toute la différence, n'est-ce pas ?

Il ne lui accorda qu'un bref regard parce qu'il démontait un nouvel appareil photo allemand très coûteux sur son bermuda. Il essayait de résoudre un problème technique depuis le début de l'après-midi. Sa journée photo prévue de longue date était gâchée, et son entêtement à tripoter et étudier les pièces détachées de l'engin l'obligeait à rester assis les genoux serrés et les talons écartés.

— Je me souviens de ce que tu m'as dit des tableaux de Tom Nelson un jour, reprit-elle. Qu'ils donnaient le sentiment d'acquérir des biens honnêtes. Eh bien, je commence à penser que je pourrais réussir à procurer ce sentiment à quelqu'un, moi aussi. Oh, pas de la même manière que lui, bien sûr, mais à ma manière à moi. Cela te paraît-il terriblement immodeste ?

— Non, ça me paraît être une bonne chose, dit-il, orientant une petite pièce de l'appareil vers la lampe. Parlant de biens honnêtes, je crains que les Allemands nous aient joué un mauvais tour cette fois-ci.

— Tu ne crois pas qu'il vaudrait mieux le rapporter au magasin ? Au lieu d'essayer de le réparer toi-même…

— En réalité, chérie, je suis arrivé à cette conclusion il y a une demi-heure. Tout ce que j'essaie de faire, maintenant, c'est de le *remonter* pour l'emporter au magasin.

Ce n'était pas la première fois qu'il lui apparaissait que Chip Hartley n'était pas le compagnon idéal et qu'il ne serait pas le dernier homme de sa vie. Il resterait sans doute là, à s'exciter sur son jouet cassé, jusqu'à ce qu'il soit temps d'aller se coucher. Et dimanche arriverait : le jour le plus ennuyeux de tous. Et quand la semaine suivante débuterait, la seule touche d'incertitude qui demeurerait dans l'existence de Lucy serait de savoir lequel des deux appellerait l'autre le premier. Enfin, si le statut de petite amie de Chip Hartley ne lui apportait pas grand-chose (il se pouvait fort que ce ne soit à peine plus qu'une manière d'attendre que quelque chose de plus intéressant se présente), il lui permettait néanmoins de relever quelques défis. Par exemple, un peu plus tard dans la soirée, elle pourrait trouver une manière de lui confier qu'elle avait toujours détesté les bermudas.

Qu'elle choisisse de faire ses allers-retours quotidiens à New York en voiture ou en train, elle était obligée de prendre sa voiture et d'emprunter la petite route d'asphalte sinueuse qui passait devant la vieille pancarte abîmée du Nouveau Théâtre de Tonapac et l'entrée de l'allée d'Ann Blake marquée par la boîte à lettres « Donarann », et l'une des raisons pour lesquelles Lucy en était venue à penser que la League lui convenait mieux que la Nouvelle École était qu'elle pouvait désormais laisser glisser son regard sur ces deux points de repère poignants sans s'y attarder. Il arrivait même qu'elle atteigne le parking de la gare ou celui de l'université sans les avoir remarqués.

Un matin, cependant, elle vit Ann Blake qui attendait seule au bord de la route, vêtue d'un joli tailleur d'automne et portant des boucles d'oreilles scintillantes. Elle s'arrêta et se pencha par sa vitre ouverte avec un sourire.

— Je peux vous déposer quelque part, Ann ?

— Oh, non, merci, Lucy, j'ai commandé un taxi. J'ai toujours détesté avoir à descendre jusqu'ici pour l'attendre, je ne sais pas pourquoi. Enfin, c'est désagréable, bien sûr, mais ce n'est pas tragique.

— Vous partez en voyage ?

— Euh, non, je vais à New York pour… une période indéterminée, répondit Ann, bien que la valise posée à ses pieds fût trop petite pour contenir plus d'un change. Il se trouve que je suis très… (Elle baissa ses faux-cils, gênée.) Ah, autant vous le dire, Lucy, pourquoi pas ? J'entre à Sloan-Kettering.

Et si Lucy savait ce que « Bellevue » signifiait, elle mit deux ou trois secondes à se remémorer que Sloan-Kettering était un hôpital pour les malades atteints de cancer. Elle descendit de voiture (ce n'était pas le genre de conversation qu'on pouvait avoir par la vitre ouverte d'une voiture) et rejoignit prestement Ann Blake sans avoir aucune idée de ce qu'elle allait bien pouvoir lui dire.

— Oh, Ann, je suis terriblement désolée. C'est affreux. C'est vraiment un sale coup.

— Merci, ma chère, vous êtes gentille. Non, on ne peut pas dire que la vie m'ait gâtée, cette fois, mais je n'ai jamais eu très envie de devenir une vieille dame, de toute façon. Comme le disait toujours mon mari : qu'est-ce que ça peut bien faire ?

— Ça fait beaucoup de choses, à des tas de gens, Ann.

— Ah, c'est gentil, mais essayez donc de les compter sur vos doigts. Nommez-m'en quatre. Ou même trois.

— Allons, venez. Laissez-moi vous conduire à la gare, au moins, on pourra boire une tasse de…

— Non.

Ann resta plantée sur place avec un air têtu.

— Je ne partirai pas plus tôt que nécessaire. Descendre cette allée a été la dernière concession dont j'étais capable, et j'ai regretté chaque pas. Tout ce que je veux maintenant, c'est attendre qu'ils arrivent et… qu'ils m'emmènent. Vous comprenez ?

Ses yeux étaient remplis de larmes.

— Je suis chez *moi*, ici, vous comprenez.

Quand le taxi approcha et s'arrêta, elle monta dedans si lentement et péniblement que Lucy se rendit compte qu'elle souffrait. Elle avait sans doute enduré la douleur durant des semaines, voire des mois, seule dans son nid d'amour, avant de s'autoriser à appeler un médecin. Assise sur la banquette, la tête droite, elle semblait déterminée à ne pas regarder derrière elle ; et néanmoins, Lucy continua à lui faire signe jusqu'à ce que le taxi ait disparu au loin. Elle songea, par réflexe, qu'il y avait sans doute une nouvelle à tirer de l'histoire d'Ann Blake. Ou même un petit roman, très triste pour l'essentiel, mais avec ses moments de drôlerie. Et que cette scène du taxi ferait un final parfait. Il n'y aurait même pas besoin d'inventer quoi que ce soit.

Elle était à mi-chemin de la ville, ce jour-là, quand elle sut avec certitude que les nouvelles n'étaient pas son truc. Son truc était la peinture, à présent. Et si elle ne réussissait pas à devenir peintre… si elle ne réussissait pas à être peintre, alors il vaudrait mieux qu'elle arrête de chercher à être quoi que ce soit.

— Lucy Davenport ? s'éleva une voix forte et vigoureuse dans le téléphone, un soir. Carl Traynor, à l'appareil.

Presque une année s'était écoulée depuis leur échange malaisé et embarrassant, et elle comprit aussitôt qu'il n'avait plus de compagnie.

— … Ma foi, oui, avec plaisir, Carl, s'entendit-elle répondre, comme si sa voix était un instrument libéré du contrôle de son esprit. Je suis en ville chaque jour, ces derniers temps, alors nous devrions… facilement pouvoir nous retrouver quelque part.

6.

L'adresse qu'il lui avait donnée, comme elle s'y attendait, était celle du petit bar de la Sixième Avenue où ils
avaient passé quelques heures, lors de leur dernière rencontre. Et c'est de la même table qu'il se leva dans un
rayon de lumière granuleux, cet après-midi-là.

— Ah, Lucy, dit-il, j'espère que ça ne vous dérange pas
que j'aie choisi cet endroit. J'ai pensé que nous pourrions,
mettons, reprendre les choses à l'endroit où nous les
avions laissées.

Il paraissait moins maigre, quoiqu'il semblât avoir
gagné davantage de confiance en lui que de poids, et il
était bien mieux habillé, aussi. Ses mains ne tremblaient
pas alors qu'il n'avait pas encore bu son premier verre, et
elle remarqua pour la première fois qu'elles étaient belles.

Il lui expliqua qu'il venait de passer six mois à Holly-
wood pour écrire l'adaptation d'un roman contemporain
qu'il avait toujours beaucoup aimé, mais le projet était
tombé à l'eau au stade du casting parce qu'« ils n'avaient
pas réussi à avoir Natalie Wood pour le rôle principal ». Et
qu'il était rentré chez lui presque fauché, presque revenu
au point de départ, à la différence près que son premier
livre était désormais derrière lui.

— C'est un roman magnifique, Carl, lui dit-elle. Il s'est
bien vendu ?

— Nan. Pas en grand format. Mais assez bien en poche.
Et je reçois toujours assez de courrier pour savoir que
quelques personnes continuent à le lire, ce qui est sans

doute ce que je pouvais espérer de mieux. Ce qui me tracasse le plus à l'heure actuelle, c'est que j'ai déjà écrit le tiers d'un autre texte et que je cale. Je commence à comprendre ce qu'est l'angoisse du deuxième roman.

— Tu n'as pourtant pas l'air angoissé. Bien au contraire, tu as l'air d'un homme qui sait exactement ce qu'il veut.

Et elle en eut la preuve vingt minutes plus tard, quand il l'entraîna hors du bar pour gagner l'intimité feutrée de son appartement, à deux ou trois rues de là.

— Oh, ma douce, murmura-t-il, l'aidant à se déshabiller. Tu es tellement, tellement adorable.

Le *hic* était qu'une petite partie impitoyablement lucide de son esprit, qui semblait flotter à distance de son corps, remarquait à quel point les hommes étaient sérieux et solennels en pareils moments. Combien ils devenaient prévisibles, leur nudité virile une fois exposée. Vous leur offriez vos seins et leur bouche affamée s'emparait d'un téton tandis qu'ils vous malaxaient l'autre du bout des doigts. Vous écartiez les cuisses et une main palpeuse s'insinuait profondément en vous, remplacée par leur langue, qui s'activait encore et encore. Et ils vous pénétraient pour la première fois avec une fierté candide, et allaient et venaient comme de beaux diables prêts à vous aimer éternellement, ne serait-ce que pour prouver qu'ils en étaient capables.

Seulement, Dieu qu'elle aimait ça. À tel point que la petite partie traîtresse de son esprit s'évapora bien avant que ce soit terminé, et que, dès qu'elle eut repris son souffle et retrouvé sa voix, elle déclara à Carl Traynor qu'il était « merveilleux ».

— Tu as le chic pour trouver les bons mots, lui répondit-il. J'aimerais avoir ce talent.

— Mais tu l'as, tu sais le faire.

— Parfois, peut-être, pas toujours. Je connais une ou deux filles qui pourraient te soutenir le contraire, Lucy.

L'appartement de Carl était loin d'être propre (elle l'aurait volontiers récuré avec une brosse et un grand seau d'eau et d'ammoniaque). Et sa salle de bains semblait battre tous les records. Pourtant, elle trouva deux serviettes propres et repassées sur le repose-serviettes, en sortant de la douche, comme si elles avaient été mises là à son intention. Elle trouva le geste gentil, et apprécia tout autant qu'il lui tende son peignoir en flanelle, qui lui tombait sur les chevilles et lui procurait une sensation agréable sur la peau.

Elle refit le lit, bien qu'il lui ait dit de ne pas se donner cette peine, puis explora le reste de l'appartement pieds nus. Il était beaucoup plus grand qu'elle ne se l'était imaginé à première vue. Ses plafonds étaient hauts, ses dimensions généreuses, et il devait être lumineux en pleine journée, même si, à cette heure-ci, les fenêtres avaient les couleurs tristes du crépuscule. Mais le mobilier était limité au strict minimum et la décoration inexistante. Même sa bibliothèque était peu garnie, et les quelques livres qu'il possédait étaient posés ou relevés, çà et là, comme pour tordre le cou à l'idée reçue qu'un écrivain devrait en posséder davantage.

Au premier coup d'œil, son bureau donnait la même impression de fouillis et d'impatience, sinon de chaos, que le reste de l'appartement ; puis, dans un deuxième temps, le regard s'arrêtait sur la machine à écrire portative repoussée sur le côté, les crayons bien taillés, prêts à l'emploi, et le nouveau manuscrit qui en occupait le centre, dont la première page comprenait presque autant de ratures qu'elle pouvait contenir de mots. Ce n'était sans doute pas l'idée que Chip Hartley se faisait d'un bureau, mais on était bien loin de tout ce que Chip Hartley pouvait concevoir.

— Dis, chérie ? s'éleva la voix de Carl derrière elle. Tu voudrais bien rester un peu ? Je veux dire : tu peux passer la nuit ici, avec moi, ou on t'attend quelque part ?

Et elle se décida instantanément.

— Si je peux utiliser ton téléphone, je devrais pouvoir rester.

Bientôt, elle passait trois à quatre nuits par semaine avec lui, et le plus d'après-midi possible ; et c'est sur cette base que la relation s'installa pendant près d'un an. Par moments, quand, perdu dans ses pensées, il arpentait l'appartement, fumant cigarette sur cigarette, parlant à toute vitesse et tirant sur l'entrejambe de son pantalon comme le faisaient les petits garçons, elle avait du mal à croire qu'il était l'auteur du roman qu'elle avait si absolument adoré. Mais il y avait aussi les périodes, de plus en plus fréquentes, où il se montrait calme, posé, drôle, et trouvait toujours le moyen de lui plaire.

— Tu es très timide, n'est-ce pas ? lui fit-elle remarquer, un soir, alors qu'ils rentraient d'une petite soirée embarrassante où ils ne s'étaient amusés ni l'un ni l'autre.

— Sans aucun doute. Comment peux-tu encore l'ignorer après avoir assisté à ces cours lamentables à la Nouvelle École ?

— Il est vrai que tu paraissais toujours mal à l'aise, là-bas, convint-elle, mais tu ne restais jamais sans voix.

— « Sans voix », répéta-t-il. Mon Dieu, je n'ai jamais compris pourquoi tant de gens s'imaginent que la timidité vous transforme en être mutique, rougissant et incapable de trouver le courage d'embrasser une fille. Ça ne représente qu'une partie infime du problème, tu sais ? Parce qu'il existe un autre genre de timidité, et celui-là te pousse à parler et parler comme si tu ne pouvais pas t'arrêter et à embrasser des filles alors que tu n'en as même pas envie, parce que tu crois que c'est ce qu'elles attendent de toi. C'est une chose terrible que cette autre forme de timidité-là. Elle ne cesse de t'attirer des ennuis, et j'en ai souffert toute ma vie.

Lucy cala son poignet et sa main de manière plus caressante sur son bras tandis qu'ils marchaient. Elle avait le sentiment de le connaître de mieux en mieux.

Carl lui confia un jour qu'il espérait publier quinze romans avant de mourir, dont trois – ou « quatre, maximum » – dont il aurait à rougir. Elle aimait le courage que suggérait cette ambition et lui répondit qu'elle était certaine qu'il la réaliserait. Plus tard, elle se mit secrètement à réfléchir à la place qu'elle pourrait occuper dans sa vie professionnelle.

Elle n'avait contemplé qu'une fois l'idée de vouer sa vie à un homme. Dans les premiers temps de son histoire avec Michael. Ça n'avait rien donné, mais était-ce une raison pour renoncer aujourd'hui à cette possibilité ?

Carl avait beau « caler » sur son deuxième roman, comme il ne cessait de le lui répéter, elle pourrait, par sa simple présence, l'aider à aller jusqu'au bout. Après quoi, il en écrirait un troisième, puis un quatrième, sa fidèle Lucy à ses côtés. Et elle ne craignait pas du tout que Carl soit intimidé par son argent. Comme il le lui avait déclaré plus d'une fois, d'un ton badin mais sans équivoque : il était ravi de la laisser utiliser sa fortune pour lui offrir une vie plus tranquille.

L'indépendance têtue de Michael Davenport venait sans doute de ce qu'il n'avait jamais connu la pauvreté. Carl Traynor, qui n'avait connu que cela, comprenait qu'elle n'avait aucune vertu. Il comprenait aussi que de vivre d'un revenu qu'il n'avait pas à gagner ne constituait en rien une compromission.

Il lui semblait souvent que Carl était apte à tout comprendre, qu'il n'était rien qu'il ne puisse saisir après y avoir accordé un moment de réflexion. C'était peut-être ce qui rendait son écriture si irrésistible, et c'était sans nul doute ce qui faisait de lui un être foncièrement gentil.

Lucy se prenait à se confier à lui comme elle ne s'était jamais confiée à quiconque. Pas même à Michael. Pas même au Dr Fine. Et cela seul lui donnait le sentiment qu'elle était profondément investie dans cette relation.

Elle n'abandonnerait pas la peinture. Ses tableaux gagneraient en qualité et s'accumuleraient au fil des ans, jusqu'à ce qu'elle atteigne le même degré de professionnalisme que lui, mais il n'y aurait jamais de conflits, parce qu'ils n'auraient aucun motif de rivalité, ni aucune raison de se comparer l'un à l'autre. Ils mèneraient des vies professionnelles séparées, mais se compléteraient avantageusement.

Elle serait heureuse d'assister aux lancements de ses livres ou de l'accompagner dans ses tournées de promotion, s'il le lui demandait, et il pourrait se tenir à côté d'elle, grand et fier, un sourire courtois aux lèvres, à ses vernissages : des rassemblement enjoués et civilisés où l'on serait toujours assuré de croiser les Nelson et les Maitland.

Arrivés à l'âge de cinquante ans (sinon avant), ils feraient l'admiration de toutes leurs connaissances, qui ne manqueraient pas de les envier, et seraient peut-être même le genre de couple qu'on donnerait n'importe quoi pour côtoyer.

Mais ils rencontrèrent très vite leurs premières petites difficultés, sous la forme de querelles qui par moments semblaient assez violentes pour pouvoir tout gâcher.

Un jour, aux premiers temps de leur relation, alors qu'ils dînaient dans une vieille brasserie du Village que Carl lui avait présentée comme son restaurant préféré de ce quartier, Lucy lui demanda qui était la fille qui lui tenait « compagnie » à l'époque de la parution de son livre.

— Ah, c'est une histoire qui ne me montre pas sous mon meilleur jour, lui répondit-il. Je te raconterai ce fichu fiasco un de ces jours. Si on laissait ça de côté pour le moment ?

Et il fourra un morceau de pain dans sa bouche, comme pour la dissuader de poser d'autres questions.

Elle était toute disposée à laisser ça de côté, puisque tel était son désir, et cependant il se lança dans le récit dudit fichu fiasco le lendemain ou le surlendemain soir, alors qu'ils venaient de faire l'amour. Et non seulement le moment lui parut particulièrement mal choisi, mais en plus cela lui prit un temps infini.

La fille était jeune, tout juste sortie de l'université et pleine d'illusions sur ce qu'elle appelait « les arts ». Elle était extrêmement jolie. Carl Traynor la trouvait merveilleuse. Lorsqu'elle s'était installée chez lui, il se souvenait avoir pensé : Si je parviens à l'aider à grandir un peu, elle sera parfaite pour moi. Mais il s'était vite aperçu que c'était la première fille qu'il rencontrait capable de boire plus que lui.

— Elle s'écroulait dans les bars, tombait de sa chaise dans les réceptions. Elle buvait chaque soir jusqu'à être ivre morte. Ce qui m'obligeait à me montrer le plus responsable des deux. C'est moi qui la tirais du lit, tous les matins, qui l'habillais et qui la collais dans un taxi (il fallait que ce soit un taxi parce qu'elle trouvait le métro « terrifiant ») pour qu'elle soit à l'heure au petit boulot éditorial qu'elle s'était décroché au nord de la ville.

« Alors quand mon contrat pour l'écriture du scénario en Californie est arrivé, je l'ai larguée. Je lui ai dit que je voulais partir seul. Cette nuit-là, elle s'est ouvert les veines des deux poignets avec une lame de rasoir. Mon Dieu, j'ai eu une peur bleue. Je lui ai bandé les poignets du mieux que j'ai pu et je l'ai portée jusqu'à St. Vincent. Tu imagines ? Je l'ai portée dans mes bras. Il y avait un jeune médecin espagnol aux urgences, il m'a dit qu'elle n'avait pas atteint d'artère, qu'elle s'était juste entaillé une veine ou deux et que des bandages bien serrés suffiraient à stopper les saignements. Elle savait mieux ce qu'elle faisait que je ne l'imaginais : elle savait qu'à New York, après une tentative de suicide, on vous envoyait automatiquement passer six semaines à Bellevue ; alors sitôt les bandages fixés, elle a bondi sur ses pieds comme un chat, et elle a filé par une issue de secours. Elle a détalé si vite dans la Septième Avenue que même les flics n'auraient pas pu la rattraper. J'ai fini par la coincer dans le hall de son ancien immeuble – l'endroit où elle habitait avant de s'installer chez moi – et tout ce qu'elle a trouvé à me dire c'est : « Va-t'en, va-t'en. »

Il poussa un profond soupir.

— Voilà. Je pense que je l'aimais, d'une certaine manière, et que, d'une certaine manière, je l'aimerai toujours. Mais je ne sais pas où elle est, et je ne suis pas pressé de le découvrir.

Un silence conséquent s'écoula avant que Lucy ne réponde :

— Ce n'est pas une histoire très plaisante, Carl.

— Mince, je sais que ce n'est pas... Attends un peu, qu'est-ce que tu entends par là ?

— Il y a un peu trop de complaisance de la part du narrateur. Trop de vanité. Trop de fierté pour ses exploits sexuels. Je n'ai jamais beaucoup aimé ce genre d'histoire. Par exemple : pourquoi as-tu jugé nécessaire de souligner que tu l'avais portée dans tes bras jusqu'à l'hôpital ?

— Parce qu'il y a *beau*coup de trafic dans la Septième Avenue, voilà pourquoi. Un taxi aurait mis beaucoup trop longtemps, et pour ce que j'en savais, elle risquait de se vider de son sang.

— Ah oui. Elle risquait de se vider de son sang par amour pour toi. Écoute, Carl, évite d'écrire cette histoire, tu veux ? Du moins, pas de la manière dont tu me l'as racontée. Parce que si tu t'avisais de le faire, ça ne pourrait que nuire à ta réputation.

— Nom d'un chien, dit-il. Il est une heure du matin, on est dans mon lit, et tu me donnes des conseils pour éviter d'écrire des choses qui risqueraient de « nuire » à ma « réputation » ? Tu sais quoi, Lucy, tu as un de ces toupets. Et je t'avais prévenue que cette histoire ne me montrait pas...

— Sous ton meilleur jour, je sais. C'est une de tes expressions préférées, n'est-ce pas ? C'est ta manière d'éveiller l'intérêt des gens, hein ? De repousser leurs questions pour gagner du temps et de tout leur déballer au moment où ils s'y attendent le moins.

— On est en train de se disputer, là ? C'est ça ? Je suis supposé lancer une contre-attaque quelconque pour qu'on puisse se hurler dessus toute la nuit ? Parce que si c'est ce que tu as en tête, ma douce, tu es mal tombée. Tout ce que je veux, c'est dormir.

Il se détourna d'elle, mais il n'en avait pas tout à fait terminé. Au bout d'un moment, il lança d'une voix posée :

— À l'avenir, chérie, je préférerais que tu te retiennes de me conseiller ce que je dois ou non écrire ; tu m'épargnes ce genre de conneries, d'accord ?

— D'accord.

Elle passa un bras autour de ses côtes pour lui signifier qu'elle était désolée.

À son réveil, elle fut plus désolée encore lorsqu'elle se rendit compte que sa colère venait surtout de sa jalousie envers cette fille ivrogne. Elle lui présenta des excuses sincères et bien tournées qu'elle n'eut pas le temps de formuler jusqu'au bout car il la prit dans ses bras et lui dit d'oublier ça.

Il était toujours facile de tourner la page après ces disputes, car des semaines entières d'harmonie quasi parfaite s'écoulaient avant que la suivante ne survienne. Seulement il était impossible de prévoir quand celle-ci allait éclater.

— Tu es resté en contact avec M. Kelly ? lui demanda-t-elle un jour.

— Qui ça ?

— George Kelly, tu sais, du cours d'écriture.

— Oh, le gars des ascenseurs. Non, du tout. Qu'est-ce que tu entends par « resté en contact » ?

— Eh bien, j'espérais un peu que ce serait le cas. Ses commentaires m'ont beaucoup aidée, je le trouvais remarquablement intelligent.

— Ouais, c'est ça, « remarquablement intelligent ». Écoute, mon chou, le monde grouille de diamants bruts, d'êtres plus vrais que nature, et ils sont *tous* remarquablement intelligents. Bon sang, j'ai connu des gars quasi analphabètes à l'armée, qui pouvaient te ficher une frousse de tous les diables avec leur intelligence. Alors, quand tu animes un cours d'écriture, tu es content d'en avoir un ou deux dans ton groupe, tu peux même les laisser accomplir le plus gros du boulot à ta place, comme j'ai laissé Kelly le faire, mais dès que l'école est finie, c'est *fini*. Ils le savent aussi bien que toi, et ils ne sont pas assez dingues pour s'attendre à autre chose.

— Oh, fit-elle.

— Pour l'amour du Ciel, Lucy, qu'est-ce que tu espérais ? Qu'on fasse une heure de métro pour se rendre dans le Queens et qu'on passe une petite soirée sympa en compagnie de George Kelly ? Que Mme Kelly te serve un café et une part de gâteau, couverte de tous ses bijoux en toc sortis pour l'occasion, et te raconte sa vie d'une traite, une poignée de petits Kelly mâchonnant leur chewing-gum, plantés sur le tapis ? C'est ça ce que tu aimerais ?

— C'est étonnant qu'un homme qui n'est même pas allé au lycée fasse preuve d'un tel snobisme social, rétorqua-t-elle.

— Ouais, ouais, je m'attendais à ce que tu dises ça. Tu sais quoi, Lucy ? Je commence à deviner tout ce que tu vas dire avant même que tu n'ouvres la bouche. Si je décidais d'écrire une nouvelle sur toi, un jour, les dialogues seraient d'une simplicité enfantine. Ce serait du niveau d'une pièce de théâtre pour enfants. Je n'aurais qu'à m'adosser à mon siège et laisser ma machine écrire toute seule.

Cette fois, elle quitta l'appartement après lui avoir fait remarquer qu'il était « détestable ».

Mais elle revint trois heures plus tard, chargée de trois reproductions de tableaux impressionnistes choisies avec soin pour décorer ses murs, et il se montra si heureux que Lucy crut voir des larmes briller dans ses yeux lorsqu'il la serra dans ses bras à l'étouffer.

— Mon Dieu ! s'exclama-t-il, quand elle eut accroché les tableaux. C'est impressionnant la différence. Je ne sais pas comment j'ai réussi à vivre si longtemps avec des murs nus.

— Oh, c'est juste en attendant, dit-elle. J'ai une autre idée en tête. Tu m'inspires toutes sortes d'idées, tu sais ? En fait, dès que j'aurai peint assez de tableaux satisfaisants, pour moi comme pour M. Santos, je les apporterai ici, et ils seront à toi.

Carl Traynor déclara qu'il ne pouvait pas imaginer plus grande joie. Que ce serait un honneur qu'il n'aurait jamais pensé mériter un jour.

Assis au bord du lit, ils se tinrent la main comme des enfants timides, et il reconnut qu'il n'avait pas été tendre avec George Kelly, et se déclara disposé à l'appeler ce soir même, ou ce week-end, ou quand elle le souhaiterait.

— Oh, c'est terriblement gentil, Carl, mais c'est une chose que nous pouvons aisément repousser au moment où tu te sentiras plus à l'aise avec l'idée, tu ne crois pas ?

— D'accord. Très bien. Seulement, il y a une chose que j'aimerais te dire, Lucy.

— Quoi ?

— Ne t'en va plus comme ça, s'il te plaît. Enfin... je ne peux pas t'empêcher de partir, bien sûr, ni même t'empêcher de me quitter, si tu décidais de le faire, mais, la prochaine fois, préviens-moi avant, tu veux ? Afin que je fasse mon possible pour te persuader de rester.

— Oh. Eh bien, je ne pense pas qu'on aura à se soucier que ça se reproduise, tu ne crois pas ?

Et ils ne trouvèrent rien de mieux à faire, pour clôturer cet après-midi étonnamment grisant, que d'ôter leurs vêtements, de se glisser sous les draps et de faire l'amour de manière extravagante.

Il n'avait jamais rien fait de plus que préparer du café instantané ou mettre des bières et du lait au frais, dans sa cuisine que Lucy ne tarda pas à équiper d'une rangée de casseroles et de poêles à fond de cuivre, d'un vaste assortiment de vaisselle et d'argenterie, et même d'une étagère à épices (« Une étagère à épices ? » s'était-il étonné, « Oui, bien sûr, une étagère à épices. *Pourquoi* ne voudrais-tu pas d'une étagère à épices ? » avait-elle répondu). Elle cuisina souvent, cet hiver-là. Et il lui manifesta sa reconnaissance de manière touchante, mais elle finit par comprendre qu'il préférait dîner au restaurant parce qu'il avait « besoin » de sortir un peu après une journée de travail.

Son anxiété grandissait à mesure que le printemps approchait, voyant que son livre n'avançait pas assez ; ce qui le poussait parfois à boire trop et l'empêchait de travailler. Forte de son expérience d'écrivaine débutante, Lucy se montra compréhensive et l'aida à rationner ses prises d'alcool quotidiennes (bière l'après-midi, selon son besoin, mais pas plus de trois bourbons avant le repas, et rien après dîner). Mais elle ne pouvait pas écrire le roman à sa place, et il refusait de lui faire lire le manuscrit, arguant qu'il était majoritairement « nul » et ajoutant « De toute façon, tu ne pourrais pas déchiffrer mon écriture, et je ne te parle même pas de toutes les petites notes ajoutées dans la marge que je suis incapable de déchiffrer moi-même ».

Il finit toutefois par en taper un passage d'une vingtaine de pages, qu'il lui confia avant d'aller se cacher dans la cuisine. Quand, sa lecture terminée, elle l'appela et déclara qu'elle trouvait ça « magnifique », son visage hagard se détendit un peu. Il lui posa quelques questions pour vérifier que les passages dont il était le plus satisfait étaient ceux qu'elle avait préférés, puis, une minute ou deux plus tard, se laissa de nouveau submerger par l'angoisse. Elle parvenait presque à lire dans ses pensées : Bon, d'accord, elle est bien gentille mais qu'est-ce qu'*elle* y connaît ?

Il écrivait un roman sur une femme, narré du point de vue de l'héroïne. Ce qui constituait le problème majeur, lui expliqua-t-il, parce qu'il n'avait jamais tenté de se mettre à la place d'une femme, et ignorait s'il serait capable de tenir la distance.

251

— Ma foi, tu es très convaincant dans cette partie-ci, lui assura-t-elle.

— Ouais, peut-être, mais tu n'as que vingt pages sur trois cents.

Elle avait également déduit de petites choses qu'il lui avait dites, et qu'elle avait retrouvées dans cet extrait, que le personnage principal – Miriam – lui était en grande partie inspiré par son ex-épouse. Ce n'était d'ailleurs pas un problème. Carl était un écrivain bien trop expérimenté pour laisser la malveillance ou la nostalgie altérer le portrait qu'il traçait. Et c'était l'un des privilèges de l'écrivain que de se laisser inspirer par ce que bon lui semblait.

— Et même si je parviens à maintenir le cap, reprit-il, il y a beaucoup d'autres écueils en vue. Je crains de ne pas avoir grand-chose d'intéressant à faire vivre à cette fille. Je ne sais pas s'il y a *matière* à faire un roman de si peu.

— Je peux te citer de nombreux romans qui ne racontent pas grand-chose. Et toi aussi.

Et, une fois encore, il lui dit qu'elle avait le don de trouver les bons mots.

Un autre soir, ils regagnèrent son appartement tard dans la nuit, après avoir dépassé de trois heures la limite des trois bourbons. Ils se sentaient assez grisés et titubants pour aller se coucher sans attendre, mais étaient agréablement surpris de « tenir » si bien l'alcool : la conversation était fluide et leur paraissait plus brillante et plus intéressante que d'ordinaire. À tel point qu'ils se servirent un dernier verre et s'installèrent face à face dans leurs fauteuils.

Carl rencontrait un problème lié à son choix d'adopter un point de vue féminin, et Lucy était peut-être en mesure de l'aider à le résoudre, lui dit-il. Il lui demanda alors si elle voulait bien lui expliquer ce que cela faisait d'être enceinte.

— Eh bien, ça ne m'est arrivé qu'une fois, bien sûr, commença-t-elle, et c'était il y a longtemps, mais je m'en souviens comme d'une période essentiellement paisible. On est ralenti, physiquement, et on a peur de devenir flasque – en tout cas, j'en avais peur, moi – mais tes nerfs sont détendus et tu éprouves le sentiment agréable d'être en bonne santé : tu as bon appétit, tu dors bien.

— Excellent, dit-il. C'est très bien tout ça.

Son expression changea juste ce qu'il faut pour qu'elle comprenne que sa question suivante n'aurait rien à voir avec son roman.

— As-tu déjà fait une grossesse nerveuse ?

— Une quoi ?

— Tu sais... Il y a des filles qui sont si impatientes de se marier qu'elles font semblant de tomber enceintes. Elles ne se contentent pas de *dire* qu'elles sont enceintes, elles développent les symptômes de la grossesse de manière très persuasive. J'ai connu une fille de ce genre, il y a trois ou quatre ans. Une fille plutôt mignonne originaire de Virginie. Elle se mettait à gonfler mois après mois, ses seins grossissaient comme si elle était vraiment enceinte, et puis, *bam*, elle avait ses règles et c'était terminé.

— Carl, je crois que tu recommences, l'informa Lucy.

— Je recommence quoi ?

— Tu me racontes une petite anecdote prétentieuse pour me montrer que tu as toujours été un « démon » avec les filles.

— Non, attends, ce n'est pas juste. Qu'est-ce que tu entends par « démon » ? Si tu savais quelle peur bleue j'avais à mesure que les mois s'écoulaient, tu ne me traiterais pas de « démon ». Je me tordais les mains comme un pauvre môme. Et puis, au bout de la septième ou huitième fois, je l'ai emmenée voir ce grand ponte obstétricien de Park Avenue. Ça m'a coûté cent dollars. Et tu sais ce qu'il s'est passé ? Ce connard est sorti de la salle d'examen le sourire aux lèvres et il a dit : « Bonnes nouvelles, monsieur Traynor, et félicitations. Votre épouse est enceinte et en pleine forme. » Tu imagines mon choc. Mais deux ou trois jours plus tard, elle a eu ses règles une fois de plus. Encore une fausse alerte.

— Qu'est-ce que tu as fait ?

— Ce que tout individu sain de corps et d'esprit aurait fait. J'ai bouclé ses valises et je l'ai renvoyée d'où elle venait, en Virginie.

— Oh, très bien. Mais, dis-moi, Carl. T'est-il déjà arrivé d'être le grand perdant d'une de ces histoires ? Est-ce qu'une fille t'a déjà quitté, largué, envoyé au diable ?

— Allons, mon chou, ne dis pas de sottises. *Bien sûr* que oui. Mon Dieu, je me suis fait piétiner par des tas de filles. J'ai été traité comme un sac de merde. Bon sang, si tu entendais *ma femme* parler de moi.

Au mois de juin, Carl lui tendit un bloc de cent cinquante pages dactylographiées (un peu moins de la moitié de son roman), et lui demanda de l'emporter chez elle, à Tonapac, et de prendre un jour ou deux pour les lire.

— Tu verras, ça n'a rien de commun avec mon premier roman. Il n'y a pas de tonnerre, d'éclairs, de confrontations inattendues ni de surprises d'aucune sorte, dedans. Je ne pense pas que mon premier livre était nécessairement plus ambitieux que celui-là, il l'était juste de manière plus évidente : c'était un gros roman, opulent et « âpre ».

« Cette fois, je tente quelque chose de totalement différent. Je veux que ce soit un texte discret, modeste, au premier regard. J'aspire à une sorte de sérénité et d'équilibre en l'écrivant. Je m'appuie davantage sur des valeurs esthétiques que sur des effets dramatiques, tu comprends.

Ils étaient à sa porte, Lucy tenait l'enveloppe en papier kraft qui contenait le manuscrit, et se prenait à espérer qu'il en avait bientôt terminé. Elle aurait préféré l'emporter et être autorisée à le lire comme n'importe quelle lectrice, mais il semblait incapable de la laisser partir sans lui fournir toutes les explications et instructions qu'il jugeait nécessaires.

— Je pense que le mieux serait de le lire une première fois à ton rythme de lecture normal, puis une deuxième fois plus lentement, en réfléchissant aux passages qui pourraient être améliorés : développés, coupés ou modifiés. D'accord ?

— D'accord.

— Oh, et… tu connais la vieille analogie de l'iceberg ? Que les sept huitièmes du truc se trouvent sous la surface et que tu ne vois que ce qui dépasse ? Eh bien, c'est un peu l'effet que je recherche. Je veux que tous ces petits événements ordinaires suggèrent au lecteur la présence de quelque chose d'énorme, voire de tragique, sous la surface. Tu comprends l'idée ?

Elle lui répondit qu'elle comprenait et qu'elle garderait tout ça à l'esprit.

À Tonapac, ce soir-là, après avoir dîné avec Laura et eu avec elle un échange assez long et attentif pour prouver qu'elle était toujours une mère impliquée, Lucy monta se coucher de bonne heure pour lire le manuscrit.

Elle le lut d'une traite sans vraiment prendre conscience de sa déception ; puis, après avoir dormi d'un sommeil agité et avalé un petit-déjeuner sans réel appétit, elle s'assit pour le relire.

Elle était certes sensible à sa valeur esthétique, et elle voyait bien ce que Carl entendait par « modeste », à défaut de comprendre « au premier regard ».

C'était un roman lisse, fade, et ennuyeux. En lisant les phrases techniquement irréprochables, espérant que l'histoire allait bientôt prendre vie, elle avait eu du mal à croire que c'était là l'œuvre de l'écrivain dont le premier roman, si mordant, si puissant, si rythmé, l'avait si totalement transportée, et ne pouvait s'empêcher de se sentir un peu trahie.

Sentiment qui s'intensifia lorsqu'elle tomba sur les vingt pages qu'elle avait déjà lues et jugées « magnifiques » : la platitude ambiante les avait rendues ennuyeuses.

Et elle ne pouvait plus croire que Carl s'était inspiré de son ex-épouse pour écrire le personnage de Miriam, parce qu'aucune femme de chair et de sang n'aurait pu inspirer une chose aussi insipide. Le problème venait de ce qu'il l'avait rendue vertueuse à l'excès, et qu'il lui donnait raison en permanence. Ses moindres sentiments étaient validés sans discussion, et Carl semblait s'attendre à ce que son lecteur les valide lui aussi ; et presque aucun dialogue ne sonnait juste parce qu'elle exprimait toujours parfaitement le fond de sa pensée.

Portée aux ruminations philosophiques, Miriam délivrait des petits essais bien tournés qui interrompaient le fil de la narration pendant plusieurs pages d'affilée, et dont la tournure particulière exprimait surtout le désir de l'auteur de fiction de briller dans une forme littéraire qui ne lui était pas familière. Après avoir lu plusieurs de ces digressions, Lucy ne put s'empêcher de soupçonner Carl de s'être donné toute cette peine pensant que c'était ainsi qu'écrirait un auteur doté d'un bagage universitaire.

Il y avait « matière » à faire un roman de ça, ce n'était pas là le problème. Le problème était que c'était le genre d'histoire que n'importe quel romancier médiocre était capable d'écrire. Dans les premiers chapitres, Miriam apparaissait sous les traits d'une enfant négligée et d'une adolescente solitaire, puis elle s'entichait brièvement de plusieurs garçons qui n'avaient guère de temps à lui consacrer avant de rencontrer l'homme dont elle comprenait immédiatement qu'il deviendrait son mari : un jeune écrivain instable et sans le sou qui travaillait dans la presse d'entreprise en attendant de réaliser ses grandes ambitions. La première partie s'arrêtait là.

Mais il n'était pas bien difficile d'imaginer la suite : ce ne serait pas un mariage heureux, il y aurait des querelles au cours desquelles Miriam serait toujours la voix de la raison ; après son divorce, elle deviendrait une femme courageuse et autosuffisante, et ses réflexions philosophiques la porteraient sans mal jusqu'à la dernière page.

Si Carl Traynor réalisait un jour son ambition d'écrire quinze livres, celui-ci figurerait sans nul doute parmi ceux dont il aurait à rougir. Cet « iceberg » ne menacerait jamais rien ni personne : il s'arrêtait au ras de la surface de l'eau.

Et cependant, la dureté de son jugement la gênait. En se promenant dans une partie ombragée de son grand jardin, la veille de son retour en ville, elle s'exhorta à offrir le bénéfice du doute au manuscrit et reconnut qu'elle s'était peut-être montrée trop critique envers ce texte parce que… eh bien, parce qu'il était possible qu'elle ait commencé à se lasser de Carl. Mais comment pouvait-on avoir la certitude qu'on commençait à se lasser d'un homme ? N'était-il pas notoire qu'une relation intime devait s'accommoder d'une certaine dose d'impatience et d'ennui ?

Avec du recul, il lui semblait qu'elle avait commencé à se lasser de Michael Davenport plusieurs années avant leur séparation ; et pourtant, sans le profond malaise qui s'était installé au cours de leurs derniers mois ensemble, ils seraient sans doute encore mariés. Ils auraient trouvé le moyen de renouveler leur intérêt l'un pour l'autre, ce qui aurait pu être une bonne chose, ne serait-ce que pour Laura.

Le meilleur moyen de gérer la situation avec Carl, décida-t-elle, était de l'encourager. Elle prétendrait avoir « adoré » et pourrait honnêtement exprimer son admiration pour la tournure de certaines phrases et quelques jolies scènes. Oui, plus elle y réfléchissait et plus elle trouvait d'éventuels compliments à lui faire qui ne relèveraient pas du mensonge à proprement parler.

De retour à l'appartement, elle s'en tint à son plan, et il le prit plutôt bien. Sa déception était visible, mais il était également clair que son intérêt pour son roman était une motivation suffisante pour qu'il aille au bout. Il ne revint pas sur l'analogie de l'iceberg, et elle en fut trop soulagée pour le relever : elle redoutait d'avoir à lui demander quel était l'élément tragique retentissant supposé se cacher sous la surface de l'histoire de Miriam, et de l'entendre répondre, avec un regard pensif, « la condition humaine », ou une autre formule de ce genre.

Certains après-midi de cet été étouffant, enfermée dans l'appartement de Carl et faisant mine de lire un magazine, Lucy ne pouvait s'empêcher d'observer les mouvements subtils de son dos, alors qu'il était penché sur son crayon,

257

et de penser à lui comme à un écrivain raté. Et, pendant une heure ou plus, son imagination se déchaînait.

On ne tirerait jamais quinze livres de cet homme irrésolu et mal avisé, qui ne cessait de s'apitoyer sur son sort. Il y en aurait peut-être encore deux ou trois (au mieux), plus mauvais les uns que les autres, et il passerait le reste de sa vie à dispenser de beaux discours, boire, parler de ses anciennes petites amies à ses nouvelles petites amies, accepter des postes d'enseignant, continuant à se révéler aussi incompétent qu'il l'avait été à la Nouvelle École. Et il mourrait, encore jeune ou très vieux, mais sachant qu'il n'avait rien eu à dire de plus que ce qu'il avait écrit dans son premier roman.

Elle se méprisait d'avoir ce genre de pensées, ensuite. Que faisait-elle ici, si elle croyait si peu en Carl Traynor ?

De temps en temps, elle se rendait à la cuisine, qui lui rappelait les meilleurs moments de son quotidien avec Carl, et son amertume se dissipait. L'important n'était pas de « croire » en un homme, et certainement pas de croire en son avenir professionnel, ou des centaines de millions de femmes ne voueraient pas leurs vies à des hommes sans la moindre perspective professionnelle. Et puis, il n'avait encore écrit que la moitié de ce roman. Il était toujours possible qu'il trouve le moyen de lui insuffler la vie. Il était même possible que Lucy trouve le moyen de l'y aider.

— Carl ? lança-t-elle un jour, sortant de la cuisine d'un pas détendu mais déterminé. Je pense que j'ai peut-être une bonne idée pour le personnage de Miriam.

— Oh ? dit-il, sans lever les yeux. Laquelle ?

— Eh bien, ce n'est rien de spécifique, c'est seulement une idée générale.

Les mots que Jack Halloran avait employés le soir où il l'avait informée qu'elle avait surjoué lui revinrent aussitôt en mémoire.

— Je me demande s'il n'y aurait pas danger à la laisser devenir trop forte.

— Je ne comprends pas, dit-il, soutenant son regard, cette fois. Quel danger ? Quel problème sa force pourrait-elle représenter ?

— Eh bien, je songeais à une réflexion de George Kelly. Il a dit un jour que la distinction entre les personnes fortes et les personnes faibles finissait par s'écrouler quand on y regardait de plus près, et que c'était la raison pour laquelle c'était une idée trop sentimentale pour qu'un bon écrivain s'y intéresse.

— Ah, oui ? Eh bien, tu sais quoi, mon chou, moi aussi je pense avoir une bonne idée : que dirais-tu de laisser George Kelly réparer ses fichus ascenseurs ? Et que dirais-tu de me laisser écrire mes fichus romans ?

Un après-midi de septembre, alors que la belle façade aux grandes fenêtres de l'Art Students League luisait noblement sous un crachin très léger, Lucy prit le temps d'étudier le bâtiment comme si elle avait décidé de le peindre. Elle était installée confortablement dans le restaurant-traiteur lumineux situé de l'autre côté de la rue. Cela faisait des semaines qu'elle avait pris l'habitude d'y venir après ses cours pour avaler un bagel au cream cheese et une tasse de thé ; petite récompense qu'elle s'offrait après une bonne journée de dur labeur. Et néanmoins, elle n'était pas dupe, elle savait que ce moment avait aussi pour objet de lui permettre de reprendre des forces et tuer une demi-heure avant de retourner chez Carl.

Et, ce jour-là, quand il lui ouvrit sa porte, Lucy comprit d'emblée qu'elle allait avoir des ennuis.

— Mon Dieu, quelle journée affreuse, soupira-t-il. Je n'ai pas travaillé du tout. J'ai perdu mon temps à me disputer avec mon agent – qui pense que je devrais déjà avoir *fini* –, et en plus j'ai jeté vingt-sept pages qui représentaient six semaines de travail.

Sa voix et son haleine trahissaient qu'il avait bu du whisky.

— Comment font les autres pour tenir ?

Il tira violemment sur l'entrejambe de son pantalon.

— Je veux parler des avocats, des dentistes, des agents d'assurances, de ce genre de gars. Je suppose qu'ils jouent au tennis et au golf, ou qu'ils vont à la pêche. Mais c'est hors de question tout ça, pour moi. Je n'ai pas le droit de m'arrêter de *travailler*, moi. Oh, et j'ai eu un petit appel assassin du Trésor public ce matin, qui voulait me soutirer une somme d'argent considérable. Tout le monde me réclame de l'argent en ce moment. Même la compagnie de téléphone. Même le propriétaire de l'appartement. J'ai un mois de retard et il se comporte comme si c'était la fin du monde. Mais je ne m'attends pas à ce que tu comprennes ce genre de choses, il faudrait que les riches sachent ce qu'est l'argent pour comprendre. Enfin, je suppose qu'ils savent de quoi il s'agit, c'est juste qu'ils ne connaissent pas sa valeur.

Ils étaient assis face à face dans la lumière tamisée de son salon, et Lucy n'avait pas encore ouvert la bouche.

— Tout d'abord, je ne suis pas totalement ignorante de sa valeur, rétorqua-t-elle, mais il n'est pas indispensable d'avoir cette conversation maintenant. Ensuite, il est vrai que tu ne devrais pas être distrait par des soucis financiers, et je peux facilement te donner la somme nécessaire à payer tes dettes.

Elle devina à son expression qu'il ne savait pas comment réagir. Certes, il espérait qu'elle lui ferait cette proposition, mais pas si vite. S'il l'acceptait sans discuter, il n'aurait plus aucune raison de continuer à se lamenter sur ce ton dramatique jusqu'au soir. Mais s'il décidait de feindre la défiance et l'orgueil bafoué, il risquait de ne pas obtenir l'argent.

Il préféra repousser sa décision à plus tard.

— Ah, il va falloir que j'y réfléchisse un peu. Je te sers un verre ?

Aucun homme ne lui avait rendu l'alcool si nécessaire, elle avait presque l'impression d'être incomplète sans. Aussi, sirotant quelques gorgées hésitantes de son bourbon à l'eau, elle fut extrêmement réconfortée de découvrir qu'elle n'en avait pas envie. Elle n'aimait même pas vraiment le goût.

Elle n'avait pas davantage envie de se trouver dans cette grande pièce mal meublée et n'en revenait pas d'avoir pu passer autant de temps dans cet appartement. Elle ne se souvenait pas s'être jamais sentie chez elle entre ces murs – pas même au début de leur relation.

Quand elle n'était pas dans la maison qu'elle partageait avec sa fille, il n'y avait qu'un endroit où Lucy Davenport se sentait bien, désormais.

Elle avait travaillé presque neuf heures d'affilée sur un tableau, aujourd'hui, il était presque terminé et presque excellent. Encore un jour ou deux et elle en arriverait au point où elle saurait que le moindre coup de pinceau supplémentaire serait inutile, et M. Santos le saurait aussi. Elle se sentait à sa place dans ce bel atelier rempli d'odeurs et de murmures où tout n'était que lumière et lignes, formes et couleurs.

— Bon, reprit Carl. Autant en finir avec ça. Les impôts me demandent environ cinq mille dollars et en ajoutant les autres factures ça devrait nous mener à six mille. Que dirais-tu de me faire un prêt de six mille dollars ?

— Je m'attendais à plus, à la manière dont tu en parlais.

Elle tira son chéquier de son sac.

— On pourrait convenir d'un remboursement mensuel étalé sur la durée qui te conviendra, continua-t-il. Et inclure des intérêts au taux en vigueur. Je le demanderai à ma banque, demain.

— Oh, non, je ne crois pas que ce soit nécessaire, Carl, répondit-elle quand elle eut terminé de remplir le chèque. Je ne crois pas qu'il soit nécessaire de convenir de remboursement ni de taux d'intérêt. En ce qui me concerne, ça n'a pas besoin d'être un prêt.

Il se remit à marcher et à tirer sur son pantalon, puis pivota vers elle, les yeux plissés, et désigna le chèque du menton.

— Très bien. Ça n'a pas besoin d'être un prêt. Mais puisque ça n'a pas besoin d'être un prêt, tu sais ce que tu vas faire ? Tu vas retourner ce chèque, et au-dessus de l'endroit où je suis supposé l'endosser, tu vas écrire : pour services rendus.

— Oh... oh, c'est vil, souffla Lucy. Même si tu es saoul, Carl, même si tu vois ça comme une plaisanterie : c'est vil.

— Tiens, encore un joli petit compliment à ajouter à ma collection grandissante, dit-il, s'éloignant de nouveau. Beaucoup de filles m'ont accusé de beaucoup de choses dans ma vie, mon chou, mais jamais d'être « vil ».

— Vil... vil, répéta-t-elle.

— Peut-être que le moment que nous attendions tous les deux est enfin arrivé ? L'ultime dispute ? Celle qui va nous libérer l'un de l'autre ? Peut-être que tu n'auras plus à te traîner jusqu'ici à contre-cœur après tes cours de peinture. Peut-être que je n'aurai plus à m'enivrer tous les après-midi parce que je n'ai pas envie de te voir. Mon Dieu, Lucy, tu en as mis un temps à comprendre qu'on meurt littéralement d'ennui quand on est ensemble, toi et moi.

Elle s'était levée et fouillait sa penderie à la recherche de ses affaires. Trois ou quatre robes, une veste en daim et deux paires de chaussures. Mais elle n'avait rien pour les emporter. Pas même un sac de provisions. Elle referma la porte de l'armoire d'un geste sec.

— J'ai toujours été pleinement consciente de cet ennui, rétorqua-t-elle. De la profondeur de mon propre ennui en ta présence, du moins, et depuis plus longtemps que tu n'oserais l'imaginer.

— Parfait. Génial. Voilà qui devrait nous épargner les larmes, pas vrai ? Et les récriminations, et autres conneries de ce genre. Tout est au poil. Eh bien : bonne chance à toi, Lucy.

Elle ne répondit pas. Elle se contenta de sortir aussi vite qu'elle le pouvait.

262

Durant le long trajet de retour à Tonapac, elle se mit à regretter de ne pas lui avoir souhaité « Bonne chance », elle aussi. Sa sortie aurait paru un peu moins maladroite, et il aurait vraiment besoin de chance. Elle ne savait plus si elle avait déchiré le chèque de six mille dollars en deux avant de le laisser tomber par terre, ou si elle l'avait jeté intact et endossable, mais ça n'avait aucune importance. S'il était entier, il lui reviendrait sans doute par la poste dans quelques jours, accompagné d'un mot d'excuse bien tourné. Ce qui lui permettrait de le lui retourner accompagné d'un mot de son cru, dans lequel elle pourrait facilement insérer un « Bonne chance ».

7.

Laura prit vingt kilos l'année de ses quinze ans, et ce ne fut pas le seul changement surprenant qui se produisit en elle.

Des expressions telles que « cool » et « ça swingue » vinrent remplacer « chouette » dans son vocabulaire, mais le plus remarquable restait qu'elle n'utilisait que rarement son vocabulaire, désormais.

En plus de ses rondeurs excessives, cette enfant qui avait toujours été un moulin à paroles et ne semblait jamais savoir quand s'arrêter, au point d'exaspérer ses parents, cette fillette jadis vive, nerveuse et maigrichonne avait développé un goût prononcé pour le silence et les secrets et passait le plus clair de son temps isolée.

Sa chambre, auparavant envahie d'ours en peluche et de vêtements de poupée Barbie, était devenue un sanctuaire sombre d'où s'échappaient les doux gémissements de soprano de Joan Baez.

Avec le temps, Lucy s'aperçut qu'elle tolérait plutôt bien Joan Baez. Qu'il y avait même quelque chose d'apaisant dans sa voix, quand on l'écoutait d'une oreille distraite. Mais Bob Dylan l'insupportait.

D'où cet étudiant tirait-il l'arrogance de se dire poète ? Pourquoi n'apprenait-il pas à écrire avant d'écrire ses propres chansons, et à chanter avant de les chanter en public ? Pourquoi ce troubadour de pacotille ne prenait-il pas quelques cours de guitare (et ne parlons pas de son redoutable harmonica) avant d'en jouer et de prendre d'assaut les cœurs de dizaines de millions d'enfants ? Un après-midi, pendant plus d'une heure, Lucy se promena dans le jardin, les bras croisés et s'agrippant la taille des deux mains pour échapper à cette voix-là.

Quand les Beatles commencèrent à résonner dans la maison, elle trouva d'emblée leur gaieté et leur professionnalisme agréables, mais se demanda pour quelle raison, dans deux ou trois des premiers enregistrements, ils adoptaient cet accent noir américain :

Whin Ah-ah-ah
Say thet suh'thin'
Ah think you'll unduh-stan'
Whin Ah-ah-ah
Say thet suh'thin'
Ah wunna hole yo' han'

Elle préférait les chansons plus tardives des années où ils étaient plus détendus et avaient repris leur accent anglais.

La décoration de la chambre de Laura se réduisait à de grandes photos de chanteurs (garçons et filles). Un jour, toutefois, Lucy la surprit à coller sur son mur un poster qui n'avait rien à voir avec la musique. Qui, en fait, n'avait rien à voir avec rien : c'était une reproduction d'une peinture abstraite qui semblait être l'œuvre d'un dément.

— Qu'est-ce que c'est, chérie ?
— Oh, c'est de l'art psychédélique.
— De l'art *quoi* ?
— Tu n'en as jamais entendu parler ?
— Non. Qu'est-ce que ça signifie ?
— Eh bien, ça signifie... ça signifie *psychédélique*, maman, c'est tout.

*

Un soir, de retour de la ville, Lucy ne trouva pas Laura à la maison. C'était étrange. Elle était toujours soit enfermée avec ses disques, soit dans la cuisine avec une autre lycéenne affamée en surpoids. Et sa surprise ne fit que grandir à mesure que les heures s'écoulaient. Lucy connaissait deux ou trois de ses amies par leurs prénoms, mais elle ignorait leurs noms de famille, de sorte que l'annuaire ne lui aurait été d'aucune utilité.

Il était dix heures quand elle envisagea d'appeler la police, et se retint, ne sachant ce qu'elle pourrait leur dire. On ne déclare pas la « disparition » d'une enfant à dix heures du soir le jour même, et de toute façon, un flic l'assommerait sans doute de questions aussi stupides les unes que les autres.

Il était presque onze heures quand Laura finit par se faufiler dans la maison, l'air vaporeux, prête à présenter des excuses aussi piteuses et irritantes que l'adolescence peut l'être.

— Désolée d'être en retard, dit-elle. On était plusieurs et on s'est mis à parler et on a perdu la notion du temps.

— C'est que je commençais un peu à paniquer, chérie. Où étais-tu ?

— Oh, juste à Donarann.

— Où ça ?

— Donarann, maman. L'endroit où on a *vécu* pendant une éternité.

— Mais c'est à des kilomètres d'ici. Comment y es-tu allée ?

— Chuck m'y a conduite en voiture, avec deux de ses amis. On y va tout le temps.

— Chuck qui ?

— Il s'appelle Chuck Grady. Il est majeur, OK ? Alors il a son permis depuis deux ans, OK ? Et il a même un permis camion parce qu'il conduit une camionnette boulangerie après l'école.

— Et peux-tu m'expliquer pour quelle raison tu aurais envie d'aller là-bas ?

— On était au dortoir, c'est tout, avec un groupe de copains. C'est... sympa, là-bas.

266

— Au dortoir ?

Lucy soupçonna qu'on pouvait déceler un peu d'hystérie sur ses traits et dans sa voix, à cet instant.

— Tu sais bien. C'est là où les comédiens dormaient avant qu'ils ferment le théâtre. C'est un endroit sympa, c'est tout.

— Chérie, j'aimerais que tu me dises depuis combien de temps tes amis et toi utilisez un bâtiment abandonné. Et j'aimerais que tu me dises ce que vous fabriquez là-bas.

— Qu'est-ce que tu entends par « fabriquer » ? Tu penses qu'on s'envoie en l'air ?

— Tu as quinze ans, Laura, je n'accepterai pas ce genre de vocabulaire de ta part.

— Merde. Putain.

Elles se faisaient face, telles des ennemies, et ça aurait pu tourner au vinaigre si Lucy n'avait trouvé le moyen de faire retomber la tension.

— Bon. Écoute, reprit-elle. Et si nous nous calmions, maintenant ? Viens t'asseoir ici, s'il te plaît. Je vais m'asseoir là, et je vais attendre tranquillement que tu répondes à mes questions.

L'adolescente paraissait au bord des larmes (était-ce bon ou mauvais signe ?) mais elle fut capable de fournir les informations souhaitées. L'été précédent, deux garçons qu'elle connaissait avaient découvert que l'un des cadenas qui fermaient les portes du dortoir était cassé. Ils étaient entrés à l'intérieur et avaient découvert que la cuisine et l'électricité fonctionnaient toujours. Avec l'aide de quelques filles, ils avaient tout lavé et l'endroit était devenu un lieu de réunion. Ils avaient rapporté des vieux meubles trouvés ici et là, de la vaisselle, une chaîne stéréo et un gros tas de disques. Ils s'y retrouvaient à dix ou douze, en général ; il y avait plus de filles que de garçons et tout le monde voyait bien qu'ils ne faisaient rien de mal.

— Et dis-moi, Laura, vous fumez de la marijuana, là-bas ?

— Naaan ! s'exclama-t-elle, avant de nuancer sa réponse. Enfin, il y en a qui en apportent, et je suppose qu'il y en a qui sont stone parfois, en tout cas, ils disent qu'ils le sont, mais j'ai essayé deux ou trois fois et j'aime pas ça. J'aime pas beaucoup la bière non plus.

— Bien, et dis-moi autre chose : quand tu es avec les plus grands, comme Chuck Grady, est-ce que... tu as déjà... est-ce que tu es toujours vierge ?

Laura sembla trouver la question grotesque.

— Tu plaisantes, hein, maman ? *Tu m'as vue ?* Je suis grosse comme une baleine, et je ne parle même pas de ma drôle de tête. Sans blague, ça m'étonnerait que je perde ma virginité *un jour*.

Et le ton tragique avec lequel elle prononça « *un jour* » suffit à attirer sa mère jusqu'à l'accoudoir de son fauteuil.

— Oh, mon chou, c'est la chose la plus idiote que j'aie jamais entendue, lui dit Lucy.

Elle attira doucement la tête de Laura contre sa poitrine, disposée à la relâcher au moindre signe de résistance.

— Et je ne sais pas où tu es allée chercher l'idée que tu avais une drôle de tête, parce que c'est faux. Tu as toujours eu un visage adorable et ravissant. Si tu es en surpoids c'est essentiellement parce que tu as un problème de grignotage dont nous avons souvent discuté, et de toute façon, c'est parfaitement normal. J'étais ronde à ton âge. Tu veux que je te dise ce que je pense, ma chérie, au plus profond de mon cœur ? Je pense que dans deux ou trois ans, les jeunes hommes feront la queue pour avoir une chance de te parler. Tu auras tous les garçons que tu voudras bien laisser entrer dans ta vie, ce sera à toi et à toi seule de décider si tu en as envie.

Laura ne répondit pas. Il n'était même pas évident qu'elle ait écouté. Aussi Lucy n'eut d'autre choix que de retourner s'asseoir dans son fauteuil pour s'attaquer à la partie la plus difficile de l'affaire.

— En attendant, Laura... Je ne veux plus que tu retournes au dortoir. Jamais.

Dans le silence prévisible qui suivit, elles s'affrontèrent du regard.

— Ah oui ? Et comment comptes-tu m'en empêcher ?

— J'arrêterai d'aller à la League s'il le faut. Je resterai ici du matin au soir. J'irai te chercher à l'école et je te ramènerai moi-même à la maison. *Voilà* qui devrait te remettre à ta place d'enfant.

Lucy prit une profonde inspiration afin que ses paroles suivantes ne trahissent aucune émotion.

— Ou, à bien y réfléchir, il y aurait un moyen encore plus simple : je n'aurais qu'à passer un coup de fil. Il s'agit d'une propriété privée, comme vous le savez, et vous violez tous la loi en vous y trouvant sans autorisation.

Elle vit la terreur se peindre sur le visage de l'adolescente, mais le genre de terreur de pacotille que l'on voit dans les films policiers : Laura écarquilla les yeux brièvement puis les plissa.

— C'est du chantage, maman. Du chantage pur et simple.

— Je pense que tu gagnerais à grandir un peu, ma chérie, avant d'utiliser ce mot-là avec moi.

Lucy laissa un autre silence s'installer pour ajouter du poids à son propos, avant de tenter une approche moins frontale.

— Il n'y a aucune raison pour que nous ne puissions pas discuter raisonnablement de tout ça, Laura. Je suis bien consciente que les jeunes gens ont besoin de se retrouver dans des endroits bien à eux, ça n'a rien de nouveau. Mon objection, dans ce cas particulier, est que tu n'es pas à ta place. Que c'est inconvenant.

— D'où sors-tu « inconvenant » ? demanda Laura, empruntant une formule de son père (D'où sors-tu « précieux » ? D'où sors-tu « élitiste » ? D'où sors-tu « Kenyon Review ? »). Tu veux savoir quelque chose, maman ? Tu veux savoir qui traîne au dortoir en *permanence*, hein ? Phil et Ted Nelson, par exemple, et tu répètes sans cesse que les Nelson sont des gens *mèèèrveilleux.*

— Je n'apprécie guère que tu m'imites et que tu me tournes en ridicule. Et je suis surprise que les frères Nelson se soient laissés aller à prendre ces vilaines habitudes, parce qu'ils ont été élevés dans un foyer très cultivé.

Elle regretta instantanément l'expression « foyer très cultivé », c'était le genre de phrase que Tom Nelson aurait trouvé hilarante, mais il était trop tard pour revenir en arrière.

— Quoi qu'il en soit, ce que les frères Nelson font de leur temps est hors de propos. Je ne me soucie que de toi, en l'occurrence.

— Je ne comprends pas. Pourquoi les garçons peuvent faire ce qu'ils veulent et pas les filles ?

— Parce que ce sont des *garçons*, s'écria Lucy, se levant de son fauteuil et sentant aussitôt qu'elle perdait le contrôle. Les garçons ont toujours fait ce qu'ils voulaient, depuis la nuit des temps, tu ne l'as pas encore compris ? Tu n'as pas encore appris *ça*, pauvre petite ignorante ? Il ne faut pourtant pas être bien maligne pour arriver à cette conclusion. Ce sont des êtres irresponsables, autocomplaisants, insouciants et cruels, et ils s'en sortent toujours parce que ce sont des *garçons*.

Sa voix se brisa, mais le mal était fait. Laura s'était levée à son tour et elle reculait vers l'autre bout de la pièce, l'observant avec un regard où l'appréhension le disputait à la pitié.

— Tu devrais vraiment te faire soigner, maman, tu sais ? dit-elle. Tu pourrais peut-être retourner voir ton psy pour qu'il te donne des pilules un peu plus fortes, ou qu'il s'occupe de toi ?

— Je pense que c'est à moi de gérer ça, chérie. Bon…

Lucy écarta des mèches de son front, essayant de reprendre contenance.

— Tu veux que je te prépare quelque chose à manger avant d'aller te coucher ?

Laura répondit qu'elle n'avait pas faim.

— ... Et je me rends compte que c'était totalement irrationnel, formula Lucy dans le cabinet du Dr Fine, quelques jours plus tard. J'enrageais comme une de ces folles qui n'aiment rien tant que céder à leur haine envers les hommes. Cela m'a terriblement effrayée et je suis très angoissée, depuis, parce que je n'ai jamais été ce genre de personne et je ne veux pas le devenir.

— Les années d'adolescence peuvent être très éprouvantes pour les parents, commença le Dr Fine, aussi lentement que s'il lui expliquait une chose complexe qu'elle ignorait. Et elles sont particulièrement éprouvantes pour les parents isolés. Plus le comportement de l'enfant est exaspérant, plus la réponse du parent est sévère. Cela attise les étincelles de rébellion chez l'adolescent, et nous nous retrouvons dans une sorte de cercle vicieux.

— Oui, convint Lucy, s'exhortant à la patience. Mais je pense que je me suis mal expliquée, docteur. Les problèmes avec Laura et le dortoir sont des choses que je me sens tout à fait capable de régler toute seule. Ce dont je voulais discuter avec vous, aujourd'hui, voyez-vous, n'a rien à voir avec tout ça : je veux parler de ce sentiment alarmant que je ressens, ces craintes croissantes que j'ai à mon propre égard.

— Je comprends, répondit-il de cette manière automatique qui suggère l'incompréhension. Vous avez exprimé ces peurs, et je ne peux que vous répondre que je pense qu'elles sont exagérées.

— Oh, parfait. C'est génial. Donc, je suis venue pour rien, une fois de plus.

Si cette séance avait eu lieu quelques années auparavant, elle aurait bondi de son siège, récupéré son sac et son manteau et serait sortie. Seulement, elle avait le sentiment d'avoir utilisé tout son quota de sorties mélodramatiques. Elle avait laissé le Dr Fine en plan bien trop souvent pour que son propos y gagne en pertinence. Et, de toute façon, à la séance suivante, il n'y avait jamais moyen de savoir si ça l'avait embêté ou non.

— Il est regrettable que vous ayez parfois le sentiment de venir ici pour rien, madame Davenport, reprit-il, mais peut-être est-ce un sujet que nous devrions explorer.

— Ouais, ouais, d'accord, dit Lucy. D'accord.

— Monsieur Santos ? Puis-je vous parler une minute, si vous avez un moment ? s'enquit-elle un après-midi, en cours.

Quand elle eut son attention, elle déclara :

— J'ai deux amis peintres professionnels à qui j'aimerais beaucoup montrer certaines de mes œuvres. J'ai mis de côté douze toiles que je souhaite conserver ; je me demandais si vous pourriez les passer en revue et me désigner les quatre ou cinq meilleures.

— Certainement, dit-il. Avec le plus grand plaisir, madame Davenport.

Elle s'attendait à ce qu'il prenne le temps de détailler chaque tableau de l'épaisse pile, penchant la tête d'un côté puis de l'autre, comme lorsqu'il étudiait une toile en cours de réalisation ; mais il les fit défiler en vitesse, l'air si impatient d'en finir, qu'elle se demanda pour la première fois s'il n'y avait pas quelque chose d'un peu... inauthentique chez lui.

Il tira six tableaux, hésita, et en rejeta deux.

— Ces quatre-là, dit-il. Ce sont vos meilleures toiles.

Elle faillit lui demander : Comment le savez-vous ? Mais se ravisa par réflexe.

— Merci beaucoup pour votre aide, se contenta-t-elle de répondre.

— De rien.

— Je peux vous donner un coup de main, Lucy ? proposa Charlie Rich, un gentil garçon également présent à l'atelier ce jour-là.

Ils sortirent de l'Art Students League avec les douze tableaux et les rangèrent dans le coffre de sa voiture, plaçant la sélection de M. Santos sur le dessus.

— Vous ne nous quittez pas, dites, Lucy ? questionna Charlie Rich.

— Oh, je ne pense pas. Pas encore. Je reviens bientôt.

— Ah, je suis ravi d'entendre ça. Parce que vous êtes l'une des rares personnes que je suis content de retrouver chaque jour.

— Oh, c'est... très gentil à vous, Charlie, dit-elle. Merci.

C'était un garçon séduisant et bien bâti, et un très bon peintre. Il devait avoir dix ou douze ans de moins qu'elle.

— J'ai souvent eu envie de vous inviter à déjeuner, reprit-il, mais je n'ai jamais eu le courage de le faire.

— Eh bien, c'est une bonne idée. Ça me ferait plaisir. Faisons-le bientôt.

D'une main, il essaya de discipliner sa tignasse que le vent envoyait dans tous les sens. Il avait les cheveux un peu plus longs que la majorité des hommes – comme les Beatles, ou les frères Kennedy. Elle avait remarqué que c'était une mode qui se répandait parmi les jeunes gens ces derniers temps. Dans quelques années, il n'y aurait peut-être plus de longueur de cheveux de la « majorité » des hommes, et ils ne porteraient plus de chapeaux.

— Bien, dit-elle, les clefs de sa voiture à la main. Il faut que j'y aille. Je vais montrer mes tableaux à deux peintres professionnels très talentueux, ce soir. J'ai un peu peur. Faites une petite prière pour moi.

— Oh, je ne prie pour personne, Lucy, je n'ai jamais cru en ces trucs-là. Mais je vais vous dire ce que je vais faire, répondit-il.

Il s'approcha et lui toucha le bras.

— Je penserai tout le temps à vous.

Elle avait prévu de s'arrêter à Harmon Falls en premier. Elle avait appelé Paul Maitland la veille au soir pour organiser cette visite. Il avait tenté d'esquiver, expliquant qu'il n'avait jamais été doué pour juger les tableaux des autres, mais elle avait insisté.

— Qui a dit que tu devais « juger », Paul ? Je veux juste que tu jettes un œil à ces tableaux et que tu me dises si tu les aimes, parce que s'ils te plaisaient, ça compterait beaucoup pour moi.

Elle s'était représenté la scène. Elle serait capable de deviner au premier coup d'œil s'il les aimait ou pas. Si, après avoir étudié chaque tableau, il lui coulait un regard avec ne serait-ce qu'un léger hochement de tête ou l'ombre d'un sourire, cela signifierait qu'il les trouvait bons. Il lui passerait alors un bras autour des épaules, ou aurait un autre geste impulsif de ce genre, pour lui faire comprendre qu'il la considérait comme une des leurs.

Peggy Maitland se joindrait à eux dans une longue accolade amicale si maladroite qu'ils éclateraient de rire, se marchant sur les pieds et tentant de garder l'équilibre. Et dans ce moment d'exaltation générale, il serait facile à Lucy de les convaincre de l'accompagner à la soirée des Nelson qui aurait lieu plus tard.

« N'est-il pas grand temps, Paul ? dirait-elle. N'est-il pas temps de surmonter tes préjugés absurdes ? Les Nelson sont des gens puissants, et ils seront ravis de te rencontrer. »

Et ils formeraient une belle brochette de peintres professionnels dans l'atelier de Tom Nelson. Les deux hommes se montreraient un peu réservés, au début, ils échangeraient une poignée de main un peu raide et reculeraient pour se toiser un instant, mais la tension s'évaporerait quand elle disposerait ses toiles contre les murs. « Mon Dieu, Lucy, soufflerait Tom Nelson d'une voix rauque. Où as-tu appris à peindre comme ça ? »

Mais elle savait combien l'imagination pouvait être traître. Qu'il s'agissait là de ce que le Dr Fine appelait des « fantasmes », mot aussi misérablement disgracieux que ses autres formules qu'elle était déterminée à se sortir de la tête.

Paul n'était pas encore rentré du travail quand Lucy arriva chez les Maitland, ce qui était d'autant plus dommage qu'elle savait ne pas pouvoir s'attendre à un accueil très aimable de la part de Peggy.

— … je ne bois jamais avant le retour de Paul, lui expliqua son hôtesse lorsqu'elles furent assises, face à face, embarrassées. Mais je peux t'offrir une tasse de café. Et j'ai fait des cookies aux raisins ce matin, si ça te dit ?

Lucy n'avait pas très envie de café, et le problème avec ses cookies aux raisins était qu'ils faisaient au moins six centimètres d'épaisseur et qu'elle ne pourrait jamais en venir à bout. Il y avait peu de sujets qu'elle pouvait aborder avec Peggy Maitland, mais elle les aborda un à un pour éviter qu'elles ne sombrent dans le mutisme. Oui, sa mère et son beau-père se portaient « bien ». Oui, Diana et Ralph Morin aussi se portaient « bien », ils étaient toujours à Philadelphie, ils avaient deux petits garçons et ils attendaient leur troisième enfant.

— À ce propos, reprit Peggy. Je suis enceinte moi aussi. Nous venons de l'apprendre.

Lucy déclara que c'était merveilleux, qu'elle était ravie pour eux, qu'elle était certaine que ça les rendrait très heureux, et elle ajouta même qu'elle espérait que ce serait le premier d'une longue série, parce qu'elle avait toujours pensé qu'elle et Paul seraient les parents idéaux pour élever une famille nombreuse.

S'écoutant parler, un cookie géant à quelques centimètres des lèvres, elle savait que le silence s'abattrait sur la pièce dès qu'elle aurait terminé sa phrase.

Et elle avait raison. Elle parvint encore à mordre dans le cookie et à déclarer « Oh, c'est bon », puis elle se mit à mâcher, et plus rien. Peggy ne lui posa aucune question. Elle ne lui demanda même pas de nouvelles de Laura, ou de ses propres cours à la League. Et à défaut d'être alimentée par des questions, la conversation se tarit, et c'est dans un silence total qu'elles attendirent le retour de Paul.

Je ne t'ai jamais aimée, Peggy, pensa Lucy. Tu es très jolie, et je sais que tout le monde pense que tu es un amour, mais, en ce qui me concerne, tu n'es qu'une gamine égoïste et pourrie gâtée. Pourquoi tu ne grandis pas un peu afin de devenir un peu plus gentille, comme la plupart des gens ? Ou juste aimable ? Ou ne serait-ce que courtoise ?

Enfin, elles entendirent un pas approcher et Paul entra dans la maison.

— Hé, lança-t-il en posant sa grosse caisse à outils. C'est bon de te voir, Lucy.

Il avait l'air fatigué. Il se faisait vieux pour son travail de charpentier au service de l'art. Il se dirigea aussitôt vers leur bar. Une chance pour Lucy qui profita de ce que les deux Maitland aient le dos tourné pour glisser le fichu cookie dans son sac à main.

Paul en était à son deuxième verre quand le motif de la visite de Lucy lui revint.

— Alors, ces tableaux ? s'enquit-il.

— Ils sont dans la voiture.

— Tu veux que je t'aide à les apporter ici ?

— Non, ne bouge pas, Paul. Je vais les chercher. Il n'y en a que quatre.

Elle se préparait déjà à ravaler sa déception et à regretter d'avoir mis les pieds dans cette maison en les portant au salon pour les disposer contre un mur.

— Ma foi, ils sont jolis, Lucy, lui dit Paul au bout d'un moment. Très jolis.

M. Santos avait une manière de dire « joli » qui vous remplissait de fierté et d'espoir, mais ce n'était pas ce que l'on ressentait quand Paul Maitland prononçait ce mot. Et son regard ne navigua pas des tableaux au visage de Lucy.

— Je n'ai jamais été un très bon juge en la matière, comme je te l'ai dit, mais il me paraît évident que la League te fait le plus grand bien. Tu as beaucoup appris.

Il lui fallut moins de temps pour réunir ses tableaux et les coincer sous son bras qu'il ne lui en avait fallu pour les leur présenter.

Paul lui souhaita bonne nuit, et c'est à cet instant qu'il croisa son regard empreint de la tristesse d'un ami navré de n'avoir pas été à la hauteur de votre attente.

— Reviens nous voir bientôt, Lucy, dit-il.

Peggy, elle, ne dit rien du tout.

Lucy passa chez elle prendre une douche et se changer en vitesse. Elle avait promis à Tom Nelson d'être à son atelier bien avant le début de la soirée. Alors qu'elle se coiffait, une petite idée plaisante la fit sourire avant même qu'elle se souvienne de quoi il s'agissait : Charlie Rich penserait tout le temps à elle.

Tom jouait de la batterie sur un disque de Lester Young, totalement absorbé par la musique. Il s'arrêta sitôt qu'il remarqua la présence de Lucy.

— Avant tout, Tom, je veux que tu me promettes quelque chose, le prévint-elle. Si tu n'aimes pas ces tableaux, je veux que tu me le dises franchement. Et si tu parviens à m'expliquer *pourquoi* tu ne les aimes pas, ça m'aidera beaucoup, ça pourra m'aider à progresser. Mais l'essentiel, pour moi, est que tu me donnes ton avis sincère, sans prendre de gants.

— Bien sûr, cela va sans dire, répondit-il. Je serai impitoyable. Brutal. Mais, avant cela, m'autorises-tu à te dire que tu es magnifique, ce soir ?

Elle le remercia sans feindre la modestie, parce qu'elle savait qu'elle était belle, ce soir. Elle portait une nouvelle robe dont on lui avait dit qu'elle lui allait à ravir, ses cheveux étaient parfaitement coiffés, et son impatience de savoir à quoi s'en tenir sur ses tableaux devait conférer un éclat particulier à son visage et à ses yeux.

Elle plaça les quatre toiles le long du mur de l'atelier, à une petite distance de la batterie, et Tom s'accroupit avec agilité pour les examiner un à un. Il mit si longtemps qu'elle commença à le soupçonner de sécher et de se creuser la tête pour trouver quelque chose à dire.

— Ouais, finit-il par déclarer, suivant d'une main expressive une courbe du tableau préféré de Lucy. Ouais, c'est très joli la manière dont tu as tracé ça. Toute cette zone, ici, est très jolie, et celle-là aussi. Et il y en a une autre là.

Tu as trouvé un joli motif. Et les couleurs également sont jolies.

Puis, il se releva, et elle comprit que si elle ne lui posait pas de question, le sujet serait clos.

— Eh bien, je ne m'attendais pas à ce qu'ils te fassent tomber à la renverse, Tom, mais pourrais-tu m'offrir une critique plus générale sur ces tableaux ? Penses-tu qu'ils font un brin amateur de kermesse de village ?

— Un brin quoi ?

— Oh, c'est une expression. Je veux juste savoir si c'est un travail d'amateur ?

Il s'écarta d'elle et enfonça ses mains dans les poches de son blouson de para, l'air irrité et compatissant à la fois.

— Oh, Lucy, voyons. À quoi t'attends-tu ? Bien sûr que c'est un travail d'amateur, mon chou, mais parce que c'est ce que tu es : un peintre amateur. Tu ne peux pas espérer produire un travail professionnel après avoir passé quelques mois à la League, et personne n'attendrait cela de toi.

— Pas quelques mois, Tom. Près de trois ans.

— Je peux y jeter un œil ? lança Pat Nelson de la cuisine.

Elle entra dans l'atelier en se séchant les mains sur un torchon. Elle jeta un coup d'œil aux toiles, puis les inspecta une à une, le temps nécessaire pour suggérer une étude consciencieuse, puis déclara qu'elle les trouvait très impressionnants.

Mais les premiers invités n'allaient pas tarder à arriver, aussi Lucy les empila-t-elle une fois de plus pour les remporter dans l'allée où était garée sa voiture. Elle les plaça sur les huit autres, et claqua le hayon dessus. Et elle savait que par ce geste définitif, elle mettait un terme à ses études à l'Art Students League.

Elle se tint un long moment seule sous les grands arbres aux feuillages chahutés par le vent. Elle pressa un poing sur ses lèvres, comme Blanche DuBois. Mais ne pleura pas. Blanche ne pleurait pas, elle non plus, c'était Stella qui se laissait aller aux sanglots « luxuriants ». Blanche ne pleurait pas parce qu'elle était habituée au désespoir, et Lucy avait le sentiment de commencer à s'y habituer, elle aussi.

Mais le désespoir devrait attendre quelques heures, parce que les Nelson recevaient, ce soir. Chip Hartley ferait sans doute partie des invités, mais cela faisait longtemps qu'elle ne redoutait plus sa présence : ils s'étaient revus plusieurs fois depuis la fin de leur relation, et avaient eu des échanges plaisants. Elle était même rentrée à Ridgefield avec lui, une fois ou deux – non, trois fois. Et ils avaient couché ensemble, en « amis ».

Alors qu'elle faisait le tour de la maison pour entrer par la cuisine, elle se ravisa à propos de la League : elle y retournerait. Ne serait-ce que pour revoir Charlie Rich. Il était peut-être plus vieux qu'il n'en avait l'air. Et de toute façon, aussi traître que fût le mot « ami », elle sentait qu'elle allait avoir besoin de tous les amis qu'elle pourrait trouver.

Elle se posta dans la lumière moite de la cuisine, une main sur la hanche, comme un mannequin, se lissant les cheveux de l'autre. Elle avait trente-neuf ans, elle ne connaissait pas grand-chose de la vie et n'y comprendrait sans doute jamais rien, mais elle n'avait pas besoin de Tom Nelson ni de qui que ce soit d'autre pour savoir qu'elle n'avait jamais été aussi belle.

— Pat ? lança-t-elle. Puisque tout le monde sait que je suis une quasi alcoolique, penses-tu que je pourrais aller me servir un verre ?

TROISIÈME PARTIE

1.

Pour Michael Davenport, l'époque qui suivait son divorce se décomposait en deux périodes : l'ère pré-Bellevue, et l'ère post-Bellevue. Et si la première n'avait duré qu'un peu plus d'un an, c'était celle qui occupait la plus grande place dans sa mémoire : il y avait vécu tant d'expériences nouvelles.

L'année de son divorce avait été empreinte de mélancolie et de regrets. Il lui suffisait de voir la tristesse infinie qui se lisait sur le visage de sa fille, même lorsqu'elle souriait, même lorsqu'elle riait, pour s'en rendre compte. Et néanmoins, il n'avait pas tardé à puiser dans ses journées de solitude une vigueur inattendue : des moments de clarté intellectuelle plus fréquents, d'ouverture brave, presque enfantine, à tout ce qui pourrait se présenter, et la fierté secrète d'avoir réussi à se trouver une femme jeune et d'une beauté à couper le souffle, quelques semaines seulement après avoir quitté Tonapac.

— Bah, c'est quand même pas mal, déclara Bill Brock, faisant le tour de l'appartement au loyer abordable que s'était trouvé Michael dans Leroy Street, West Village. Mais tu ne peux pas rester terré ici en permanence, Mike, où tu vas finir par devenir dingue. Écoute : il y a une grosse fête au nord de la ville vendredi soir, donnée par un gars de la publicité que je connais vaguement. Il a des airs de truand doucereux, mais bon, presque tout peut arriver dans ce genre de réception.

Brock se pencha sur le bureau de Michael pour griffonner un nom et une adresse.

La porte du lieu indiqué lui fut ouverte par un grand type qui lui lança « Les amis de Bill Brock sont mes amis », et Michael pénétra dans le brouhaha de conversations et de tintements de verres d'inconnus qui semblaient avoir été choisis au hasard dans la rue, n'ayant apparemment rien en commun en dehors de leurs tenues hétéroclites, neuves et chics.

— Il y a pas mal de monde, l'accueillit Bill Brock quand Michael finit par le trouver, mais je crains qu'il n'y ait pas grand-chose d'intéressant. D'intéressant et de disponible, j'entends. Il y a une petite Anglaise extraordinaire dans l'autre pièce, mais il est impossible de l'approcher. Elle est cernée de toutes parts.

Et il le constata par lui-même : cinq ou six hommes tentaient d'attirer et de retenir son attention. Mais elle était si extraordinaire avec ses grands yeux, ses lèvres pleines, ses pommettes saillantes et son accent upper-class de belle Anglaise de cinéma que de tenter de l'approcher, même d'un tout petit peu, semblait mériter l'effort.

— ... J'aime vos yeux, lui dit-elle. Vous avez des yeux très tristes.

Cinq minutes plus tard, elle acceptait de le retrouver à la porte d'entrée « sitôt qu'elle se serait extirpée de là », et ils passèrent une demi-heure dans un bar du coin de la rue, où elle lui expliqua qu'elle s'appelait Jane Pringle, qu'elle avait vingt ans, qu'elle était arrivée ici cinq ans plus tôt, quand son père avait été « nommé à la direction de la branche américaine d'une énorme corporation internationale », mais que, depuis, ses parents avaient divorcé et que ça lui avait « un peu coupé les jambes pendant un moment ». Mais elle tenait à ce qu'il sache qu'elle était indépendante : elle travaillait comme secrétaire dans une agence de presse théâtrale, et elle adorait son boulot : « J'adore les gens qui travaillent là-bas, et ils m'adorent. »

Michael l'entraîna dehors pour la mettre dans un taxi avant même qu'elle n'ait terminé de raconter tout ça, et en un rien de temps, elle fut nue dans son lit, les jambes entremêlées aux siennes, hoquetant et gémissant entre ses bras, et vivant enfin ce qu'elle lui avoua plus tard être son tout premier orgasme.

Jane Pringle était presque trop belle pour être vraie, et le meilleur dans tout ça, c'était qu'elle affirmait vouloir passer sa vie avec lui – ou rester « jusqu'à ce que tu te lasses de moi », disait-elle. Les premiers jours ou semaines ne furent sans doute pas les plus heureux de leur relation, il y eut beaucoup trop de sourires et de soupirs artificiels pour cela, mais ses sens se ranimaient de manière si étonnante et si vivifiante qu'il n'en demandait pas davantage, pour le moment.

Jane était agréablement prompte à faire disparaître toute trace de sa présence un week-end sur deux, avant l'arrivée de Laura, mais sitôt qu'il avait remis sa fille dans son train pour Tonapac, le dimanche soir, et qu'il reprenait le métro pour regagner Leroy Street, il savait qu'il trouverait ses fenêtres éclairées et que Jane serait là, à l'attendre.

Son lieu de résidence officiel, où se trouvaient la plupart de ses affaires, était la maison d'une « vieille tante fatigante », près de Gramercy Park. Ne se posait-elle jamais de questions sur le nouveau mode de vie de sa nièce ? Non, non, lui assurait Jane. Elle ne l'interrogeait pas. Elle s'en moquait. C'était une irréductible bohème, elle aussi. Oh, Michael, vas-tu finir par te déshabiller ?

Elle trouvait tant de manières de lui faire comprendre qu'il était merveilleux qu'il aurait fini par y croire si chaque journée de travail n'avait pas érodé un peu plus sa confiance en lui. Rien ne sonnait juste dans les poèmes qu'il écrivait depuis son retour à New York. Au début, il espérait que la présence de Jane ferait la différence, mais un mois ou deux s'étaient écoulés et il luttait toujours pour trouver les mots justes.

Il ne pouvait pas se plaindre de manquer de temps et de moments de solitude, puisqu'elle était absente toute la journée, en semaine. Mais c'était justement là le problème : elle lui manquait quand elle n'était pas là.

Et elle semblait réellement adorer son travail. Elle disait que c'était un « boulot extra », même s'il ne cessait de lui répéter qu'« extra » n'était pas un adjectif. Elle ne s'autorisait jamais à être en retard, s'y rendait toujours bien habillée et apprêtée, et il ne manquait jamais d'être surpris de la voir rentrer à la maison fraîche et enthousiaste après ses longues heures de secrétariat. Elle réapparaissait dans sa vie le visage exhalant une bonne odeur d'automne et fredonnant une chanson d'une nouvelle comédie musicale, rapportant parfois un sac d'épicerie fine (« Tu n'es pas un peu las d'aller au restaurant, Michael ? Et puis, j'adore cuisiner pour toi et te regarder manger ce que je t'ai préparé »).

Et même quand sa journée de boulot n'avait pas été « extra », il y avait des moments romantiques.

— J'ai pleuré au travail aujourd'hui, lui rapporta-t-elle un jour, baissant les yeux. Je n'ai pas pu me retenir. Mais Jake m'a serrée dans ses bras jusqu'à ce que je me sente mieux, et j'ai trouvé ça incroyablement gentil de sa part.

— Quel Jake ? demanda Michael, étonné de la rapidité avec laquelle elle pouvait le rendre jaloux.

— Oh, un gars de là-bas. Un des associés. L'autre s'appelle Meyer, et il est sympa, lui aussi, quoiqu'un peu bourru, parfois. Il m'a crié dessus aujourd'hui, et c'était la première fois, alors j'ai fondu en larmes. Mais j'ai bien vu qu'il s'est senti minable après coup. Il s'est excusé très gentiment avant de rentrer chez lui.

— Elle est grande comment, cette agence ? Il y a juste ces deux gars ?

— Non, ils sont quatre. L'un d'eux s'appelle Eddie. Il a vingt-six ans et on s'entend vraiment bien, lui et moi. On déjeune ensemble presque tous les jours, on a même dansé le tango en descendant la Quarante-Deuxième Rue, une fois, juste pour faire les idiots. Eddie aimerait être chanteur, enfin il *est* chanteur. Je le trouve sensationnel. Il décida alors de ne plus lui poser de questions sur son travail. Il n'avait pas envie d'entendre ces choses-là, et d'ailleurs, rien de tout cela n'avait d'importance tant qu'elle rentrait à la maison chaque soir, avide de lui plaire.

Le mot « extraordinaire » que Bill Brock avait choisi pour la décrire ne cessait de résonner dans sa tête quand Jane évoluait dans l'appartement, ou quand ils se promenaient dans les rues, le soir, ou allaient boire un verre à cette bonne vieille White Horse Tavern. Elle était *vraiment* extraordinaire. Il en était venu à avoir une faim inextinguible de sa peau, et elle lui manquait tant durant la journée qu'il soupçonnait qu'un attachement plus profond se développait. Mais s'il ne remarquait presque plus ses sourires et ses soupirs artificiels, qui faisaient partie intégrante de sa personnalité, il se prenait à déplorer l'abondance et la variété d'histoires qu'elle lui racontait sur sa vie.

Elle s'était mariée à dix-sept ans avec un jeune professeur de son pensionnat sélect du New Hampshire, et l'union s'était révélée si « catastrophique » que ses parents l'avaient fait annuler avant la fin de la première année.

— Et c'est la dernière fois que j'ai eu à dépendre de mes parents de quelque manière que ce soit, lui expliqua-t-elle. Je ne leur ai plus rien demandé, depuis. De toute façon, ils sont si occupés à se détester l'un l'autre et à être amoureux de leurs remplaçants respectifs, que j'ai développé une sorte de mépris à leur égard. Et le pire, c'est qu'ils se sentent *coupables* envers moi. Mon Dieu, ce que ça peut être rageant. C'est plus supportable venant de ma mère, parce qu'elle vit en Californie, mais mon père est un véritable pansement parce qu'il habite New York. Sans compter qu'il y a l'adorable Brenda – c'est son épouse, ma belle-mère, vois-tu. C'est curieux, parce qu'au début j'aimais beaucoup Brenda, je la considérais un peu comme une grande sœur. On a été très proches pendant un temps, avant que je commence à comprendre que ce n'est qu'une manipulatrice. Elle régenterait totalement ma vie si je la laissais faire.

Et cependant, toute son amertume pouvait s'évaporer en une seconde. Il lui arrivait d'appeler son père de chez Michael et de discuter avec lui pendant une heure entière, d'un ton pétillant d'enthousiasme mutin, ponctuant toutes ses phrases de « Papa » et éclatant de rire à chacune de ses plaisanteries, puis de demander à parler à Brenda pour se lancer dans une séance d'une demi-heure de commérages cryptiques échangés du ton que les filles réservent à leurs meilleures amies.

Et, sans doute parce qu'il avait une fille lui-même, Michael était plutôt ravi d'être témoin de leur bonne entente au cours de ces conversations : il souriait sous cape en écoutant les douces inflexions anglaises de sa voix de l'autre bout de la pièce, et songea plus d'une fois qu'il aimerait bien rencontrer son père, un jour (« Je suis tellement, tellement heureux que Jane ait enfin fini par se stabiliser », lui dirait-il).

Son père n'avait pas toujours été dirigeant d'entreprise, lui expliqua Jane à l'issue d'un de ces échanges téléphoniques. Son premier amour était le journalisme, et, pendant la guerre, il avait été le correspondant principal d'un journal londonien de premier plan. Dans une version antérieure de l'histoire, son père avait passé la guerre à effectuer des missions d'espionnage pour le gouvernement britannique, mais Michael préféra éviter d'attirer son attention sur ce détail – d'autant qu'il était possible qu'il ait été journaliste *et* espion.

Mais il y eut d'autres récits et d'autres incohérences.

Elle avait perdu sa virginité avec l'« abominable » ex-mari, qui s'était montré si maladroit que ce seul souvenir la faisait encore tressaillir, et dans le même temps, l'un des souvenirs heureux qu'elle lui avait raconté datait de l'année de ses seize ans, où elle avait « tout, oh, vraiment tout donné » à un garçon rencontré en vacances au bord d'un lac du Maine.

Et aussi : deux ans auparavant, en été, elle avait subi un avortement extrêmement douloureux dans le New Jersey. Elle avait été obligée de trouver l'avorteur toute seule et de le payer avec son salaire. À la suite de ce travail bâclé, elle avait été souffrante et affaiblie pendant des mois. Pourtant, deux ans auparavant, également en été, elle avait visité l'Europe de l'Ouest en auto-stop avec un certain Peter, et vécu des moments merveilleux avant que le père de Peter n'insiste pour qu'il rentre à la maison et retourne à Princeton à l'automne.

Michael tenta d'éclaircir quelques zones d'ombre, mais il y en avait tant qu'il finissait par sombrer dans un silence sidéré chaque fois qu'elle lui racontait une nouvelle histoire. C'est alors qu'il la soupçonna de tester sciemment les limites de sa crédulité, comme le font souvent les enfants psychologiquement perturbés.

Sur l'une de ses joues exquises, on pouvait remarquer une petite cicatrice carrée qui semblait être le résultat d'une opération de furoncle ou de kyste. Un après-midi, alors qu'ils se trouvaient au lit, Michael lui fit remarquer qu'elle ne faisait que l'embellir.

— Oh, ça, dit-elle. Je déteste cette cicatrice, je déteste ce qu'elle me rappelle.

Après une longue pause, elle reprit :

— La Gestapo n'a jamais eu la réputation d'être très délicate.

Il prit une profonde inspiration.

— D'où sors-tu « Gestapo », mon chou ? Je t'en prie, ne me sert pas d'histoire de Gestapo, ma chérie, parce qu'il se trouve que je sais que tu avais six ans à la fin de la guerre. Allez, on va parler d'autre chose, tu veux bien ?

— Mais c'est la vérité. C'était une de leur technique : torturer les enfants pour faire parler leurs parents. Je n'avais pas encore six ans quand c'est arrivé, j'en avais cinq. Ma mère et moi vivions dans la zone occupée de la France, à l'époque, parce que nous n'avions pas pu regagner l'Angleterre. J'imagine que ça devait être difficile de devoir nous cacher en permanence, mais je conserve des souvenirs d'une vivacité étonnante des paysages de Normandie, et d'une gentille famille de fermiers de là-bas. Et puis, un jour, des hommes terrifiants avec de grosses chaussures sont arrivés et ils ont posé des questions sur mon père, exigeant d'avoir des réponses. Maman s'est montrée très brave, vraiment : elle est restée muette jusqu'à ce que le couteau m'entaille le visage. Ce n'est qu'à ce moment qu'elle a craqué et qu'elle leur a dit tout ce qu'ils voulaient savoir. Si elle s'était tue, je serais peut-être morte, ou j'aurais peut-être été mutilée à vie.

— Ouais. C'est une histoire terrible, c'est sûr, et le pire, c'est que je n'en crois pas un mot. Bon, écoute, mon chou : tu sais que je suis dingue de toi et que je ferais n'importe quoi pour toi, mais on arrête les conneries, tu veux bien ? Bon sang, j'ai l'impression que tu ne sais même pas toi-même ce qui est faux et ce qui est vrai.

— Une telle attitude ne mérite même pas de réponse, rétorqua-t-elle d'un ton posé.

Elle se leva du lit et s'éloigna. Et il déduisit de la raideur de son dos qu'elle devait avoir honte, mais elle pivota et le toisa.

— Tu es très brutal, tu sais, dit-elle. Au début, je croyais que tu étais un homme sensible, mais en réalité tu es brutal et méchant.

— Ouais, ouais, c'est ça, soupira-t-il, espérant que son ton exprimait son extrême lassitude.

Ils en étaient là à l'automne, et pourtant Michael pensait encore que ça pourrait repartir. Il savait que s'il la laissait bouder un peu, prendre une douche et se changer, elle trouverait le moyen de sauver la face et de redevenir la douce compagne qu'il appréciait tant ; et qu'il serait content de la récupérer sans conditions.

Il ne perdait jamais une occasion de se montrer avec elle en présence d'autres hommes, même d'inconnus, et même dans des restaurants qu'elle choisissait et qui n'étaient pas vraiment dans ses moyens. Et il se fit un malin plaisir de l'emmener dans un bar, au nord de la ville, pour y retrouver Tom Nelson de passage pour la journée. Il devinait que le Tom baverait de jalousie sitôt qu'il poserait les yeux sur elle, et il ne se trompait pas. Mais la rencontre faillit virer à la catastrophe quand Jane, joliment penchée sur la table, s'enquit :

— Vous faites quoi dans la vie ?

— Oh, je suis peintre.

— Moderne ?

Tom Nelson cligna des yeux derrière ses lunettes, comme si ça faisait un paquet d'années qu'on ne lui avait pas posé ce genre de question.

— Ouais, je suppose, répondit-il.

— Bah, j'imagine qu'on peut peindre ce qu'on veut tant qu'on aime ça, mais personnellement j'abhorre l'art moderne. L'art moderne sous toutes ses formes me laisse de marbre.

Tom appliqua soigneusement sa serviette de cocktail mouillée à la base de son verre, et il fut temps pour Michael de combler le silence par la réflexion la plus inoffensive qui lui vint à l'esprit.

L'autre problème de Jane Pringle était qu'elle ne savait pas grand-chose. Sa belle-mère lui avait appris tout ce qu'elle pouvait sur les vêtements, et elle avait entendu suffisamment de conversations de bureau pour avoir des opinions tranchées sur les spectacles de Broadway du moment (dire lesquels étaient géniaux et lesquels étaient nuls), mais elle ne s'était pas donné la peine de s'instruire dans d'autres domaines depuis l'époque où elle était encore une pensionnaire inattentive et rêveuse. Son ignorance était si vaste que Michael se demandait si elle ne s'était pas mise à mentir à seule fin de la dissimuler.

Elle lui expliqua qu'elle était obligée de passer Noël avec son père et sa belle-mère, parce qu'ils s'en faisaient une fête depuis des mois. Une fois là-bas, elle l'appela pour l'informer qu'elle avait décidé de rester pour le réveillon du jour de l'An.

Quand elle finit par revenir à Leroy Street, elle paraissait distraite. Même une fois assise avec Michael, elle continua à laisser son regard vagabonder autour de la pièce, comme si elle avait du mal à croire qu'elle vivait ici ; et, à une ou deux reprises, le dévisagea avec la même expression sceptique.

— J'ai passé un moment fabuleux, dit-elle finalement. Nous sommes allés à treize soirées différentes.

— Ah ? Ça fait... beaucoup de soirées, ça.

Elle avait une nouvelle coupe de cheveux (trop courte pour le goût de Michael) et avait acquis toute une panoplie de nouvelles mimiques de femme d'affaires brusque et directe. Quelqu'un lui avait offert un de ces porte-cigarettes en ambre conçus pour filtrer les goudrons toxiques, qu'elle utilisa loyalement durant le reste de l'hiver, le serrant entre ses mâchoires serrées et louchant dessus d'une manière qui la faisait paraître beaucoup plus jeune et encore moins futée.

En février, elle lui annonça qu'il serait plus raisonnable qu'elle ait son propre appartement, et il en convint. Il l'aida à éplucher la rubrique « Appartements à louer » du *Times* avec le même sérieux que s'il aidait sa propre fille à débuter dans la vie. Ils lui trouvèrent un appartement satisfaisant situé aux environs de la Vingtième Rue Ouest qui donnait sur les jardins du Séminaire théologique général. Jane déclina l'offre du propriétaire de le faire repeindre, préférant s'en occuper seule « pour se sentir un peu plus chez elle ».

En conséquence de quoi, Michael se retrouva, dans un premier temps, à faire le pied de grue dans des quincailleries où elle mit un temps considérable à choisir la bonne nuance de blanc cassé et les rouleaux et pinceaux idéaux, et dans un deuxième temps, à s'éreinter à monter sur un escabeau dans un jean taché, et respirer des vapeurs de peinture sans cesser de se demander pour quelle raison il faisait tout ça.

Une fois, alors que Jane se tenait sur son propre escabeau, vêtue d'un short sommaire et d'un haut bain de soleil qui ne l'était guère moins, la main tendue vers une partie moisie de la fenêtre donnant sur la rue, un chœur de sifflets de jeunes épiscopaliens s'éleva du jardin d'en face. Elle pouffa, leur adressa un signe de la main et, prenant une pose plus provocante encore, leur souffla un baiser.

Plus tard, elle informa Michael qu'elle désirait peindre sa chambre en noir.

— Pourquoi ?

— Oh, pour rien. J'ai toujours voulu avoir une chambre noire. Ça ne te paraît pas délicieusement sexy ?

Une fois l'appartement repeint, chambre noire incluse, Michael décida de la laisser seule quelques jours, ou même une semaine.

Quand il retourna la voir, elle se montra aussi impatiente que lui de se retrouver au lit, mais, dès qu'ils eurent terminé, elle entama une conversation des moins sympathiques dans un jargon qu'elle devait avoir tiré d'un livre de psychologie populaire (*Comment aimer*, de Derek Fahr ?) et elle lui expliqua que leur « relation » pourrait être plus « valide » à présent qu'elle était « structurée sur des bases plus réalistes ».

— Bon, OK, d'accord, dit-il. Tu veux qu'on remette ça quand, alors ? Mardi ?

Et une autre fois, elle lui raconta :

— Deux jeunes séminaristes sont passés ici, aujourd'hui. Des garçons terriblement gentils et très timides. Je leur ai offert du thé et des biscuits aux figues – pas ceux qu'on trouve à bon marché : ceux qui sont importés d'Angleterre –, et on a passé un moment délicieux. L'un d'eux a dû retourner en cours ou je ne sais où, mais l'autre est resté plusieurs heures de plus. Il s'appelle Toby Watson. Il a le même âge que moi. Quand il aura son diplôme, il compte aller travailler un peu partout dans le monde. C'est excitant, tu ne trouves pas ?

— Non.

— Il veut aller en Amazonie, remonter tout le Nil, et escalader l'Himalaya tout seul. Il pense que ça lui prendra deux ou trois ans, mais il a dit : « Je crois que ça me rendra meilleur, comme personne et comme prêtre. »

— Oh, c'est bien ça.

La fin arriva de manière abrupte, au téléphone, alors qu'il l'appelait pour savoir s'il pouvait passer la nuit chez elle.

— Oh, non, dit-elle d'un ton anxieux, comme si elle craignait qu'un « non » ne suffise pas à le dissuader de venir. Ce n'est pas possible, ce soir, ni demain... ni aucun autre soir de cette semaine.

— Comment ça se fait ?

— Qu'est-ce que tu entends par « comment ça se fait » ?

— Eh bien, tu sais, j'entends : pourquoi ?

— Parce que j'ai un invité.

— « Un invité », répéta-t-il pour souligner à quel point ça sonnait faux.

— Exactement. Quand on a une vie sociale normale, recevoir des invités chez soi, de temps en temps, est une *activité* sociale des plus normales.

— Tu veux que j'arrête tout bonnement de t'appeler ?

— C'est à toi de voir. La décision te revient entièrement.

Pendant des heures, après avoir raccroché, comprenant qu'il n'avait plus de petite amie, comprenant qu'il n'avait jamais vraiment eu celle-là, et se demandant s'il l'avait vraiment voulue, Michael arpenta son appartement en marmonnant « Qu'elle aille au diable, elle et tout le reste ».

— Merde, c'est quand même dommage, dit Bill Brock, c'était un *beau* brin de fille. J'avais envie de te tuer quand je t'ai vu quitter la réception avec elle, ce fameux soir. Mais, tu ne vas pas recommencer à te couper du monde, Mike. C'est la pire chose que tu pourrais faire. Tu auras des tas d'autres opportunités si tu gardes l'esprit ouvert.

Et pendant un moment, son esprit ne s'ouvrit qu'à ces opportunités-là. C'était presque comme si le sexe, ou plutôt une quête vénérienne dévorante, avait remplacé toute autre ambition dans sa vie.

Il y avait d'abord eu deux filles, l'une après l'autre, qui, après leur première nuit ensemble, avaient pris le temps de lui expliquer les raisons pour lesquelles elles ne désiraient pas le revoir. Il avait ensuite passé cinq ou six semaines avec une femme très musclée qui vivait d'allocations chômage mais possédait assez de coupures de journaux surlignées en jaune pour prouver qu'elle était danseuse professionnelle ; elle pleurait souvent, reprochait à Michael de lui vouer « un peu moins que de l'amour, bien moins que de l'amour », et finit par lui avouer qu'elle lui avait menti sur son âge : elle n'avait pas trente et un mais quarante ans.

Et il y avait des moments où il jetait l'éponge, quand une conversation avec une fille devenait un tel supplice que son regard naviguait de la salle de restaurant à son assiette jusqu'au moment où il pouvait enfin la raccompagner chez elle et lui lancer « Ma foi, c'était bien agréable ». Mais durant tout le chemin du retour il avait le goût de l'échec dans la bouche.

À la fin du printemps, il commença à être suffisamment découragé pour réfléchir à des passe-temps plus simples. Il pouvait rendre visite à des couples sympathiques, boire avec d'autres célibataires, lire des livres (il avait presque oublié que la lecture existait), d'autant qu'il travaillait mieux durant la journée et se sentait presque toujours trop fatigué pour les soirées aventureuses.

Le couple le plus sympathique de son entourage était un jeune écrivain du nom de Bob Osborne et sa petite amie Mary. Ils avaient tous deux une vingtaine d'années et devaient se marier d'un jour à l'autre. Michael se sentait si bien en leur compagnie qu'il veillait à ne pas aller les voir trop souvent et à ne jamais rester trop longtemps, de crainte d'abuser de leur jeunesse et de leur générosité. Il fut donc agréablement surpris de découvrir la petite amie de Bob à sa porte, un après-midi, et il l'accueillit avec la jovialité d'un ami de la famille.

— Oh, ravi de te voir, Mary.

— Écoute, je peux tout t'expliquer.

Et il mit un moment à comprendre. Il l'invita à s'asseoir, se rendit à la cuisine pour lui servir un verre, et c'est alors que le souvenir de leur dernière rencontre lui revint : il les avait amusés en déclarant que « Écoute, je peux tout t'expliquer » était la réplique la plus éculée de toute l'histoire du cinéma américain. La même plaisanterie lui avait valu l'approbation de Tom et Pat Nelson, des années auparavant, dans leur appartement de Larchmont. Parfois, il lui semblait qu'il n'avait fait que six ou huit plaisanteries au cours de sa vie, et que son fameux sens de l'humour relevait surtout du recyclage astucieux de bonnes vieilles blagues.

— Alors, vous vous êtes mariés Bob et toi ? s'enquit-il, déposant son verre sur une table basse près de son fauteuil.

C'est alors qu'il se souvint de son nom : Mary Fontana.

— Pas encore, non, mais on a fixé la date au vingt-trois, répondit-elle. C'est dans huit jours, je pense. Oh, merci, c'est gentil.

Il s'installa face à elle, et l'écouta parler avec un sourire courtois, s'autorisant à admirer ses longues jambes nues et sa jolie robe d'été. Tout était joli en elle.

Bob avait décidé de s'enfermer seul dans leur maison de campagne, cette semaine-là, lui expliqua-t-elle, pour faire une dernière relecture de son manuscrit avant le mariage ; elle était restée en ville pour se charger des quelques tâches de dernière minute – faire des achats, rendre les clefs de son ancien appartement, prendre le thé au Plaza avec la mère de Bob, des choses de ce genre.

— Oh, très bien, dit-il. Je suis content que tu sois passée, Mary.

Mais il ne commença à saisir les énormes implications de sa visite que lorsqu'il lui eut pratiquement tiré les vers du nez.

— ... Alors j'en ai parlé avec mon analyste, tout à l'heure, expliqua-t-elle d'une voix de plus en plus faible, se penchant pour poser son verre sur la table. Et s'il n'a pas approuvé à proprement parler, il n'a pas non plus soulevé d'objection. Bref...

Elle se redressa sur son fauteuil, écarta une lourde boucle de cheveux bruns de son front, et soutint son regard, l'air grave.

— Bref, me voici. Comme tu peux le voir.

— Eh bien, Mary, j'avoue que je ne compr... Waouh.

Il déglutit.

— Oh, mon Dieu. Mince, alors.

Ils se levèrent en même temps, et il fit le tour de la table basse, un peu emprunté, pour la prendre dans ses bras. La jeune femme se pelotonna contre son torse avec un petit gémissement qu'il n'oublierait jamais. Elle était grande, souple, sentait bon le lilas relevé d'une légère pointe de citron et avait une bouche merveilleuse. Il n'arrivait pas à croire que ça lui arrivait, et en même temps, c'était assez logique : même les filles les plus adorables du monde pouvaient paniquer à l'approche de leur mariage, au point de vouloir l'oublier l'espace d'un jour ou deux avec le premier homme disponible à leur goût. Il faudrait être crétin pour manquer d'être honoré d'avoir été choisi, en l'occurrence.

Bientôt sa jolie robe d'été fut à terre, à côté de ses sous-vêtements légers, et elle se glissa dans son lit, attendant qu'il finisse de se débarrasser maladroitement de ses propres vêtements.

— Oh, Mary. Oh, Mary Fontana, murmura-t-il.

Et il se mit à la couvrir de baisers et de caresses, la faisant hoqueter et gémir. Bientôt, pourtant, une vague d'angoisse le submergea : et s'il n'y arrivait pas ?

Et ce qu'il redoutait se produisit. L'important étant qu'elle ne s'en aperçoive pas, il se lança dans de longs préliminaires élaborés, repoussant sans cesse le moment, jusqu'à ce que la réceptivité de la jeune femme commence à s'étioler.

— ... Michael ? Ça ne va pas ?

— Mon Dieu, je ne sais pas, on dirait que... enfin, ça ne vient pas.

— Oh, mais ce n'est pas très surprenant, vu la manière dont... j'ai débarqué chez toi. On va attendre un petit moment, si tu veux ? Et puis, on essaiera à nouveau ?

À minuit, et bien après minuit, ils essayaient toujours. Rien n'y faisait. On aurait dit deux ouvriers consciencieux effectuant un travail contre-productif aussi épuisant que frustrant. Durant de longs intervalles, fumant dans le noir, ils puisaient du réconfort de leurs autobiographies respectives.

Vraiment, ça n'avait pas été facile d'être une Italienne à Vassar. Et ça n'avait pas été très sympa non plus d'être une Italienne à Coward-McCann, où certaines personnes semblaient la considérer comme une petite arriviste. À l'entendre, rien n'avait été très sympa dans sa vie avant sa rencontre avec Bob. Oh, elle n'aurait peut-être pas dû dire ça ? Est-ce que ça l'embêtait qu'elle lui parle de Bob ?

Non, non, bien sûr que non, ça aurait été idiot de sa part. Ils savaient tous deux pourquoi elle était là.

Non, Michael ne savait pas vraiment pourquoi son mariage n'avait pas marché, aujourd'hui encore – peut-être que personne ne savait vraiment pourquoi un mariage ne marchait pas –, mais ça avait sans doute un rapport avec la fortune de sa femme. Il dut alors expliquer en quoi la fortune de sa femme avait pu poser problème : c'était un peu difficile à comprendre même avec le recul ; mais Mary avait-elle envie d'entendre cette histoire ?

Oui, elle en avait envie. Et quand elle l'eut entendue, elle lui dit qu'elle trouvait merveilleux qu'il ait adopté une position si ferme et s'y soit tenu durant toutes ces années. Elle n'avait jamais rencontré d'homme aussi « intègre » que lui.

Oh, peut-être, mais qui sait ? Ils auraient tous deux été infiniment plus heureux s'il avait accepté de profiter de la fortune de Lucy, et Laura aussi, il aurait peut-être même publié davantage de livres.

Mais il aurait fallu qu'il soit quelqu'un d'autre, pour cela, souligna Mary. Il ne serait pas l'homme qu'il était sans cette part d'intégrité fondamentale. Et dans ce cas, elle ne serait jamais venue le trouver.

C'était gentil de sa part, cette fille savait tourner un compliment, songea Michael. Il lui prit sa cigarette, l'écrasa dans le cendrier avec la sienne, l'embrassa langoureusement, murmurant son nom et lui répétant qu'elle était adorable, et se remit à la palper et la caresser. Ils restèrent assis au bord du lit, et ce n'est que lorsque Michael se fut assuré que tout irait bien qu'il la laissa basculer sur le dos et relever les jambes. Mais il ne se passa rien de plus que les fois précédentes.

Le lendemain, nerveux et fatigué par le manque de sommeil, il essaya de tromper sa honte en emmenant Mary Fontana faire une longue promenade à travers le Village. Elle lui tenait le bras, le serrant gentiment de temps en temps, mais c'était surtout lui qui parlait, lui racontant des petites anecdotes charmantes d'une voix blasée qui résonnait de plus en plus comme celle d'Humphrey Bogart. À défaut d'être un homme, il pouvait au moins être un personnage.

Mais dès qu'ils entrèrent dans la White Horse Tavern, il cessa d'essayer de la distraire. Il lui fut alors impossible de faire autre chose que s'émerveiller de la beauté de cette fille au long cou, aux yeux noirs et aux lèvres si douces. C'était presque comme si la bière et la lumière de l'après-midi conspiraient à la lui rendre plus désirable qu'il ne pouvait le supporter, étant donné les tristes circonstances.

Mais ils avaient encore du temps, il leur restait une bonne partie de la semaine et il savait qu'il serait désastreux d'abandonner tout espoir trop vite.

De retour chez lui, elle lui fit une suggestion timide et irrésistible.

— Tu veux qu'on prenne une douche ensemble ?

Elle était si magnifique, sous la douche, qu'il aurait pu passer l'après-midi à la regarder se savonner, fasciné par les courbes délicates de ses petits seins fiers et par la manière dont ses adorables cuisses se frôlaient sans se toucher, vers le haut, offrant un généreux petit espace pour glisser deux ou trois doigts sous les longues boucles denses de son pubis : comme si la nature avait voulu la rendre plus emphatiquement femme que la plupart des autres filles.

Oh, mon Dieu, s'il devait réussir à la prendre, c'était maintenant. Et il était de plus en plus certain d'y parvenir quand ils se mirent à s'essuyer l'un l'autre.

— Maintenant, ne cessait-il de murmurer. Oh, maintenant, chérie...

— Oui. Oui..., répondit-elle.

Arrivant à peine à marcher, tant ils avaient besoin d'être collés l'un à l'autre, ils parcoururent la distance qui les séparait du lit et s'allongèrent pour enfin assouvir leur désir et trouver l'apaisement.

Peine perdue. Peine perdue, cette fois encore. Et le pire, c'était qu'il ne savait plus quoi dire : il était à court d'excuses.

Ils réessayèrent, plusieurs fois, jusque tard dans la nuit.

— ... Dis, mon cœur, lui dit-elle, tu penses que tu pourrais me chatouiller, en bas, avec les doigts ?

— Tu veux dire, ici ? Comme ça ?

— Non, je... plus haut. Des deux côtés. Avec les deux mains. Oui, c'est ça. Non, pas si fort. Oh, oui, oui, c'est bon. C'est bon...

— Est-ce que... est-ce que tu... c'est bien comme ça ?

— Non, ce n'est pas grave, c'est parti. C'est passé...

Elle finit par se décourager.

— Oh, c'est ma faute. C'est forcément ma faute.

— Allons, Mary, c'est idiot, ne dis pas ça.

— Mais si, c'est vrai. Tu dois me mépriser, dans le fond, parce que je suis ici avec toi au lieu d'être avec Bob. Et je me méprise, moi aussi, d'une certaine manière.

— C'est absurde. Je trouve magnifique que tu sois ici. J'adore que tu sois ici. Tu n'aurais jamais eu l'idée que je puisse te mépriser si je réussissais à... tu sais quoi... et je vais y arriver.

Ils opposèrent un moment leurs points de vue divergents sur la question sans que cela les mène nulle part, puis Mary déclara qu'elle devait dormir un peu parce qu'elle avait des tas de trucs à faire le lendemain.

Elle passa la matinée dans son quartier à acheter des vêtements et régler des petites choses pour le mariage, puis revint le voir dans une nouvelle robe et repartit pour s'occuper de son ancien appartement.

Il resta seul la majeure partie de la journée et eut tout le temps de réfléchir en boucle à son impuissance de manière stérile. D'autres hommes rencontraient-ils ce genre de problème ? Et si oui, pourquoi en parlait-on si peu, à part pour plaisanter ? Est-ce que les filles plaisantaient sur ce sujet quand elles discutaient entre elles ? Est-ce que ça leur inspirait de la répulsion ou du dédain ? Est-ce qu'un mot, un regard ou un verre au bon moment pouvaient vous guérir de cette chose, ou fallait-il en passer par des années de psychanalyse pour remonter à la racine du mal ?

Ce n'est que lorsqu'elle revint, dans l'après-midi, et qu'ils se servirent un verre que Michael sentit jaillir en lui une idée téméraire : si une panne sexuelle aussi idiote qu'imprévisible avait causé tous ces ennuis, instiller de l'amour dans la relation pourrait sans doute aider.

Il déclara donc à Mary Fontana qu'il l'aimait, qu'il était désespérément amoureux d'elle depuis le soir de leur rencontre, chez Bob, qu'il pensait à elle en permanence et qu'il ne supportait pas l'idée de son mariage imminent, parce qu'il désirait farouchement la faire sienne.

— Tu comprends, Mary ? conclut-il. Tu peux essayer de comprendre ? Je t'aime, voilà tout. Je t'aime.

301

Elle se mit à rougir de manière fort séduisante, les yeux baissés sur son verre, gênée certes, mais visiblement ravie. À présent, au moins, elle n'avait plus aucune raison de s'en vouloir. Elle pouvait sans peine s'abstenir de lui déclarer son amour en retour, dans la mesure où cela dépassait largement le cadre de l'accord qu'ils avaient conclu quelques jours auparavant quand elle s'était présentée à sa porte, et néanmoins, leurs futurs ébats pourraient revêtir une charge romantique nouvelle.

Mais, par-dessus tout, Michael avait sauvé les apparences : car si l'on pouvait légitimement éprouver de la répulsion et du dédain à l'égard d'un homme incapable d'accomplir l'acte, il était difficile de condamner aussi promptement un homme amoureux.

— Je suis désolé, Mary, reprit-il. Je ne voulais pas te mettre dans l'embarras. Je pensais juste que ce serait mieux pour nous deux que tu saches la vérité. J'avais l'impression de te mentir en me taisant.

Il lui sembla détecter une pointe d'autorité nouvelle dans sa propre voix : le désespoir s'était envolé. L'amour faisait toute la différence.

Ils burent encore un verre, comme pour célébrer l'instant, et il sentit des torrents d'amour déferler dans ses veines avec le whisky. Ils ne tardèrent pas à être nus, et avides de repartir de zéro. Comme à chaque fois, il commença par explorer son corps avec application, le couvrant de caresses, puis il titilla ses tétons, du bout des doigts d'un côté et avec la bouche de l'autre, jusqu'à ce qu'ils durcissent et que les hanches de Mary se mettent à onduler au rythme familier de son désir. Il essaya un instant de la faire jouir manuellement, glissant deux doigts dans la zone humide dissimulée en elle, lui répétant encore et encore qu'il l'aimait, puis réorganisa leurs positions respectives et continua avec la langue. Mais il savait, depuis leur premier après-midi, que Mary n'avait que faire des jouissances accessoires à moins qu'elles ne soient qu'un préliminaire à une jouissance plus forte, plus vraie. Quand il passait trop de temps à essayer de la satisfaire avec les doigts ou la langue, elle finissait par se méfier et ses hanches se figeaient de leur propre chef, perdant tout intérêt pour la chose. Et quand il calculait bien son coup et passait à l'action à temps (s'il passait à l'action en espérant un miracle, comme il le faisait à cet instant), il avait soudain l'impression d'essayer de pousser un bout de ficelle en elle. Ce qui était résolument impossible. Instiller de l'amour à la relation avait un peu aidé, mais pas assez.

Le jour où elle avait prévu de prendre le thé au Plaza avec la mère de Bob, elle lui confia qu'elle ne s'en sentait pas le courage. Elle n'avait encore rencontré aucun membre de la famille de son fiancé, mais savait qu'ils étaient riches et anglo-saxons, de sorte qu'elle redoutait cette perspective depuis des mois. Oh, mon Dieu, comment pourrait-elle faire face à cette femme ?

— Dis, mon chou, et si tu te contentais d'y aller et de la laisser t'adorer ? lui proposa-t-il en boutonnant la robe élégante sans doute hors de prix qu'elle s'était achetée pour l'occasion. Parce qu'elle va vraiment t'adorer. Et puis, ce n'est pas comme si tu avais quoi que ce soit... à te reprocher.

Mary se tourna vers lui avec un petit sourire étonnamment cynique avant de répondre qu'il avait sans doute raison.

Quand elle rentra de son rendez-vous, un peu exaltée parce que tout s'était plutôt bien passé (mieux qu'elle ne l'espérait), elle s'installa dans un fauteuil avec modestie et accepta le verre que Michael lui avait préparé. Puis elle jeta un regard autour d'elle et baissa les yeux, semblant presque se demander qui il était, où elle l'avait rencontré et ce qu'elle pouvait bien faire dans ce drôle d'appartement. Elle avait le même air que Jane Pringle de retour de ses treize réceptions, et Michael sentit qu'il était temps de lui répéter combien il l'aimait.

— Tu vois ? Je t'avais dit que tu n'avais aucune raison de t'inquiéter. Je savais qu'elle serait dingue de toi. Tout le monde peut voir que tu es une fille exceptionnelle. Tu vis selon tes propres principes, comme le font toutes les personnes exceptionnelles. Tu sais quoi ? Je n'ai pas entendu un seul cliché de ta bouche depuis que tu es arrivée ici. Tu t'en es dangereusement approchée une fois ou deux quand tu as parlé de ton analyste, certes, mais c'est parce que les analystes t'*apprennent* à parler en clichés. C'est à ça qu'ils servent. J'imagine que tu as commencé à consulter ce connard parce que tu ne te sentais pas comme les autres, mais je ne me fais pas de souci pour toi. Il ne peut pas te faire grand mal parce que tu n'es *vraiment pas* comme les autres et qu'il ne pourra pas t'atteindre. Tu me fais un peu penser à une fille que j'ai admirée pendant des années, sans jamais l'approcher. Une certaine Diana. Elle est mariée à un gars de Philadelphie, maintenant. Un jour, elle m'a dit qu'elle aimait beaucoup un de mes poèmes, qui s'intitule « Tout est dit », et je me souviens avoir pensé OK, parfait, si Diana Maitland aime « Tout est dit », alors je me fous de l'avis du reste du monde. J'ai toujours eu un faible pour les filles pas-comme-les-autres, tu vois. Les filles qui savent qui elles sont, et qui n'ont besoin de personne pour prendre leurs décisions...

Attentif aux modulations de sa voix alors qu'il observait le visage de Mary, il songea à toutes les filles sympas et réservées qu'il avait essayé de séduire en leur débitant ce genre de discours flatteur, remontant à l'époque de la base aérienne où il était stationné en Angleterre ; et il se demanda si elles avaient toutes compris que c'était juste un tas de conneries. D'ailleurs, il n'y avait rien d'extraordinaire chez Mary Fontana : c'était une fille comme les autres qui avait envie de s'envoyer en l'air avec un inconnu avant de se marier. Mais il n'arrivait pas à s'arrêter de parler, c'était comme s'il craignait qu'elle ne parte ou ne s'évapore s'il se taisait.

— Michael ? dit-elle, sitôt qu'il lui laissa une chance de caser un mot. Tu veux bien qu'on se déshabille et qu'on aille au lit un moment ? Je me moque qu'on reste allongés sans rien faire.

Elle continua à se moquer qu'ils restent allongés sans rien faire pendant les quelques jours et nuits qu'il leur restait et, quoique perplexe, Michael dut reconnaître qu'il en éprouva du soulagement.

Et au cours des dernières heures qu'ils passèrent encore à la White Horse, ils se comportèrent comme un vieux couple marié (ou comme de simples relations qui n'étaient pas encore prêtes à tenter quoi que ce soit de sexy), discutant agréablement sans autre but que d'éviter que le silence ne s'abatte sur eux. Une fois, retournant au bar pour leur chercher une autre tournée, Michael se prit à espérer qu'elle le suivait du regard et s'aperçut que tout ça l'amusait. Il se sentait bien. Et l'idée l'angoissa profondément : il fallait être devenu dingue pour faire de son impuissance une jolie amourette.

Leur dernière nuit finit par arriver. Le lendemain matin Mary Fontana prendrait le train pour Redding, Connecticut, et le jour suivant, après l'arrivée de ses parents, de ses sœurs et de ses amis par un autre train, elle se marierait dans une « charmante » chapelle de l'église épiscopalienne.

Ils passèrent un moment allongés sans bouger entre les draps frais (il les avait changés trois fois au cours de la semaine : il n'aurait pas supporté l'odeur rance de ses échecs successifs), parlant peu à défaut de trouver grand-chose à se dire.

Quand il se mit à la caresser, Michael se demanda si ses mains en viendraient un jour à connaître une fille aussi intimement qu'elles avaient appris à connaître celle-là. Ses tétons durs, ses hanches impatientes, sa moiteur, et la question délicate du bon moment.

Mais le plus remarquable, ce soir-là, c'est qu'il réussit à la pénétrer. Ce n'était pas une érection très ferme, mais elle le sentit en elle.

— Oh, oui, gémit-elle. Oui. Oui, je suis à toi.

Plus tard, il se souviendrait avoir pensé que c'était affreusement gentil de sa part, de dire une chose pareille, et qu'il avait toujours su que c'était une gentille fille. Mais sur le moment, il comprit qu'elle feignait le plaisir et qu'elle prononçait ces paroles pour le récompenser de lui avoir tant déclaré son amour. Elle était désolée pour lui et voulait lui offrir un joli souvenir de leur dernière nuit. Et au moment où il comprenait tout ça, il tressaillit et glissa hors d'elle. Après ça, il ne resta rien entre eux que ce qu'il y avait eu tous les jours précédents.

Elle devait passer retirer quelques achats chez Lord and Taylor, lui expliqua-t-elle le lendemain. Ça ne lui prendrait pas longtemps, et son train ne partirait pas avant cinq heures ; ils convinrent donc de se retrouver au Biltmore à quatre heures, pour prendre un verre ou deux et se dire au revoir.

— Non, attends, dit-il. Disons plutôt trois heures trente, ça nous laissera un peu plus de temps.

— D'accord, convint-elle.

Quand elle fut partie, il se mit à planifier la manière dont devait se dérouler leur dernière rencontre au Biltmore. Il n'y aurait aucun regard triste, ou vaincu, ou autocomplaisant de son côté de la table : il se montrerait enjoué et pétillant, et porterait son costume le plus élégant. Ce seraient peut-être les adieux les plus braves et les plus enjoués que pourrait espérer vivre une fille la veille de son mariage.

Mais quand le téléphone sonna, à trois heures, il devina qu'elle appelait pour annuler.

— Dis, je ne pense pas que le Biltmore soit une si bonne idée en fin de compte. Je pense qu'il vaut mieux que j'aille directement à Grand Central, pour prendre mon train.

— Oh, très bien. D'accord.

Il aurait voulu lui dire Ne m'oublie pas, ou Je ne t'oublierai jamais, ou Je t'aime, mais rien de tout cela ne lui paraissait sonner assez juste. Il se contenta de répéter :

— D'accord, Mary.

Pendant un long moment, après avoir raccroché, il resta assis, la tête dans les mains, se grattant le crâne de ses dix ongles.

Mary raconterait sans doute à Bob Osborne où elle avait passé sa semaine. C'était une fille trop bien pour ne pas tout lui avouer (et très bientôt). Et elle lui raconterait certainement qu'il ne s'était rien « passé », et plus Bob l'interrogerait pour avoir des détails de l'affaire et plus elle lui en donnerait. Jusqu'à ce qu'il ne reste plus rien de Michael Davenport.

Il fut incapable de faire quoi que ce soit pendant de nombreux jours, après ça. Il tomba malade, perdit du poids, et arrêta même de travailler. Il se doutait que ce devait être moins grave que la mort, mais, par moments, il n'en était plus sûr du tout.

Cependant, même le chagrin ne pouvait durer éternellement. La meilleure chose à faire était de s'allonger et d'attendre une renaissance inattendue. Et un matin, alors que l'été était bien entamé, il reçut un appel aussi bref que laconique de son agent qui lui sembla vaguement prometteur : une de ses vieilles pièces en un acte allait être produite pour la télévision canadienne par un studio « mineur » de Montréal.

L'argent que ça lui rapporterait couvrirait à peine le coût d'un aller-retour pour Montréal, mais il décida qu'il n'y avait pas de meilleure manière de le dépenser. Ils allaient sans doute massacrer sa pièce mais la distribution comporterait nécessairement une ou deux jolies filles.

Il envisagea de proposer à Bill Brock de l'accompagner, mais songeant que Brock pouvait se révéler un compagnon de voyage tonitruant, il eut une meilleure idée : il appela Tom Nelson.

— ... Et il faudra qu'on y aille avec ta voiture, bien sûr, dit-il après lui avoir expliqué la situation. Mais je paierai l'essence et on pourra se relayer au volant.

Tom ne se fit pas prier. Il lui répondit qu'il était prêt à sauter sur n'importe quel prétexte pour voyager.

Ils prirent la route par une journée chaude et ensoleillée, et Tom s'installa derrière le volant, tout pimpant dans une de ces chemises kaki avec des pattes boutonnées aux épaules que seuls les officiers étaient supposés porter, et débitant maintes petites plaisanteries désabusées.

Ils n'avaient pas atteint Albany que Michael commençait à se demander si Bill Brock n'aurait pas été un meilleur choix, en fin de compte. Ou mieux, s'il n'aurait pas été plus malin de sa part de faire le voyage seul, en train ou en autocar.

— Tu as toujours cette Anglaise ? s'enquit Tom.

— Non, nos chemins se sont séparés depuis un moment. Mais je l'ai eue pendant environ cinq mois.

— C'est super. Et depuis ? C'est le défilé ?

— Mettons que je suis plutôt occupé.

— Super. D'ailleurs, je commence à piger le but de ce voyage à Montréal. Tu t'es dit qu'il y aurait une jolie fille dans la pièce, et qu'elle t'accueillerait avec de grands yeux émerveillés en s'écriant : « Vous voulez dire que vous êtes *l'auteur ?* »

— Tout juste, répondit Michael. Tu as pigé. Le même genre de jolies filles qui fréquentent les musées et s'écrient : « Vous voulez dire que vous êtes Thomas *Nelson* ? »

Nelson lui adressa un sourire un brin trop moqueur pour être engageant.

— Tu t'es bien préparé ? reprit-il. Tu as pris des capotes ?

Michael en avait un paquet dans sa poche, mais il aurait préféré mourir que de le confirmer ou le nier.

— T'inquiète, mon brave petit soldat, rétorqua-t-il. Il y en aura assez pour nous deux.

Arrivés à Montréal, ils se trompèrent de route plusieurs fois avant de trouver le studio de télévision, mais arrivèrent à temps. Le metteur en scène, un petit homme nerveux, dit à Michael qu'il espérait que le spectacle lui plairait et lui donna un ronéo du script. Michael en lut assez pour comprendre que sa pièce avait effectivement été massacrée : les dialogues étaient dramatisés au point de friser le soap-opéra, le rythme était perdu sans espoir de retour, et la fin serait sans doute un naufrage.

— Excusez-moi, vous êtes monsieur Davenport ?

Une jeune fille le dévisageait avec un air plein d'espoir. Elle s'appelait Susan Compton et tenait le rôle principal. Elle se déclara extrêmement heureuse de le rencontrer : elle savait que la version télévisée était « affreuse », ayant lu la pièce originale lors de sa parution, qu'elle avait trouvée « magnifique ». Elle était désolée mais elle devait filer. Elle espérait qu'ils se verraient plus tard, et serait « heureuse » de discuter avec lui. La regardant s'éloigner d'une démarche gracieuse vers les autres acteurs, Michael pensa qu'il n'aurait pu rêver de meilleure raison d'entre-prendre ce voyage.

Tom Nelson et lui prirent place dans la cabine de verre perchée au fond du studio, aux côtés de l'ingénieur du son, afin de visionner la pièce sur un « moniteur » suspendu au niveau de leurs yeux. Au début, Michael dut se contenter de coups de coude et de grimaces répétées pour signifier à Nelson que ce qu'ils regardaient ne ressemblait en rien à sa pièce, puis il y renonça : ça n'avait aucune importance. Quand ce truc idiot et décousu serait terminé, il irait retrouver une fille dont chacun des gestes et des mouve-ments suivis par la caméra était un plaisir pour les yeux, et dont le visage, qui apparaissait parfois en gros plan, était ravissant.

La fin fut presque aussi catastrophique qu'il l'avait craint, mais sitôt que les lumières du studio revinrent, il descendit pour rejoindre la scène et marcha droit vers Susan Compton pour lui dire qu'elle avait été merveilleuse et lui proposer d'aller boire un verre quelque part.

— Oh, j'aurais adoré ça, répondit-elle, mais on a prévu de passer la soirée tous ensemble, avec les autres comé-diens. Vous êtes les bienvenus votre ami et vous, si vous souhaitez nous accompagner.

Et ils se retrouvèrent dans un grand restaurant illuminé, assis à des tables que les serveurs avaient rassemblées en vitesse pour tous les accueillir. Susan Compton occupait la place d'honneur, encadrée du metteur en scène et du premier rôle masculin, puis les autres acteurs et les quelques techniciens se succédaient, de part et d'autre de la longue enfilade de tables, Tom Nelson et Michael (les deux invités inattendus) occupant l'autre extrémité du dispositif.

Michael hésita un moment à chuchoter à Tom : Écoute, je pense qu'il pourrait se passer quelque chose avec la jeune Compton, alors tu ferais peut-être bien de prendre une chambre d'hôtel et de rentrer seul demain matin ? Mais plus il observait l'actrice, qui discutait avec animation, levant son petit verre dans tous les sens comme un trophée, plus il doutait. À la fin de la soirée, il se pouvait fort qu'elle ne lui offre qu'un rapide baiser parfumé au brandy avant de disparaître dans Montréal sous le regard de Nelson, les bras de deux acteurs autour de la taille. Et il savait que Tom le taquinerait impitoyablement durant tout le trajet de retour.

Il décida qu'il y avait plus urgent que de se débarrasser de Nelson. Le plus important était d'avoir la fille. Il saisirait la première occasion pour se lever et lui proposer de la raccompagner chez elle. Si elle acceptait, le problème Nelson se résoudrait de lui-même : quelques mots aimables feraient l'affaire – ou un simple clin d'œil appuyé, si Nelson était d'humeur magnanime. Ensuite, l'auteur de la pièce n'aurait plus qu'à arrêter un taxi pour la fille et lui, et la nuit serait pleine de promesses.

Son plan réussit presque. Il dut jouer des épaules pour fendre la foule des gens de télévision souriants quand ils se levèrent enfin pour partir, mais réussit à coincer la fille – ou du moins, à l'approcher suffisamment pour lui parler.

— Susan ? Je peux vous raccompagner chez vous ?

— Euh, oui, ce serait adorable, merci.

— La voiture est juste devant, déclara Tom Nelson.

— Oh, vous avez une voiture, merveilleux.

C'est ainsi qu'ils se retrouvèrent tous trois dans cette fichue voiture, et que Michael les conduisit vers une banlieue proche de Montréal, un goût d'échec à la bouche.

Susan Compton leur expliqua qu'elle vivait avec sa famille. Elle espérait avoir bientôt son appartement à elle, mais il y en avait très peu de disponibles à Montréal. Quand ils arrivèrent devant la maison de ses parents, toutes les lumières étaient éteintes.

Elle les entraîna au sous-sol en chuchotant et alluma une pièce étonnamment spacieuse aux murs couverts de panneaux de chêne qui ressemblait aux « salles de jeux » que les familles aisées s'enorgueillissaient de posséder.

— Je peux vous offrir un verre ? proposa-t-elle.

Il semblait y avoir un bar bien garni à un bout de la salle. Il y avait également deux ou trois canapés cossus. Michael se remit à espérer que la nuit pourrait encore lui réserver de belles surprises à condition que Tom Nelson veuille bien ficher le camp. Seulement, Nelson accepta un verre, puis un autre, qu'il but en se promenant autour de la pièce et en inspectant les panneaux de bois comme s'il recherchait de minuscules imperfections ou des endroits où ses aquarelles pourraient être mises en valeur.

— Vous n'imaginez pas à quel point j'aurais préféré que votre pièce soit jouée telle que vous l'avez écrite, lui confia Susan Compton. Toutes ces modifications sont si sottes et inutiles.

Elle était installée sur l'un des canapés. Assis face à elle, sur un pouf en cuir, Michael tirait un certain plaisir de son inconfort.

— Oh, j'imagine qu'on pouvait s'y attendre de la part d'une production télévisée. Mais votre interprétation était magnifique. C'est exactement ainsi que j'imaginais la fille.

— Ah oui ? En tout cas, c'est le plus beau compliment qu'on pouvait me faire.

— Il m'a toujours semblé que l'art dramatique, et le spectacle vivant en général, étaient les formes d'expression artistique les plus brutes. Et les plus ingrates aussi, parce que vous n'avez jamais de deuxième chance. Vous ne pouvez pas revenir en arrière et rectifier votre travail immédiatement. Tout est spontané et définitif en même temps.

Elle répondit qu'il y avait beaucoup de vérité dans ce qu'il disait, et que c'était très joliment formulé, et l'éclat de son regard était éloquent : elle le trouvait « intéressant ».

— Quand même, j'ai toujours trouvé le travail créatif plus admirable encore. Créer à partir de rien, donner naissance à une œuvre. Avez-vous écrit beaucoup d'autres pièces, Michael ?

— Juste quelques-unes, j'écris surtout de la poésie. C'est ce que je fais le mieux, semble-t-il, ou ce qui m'intéresse le plus, du moins.

— Oh, mon Dieu. Je ne peux imaginer d'art plus complexe que la poésie. L'art le plus pur, qui se suffit à lui-même. Vous en avez publié beaucoup ?

— Deux recueils, jusqu'ici. Je ne vous recommanderais pas le deuxième, mais je crois que le premier n'est pas mauvais.

— Il est toujours en librairie ?

— Oh, non, plus maintenant. Mais vous le trouverez sans doute à la bibliothèque.

— Merveilleux. Et je chercherai le deuxième également.

Il fut alors temps de ramener la conversation à elle.

— Non, mais vraiment, Susan, je suis extrêmement content d'avoir fait le voyage pour assister à l'enregistrement. Vous... vous m'avez offert une chose précieuse que je n'oublierai pas.

— Eh bien, je ne trouve pas les mots...

Elle baissa les yeux.

— Je ne trouve pas les mots pour vous dire à quel point vos paroles me flattent.

Tom ne se décidait toujours pas à les laisser seuls. Quand il sembla en avoir assez d'inspecter les murs, il revint s'asseoir avec eux et demanda à Susan si elle avait toujours vécu à Montréal.

Oui, elle avait toujours vécu ici.

— Et vous avez une grande famille ?

— Trois frères et deux sœurs, je suis l'aînée.

— Votre père travaille dans quelle branche ?

Et ainsi de suite, jusqu'à ce que Susan Compton finisse par ressembler de moins en moins à une actrice professionnelle et de plus en plus à une jeune fille fatiguée, impatiente de retrouver le silence de sa chambre à coucher et la rangée d'animaux en peluche conservés depuis l'enfance.

Elle finit par leur expliquer qu'elle devait retourner au studio le lendemain matin à dix heures afin d'enregistrer une émission pour les enfants, et qu'elle ferait sans doute mieux de dormir un peu. Ils étaient les bienvenus s'ils voulaient rester ici : il y avait des couvertures et tout ce dont ils pourraient avoir besoin dans le placard. Elle espérait que ce serait assez confortable pour eux.

Puis elle disparut, et le pire était que Michael ne put même pas s'exclamer : Bon sang, Nelson, pourquoi tu n'as pas filé ? Parce qu'il ne voulait pas prendre le risque de ruiner l'atmosphère du long voyage de retour à New York. Sans compter que personne n'osait s'adresser à Tom Nelson de la sorte. Tom Nelson était si habitué à susciter l'admiration et le respect qu'il évoluait dans le monde avec la désinvolture tranquille d'un homme sur qui la colère des autres n'avait aucun effet. Il était trop « cool » pour les reproches.

Et il fallait bien reconnaître que ça aurait été un peu pathétique de s'envoyer cette fille dans sa chambre en sous-sol sans verrou, songea Michael se retournant sur son canapé et remontant la couverture sur ses épaules ; avec la famille nombreuse qui dormait à l'étage. Elle se serait sans doute recroquevillée sur elle-même s'il avait tenté une approche, qu'elle le trouve « intéressant » ou non. Ah, au diable tout ça.

Au matin, tandis qu'ils repliaient leurs couvertures, Tom Nelson lui lança :

— Il faudrait qu'on parte le plus tôt possible, d'accord ? Je dois me remettre au boulot.

— D'accord.

Dans le hall de la maison, à l'étage, ils entendirent les éclats de voix des membres de la famille autour de la table du petit-déjeuner.

— Tu sais ce qui se passera si tu frappes à cette porte ? lui dit Nelson. Une gentille femme d'une quarantaine d'années passera la tête dehors et...

Il tendit le cou et imita à la perfection le sourire d'une mère de famille.

— ... elle dira « Café ? » et on se retrouvera coincés ici pour plusieurs heures. Alors viens.

Ce n'est que lorsqu'ils eurent repris la route, et que le paysage morne du Québec se remit à défiler derrière les vitres de la voiture, que Michael fut saisi de remords. Pourquoi n'avait-il *pas* frappé à cette porte ? Pourquoi n'était-il pas entré pour accepter une place à la table du petit-déjeuner familial à côté de Susan, grande et adulte souriant parmi ses petits frères et sœurs ? Il l'aurait raccompagnée au studio de télévision pour son enregistrement de dix heures, puis ils auraient déjeuné et bu quelques martinis, et se seraient promenés main dans la main tout l'après-midi. Nom d'un chien, il n'y avait aucune raison de rentrer, il aurait pu passer toute une semaine à Montréal.

Et cette réflexion en entraîna une autre, plus moche : et s'il s'était laissé guider par la lâcheté ? Et s'il avait craint Susan Compton depuis le début, et était secrètement soulagé d'avoir pu lui échapper ? Et si sa semaine désastreuse avec Mary Fontana l'avait traumatisé au point qu'il ne pouvait plus désirer de fille sans la craindre ? Et si, rêvant de séduire et terrifié par l'impuissance, de déni en déni, et de renoncement en renoncement, il finissait par devenir l'un de ces hommes qui sont toujours dans l'esquive et la fuite ?

C'est alors que Tom Nelson éclata de rire au volant, comme si une chose incroyablement cocasse venait de lui passer par la tête.

314

— Tu sais ce qu'a dû penser cette fille ? lui dit-il.

Et devinant aussitôt ce qu'il s'apprêtait à répondre, Michael comprit qu'il pourrait ne jamais plus revoir Tom Nelson de sa vie sans que cela ne l'affecte le moins du monde.

La chute ne se fit pas attendre :

— Elle a dû penser qu'on était un couple de pédés.

Tout commença à se désagréger au mois d'août. Il parvenait à dormir quatre heures une nuit, puis trois heures la nuit suivante, et plus du tout celle d'après. Puis il s'endormait soudain en pleine journée et se réveillait dans ses vêtements fripés, sans avoir aucune idée de l'heure qu'il était, ni même du jour.

Il savait qu'il buvait trop parce que les bouteilles vides jonchaient le sol de sa cuisine. Et il se forçait de moins en moins à mâcher et avaler de petites quantités de nourriture, parce que l'odeur et le goût des aliments le révulsaient.

Est-ce que ce qu'il écrivait depuis six mois n'était qu'une preuve de plus qu'il touchait le fond ? Si tel était le cas, aucun psy n'avait besoin de le savoir. Un soir, il fourra tous ses manuscrits dans un sac en papier brun qu'il emporta dehors et enfonça au fond d'une benne municipale avec un tel sentiment de libération qu'il marcha un bon kilomètre avant de s'apercevoir qu'il ne portait pas de chemise.

Un autre soir, décidant soudain de ne plus toucher à l'alcool, il cassa sa dernière bouteille de whisky dans l'évier d'un geste théâtral et regarda les éclats de verre avec un sentiment de triomphe. Puis, soudain gagné par la peur vertigineuse de souffrir du manque des ivrognes, il s'allongea, frissonnant, et attendit d'être pris d'hallucinations, de convulsions, ou d'autres symptômes de ce genre.

Mais dès le lendemain (ou le surlendemain ?), il était dehors et marchait d'un pas vif vêtu du costume d'hiver et de la cravate de soie qu'il portait pour se rendre à *L'Ère des grandes chaînes*. Tout tressautait et il n'était pas toujours certain que les gens qu'il voyait étaient vraiment là, mais il sentait qu'il était primordial qu'il continue à avancer, qu'il aurait été bien pire de rester chez lui.

Ses pensées fusaient en tous sens depuis des jours et des jours, répétitives, vaines et désespérées, évoquant les prémices de la folie. Chaque fois qu'il parvenait à les museler un instant (ne serait-ce qu'une minute), il avait le sentiment de lutter pour son salut.

Arrivé à un kiosque à journaux de Lower Broadway, non loin de l'hôtel de ville, il réussit à endiguer le flux assez longtemps pour attraper un exemplaire du *New York Times* et vérifier quel jour on était. Jeudi. Ce qui signifiait qu'il devait aller récupérer Laura au train le lendemain.

— Dites, monsieur ? lui demanda le kiosquier aux dents pourries. Vous ne voulez pas non plus que je vous prête de l'argent pour acheter ce fichu journal, tant qu'on y est ?

Quand il se retrouva chez lui dans une tenue différente, il n'était plus du tout sûr de la date. Sa montre indiquait neuf heures, mais il ignorait si on était le matin ou le soir : la lueur rosée qui auréolait ses fenêtres sombres pouvant suggérer l'un comme l'autre. Il composa néanmoins le numéro de Tonapac, sentant qu'il le *fallait* et, à mesure qu'il parlait, perçut l'hésitation, puis la terreur croissante dans la voix de sa fille.

Lucy le rappela plus tard : « Michael ? Tu peux m'expliquer ce qu'il se passe ? »

Il n'eut pas à attendre longtemps avant que Bill Brock n'apparaisse à sa porte, avec un sourire circonspect et gêné à la fois (« Mike ? Tu vas bien ? »). Et c'est ainsi que l'ère pré-Bellevue prit fin.

2.

Quand ils le laissèrent sortir de Bellevue, il découvrit que tout l'effrayait. Le cri d'une sirène, même lointain, suffisait à lui glacer le sang. De même que la vue d'un flic. N'importe quel flic, n'importe où. Et il se tenait loin des jeunes hommes noirs. En particulier quand ils étaient baraqués : parce qu'ils lui rappelaient les aides-soignants de Bellevue.

S'il avait possédé une voiture, il aurait sans doute eu peur de conduire, ou juste de démarrer le moteur et de passer une vitesse : parce qu'il pouvait se produire une quantité impressionnante d'incidents entre le moment où l'on mettait le contact et le moment où l'on passait la première vitesse. Le simple fait de marcher le terrifiait quand il devait traverser une grande avenue. Et il n'aimait pas les coins de rue non plus : on ne savait jamais ce qu'on allait trouver de l'autre côté.

Il avait l'impression que cette angoisse paralysante avait toujours été une partie intégrante de sa nature, plus ou moins bien dissimulée. Ne craignait-il pas déjà les garçons dans la cour de récréation de l'école ? N'avait-il pas appris à jouer au football (un sport qu'il détestait) parce que c'était ce qu'on attendait de lui ? Même la boxe l'effrayait avant qu'on ne lui explique comment se déplacer, répartir son poids sur ses jambes et se servir de ses poings. Quant à ses années de mitrailleur dans l'aviation, la partie de sa vie qui semblait impressionner tant de gens depuis tant d'années : il avait toujours su que les mots « courage » et « cran » étaient loin d'être appropriés. Quand vous étiez prisonnier dans le ciel avec neuf autres gars, vous faisiez ce que vous pouviez, et le meilleur moyen de tenir le coup, c'était d'appliquer la bonne vieille méthode en vigueur à l'armée, qui consistait à serrer les fesses. Et puis, la guerre durait depuis assez longtemps pour que les pronostics soient en votre faveur. Aucune mission ne pourrait durer encore bien longtemps. Et, là-bas, en Angleterre, il était toujours bon d'entendre les autres gars vous confier qu'eux aussi étaient morts de trouille.

Tremblant devant son armoire à pharmacie, il avalait les psychotropes qu'il prenait chaque jour sans exception à l'heure indiquée sur l'ordonnance. Et une fois par semaine, il se traînait dûment à Bellevue pour rencontrer le psychiatre guatémaltèque qui s'occupait de son traitement de patient sortant.

— Imaginez que votre cerveau est un circuit électrique, lui dit le médecin. C'est plus complexe, bien sûr, mais similaire à un égard : si vous surchargez un de ses éléments (il dressa un index pour souligner son propos) vous faites exploser tout le dispositif. C'est le court-circuit. Les lumières s'éteignent. Bon. Eh bien, dans votre cas, le danger est réel, et sa source est claire, et il n'y a qu'une seule solution : arrêter de boire.

Et Michael Davenport ne toucha plus à l'alcool pendant un an.

— Une année entière, insisterait-il plus tard, chaque fois qu'une personne semblerait en douter, ou ne pas trouver ça suffisamment admirable. Douze mois sans boire ne serait-ce qu'une goutte de bière, vous imaginez ? Et tout ça parce qu'un clown en blouse blanche m'a fichu la frousse en prétendant que l'alcool provoquait des courts-circuits dans mon cerveau. Alors, d'accord, j'ai toujours la frousse la moitié du temps, comme absolument tout le monde, mais au moins je ne suis pas un lâche, et ça fait toute la différence.

Il découvrit également qu'il était à nouveau capable de s'envoyer en l'air, et il fut si reconnaissant à la fille qui le lui démontra, que l'acte accompli, il dut réprimer son envie de la remercier de tout son cœur. C'était une secrétaire de *L'Ère des grandes chaînes*. Elle lui avait expliqué que c'était la première fois qu'elle trompait son petit ami et qu'elle se serait sentie toute drôle à l'idée d'aller le retrouver chez lui, cet après-midi-là, si elle ne venait pas de découvrir que son petit ami l'avait trompée. Enfin, elle se sentait assez mature pour comprendre et accepter cette infidélité : il venait d'ouvrir un cabinet dentaire à Jackson Heights et la pression émotionnelle était énorme.

— Ouais, convint Michael, se faisant l'effet d'être le roi du monde. J'imagine que la pression émotionnelle peut vraiment t'attirer des ennuis, Brenda.

L'été 1964, après la parution de son troisième recueil, il fut invité à lire quelques-uns de ses poèmes dans le cadre d'une résidence pour écrivains de deux semaines dans le New Hampshire. L'événement était accueilli par un petit campus pittoresque au milieu des montagnes, à des kilomètres de la moindre ville. Il comprenait suffisamment de vieux bâtiments disséminés un peu partout pour héberger trois cents invités payants, ainsi qu'une grande cuisine, un vaste réfectoire, et un amphithéâtre baigné de lumière où des conférences ayant l'écriture pour unique sujet se succédaient sans interruption.

Le directeur du programme était un certain Charles Tobin. Un écrivain d'une cinquantaine d'années dont Michael avait toujours aimé les romans, qui se révéla être un hôte chaleureux et jovial.

— Passez nous voir au Pavillon dès que vous serez installé, Mike, lui proposa-t-il. Vous le voyez, là-bas ? De l'autre côté de la rue ?

Située en retrait, à l'arrière du campus, la petite maison entourée d'une terrasse était utilisée comme lieu de réunion pour les professeurs – une sorte de club privé où seuls quelques non-membres privilégiés étaient parfois invités. L'alcool y coulait à flots chaque jour, une ou deux heures avant le déjeuner, et de manière torrentielle dans les heures qui précédaient le dîner ; et il n'était pas rare que les chansons et l'ivresse envahissent les lieux jusque tard dans la nuit. La grande complaisance de Charles Tobin envers ces incartades semblait venir de son idée que les écrivains travaillant plus dur que la plupart des gens (plus dur que quiconque pouvait se l'imaginer), ils méritaient bien cette coupure d'une ou deux semaines chaque été. Par ailleurs, les écrivains étant rompus à l'exercice de l'autodiscipline, il estimait pouvoir leur faire confiance.

Mais il ne s'était écoulé qu'une semaine que Michael Davenport se sentait déjà glisser vers le fond, ou plutôt : à deux doigts de déborder. Et ce n'était pas uniquement dû à l'alcool – même si l'alcool n'arrangeait rien. L'amphithéâtre y était pour beaucoup.

Il avait déjà eu l'occasion de lire ses poèmes à voix haute devant des petits groupes par le passé, mais jamais debout devant un lutrin et de tout son cœur, face à un public silencieux et attentif de trois cents personnes. Ces personnes voulaient tout savoir de l'art complexe et délicat qu'il pratiquait depuis vingt ans, et il faisait de son mieux pour satisfaire leur curiosité au cours de conférences, tantôt improvisées, tantôt organisées à partir de notes griffonnées en vitesse, qui finissaient par former une structure bien solide et singulière, et qui remportaient un franc succès.

— C'est du bon boulot, Mike, lui répétait Charles Tobin, chaque fois qu'ils quittaient l'amphithéâtre ensemble.

Et Michael n'avait même pas besoin qu'on le lui dise, car de longues salves d'applaudissements enivrantes résonnaient encore derrière eux.

Des gens se massaient autour de lui pour qu'il dédicace leurs exemplaires de ses livres, ou solliciter de petits entretiens privés d'un ton haletant afin de lui confier leurs propres problèmes liés à l'écriture. Et il avait une fille tout à lui, aussi.

Une jeune apprentie écrivaine longiligne à l'air grave prénommée Irène, qui servait au réfectoire en échange d'une « bourse » de résidence. Chaque soir, Irène frappait timidement à sa porte, et tourbillonnait jusqu'à ses bras comme si c'était le genre de romance qu'elle avait attendue toute sa vie. Elle le complimentait comme aucune fille ne l'avait fait avant elle, pas même Jane Pringle aux premiers temps de leur relation. Un soir, tard dans la nuit, alors qu'ils étaient au lit, elle déclara admirative :

— Tu *connais* tellement de choses...

Et il se revit à Cambridge en 1947.

— Non, arrête, ne dis pas ça, Irene, lui dit-il, parce que, premièrement, ce n'est pas vrai. Tout ce que je dis pendant ces conférences, ça vient de nulle part. Ça tombe un peu du ciel. Je ne sais même pas d'où ça vient, et ça donne l'impression que je suis bien plus malin que je ne le suis en réalité, tu comprends ? Et deuxièmement, parce que c'est ce que m'a dit ma femme avant notre mariage, et j'ai mis un bon paquet d'années à découvrir qu'elle se trompait, alors essaie d'éviter de dire ce genre de connerie, tu veux ?

— Je crois que tu es très fatigué, Michael.

— Oh, mon chou, ça tu peux le dire. Je suis mort de fatigue, et ce n'est rien à côté de ce qui m'attend. Écoute-moi. Écoute-moi bien, Irene. Je ne veux pas te faire peur mais je pense que je suis peut-être en train de devenir fou.

— En train de... quoi ?

— De devenir fou. Mais, attends, ce n'est pas si grave. Laisse-moi t'expliquer. Ça m'est déjà arrivé et j'ai réussi à m'en sortir, alors je sais que ce n'est pas la fin du monde. Et je pense que j'ai pigé ce qui se passe plus tôt, cette fois. Peut-être même que je l'ai pigé *à temps*, si tu vois ce que je veux dire. Je contrôle à peu près la situation. Et si je fais extrêmement attention avec l'alcool, ces conférences et tout le reste, je devrais pouvoir tenir le coup. Il n'y en a plus que pour deux ou trois jours, de toute façon.

— Il reste six jours, corrigea-t-elle.

— Bon, d'accord, six jours. Mais le problème, Irene, c'est que je vais vraiment avoir besoin de ton aide.

Il y eut un silence pesant.

— À quel égard ? finit-elle par demander.

Tant de la pause que de son ton timoré et prudent, il déduisit qu'il attendait trop de cette fille. Ils avaient beau se palper et s'entortiller l'un à l'autre depuis une semaine, ils n'étaient encore que des inconnus l'un pour l'autre. Qu'elle l'ait idéalisé au point de le considérer comme une personne saine d'esprit ne signifiait pas qu'elle saurait quoi faire avec le fou qui sommeillait en lui. Avant de décider de lui fournir ou non l'« aide » sollicitée, elle avait besoin de savoir de quoi il était question.

— Oh, je ne sais pas, mon chou. Je n'aurais pas dû le formuler ainsi, se rétracta-t-il. Tout ce que je voulais dire, c'est que j'aimerais que tu restes dans les parages. Que tu sois ma petite amie, ou que tu fasses mine de l'être, jusqu'à ce que tout ce cirque soit terminé. Et ensuite, on passera du bon temps, je te le promets.

Mais ça non plus n'était pas la formulation idéale. Quand tout ce cirque serait terminé, elle retournerait passer son diplôme à John Hopkins, une université trop éloignée de New York pour qu'elle puisse lui rendre visite souvent, quand bien même elle le voudrait. Et il n'aurait jamais dû dire « que tu fasses mine d'être ma petite amie », parce qu'aucune fille au monde n'accepterait ça.

— Et si tu dormais un peu, maintenant ? lui proposa-t-elle.

— D'accord. Mais viens plus près de moi ou je n'y arriverai pas... oui, comme ça. Comme ça. Oh, mon Dieu, tu es adorable. Oh, ne t'en va pas. Ne t'en va pas, Irene...

Il gagnait l'amphithéâtre d'un pas mal assuré, le lendemain matin, quand Charles Tobin lui emboîta le pas et l'attrapa par le bras.

— Ce ne sera pas nécessaire, Mike.

— Qu'est-ce que tu veux dire ?

— Que tu n'auras pas à faire face à cette foule, aujourd'hui. Quelqu'un va te remplacer.

Tobin s'arrêta et obligea Michael à l'imiter. Ils se dévisagèrent sous un soleil étourdissant.

— Je me suis déjà organisé pour te faire remplacer.

— Oh. Alors, je suis viré ?

— Oh, je t'en prie, Mike. Personne ne se fait « virer » ici. Je suis inquiet pour toi, c'est tout, et je…

— Où es-tu aller chercher « inquiet » ? Tu penses que je deviens dingue ?

— Je pense que tu as un peu tiré sur la corde, et que tu es épuisé. J'aurais dû m'en apercevoir plus tôt, mais après ce qui s'est passé au Pavillon, hier soir, je…

— Que s'est-il passé au Pavillon, hier soir ?

Tobin le dévisagea.

— Tu ne t'en souviens pas ?

— Non.

— Bon, allons dans ta chambre pour en discuter, tu veux ? Il y a trop… d'oreilles indiscrètes ici.

Michael remarqua alors que plusieurs personnes, tant des étudiants que des dames aux cheveux d'un bleu neigeux, s'étaient arrêtés dans l'herbe chatoyante et sur le chemin pour assister à la confrontation.

Quand ils arrivèrent devant sa chambre, il se mit à trembler de manière irrépressible et ce fut un soulagement de pouvoir s'asseoir sur son lit. Charles Tobin prit place sur l'unique chaise en face de lui, et se pencha en avant pour lui raconter ce qu'il s'était passé la veille au soir.

— … et tu n'arrêtais pas de te resservir avec la bouteille de Fletcher Clark. Je ne pense pas que tu en étais conscient au début, mais le problème, c'est que tu as continué quand il t'a demandé d'arrêter. Et lorsqu'il a fini par se mettre en colère, tu l'as traité d'enculé et tu l'as cogné. Il a fallu qu'on s'y mette à quatre pour vous séparer, et la grande table a été cassée dans la bousculade. Tu ne te souviens de rien ?

— Non, je... Oh, mon Dieu. Oh, mon Dieu.

— Allons, c'est fini maintenant, Mike, ça ne sert à rien de te torturer. Ensuite, Bill Brodigan et moi t'avons raccompagné ici, et tu as retrouvé ton calme. Tu as dit que tu ne voulais pas qu'on entre avec toi. Que ça risquait de perturber Irene. Et ça nous a semblé raisonnable, alors on a attendu au bout du couloir, et tu es rentré seul. C'est tout.

— Où est-elle, maintenant ? Irene ?

— C'est l'heure du déjeuner, elle doit être au réfectoire. Ne t'en fais pas pour Irene. Elle va bien. Je pense que le mieux, maintenant, serait que tu te déshabilles et que tu dormes un peu, tu ne crois pas ? Je repasserai te voir dans un moment.

Quand Charles revint (aussitôt ou bien plus tard, Michael n'aurait su le dire), il était accompagné d'un jeune homme de petite taille vêtu d'un costume d'été bon marché.

— Mike, je te présente le Dr Brenner, lui annonça-t-il. Le Dr Brenner va te faire une injection et tu vas pourvoir te reposer.

Une aiguille s'enfonça dans sa fesse, de manière plus assurée et moins humiliante que toutes les aiguilles qu'il avait connues à Bellevue, et il se retrouva dans le couloir, vêtu de vêtements plus décontractés, repoussant les mains de Tobin et du médecin pour leur prouver qu'il était capable de marcher seul. Encadré des deux hommes, il traversa une étendue d'herbe lumineuse pour rejoindre la berline crème qui l'attendait derrière. Un jeune homme bien charpenté vêtu de blanc se leva de la banquette arrière et aida les deux autres à installer Michael dans la voiture, aussi précautionneusement que s'il s'était agi d'un vieillard fragile. Vraiment, ils n'auraient pas pu se montrer plus délicats. Mais il perdit connaissance dès que la voiture démarra pour traverser la succession de vert vif et d'ombres du campus, de sorte qu'il aurait été incapable de dire s'il rêvait ou si la route était réellement bordée d'une foule hétéroclite de personnes en vêtements d'été, qui, surprises ou embarrassées, regardaient leur orateur favori être emmené de force.

Il passa une semaine dans le service de psychiatrie de l'Hôpital de Concord, New Hampshire ; un lieu si propre, si lumineux et si silencieux, avec un personnel si résolument courtois qu'il n'avait pas du tout l'impression de se trouver dans un service de psychiatrie.

Et il avait une chambre pour lui seul. Et même si, plusieurs jours plus tard, il comprit que sa porte était toujours entrouverte et que les murmures qu'il entendait venaient du couloir du service, fermé de l'extérieur, ça restait une chambre privée, ce qui le dispensait de se mêler aux autres patients instables. De plus, des repas étonnamment succulents étaient déposés sur sa table de nuit à des intervalles rigoureusement réguliers.

— Le traitement que nous vous administrons en ce moment devrait vous aider, monsieur Davenport, si vous continuez à le suivre une fois rentré chez vous, lui expliqua un jeune psychiatre tiré à quatre épingles. Mais je ne minimiserais pas la gravité de ce qu'il vous est arrivé à... cette conférence d'écrivains. Il semblerait que vous ayez été victime d'un deuxième épisode psychotique, ce qui peut suggérer un schéma et laisser présager la possibilité d'autres épisodes dans le futur. Alors, à votre place, je serais très vigilant. Je commencerais sans nul doute par y aller doucement avec l'alcool, et j'essaierais d'éviter les situations de stress émotionnel pour... le restant de ma vie. De votre vie.

Quand Michael se retrouva seul, il s'allongea pour réfléchir à tout ça. Pouvait-il continuer à diviser les époques entre l'ère pré-Bellevue et l'ère post-Bellevue ? Cette nouvelle crise allait-elle nécessiter la création d'une nouvelle période historique, indépendante des autres ? Ou devait-il considérer l'événement comme la guerre de Corée : une preuve qu'on ne pouvait pas attendre de l'histoire qu'elle ait beaucoup de sens ?

Irene lui rendit visite un après-midi. Elle s'assit à son chevet, ses jolies jambes croisées dénudées jusqu'aux genoux, et lui parla de sa rentrée universitaire à Johns Hopkins. Elle répéta plusieurs fois les mots « marrant » et « se revoir » à New York, et il répondit « Oh, bien sûr, Irene, on reste en contact ». Ils parlaient tous deux du ton gracieux que l'on adopte spontanément pour faire des promesses en l'air.

À la fin des heures de visite, elle se pencha pour déposer un baiser sur ses lèvres, et il comprit qu'elle n'était pas venue à seule fin de lui dire au revoir : elle voulait avoir un aperçu (par pure curiosité) de ce que « feindre d'être sa petite amie » pouvait signifier.

L'un des aides-soignants lui apporta un bloc de papier et un stylo, et il passa plusieurs heures à rédiger le brouillon d'une lettre adressée à Charles Tobin. Il n'était pas nécessaire qu'elle soit longue, l'important était de trouver le ton juste. D'insuffler à ses mots l'humilité, la contrition et la reconnaissance qu'il éprouvait à son égard, sans verser dans le remords. Et il l'aurait volontiers conclue par cette touche de bravoure pleine de dérision si caractéristique du style de Tobin lui-même.

Il y travaillait encore le jour où ils le laissèrent quitter l'hôpital, et il relut certaines phrases dans sa barbe dans l'avion qui le ramenait à New York.

L'appartement de Leroy Street lui parut désespérément triste quand il en ouvrit la porte, sa valise pleine de linge sale à la main. Et il était plus petit que dans son souvenir. Il termina sa lettre à Tobin et la posta, puis décida qu'il était temps de se remettre au boulot.

Le travail n'était peut-être pas tout, mais c'était la seule chose à laquelle Michael Davenport pouvait se fier. S'il décrochait, s'il laissait son esprit dériver loin du travail, il risquait d'avoir un troisième épisode, et, ici à New York, ça pouvait facilement le renvoyer à Bellevue.

Au cours des années qui suivirent, ce fut surtout à travers Laura qu'il se vit vieillir : elle était différente à chaque fois qu'il la récupérait à sa descente du train de Tonapac. Avant qu'elle n'atteigne l'âge de treize ans, il était toujours capable de la distinguer dans la foule qui s'écoulait du quai 10, parce que c'était toujours la fillette qu'il connaissait depuis sa naissance : fluette, dégingandée avec ses vêtements usés de guingois et ses chaussettes blanches qui ne cessaient de lui retomber sur les chevilles. Et elle avait toujours cette expression joyeuse quand elle s'élançait pour se jeter dans ses bras en criant « Papa ! » et qu'il la serrait contre lui, lui disant qu'il était heureux de la revoir.

Et puis, à partir du moment où les chaussettes agaçantes furent remplacées par des bas nylon, toutes sortes de changements commencèrent à apparaître. Elle devint plus lente, plus lourde, moins ouvertement heureuse de le voir. Elle se mit à lui sourire avec une civilité forcée, et il lui semblait parfois qu'elle se disait : C'est idiot. Pourquoi suis-je supposée rendre visite à mon père quand nous ne faisons que nous taper sur les nerfs l'un de l'autre ?

À quinze ans, elle prit vingt kilos en un rien de temps et Michael regretta presque d'être obligé de continuer à aller la chercher au train. Quel plaisir pouvait-on tirer de la vue d'une grosse adolescente boudeuse au regard fuyant qui s'avançait vers vous en traînant les pieds ?

— Salut, mon chou, lui disait-il.

— Salut.

— C'est une jolie robe que tu as là.

— Oh. Merci. Maman me l'a achetée chez Caldor's.

— Tu veux qu'on déjeune avant d'aller en ville, ou après ? C'est toi qui choisis.

— Je m'en moque.

À l'âge de dix-sept ans, elle perdit presque tout le poids gagné, et commença à paraître plus joyeuse et plus heureuse. Il n'arrivait pas davantage à se faire à la vue de la jeune fille qui arrivait du quai, une cigarette allumée à la main, mais c'était bon de l'entendre parler à nouveau, et c'était bon de découvrir qu'elle pouvait débiter autre chose que des banalités.

Un soir, alors qu'il était seul chez lui, il reçut un coup de téléphone de Lucy, ce qui n'était pas arrivé depuis plusieurs années. Après avoir échangé quelques courtoisies timides, elle en vint au fait : elle était inquiète pour Laura.

— … Je sais que l'adolescence est un âge difficile, et je vois bien que la sienne est plus difficile que celle de la plupart des adolescents. Oh, et bien sûr, j'ai lu des tas de choses sur la vie de dingue que mènent les jeunes de nos jours, avec cette mode « hippie », mais je ne pense pas que ce soit le problème. Ce ne sont pas les goûts ou les activités de Laura qui m'inquiètent, vois-tu, c'est bien pire : ce sont ses mensonges. Elle devient menteuse.

« Laisse-moi te donner un exemple. J'ai reçu quelques amis ici, le week-end dernier, et leur voiture était dans mon garage. Un soir, Laura s'est glissée dedans et elle s'en est servie. Je ne sais pas où elle est allée, ni ce qu'elle a fait avant de la ramener au garage, mais c'est accessoire. Le principal est qu'elle m'a menti. Nous avons découvert une assez grosse rayure sur le pare-chocs, vois-tu, et quand j'ai demandé à Laura si elle savait comment c'était arrivé, elle a fait mine d'être si choquée que j'ai eu honte d'avoir posé la question. Elle a dit : « Oh, Maman ! Tu penses vraiment que je prendrais une voiture qui ne m'appartient pas ? » Mais on a ouvert la portière conducteur, et on a trouvé le porte-monnaie de Laura sur le siège.

« Tu vois où je veux en venir, Michael ? Et je n'aime *pas* l'air idiot qu'elle affiche quand on la prend la main dans le sac. C'est un regard soumis de lâche, et c'est effrayant.

— Ouais. Ouais, je vois ce que tu veux dire.

— Et il y a tant d'autres choses que je ne comprends plus dans son comportement.

Lucy marqua une pause pour reprendre son souffle, ou peut-être parce qu'elle était surprise d'être capable de se confier si facilement à un homme avec lequel elle n'avait plus eu de contact depuis des années.

— Tu ne le sais sans doute pas, Michael, à moins qu'elle ne se soit trahie, mais les moments où tu la vois à New York sont loin d'être les seuls qu'elle passe là-bas : elle se rend souvent en ville, et je n'ai aucun moyen de contrôler ses allées et venues. Elle s'est trahie une fois, au cours de l'une de ces conversations sans queue ni tête que nous avons sur les « valeurs ». Elle connaît un certain Larry qui habite Bleecker Street – oh, et il va sans dire que sa manière de t'expliquer qu'il lui donne l'impression d'être magnifique et qu'il a une « belle âme » suffirait à te faire dresser les cheveux sur la tête. Alors je lui ai dit : « Écoute, ma chérie, pourquoi tu n'inviterais pas Larry à la maison, un de ces week-ends ? Tu penses qu'il pourrait apprécier de passer quelques jours à la campagne ? » Ça l'a étonnée, bien sûr, mais le plus drôle c'est qu'elle a accepté. Je pouvais littéralement lire ses pensées sur son visage : exhiber Larry de Bleecker Street ici, le montrer aux gamins du lycée de Tonapac, ce serait le triomphe social de l'année.

« Et puis, un jour, j'ai regardé par la fenêtre, et je l'ai vu, debout avec elle dans le jardin : un jeune avec une queue-de-cheval qui lui tombait dans le dos. Et il portait un gilet en cuir sans chemise. Mais en dépit de son regard totalement éteint, il n'y avait rien de sinistre chez lui. C'était un garçon comme les autres qui aurait juste eu besoin d'un bon bain. Alors je suis sortie dans le jardin et j'ai lancé : « Bonjour, vous devez être Larry ? » Et il est parti en courant. Il a remonté la rue et il a filé à travers champs en direction de cette grange abandonnée à moitié pourrie.

« J'ai demandé à Laura Qu'est-ce qui lui prend ? et elle a répondu Il est timide. J'ai demandé Depuis combien de temps il est là ? et elle a répondu Oh, trois jours, environ. Il dort dans la grange. Il reste pas mal de paille là-bas, il s'est aménagé une couchette sympa. J'ai demandé Comment il mange ? et elle a répondu Oh, je lui apporte des trucs, ça va.

« Je sais que ma manière de raconter donne un petit côté étrange à tout ça, mais, d'une certaine manière, ça l'était. Bon, je m'éloigne du cœur du sujet. Je pense que la question de ses goûts et de ses activités se résoudra d'elle-même avec le temps – et qu'elle finira aussi par se lasser de toutes ces idioties de bohème. Mais le mensonge, c'est un autre problème.

Michael en convint.

— Elle est trop grande pour être « punie ». Et, de toute façon, comment punit-on une enfant qui ment ? Un mensonge en entraîne souvent un autre, et ainsi de suite, jusqu'à ce qu'il soit pris dans tout un tissu de mensonges et que l'enfant se retrouve à vivre dans un monde artificiel.

— Ouais. Je comprends que tu sois inquiète. Je le suis aussi.

— J'en viens à la raison de mon appel. Le seul thérapeute que je connaisse ici est le Dr Fine, et j'en suis venue à avoir des sentiments mitigés à son égard ; enfin, je veux dire que je ne lui ferais pas nécessairement confiance pour gérer ce genre de problème. Alors je me demandais si tu ne... connaîtrais pas quelqu'un à New York, que tu pourrais me recommander. C'est pour cette raison que je t'appelle, vois-tu.

— Non, pas du tout, lui dit-il. Je ne crois pas en ces trucs, de toute façon. Je n'y ai jamais cru. Je pense que toute l'industrie de la « thérapie » est une arnaque.

Il aurait pu continuer sur sa lancée, et dire ce qu'il pensait de ce « fichu Sigmund Freud », mais décida qu'il valait mieux en rester là. Elle était en droit de supposer qu'il « connaîtrait » un psy après avoir fait deux dépressions nerveuses, et il ne voulait pas qu'une dispute vienne gâcher cet échange spontané et plaisant.

— Je crains de ne pas pouvoir beaucoup t'aider. Mais, écoute : elle va bientôt entrer à l'université et arrêter de s'ennuyer à mort en permanence, comme c'est le cas en ce moment. Elle aura des défis intellectuels à relever, ils lui donneront de quoi s'occuper, là-bas. Je pense qu'on verra vite la différence.

— Oui, seulement elle n'ira pas à l'université avant un an. Et j'espérais qu'on pourrait... mettre en place quelque chose dès maintenant. Mais bon, d'accord, dit-elle pour mettre un terme à la conversation.

Elle organiserait sans doute un rendez-vous avec le Dr Fine, en dépit de ses sentiments mitigés.

— Oh, et à propos de l'université, Michael, fit-elle, comme si une chose lui revenait à l'esprit. J'ai discuté avec la nouvelle... comment dit-on... conseillère d'orientation du lycée. Et elle pense que Laura aura peut-être le choix entre plusieurs bonnes universités. Elle a dit qu'elle t'appellerait pour en discuter avec toi. Que c'est la procédure.

— La « procédure » ?

— Oui, tu sais : quand des parents sont divorcés, le père doit toujours être consulté, lui aussi. Elle est gentille. Extrêmement jeune pour un travail comme celui-ci, à mon avis, mais très compétente.

La conseillère d'orientation l'appela quelques jours plus tard pour convenir d'un rendez-vous, à deux heures, un après-midi. Elle s'appelait Sarah Garvey.

— Eh bien, pas demain, répondit-il. Mais que pensez-vous d'après-demain, mademoiselle Garvey ?

— D'accord. Parfait.

Il avait repoussé au surlendemain pour se donner le temps de mettre son seul costume au pressing. Depuis son divorce, il avait réduit au minimum ses piges mensuelles pour *L'Ère des grandes chaînes*, afin de pouvoir travailler pour lui-même. Mais, dernièrement, s'étant aperçu qu'il ne lui restait plus qu'un costume et que tous ses autres vêtements étaient dépareillés ou en loques, il s'était pris à regretter de ne pas avoir tenté de décrocher un poste de professeur à l'université, comme le faisaient la plupart des autres poètes. Et puis, il en avait plus qu'assez de vivre à Greenwich Village : un jeune loqueteux passait encore, mais un loqueteux plus tout jeune, beaucoup moins. Or Michael avait quarante-trois ans.

Néanmoins, une fois rasé et vêtu de son costume fraîchement lavé et repassé, il avait de l'allure. Il était même étonné, parfois, quand il surprenait son reflet dans une vitrine, de constater qu'il était plus séduisant aujourd'hui qu'à vingt ou trente ans.

Il se sentait bien dans le train qui l'emmenait à Tonapac, et sa bonne humeur persista quand il traversa les couloirs tapageurs du lycée, bien qu'il ait toujours détesté l'idée que sa fille fréquente une école de cols-bleus ridicule. Il trouva la porte du bureau de Sarah Garvey, et frappa.

*

Les mères des élèves du lycée de Tonapac devaient pouvoir s'asseoir ici, parler avec Sarah Garvey d'un ton sérieux, poser des questions courtoises et obtenir des réponses courtoises, soucieuses de ne pas dépasser le temps qui leur était alloué, mais les pères devaient tous se trouver paralysés quand ils entraient dans cette pièce minuscule, ils devaient à coup sûr se demander à quoi pouvait bien ressembler Sarah Garvey sans ses vêtements, comment son corps réagirait à leurs caresses, quel goût, quelle odeur avait sa peau, et quel son produisait sa voix lorsqu'elle atteignait l'extase.

Les cloisons de son bureau étaient faites de plaques blanches perforées, et contre ce fond blanc uni, elle pouvait facilement passer pour la plus jolie fille du monde. Elle était élancée et souple, avec des cheveux bruns qui lui tombaient sur les épaules, des grands yeux d'un marron limpide et une bouche pulpeuse. Quand elle était assise

332

derrière son bureau, il était impossible de savoir à quoi ressemblait le bas de son corps, mais vous n'aviez pas à attendre très longtemps pour le savoir. À deux reprises, au cours de leur entretien, elle se leva pour ouvrir son classeur à tiroirs, lui permettant de voir les jambes parfaites qui dépassaient de la jupe droite qui moulait un petit cul aux courbes douloureusement irrésistibles. Votre première impulsion pouvait être de refermer la porte derrière vous et de la prendre, là, par terre, sur-le-champ, mais avec un minimum de sang-froid vous pouviez opter pour un plan plus raisonnable : trouver le moyen de l'emmener ailleurs et la prendre là-bas. Bientôt.

Sarah Garvey pouvait-elle lire dans ses pensées ? Si tel était le cas, elle n'en laissa rien paraître. Durant tout ce temps, elle lui parlait de Vassar, Wellesley, Barnard, et il lui sembla même qu'elle mentionna Mont Holyoke. À présent, elle dénombrait avec un certain enthousiasme les qualités de Warrington College, dans le Vermont.

— Vous voulez parler de cette fac pour artistes ? dit-il. Ses élèves ne sont-ils pas supposés être précoces dans... une forme d'art ou une autre ?

— Je suppose que c'est la réputation qu'elle s'est taillée, mais c'est un environnement très ouvert et stimulant, et je pense que Laura réussirait bien, là-bas. C'est une personne extrêmement brillante et sensible, comme vous le savez.

— Euh, oui, bien sûr, mais il y a certaines choses qu'elle ne peut *pas* faire. Elle ne sait ni peindre, ni écrire, ni jouer la comédie. Elle ne joue d'aucun instrument, ne chante pas, ne danse pas. Elle n'a pas été élevée de cette manière-là. Il n'y a jamais eu de justaucorps chez nous, si vous voyez ce que je veux dire.

La réflexion lui valut un petit sourire réservé qui illumina le beau regard de Sarah Garvey et ourla ses lèvres.

— Ce que j'essaie de vous dire, mademoiselle Garvey, reprit-il, c'est qu'elle risquerait de se sentir intimidée par toutes les filles talentueuses qui sont là-bas. Et je ne voudrais surtout pas qu'elle se sente intimidée, ni à l'université ni ailleurs.

— C'est tout à fait compréhensible. Et néanmoins, je pense que vous devriez réfléchir à cette idée. J'ai un catalogue de Warrington, ici. Et il se trouve que sa mère semble penser que ce serait le meilleur choix possible pour Laura.

— Eh bien, j'imagine que cela signifie que sa mère et moi devrions en discuter.

Leur rencontre touchait à sa fin. Sarah Garvey empilait déjà ses papiers et ses dossiers pour les ranger dans un tiroir de son bureau. Michael se demandait s'il allait devoir partir avant d'avoir eu une chance de l'entraîner loin d'ici quand elle leva les yeux d'une manière bien trop candide pour une si jolie fille.

— J'ai été ravie de vous rencontrer, monsieur Davenport. J'ai beaucoup aimé vos recueils de poèmes.

— Oh ? Et comment les avez-vous...

— Laura me les a prêtés. Elle est très fière de vous, vous savez.

— Vraiment ?

Ça faisait beaucoup de surprises à la fois, et quand il les tria, il s'aperçut que la fierté de Laura était certainement la meilleure de toutes. Il était à des lieues de se douter de ça.

Le claquement des portes des casiers des élèves résonnaient dans tout le couloir, à présent. Les cours étaient terminés, ce qui lui offrait une occasion de l'inviter à boire un verre. Elle parut de nouveau intimidée mais répondit que ce serait avec plaisir.

Et se laissant guider jusqu'au parking du personnel, il songea que ce ne serait même pas gênant que Laura se trouve dans la foule des gamins qui les regardèrent passer : parce qu'ils pouvaient fort bien avoir décidé de se rendre dans un endroit plus confortable pour discuter de son avenir universitaire.

— Comment devient-on conseillère d'orientation ? demanda-t-il à Sarah Garvey quand ils furent dans sa voiture.

— Oh, c'est assez simple. Vous prenez quelques cours de sociologie à la fac, vous passez un examen pour obtenir votre diplôme et vous décrochez un poste dans un établissement comme celui-ci.

— Vous paraissez bien jeune pour avoir terminé vos études.

— J'aurai bientôt vingt-trois ans, c'est un peu moins que la moyenne, mais à peine.

Ce qui leur faisait donc vingt ans d'écart. Mais Michael se sentait si bien que cet écart tout rond lui paraissait plutôt séduisant.

Elle le conduisait dans un coin de Tonapac qu'il ne reconnaissait pas, ce qui lui convenait très bien : il n'avait aucune envie de passer devant la vieille boîte à lettres « Donarann ». Coulant un regard vers ses pieds, il s'aperçut qu'elle avait ôté ses chaussures. Il n'avait rien vu de plus ravissant que ses pieds fins moulés dans des bas manœuvrant les pédales de la voiture.

Il ne connaissait pas non plus le bar-restaurant dans lequel elle l'emmena. Beaucoup de nouveaux commerces avaient dû ouvrir depuis son départ. Elle le dévisagea pour s'assurer qu'il ne plaisantait pas quand il déclara qu'il trouvait l'endroit agréable.

— Ce n'est pas extraordinaire, dit-elle, prenant place sur une banquette semi-circulaire, mais je viens souvent ici, parce que j'habite à deux pas.

— Vous vivez seule ? s'enquit-il. Ou…

Durant le bref silence qui précéda la réponse de Sarah Garvey, il se mit à craindre qu'elle ne lui réponde par l'expression en vogue que les filles, même les plus jeunes et les plus jolies, lâchaient avec une certaine fierté : « Non, j'habite avec un homme. »

— Non, je partage un appartement avec deux autres filles. Mais ça ne marche pas très bien. Je préférerais habiter seule.

Elle leva son verre de dry martini couvert de buée d'un geste décidé.

— Eh bien, à la vôtre ! dit-elle.

À la sienne, en effet : les choses semblaient tourner en sa faveur pour la première fois depuis des années.

Il avait du mal à croire qu'une fille aussi jeune puisse avoir un tel aplomb. Il la voyait mal rester bien longtemps dans ce coin minable de Putnam County à exercer un boulot qui ne devait être que sporadiquement intéressant pour rentrer retrouver des colocataires qu'elle n'appréciait pas et dîner dans ce restaurant ordinaire. La possibilité de s'échapper à New York le temps d'un week-end pour se jeter dans les bras d'un homme susceptible de la révéler à elle-même pourrait faire toute la différence.

— Vous allez souvent en ville ? lui demanda-t-il.

— Presque jamais. Je ne peux pas vraiment me le permettre. Je ne me suis jamais beaucoup amusée à New York, de toute façon.

Il se mit à respirer plus aisément.

Parce qu'il était plus proche d'elle que dans son bureau, parce qu'il se sentait moins intimidé que dans sa voiture et parce qu'il distinguait clairement ce qu'il ne pouvait que supposer un peu plus tôt : c'était bien la texture de sa peau qui vous donnait envie de la déshabiller à l'instant où vous posiez les yeux sur elle. Elle avait l'aspect velouté d'un abricot, ou d'une nectarine parfaite, gorgée de soleil, qui ne demandait qu'à être cueillie et dégustée. Un petit bord de dentelle blanche dépassait du col en V de sa robe. Il épousait le mouvement de sa respiration et frémissait lorsqu'elle riait. Cette petite touche de séduction frivole, inconsciente, ne faisait que décupler son désir.

Après leur deuxième verre, il leur parut naturel de s'appeler par leurs prénoms.

— Je suppose que je ferais aussi bien de t'avouer quelque chose, Michael, lui dit-elle. À moins que tu ne l'aies déjà deviné. Je n'avais aucune raison réelle de te convoquer à mon bureau. Nous aurions pu discuter de tout ça au téléphone. J'avais juste envie de te rencontrer.

Il l'embrassa pour avoir dit ça. Il l'embrassa avec la fougue d'un jeune homme, veillant toutefois à ce que leur baiser ne leur vaille pas d'être expulsés du restaurant familial.

— Ce doit être merveilleux, dit-elle un peu plus tard, d'écrire un poème solide, de savoir qu'il ne s'effritera pas, qu'il ne pourra pas s'effriter. J'ai essayé et essayé en vain. Oh, pas longtemps. À l'époque de l'université, surtout. Mais ils se délitaient toujours avant que j'aie la moindre chance de les terminer.

— La plupart des miens aussi se délitent. C'est pour cette raison que j'en ai publié si peu.

— Oh, mais les tiens sont solides. Ils tiennent vraiment bon. Ils sont construits pour durer. Comme des tours. J'avais la chair de poule sur tout le corps quand j'ai lu les derniers vers de « Tout est dit », et j'ai fondu en larmes. C'est le seul poème qui ait jamais réussi à me faire pleurer.

Il aurait peut-être souhaité qu'elle en cite un autre – « Tout est dit » était celui que tout le monde préférait –, mais qu'importait. C'était agréable à entendre.

Quand une serveuse déposa les menus sur leur table, ils avaient tous deux compris que dîner était hors de question.

— On peut aller chez toi ? murmura-t-il, la bouche contre ses cheveux parfumés.

— Non. On n'aura pas d'intimité là-bas, à cette heure. Elles seront partout à se sécher les cheveux, faire des cookies aux pépites de chocolat ou je ne sais quoi encore. Mais il y a...

Et il n'oublierait jamais la manière dont elle s'écarta pour le regarder dans les yeux quand elle termina :

— ... un motel tout près d'ici.

Il avait tant déshabillé Sarah Garvey en pensée, au cours de l'après-midi, qu'il ne fut pas vraiment surpris quand ses vêtements tombèrent sur le sol de la grande chambre silencieuse du motel : il savait qu'elle serait ravissante. Et à l'instant où il posa les mains sur sa peau lumineuse, il abandonna les derniers fragments du souvenir de Mary Fontana, qui le hantait depuis tant d'années quand il était avec d'autres filles. Il n'avait rien à craindre sur ce plan-là, ce soir.

C'était comme si ni lui ni Sarah Garvey ne pourraient être tout à fait complets tant qu'ils ne seraient pas unis. Comme s'ils risquaient de succomber s'ils restaient séparés plus longtemps. Comme s'il n'y avait pas assez d'air pour deux, et aucun autre moyen de calmer le bouillonnement sanguin qui faisait palpiter leurs veines. Ce n'est qu'en s'unissant, prenant tout leur temps pour se hisser au sommet de la côte vertigineuse qu'ils se tracèrent eux-mêmes qu'ils se sentirent à nouveau vivants et puissants. Et quand ils finirent par se séparer et retomber sur le matelas, ce fut uniquement pour attendre de s'unir à nouveau.

Quand le matin filtra à travers les stores vénitiens, ils savaient tous deux qu'ils passeraient désormais ensemble autant de nuits et de week-ends qu'ils le pourraient. C'était tout ce qu'ils avaient besoin de savoir, pour le moment. Et ils s'endormirent, sachant qu'ils avaient tout leur temps pour décider quoi faire du reste de leurs vies.

3.

Bill Brock avait quitté *L'Ère des grandes chaînes* pour prendre un boulot d'attaché de presse « simple comme bonjour », ainsi qu'il le répétait souvent. Et il avait renoncé à écrire des romans. Il se considérait comme un auteur de théâtre à présent.

— Attends, Mike, lui dit-il un soir à la White Horse, levant la main pour repousser les objections envieuses de Michael. Je sais que tu écris des pièces depuis des années et que tu n'as jamais réussi à les faire monter, mais j'ai l'impression que c'est parce que tu es fondamentalement un poète. Un poète établi et reconnu, maintenant. Je ne pourrais même pas écrire de poésie si ma vie en dépendait. Mais toi, oui. Tu as trouvé ta voie, et j'ai trouvé la mienne.

« En tout cas, je sais que j'ai toujours été doué pour les dialogues. Même les lettres de refus de mes nouvelles et de mes romans les plus merdiques comportaient une phrase du style « M. Brock s'en sort très bien avec les dialogues ». Alors je me suis dit Et merde, allons-y. Si ma force réside dans les dialogues, autant écrire pour le théâtre.

Il venait d'achever l'écriture d'une pièce en trois actes intitulée *Noirs* (« D'accord, c'est un titre un peu austère, mais c'est précisément l'austérité que je recherchais »), et il avait le sentiment que son talent de dialoguiste l'avait aidé à explorer les possibilités artistiques qu'offrait le discours noir-américain.

— Par exemple, tout au long de cette pièce, les personnages ne cessent de lancer des « *muh-fuh* », « *muh-fuh* ».

Et j'ai écrit ça phonétiquement. On comprend qu'il s'agit de « motherfucker », bien sûr, mais parfois, si tu écris ce que ton oreille entend, tu découvres que tu vas vraiment au plus profond de ton idée. Bref, je pense que cette pièce est solide, Mike, et je pense que l'époque est prête pour ça.

Et son premier pas dans la direction d'une éventuelle production avait été de l'envoyer par la poste au Philadelphia Group Theater de Ralph Morin, accompagnée d'une petite lettre amicale.

— Bon sang. Pourquoi lui ? demanda Michael.

— Pourquoi pas lui ?

Et Bill était clairement prêt à en débattre.

— *Pourquoi pas* lui ? est une question plus intelligente, tu ne crois pas, Mike ? Je veux dire… on est des adultes, merde. Cette histoire entre Diana et moi, c'est terminé depuis des lustres. Pourquoi devrait-on s'en tenir rancune ? Et puis (il but une longue gorgée de bière), et puis, répéta-t-il, essuyant la mousse de ses lèvres, ce gars est une valeur montante. Mince, on trouve des articles sur lui dans le *Sunday Times*. Il s'est taillé une réputation quasi nationale avec sa petite affaire à Philadelphia. S'il arrive à mettre la main sur une bonne pièce commerciale – je dis bien une *bonne* pièce commerciale –, alors il dira au revoir à Philadelphie et il la fera monter ici par l'un des meilleurs metteurs en scène de Broadway.

— OK.

— Bref, il m'a envoyé une réponse très sympa, vraiment très gracieuse. Il a écrit : « J'ai dit à Mme Henderson que j'adorais votre pièce et elle la lira ce week-end. »

— Mme qui ?

— C'est la femme qui finance l'opération, là-bas. Elle doit valider tout ce qu'ils font, ils ne font rien sans son accord. Et elle a dû adorer *Noirs*, elle aussi, parce que Ralph n'a pas tardé à m'appeler pour me demander si je pouvais me rendre à son bureau pour en discuter. T'imagines le truc ? J'ai tout laissé en plan et j'étais chez lui le lendemain.

— Tu as vu Diana ?

— Ouais, ouais, je l'ai vue. Et c'était très sympathique, mais laisse-moi commencer par le commencement, tu veux ? Et il se carra confortablement dans sa chaise en bois.

— D'abord, j'ai beaucoup apprécié le gars. Tu ne peux pas t'empêcher de le trouver sympathique. Je veux dire que... tu vois tout de suite qu'il est sensible et tout, mais il n'essaie pas de t'impressionner : il paraît très calme et franc, sans chichis.

« Et il m'a dit : « Je vais être honnête avec vous, Bill. Tous les personnages de votre pièce sont noirs. Ce n'est pas un problème, bien sûr, et c'était votre projet de départ. » Il a ajouté : « Vous avez su exprimer l'oppression qu'ils subissent, leur rage, leur terrible sentiment d'impuissance. C'est une pièce très forte. » Et là, il m'a expliqué : « La difficulté, pour nous, c'est que nous avons reçu une autre pièce qui traite du même sujet, également écrite par un jeune dramaturge, seulement il s'agit d'une histoire interraciale, là. »

Bill se pencha, posant les coudes sur la table humide et secoua la tête avec un sourire désabusé. Michael se souvenait avoir tenté d'expliquer à Lucy, il y a longtemps, que l'un des traits de caractère les plus touchants de Bill Brock était sa faculté de rire de ses échecs. « Je crains de ne pas l'avoir remarqué du tout », lui avait-elle rétorqué. « Et s'il réussissait, pour changer ? Et qu'il s'en réjouissait ? »

— À ce stade de la conversation, continuait Bill, j'avais compris que j'avais perdu la partie. C'est alors qu'il m'a parlé de l'autre pièce. *Blues dans la nuit.* J'ai trouvé le titre un peu ringard, mais qu'est-ce que j'y connais ? C'est l'histoire d'une très jeune Blanche issue d'une famille de l'aristocratie du Sud qui tombe amoureuse d'un jeune Noir. Son instinct la pousse à s'enfuir avec lui et à vivre dans un autre État, ou dans un pays étranger, mais le garçon refuse de bouger : il veut rester là où il est né, et affronter tout ça. Le père de la fille a vent de l'affaire, et les ennuis commencent, la tension monte et ça finit en tragédie absolue. Enfin, j'ai beaucoup abrégé par rapport à ce qu'il m'a raconté, Mike, mais tu imagines ? Ce genre d'histoire, c'est de la dynamite sur scène.

« Ensuite, il m'a expliqué le mal de chien qu'ils avaient à trouver l'actrice parfaite pour le rôle principal. Il a dit : « Il faut qu'elle soit très jeune, et on ne peut pas non plus se contenter d'une bonne actrice, il nous faut une actrice exceptionnelle. » Et on comprend bien ce qu'il veut dire par là : tu choisis une fille pas assez exceptionnelle pour jouer ça, et ils peuvent s'exposer à tout un tas de critiques... on pourrait trouver la pièce... d'un goût douteux. Il a ajouté : « Et même à supposer que la fille parfaite apparaisse : qu'est-ce qu'on fera, alors ? On ne pourra pas lui promettre une saison à Broadway, et ça m'étonnerait qu'elle accepte de bosser à Philadelphie pour des clopinettes. »

« Tu comprends ce qu'il suggérait, Mike ? Il suggérait que s'ils ne parvenaient pas à trouver la bonne distribution pour cette pièce, Mme Henderson et lui pourraient avoir envie de tenter de monter la mienne à la place – c'est pour ça qu'il voulait me voir. Et je pense que c'était très correct de sa part de jouer cartes sur table. Très correct.

— Mais je ne comprends pas. Pourquoi ne pas t'avoir dit tout ça au téléphone, ou par écrit ?

— Oh, il voulait voir ma tête, je suppose. Et je peux le comprendre, moi aussi j'avais envie de voir la sienne. Donc j'étais prêt à partir, quand il a lancé : « J'espère que vous n'êtes pas pressé, Bill, j'ai prévenu Diana que vous seriez ici aujourd'hui, et elle a dit qu'elle essaierait de passer. »

« Et *bam*. La porte s'est ouverte et elle est entrée, traînant ses trois petits garçons derrière elle. Diana Maitland. Mon Dieu. Je ne l'avais pas revue depuis 1954.

Bill se leva de table pour rejouer la scène.

— Elle est arrivée comme ça.

Il l'imita, faisant mine de basculer contre le mur, de se redresser et de s'élancer vers l'avant.

— Et je dois dire, reprit-il, se rasseyant avec le petit sourire qu'il arborait pour parler de ses échecs, je dois dire que ça a fait remonter quelques souvenirs à la surface. Parce que c'est une des choses que je n'ai jamais supportées chez elle. Cette maladresse. Je me souviens qu'à l'époque, je me disais : Ouais, elle est jolie, et elle est gentille, et je l'aime, bien sûr – ou du moins, je pense que je l'aime – mais, bon sang, elle pourrait pas être un peu gracieuse, comme les autres filles ?

L'espace d'une seconde ou deux, Michael se retint de vider le contenu de sa chope de bière sur la tête de Bill Brock. Il aurait adoré le voir avec un air choqué, les cheveux et la chemise trempés. Ensuite, il se serait levé, il aurait étalé quelques billets sur la table et lui aurait lancé : « Tu n'es qu'un connard, Brock. Et tu as toujours été un connard. » Et aurait été débarrassé de lui pour de bon.

Au lieu de quoi, immobile et s'exhortant au calme, il déclara :

— Elle m'a toujours paru gracieuse, à moi.

— Ouais, ben t'as jamais eu à vivre avec elle, mon pote. T'as jamais eu à... bah, peu importe, au diable ces conneries. Oublie ça. *Bref*, reprit-il, en revenant au récit de son aventure à Philadelphie avec un soulagement évident, j'ai déposé un petit baiser sur sa joue, nous nous sommes assis pour discuter pendant quelques minutes très agréables, et je leur ai proposé d'aller boire un verre quelque part. Mais Diana a dit que les garçons étaient trop fatigués, ou un truc de ce genre, alors on est tous descendus et on s'est dit au revoir devant l'immeuble. C'est tout. Ou, non, pas tout à fait : je suis reparti avec un sentiment plutôt agréable. Je suis content d'avoir envoyé la pièce à Morin, et je suis content de l'avoir rencontré. J'ai le sentiment de m'être fait un bon contact et un bon ami.

Ouais, pensa Michael, tu serais prêt à manger de la merde avec une cuillère rouillée, pas vrai, Brock ?

343

Il était à mi-chemin de la White Horse et de son appartement, marchant d'un pas furieux, quand il lui vint à l'idée qu'il n'avait plus aucune raison de détester Bill Brock d'avoir été en couple avec Diana Maitland, et qu'il n'avait plus aucune raison de continuer à désirer Diana Maitland malgré la distance infranchissable, en kilomètres et en temps, qui les séparait. S'il avait accepté de boire un verre avec Brock, ce soir, c'était uniquement parce qu'il se retrouvait seul pour la première fois en six semaines. Sarah Garvey avait passé toutes les nuits précédentes avec lui, et elle devait rentrer le lendemain. Et Sarah Garvey était aussi jolie, fraîche et intéressante que Diana avait pu l'être.

De retour à l'appartement, il trouva le début de son CV sur le rouleau de la machine à écrire, interrompu à l'endroit où il en était quand Brock l'avait appelé. Il s'installa à son bureau et y travailla jusque tard dans la nuit. Demain, il le donnerait à Sarah pour qu'elle le photocopie au lycée de Tonapac, et ensuite, il l'enverrait à tous les départements de littérature des universités dont il pourrait trouver les coordonnées à la bibliothèque municipale.

Après avoir juré pendant des années que rien ne le tentait moins que d'enseigner la littérature, il se sentait prêt à sauter le pas. Et il se moquait de la région des États-Unis où il risquait de se retrouver, parce que Sarah s'en moquait également. Elle trouverait toujours un lycée pour l'embaucher, au besoin ; et si elle n'en trouvait pas, elle ferait sans. Tout ce qui comptait, pour eux, c'était de démarrer une nouvelle vie ensemble.

— Au fait, Sarah ? lui demanda-t-il quelques soirs plus tard, alors qu'ils dînaient au Blue Mill, un restaurant qu'il aimait particulièrement. Je t'ai déjà parlé de ce gars que je connais, à Kingsley ? Tom Nelson, le peintre ?

— Il me semble, oui. Celui qui travaille comme charpentier ?

— Non, c'est l'autre ça. Ils appartiennent à deux mondes distincts. Nelson, c'est une tout autre histoire.

Et il mit un long moment à lui raconter l'histoire de Nelson.

— À t'entendre, on croirait que tu l'envies, lui fit-elle remarquer quand il eut terminé.

— Ouais, sans doute, je suppose que je l'ai toujours un peu envié. Nous ne sommes plus en très bons termes depuis quelques années. Depuis un voyage à Montréal qu'on a fait ensemble. Ça s'est mal terminé et ça m'a mis très en colère. Je l'ai juste croisé à un ou deux de ses vernissages, depuis. J'y étais allé parce que c'était une occasion de rencontrer des filles. Enfin, bref, il m'a appelé aujourd'hui, à l'improviste, et il avait un ton très réservé et très gentil. Il m'a invité à une réception, vendredi soir. J'ai le sentiment qu'il voudrait qu'on renoue. Et le fait est que j'aimerais beaucoup y aller, Sarah, mais pas sans toi.

— Eh bien, ce n'est pas la plus... élégante des invitations qu'on m'ait faite ces derniers temps, mais d'accord. Pourquoi pas ?

Il y avait encore peu de voitures dans l'allée des Nelson quand ils arrivèrent. Quelques types venus en avance se promenaient nerveusement dans le salon, et il fallait reconnaître que la pièce, avec ses étagères chargées de milliers de livres, avait tout pour intimider et angoisser n'importe quel invité à qui on n'avait pas encore offert un verre. La plupart des femmes étaient rassemblées dans la cuisine pour aider Pat, ou plutôt, faire mine d'aider Pat qui se débrouillait très bien seule. Michael entraîna fièrement Sarah dans cette direction, pour faire les présentations.

— Ravie de te rencontrer, Sarah, la salua Pat, visiblement contente que Michael se soit trouvé une si gentille jeune fille.

Et néanmoins, il surprit une étincelle d'amusement dans ses yeux (qui lui donna l'impression d'avoir cinquante ans et non quarante) qu'il n'apprécia pas du tout.

345

Quand il lui demanda où se trouvait Tom, elle prit un air exaspéré.

— Oh, dans le jardin, avec ses jouets. Il y a passé toute la journée. Pourquoi tu n'irais pas le trouver, Michael ? Et dis-lui que maman pense qu'il est temps de rentrer à la maison.

Le jardin était aussi long que large, comme la maison des Nelson et tout ce qu'elle contenait. Il remarqua d'abord la fille qui se tenait au fond, les bras croisés sur la poitrine et les cheveux au vent. Il dut faire encore quelques pas avant de reconnaître Peggy Maitland. Puis, il aperçut Tom Nelson de dos, accroupi devant un monticule de terre, l'air aussi concentré qu'un gamin en pleine partie de billes. Et ce n'est que dans un troisième temps qu'il remarqua une autre silhouette, à dix ou quinze mètres de là : celle d'un homme allongé sur le flanc, le coude relevé, tout de jean vêtu. Paul.

Sur le terrain consciencieusement transformé en champ de bataille, la plupart de leurs troupes avaient été décimées. Tous les tirs d'artillerie autorisés avaient été utilisés, les deux pistolets à ventouses gisaient dans l'herbe et le temps de la paix et de la commémoration était venu.

Tom Nelson accueillit Michael avec une certaine chaleur, affirmant être heureux de le voir, et aussitôt, jubilant littéralement, lui expliqua qu'il venait de livrer la plus belle bataille de sa vie.

— Ce gars ne plaisante pas, dit-il d'un ton admiratif, désignant Paul. Il sait vraiment protéger ses flancs... Reste où tu es, Paul ; ne touche à rien. Je vais chercher mon appareil photo. On va souffler un peu de fumée là-dessus et prendre quelques clichés.

Il courut vers la maison.

— Nom d'un chien, Paul, lança Michael quand Maitland se leva pour lui serrer la main. Tu es la dernière personne que je me serais attendu à trouver ici.

— Ah, les temps changent. Tom et moi avons lié amitié au cours des deux dernières années. On a le même galeriste. C'est comme ça qu'on s'est rencontrés.

346

— Ah ouais ? Je ne savais même pas que tu avais un galeriste, Paul. C'est fantastique, félicitations.

— Oh, mes toiles ne se vendent pas tant que ça, et je n'ai pas encore eu d'exposition à mon nom, mais c'est mieux que de ne pas avoir de galerie.

Paul Maitland étira sa colonne vertébrale d'un côté puis de l'autre en grimaçant – pour détendre ses muscles après la bataille – et ajusta son bandana bleu autour de son cou.

— Mais je ne m'attendais pas à apprécier Tom à ce point, reprit-il. Et je ne m'attendais pas non plus à apprécier son travail à ce point. Je le prenais pour une sorte de poids léger. Un illustrateur, en quelque sorte. Mais plus tu regardes ses tableaux, plus ils t'obsèdent. Tu sais ce qu'il fait, quand il est au sommet de son art ? Il parvient à faire paraître simples les choses les plus difficiles.

— Ouais. Ouais, je me suis souvent dit la même chose.

Tom Nelson revint bondissant avec son appareil photo, au grand enthousiasme de Peggy Maitland qui applaudit comme une fillette.

Une heure ou deux plus tard, alors que la soirée battait son plein – il devait y avoir une cinquantaine d'invités dans la maison –, Michael demanda à Sarah si elle s'amusait.

— Euh, oui, bien sûr. Seulement, tout le monde ici est beaucoup plus âgé que moi, alors je ne sais pas trop quoi dire ou faire.

— Oh, tu n'as qu'à être toi-même. Reste ici, continue à être la plus jolie fille du monde, et je te promets que tout se passera bien.

Il y avait un historien de l'art qui écrivait une monographie sur Thomas Nelson. Il y avait un poète vieillissant mais élégant dont le prochain recueil, qui serait illustré par Tom Nelson (à chaque page), devait être publié en édition limitée et vendu à deux cents dollars l'exemplaire. Il y avait une actrice de Broadway qui affirmait avoir été attirée chez les Nelson « comme un papillon vers une flamme », tant elle avait été « troublée » par son exposition au Whitney Museum. Et il y avait un romancier, récemment récompensé pour la totalité de son œuvre, composée de neuf ouvrages dont aucun ne comportait de faute de goût artistique. Il n'avait jamais rencontré Thomas Nelson avant ce soir, mais le suivait à travers la maison et envoyait des tapes sur le dos de son blouson de parachutiste, en lançant des « Tu l'as dit, soldat. Tu l'as dit ».

Alors que Sarah s'était repliée vers la cuisine où elle se « terrait » avec d'autres jeunes gens et que Michael commençait à ressentir les effets de la quantité d'alcool qu'il avait déjà ingérée, Paul Maitland s'approcha et lui demanda ce qu'il faisait ces derniers temps.

— Je cherche un boulot de prof, répondit-il.

— Ah, j'en suis là, moi aussi. On part pour l'Illinois à l'automne. Tom t'en a peut-être parlé ? Pour l'Université de l'Illinois, à... Champaign-Urbana. C'est marrant.

Paul lissa sa moustache.

— Je m'étais juré de ne jamais enseigner. J'imagine que toi aussi. Mais il semble que ce soit la seule chose raisonnable à faire à notre âge.

— Oui. Certainement.

— Et j'imagine que tu ne seras pas malheureux de te débarrasser de ce job à *L'Ère des chaînes de vélo*.

— De magasins.

— Pardon ?

— Ça s'appelle *L'Ère des grandes chaînes de magasins*. C'est une publication sur les commerces qui fonctionnent... en grandes chaînes. Tu comprends ?

Michael secoua lentement la tête, sidéré.

— Bon sang : pendant toutes ces années, quand on parlait de ce qu'on faisait, Brock et moi, tu pensais qu'il était question de foutues chaînes de vélo ?

— Je vois bien mon erreur, maintenant. Mais oui, je croyais que votre travail consistait à faire la réclame de chaînes de vélo, ou de trucs de ce genre.

— Ouais, j'imagine que c'est une méprise compréhensible, de ta part. Parce que tu n'écoutes jamais trop ce qu'on te dit, pas vrai, Paul ? Il n'y a pas grand-chose qui retient beaucoup ton attention en ce monde, en dehors de toi-même, hein ?

Paul recula d'un ou deux pas, battant des paupières et souriant, comme s'il essayait de décider si Michael était sérieux ou pas.

Et il l'était clairement.

— Tu sais quoi, Maitland ? Il y a longtemps, quand Lucy et moi vous avons rencontrés pour la première fois, ta sœur et toi, on vous a trouvés exceptionnels. On pensait que vous étiez deux êtres supérieurs. On aurait volontiers remodelé nos existences pour qu'elles ressemblent davantage aux vôtres, pour nous rapprocher de vous. Tu comprends ce que je veux dire ? On vous trouvait magiques, merde.

— Écoute, mon vieux, j'ai l'impression que je t'ai insulté sans m'en rendre compte. Quoi que j'aie pu dire pour te blesser, je suis affreusement désolé, d'accord ?

— Bien sûr. Oublie ça. Sans rancune.

Mais Michael se sentait liquide de honte de s'être exposé à ce point. Les mots « On vous trouvait magiques, merde » résonnaient toujours autour de lui et des autres invités. La seule chose qui le consolait était que Sarah se trouvait dans la cuisine, hors de portée de voix.

— On se serre la main, alors ? proposa-t-il.

— Bien sûr, accepta Paul.

Et ils étaient tous deux assez saouls pour faire de cette poignée de main un moment exagérément solennel.

— Bien, on va jouer à un jeu, maintenant, lança alors Michael. Tu commences.

Il ouvrit la veste de son unique costume et désigna sa chemise, au niveau de l'abdomen.

— Cogne ici, de toutes tes forces.

Paul le dévisagea un instant, sidéré, puis il sembla comprendre. On devait sans doute y jouer, à Amherst. Après toutes ces années passées à bosser comme charpentier, il avait gardé la forme : son coup fut assez vif et puissant pour envoyer son homme tituber en arrière et bander ses muscles pour ne pas tomber à la renverse.

— Bien joué. À mon tour, maintenant.

Et Michael prit tout son temps. Il dévisagea tranquillement Paul Maitland, son regard s'attardant sur les yeux intelligents, la moue amusée, la moustache iconoclaste assumée. Puis il se campa sur ses deux pieds et mit toute sa force dans son poing droit.

Le plus remarquable est que Paul ne tomba pas immédiatement. Il recula en grimaçant, le regard vitreux, et réussit même à souffler « Pas mal » d'une petite voix. Après quoi il se détourna, comme pour chercher un autre interlocuteur, fit trois ou quatre pas mal assurés, s'écroula sur une chaise antique et atterrit par terre, inconscient.

Au nombre des personnes assez proches d'eux pour avoir vu la scène se trouvaient deux femmes : l'une d'elles se mit à hurler, et l'autre recula, se couvrant le visage des deux mains. Un homme tira fermement Michael par le bras.

— Vous feriez mieux de sortir, mon pote.

Michael le toisa et lança :

— Dégage, ma belle. Je ne vais nulle part. C'est juste un jeu.

Voyant Peggy Maitland tomber à genoux et prendre la tête de son mari dans ses bras, Michael se mit à redouter qu'elle ne lui adresse le même regard lourd de reproches que Mme Damon des années auparavant ; mais elle s'en abstint.

À eux deux, ils réussirent à redresser un Paul flageolant – qui se tint sur un genou et se releva – et à l'aider à traverser la foule si discrètement que nombre d'invités ne s'aperçurent pas qu'il était blessé.

Paul parvint à se retenir de vomir jusqu'à ce qu'ils atteignent l'allée, où rien ne risquait plus d'être endommagé, et, lorsque ses spasmes s'apaisèrent enfin, il commença à reprendre des couleurs.

Les Maitland n'eurent aucun mal à trouver leur voiture parmi les véhicules éclairés par le clair de lune : c'était la plus haute, la plus mate, la plus massive et la plus vieille. Quand Michael ouvrit la portière pour aider Paul à s'installer sur le siège passager, il respira une forte odeur d'essence et de cuir moisi. Les Maitland ne tarderaient pas à acquérir une voiture d'Américains moyens flambant neuve, quand Paul aurait pris son poste de professeur, dans l'Illinois. En attendant, ils continueraient à rouler dans ce véhicule de charpentier au noir qui avait passé sa vie à peindre des tableaux après le travail.

— Dis, Paul. Je ne voulais pas te faire de mal, tu sais ? s'excusa-t-il.

— Bien sûr. Ça va de soi.

— Peggy. Je suis vraiment désolé.

— Il est un peu tard pour ça. Mais OK. Je sais que c'est un jeu, Michael. Même si je trouve ce jeu terriblement idiot.

Michael regagna alors le confort de la grande maison illuminée, songeant que ce qu'il avait de mieux à faire, à présent, c'était de passer par-derrière, de tirer Sarah de la cuisine et de déguerpir.

Fort peu d'universités répondirent à sa candidature, et le seul poste qui sembla mériter réflexion lui fut offert par une « Billings State University », au Kansas.

— Ça paraît un peu morne, le Kansas, lui fit remarquer Sarah. Inutilement morne, j'entends. Qu'en penses-tu ?

Mais qu'en savaient-ils ? Lui avait grandi dans le New Jersey et elle en Pennsylvanie. Et ils n'avaient presque jamais mis les pieds ailleurs. Il attendit un petit moment qu'un poste plus intéressant se présente, et finit par accepter l'offre du Kansas avant qu'un autre gars ne le prenne de vitesse.

Il ne resta alors plus qu'à décider de ce qu'ils allaient faire des longues vacances d'été de Sarah. Ils choisirent de les passer à Montauk, à Long Island, parce qu'elle disposait d'une grande plage et était assez éloignée des coins plus touristiques, tels que « les Hamptons », pour rester abordable. Leur pavillon d'été était si exigu que même une personne seule l'aurait trouvé intenable, mais ils y étaient à l'abri, et il y avait assez de fenêtres pour qu'il soit suffisamment aéré et lumineux. C'était tout ce dont ils avaient besoin, parce que tout ce qu'ils y faisaient, chaque après-midi et à nouveau le soir, c'était s'envoyer en l'air.

Lorsqu'il était jeune, il croyait que les hommes de quarante ans (comme son père) commençaient à manquer d'énergie pour ce genre de chose. Le nombre d'idées erronées qu'on pouvait se forger quand on était jeune... Une autre de ses croyances de jeunesse était que les hommes de quarante ans se contentaient de coucher avec des femmes de leur âge (comme sa mère), et que les filles plus jeunes préféraient copuler avec de jeunes garçons. Encore une connerie. Lorsque la jeune Sarah Garvey arrivait de la plage la peau couverte de sel, comme soufflée par le vent marin, elle n'avait qu'à murmurer son prénom pour qu'il comprenne qu'elle n'avait pas du tout envie d'un jeune homme. Que c'était lui et lui seul qu'elle voulait.

Un jour qu'ils se promenaient sur la zone de sable ferme, à l'endroit où venaient mourir les vagues, elle serra soudain son bras des deux mains et s'exclama :

— Vraiment, je trouve que nous sommes faits l'un pour l'autre, pas toi ?

Après coup, il lui semblerait toujours que leur projet de mariage était né à cet instant.

À la fin de l'été, seuls quelques détails nécessitaient encore d'être réglés : ils passeraient quelques jours en Pennsylvanie, dans la famille de Sarah, se marieraient dans la plus grande discrétion, puis reprendraient la route pour découvrir ce que cachait le mot « Kansas ».

4.

La maison qu'ils trouvèrent à Billings, fraîchement mariés, était la toute première demeure moderne et bien pensée que Michael aurait la chance d'occuper, et Sarah lui confia que c'était la même chose pour elle. C'était une sorte de « ranch » de plain-pied qui ne ressemblait à rien vu de la route. Il fallait entrer à l'intérieur pour apprécier ses dimensions généreuses, tant en longueur qu'en largeur et hauteur, dès l'entrée lumineuse qui desservait plusieurs pièces à l'avenant. Chaque chambre disposait d'un climatiseur permettant de lutter contre la chaleur de cette fin de mois d'août et d'un thermostat pour contrôler une chaudière flambant neuve qui promettait de bien les protéger des rigueurs de l'hiver. Tout était en parfait état de fonctionnement.

Sentant le parquet solide sous ses pieds, Michael se prenait à éprouver du mépris pour l'étrange petite maison de Tonapac, et du chagrin à l'idée d'avoir imposé cet inconfort quotidien à Lucy et Laura, sans aucune raison valable, lui semblait-il à présent. Mais seuls les imbéciles se laissaient ronger par les regrets, et lorsqu'il se tournait vers l'avenir et pensait à Sarah, il ne cessait d'être surpris que la vie ait bien voulu lui donner une deuxième chance.

Sarah avait raison sur un point, cependant : il y *avait* quelque chose d'inutilement morne dans cette région. La terre du Kansas était trop plane, son ciel trop vaste, et quand vous vous retrouviez dehors en plein été, il n'y avait pas moyen d'échapper à son soleil agressif tant qu'il ne se décidait pas à se coucher majestueusement. Et il y avait des parcs à bestiaux et des abattoirs à deux ou trois kilomètres de l'université, de sorte que, quand la brise de l'après-midi arrivait de cette direction, elle charriait une odeur pestilentielle qui vous prenait aux narines.

Durant les deux premières semaines, la maison fut un excellent refuge pour s'isoler du monde. Michael réussit même à terminer un court poème intitulé « Kansas », qui lui paraissait assez bon pour être conservé (et qu'il déciderait, plus tard, de jeter). Mais il fut bientôt temps de reprendre le chemin de l'école.

En dépit de la série de cours qu'il avait donnés dans le New Hampshire – avec un enthousiasme qui avait apparemment suffi à le rendre dingue –, il avait le sentiment de manquer d'expérience pour ce genre de travail. Son gagne-pain à *L'Ère des grandes chaînes* avait beau le répugner, il ne l'avait jamais effrayé. Par contraste, il ruisselait de sueur chaque fois qu'il entrait dans une salle de classe, la peur au ventre. Les visages des jeunes inconnus qui lui faisaient face étaient si insondables qu'il était incapable de déterminer s'ils s'ennuyaient, rêvassaient ou buvaient ses paroles. Et les cours lui paraissaient bien trop longs.

Mais il survivait aux séminaires et aux « ateliers de poésie » sans se ridiculiser. Il survivait aux heures d'entretiens individuels, moins éprouvants. Et de retour à la maison, un crayon à la main, il se penchait sur leurs poèmes faiblards et boiteux, ou leurs « essais » passionnés mais rarement pertinents, ayant enfin la sensation de mériter son salaire.

— Pourquoi passes-tu autant de temps là-dessus ? lui demanda un jour Sarah. Je pensais que l'avantage d'un boulot comme celui-ci était qu'il te laissait le loisir de travailler sur tes projets personnels.

— Eh bien, oui. Ça viendra. Une fois que je pourrai faire ça les yeux bandés, lui répondit-il.

*

Seule une maison de la presse de cette ville universitaire vendait le *New York Times*, que Michael achetait
chaque semaine pour lire la section Livres et grimacer en
découvrant que les jeunes poètes qui ne lui inspiraient que
du mépris se bâtissaient d'excellentes réputations tandis
que les plus anciens, dont ceux qu'il estimait, perdaient
rapidement les leurs.

Parfois, après cette petite séance de torture, il feuilletait
les pages Théâtre. C'est ainsi qu'il apprit que *Blues dans
la nuit* remportait un succès triomphal à Broadway.

... Le théâtre américain a rarement, sinon jamais, abordé
le sujet des amours maudites interraciales avec autant de
dignité, de délicatesse et de puissance tragique que cette
pièce décisive de Roy Kid, mise en scène d'une main de
maître par Ralph Morin.

Ce n'est pas une pièce facile à regarder, ou plutôt, elle
ne l'aurait pas été si elle n'avait été portée par la perfor-
mance extraordinaire d'Emily Walker, qui campe une jeune
Blanche aristocratique du Sud à peine sortie de l'adolescence, et celle de Kingsley Jackson, qui joue son amoureux, un jeune Noir résolument rebelle. Ces deux comédiens
remarquables étaient de parfaits inconnus quand ils sont
entrés sur scène, mardi dernier, au Shubert Theatre, et c'est
en stars qu'ils en sont sortis. Au moins l'un des critiques
de cette rubrique estime que ce spectacle devrait demeurer
à l'affiche pour toujours.

Michael sauta les deux paragraphes qui parlaient de
l'auteur, n'ayant aucune envie de découvrir l'âge de ce
connard, et encore moins de voir le mot « dramaturge »
accolé à son nom. L'article se poursuivait ainsi :

... Mais c'est sans doute Ralph Morin qui mérite le plus
d'éloges pour nous avoir offert ce spectacle électrisant.
Directeur du Philadelphia Group Theatre depuis plusieurs

années, ce metteur en scène de talent nous a donné la preuve, pièce après pièce, de son intelligence et de sa sensibilité. Mais Philadelphie n'est pas New York, et même un texte aussi puissant que *Blues dans la nuit* aurait pu passer inaperçu si M. Morin n'avait pas joué sa partition avec une telle justesse. Il a trouvé la distribution quasi parfaite, il l'a dirigée avec un art consommé jusqu'à ce que chaque bruit et chaque silence suivent rigoureusement sa partition, et il a amené son spectacle à Broadway.

Lors d'une interview qu'il nous a accordée hier, dans sa suite d'un hôtel de Manhattan, toujours en robe de chambre à midi passé, M. Morin a reconnu être « encore en état de choc » devant le succès extravagant que venait de remporter sa pièce.

« J'ai du mal à croire à tout ça », a-t-il déclaré avec un sourire désarmant, presque enfantin, « mais j'espère que ça va continuer ».

À quarante ans, possédant le genre de beauté spectaculaire qui donne à penser qu'il aurait pu aspirer à devenir comédien lui-même, M. Morin peut légitimement se considérer comme l'un des metteurs en scène qui ont fait leurs preuves.

Son épouse Diana, qui avait fait le voyage de Philadelphie pour assister à la première, est rentrée chez elle dès le lendemain pour s'occuper de leurs trois petits garçons. « L'étape suivante, nous a-t-il dit, sitôt que j'aurai mis de l'ordre dans mes affaires, sera de nous trouver un appartement correct à New York. »

À n'en pas douter, ni Diana ni les garçons n'ont le moindre souci à se faire à ce sujet : Ralph Morin est très, très doué pour mettre de l'ordre dans ses affaires.

— Qu'est-ce que tu lis ? s'enquit Sarah.
— Oh, des conneries. Un article sur un gars que j'ai rencontré une fois. Le mari d'une fille que j'ai connue. Il est metteur en scène, sa pièce fait un tabac à Broadway.

— Tu veux parler de... c'est quoi le titre déjà... *Blues dans la nuit* ? Tu l'as rencontré où ?

— Ça, c'est une longue histoire, chérie. Tu risquerais de t'endormir si je te la racontais.

Il la lui raconta néanmoins, d'une manière qui ne nécessitait ni qu'il s'attarde sur sa passion de longue date pour Diana ni qu'il mentionne l'échange de coups de poing avec Paul, et concluait son récit par une version malveillante de la visite de Bill Brock à Philadelphie, quand il s'aperçut que Sarah ne l'écoutait plus que d'une oreille distraite, ne connaissant pas Bill Brock et n'ayant jamais rien lu sur lui.

— Oui, dit-elle quand il eut terminé, je comprends comment tu... es lié à tout ça, maintenant. C'est une pièce un peu médiocre, non ? Oh, j'imagine qu'elle est très ambitieuse, « pertinente » et tout, mais médiocre quand même. S'ils décidaient de l'adapter pour le cinéma, ils en tireraient sans doute un film d'exploitation.

— Tout juste, approuva-t-il, ravi qu'elle l'ait dit à sa place.

Un après-midi, à son retour de l'université, il découvrit deux vélos neufs posés contre le mur du garage. Une surprise de Sarah. Il s'empressa d'aller la remercier.

— J'ai pensé qu'un peu d'exercice nous ferait du bien, dit-elle.

— C'est une idée géniale, lui répondit-il.

Et il était sincère. Ils pourraient faire de longues promenades sur les routes bordées de prairies s'étirant à perte de vue chaque après-midi ; et peu à peu, pédalant de toutes ses forces, le vent fouettant son visage et remplissant ses poumons, il évacuerait le stress accumulé au cours de la journée. Ensuite, il prendrait une douche chaude, passerait des vêtements propres et confortables, et se sentirait si revivifié et rasséréné qu'il n'aurait pas besoin de boire plus d'un verre ou deux avant le dîner.

Mais il ne tira aucun plaisir de leur première promenade à bicyclette. Sarah filait devant lui, légère comme le vent (il ne comprenait pas d'où ce corps délicat et ces jambes fines tiraient leur force), tandis que lui se donnait un mal de chien pour maintenir son vélo sur la route. Il avait beau être capable d'envoyer les invités de Tom Nelson au tapis, ses jambes étaient en piteux état. Et c'était loin d'être la dernière découverte déplaisante qu'il fit au cours de cet après-midi-là. La deuxième ne se fit pas attendre : ses poumons étaient également en piteux état.

Il savait que le seul moyen de la dépasser serait de pédaler debout, à fond, penché sur le guidon. Alors, il le fit. Les genoux en feu, haletant et presque aveuglé par la sueur, il réussit à la rattraper, puis à la doubler.

— Comment ça va ? lui cria-t-elle.

Mais bientôt, il n'eut d'autre choix que de se laisser dépasser une fois de plus, parce que n'importe quel entraîneur de sport lui aurait conseillé de se reposer. Il ralentit, puis s'arrêta et se pencha d'un côté, puis de l'autre, pour vider ses narines sur la route. S'il ne l'avait pas fait, il aurait sans doute étouffé et vomi.

Quand il eut enfin repris son souffle, il leva les yeux vers la route luisante et constata que Sarah était trop loin pour qu'il puisse envisager de la rattraper. Son vélo dessina alors un large arc de cercle et elle se remit à pédaler en sens inverse. Arrivée à son niveau, elle lui fit un petit signe en souriant, et continua à filer vers la maison, pour lui signifier qu'il pouvait rentrer lui aussi. Alors il retourna son vélo et la suivit, de (plus en plus) loin. La difficulté, à présent, était de rester à l'écart du bord irrégulier de la route, pour éviter les secousses qui lui ébranlaient toute la colonne vertébrale. À chaque fois qu'il perdait le contrôle du guidon, les hautes herbes dorées fouettaient si violemment les rayons de son vélo qu'il devait bander tous ses muscles pour se remettre à progresser sur la portion d'asphalte lisse.

Quand il vit Sarah pédaler debout pour monter la pente raide de leur allée et accoster à l'ombre de leur garage, il pria pour qu'il lui reste suffisamment d'énergie pour accomplir ce dernier effort avec aisance. Mais, à l'instant où sa roue avant rencontra le bas de la pente, il sut que c'était hors de question. Il descendit du fichu vélo et le poussa jusqu'au garage, baissant la tête et serrant la mâchoire pour se retenir de lancer à sa femme un truc du genre : J'imagine que ça t'amuse d'être si foutrement plus jeune que moi, hein ?

Plus tard, après avoir passé un moment sous la douche et enfilé une chemise et un pantalon propres, il s'assit, les épaules basses devant son whisky et jeta l'éponge.

— Je ne peux pas, chérie. Je n'y arrive pas. Ce n'est pas pour moi, ce genre de connerie. Impossible.

— Mais non, écoute, c'était la première fois, lui dit-elle.

Il tressaillit. Mary Fontana avait employé les mêmes mots, sur le même ton. Ou peut-être était-ce juste ainsi qu'une gentille fille essayait de réconforter un homme impuissant.

— Je sais que tu y arriveras, continuait-elle. C'est juste un coup à prendre. L'important est de ne pas te raidir ou d'y aller en force, il faut juste te relaxer. Et aussi, évite de crâner la prochaine fois, si tu ne veux pas que je file loin devant, comme aujourd'hui. Et alors, je t'attendrai et on pédalera côte à côte jusqu'à ce que tu sois plus à l'aise, OK ?

OK. Et comme l'aurait fait tout homme impuissant touché par la gentillesse d'une très très gentille fille – sachant qu'elle était à des lieues de comprendre la situation et redoutant de ne jamais y arriver –, il accepta de continuer à « essayer » chaque jour.

Des réceptions étaient organisées par les professeurs de Billings plusieurs fois par mois, et les Davenport s'y rendaient presque toujours avant que Michael ne commence à se plaindre de leur monotonie.

On trouvait des photos en noir et blanc de vieilles stars de cinéma (W. C. Fields, Shirley Temple, Clark Gable) sur les murs de presque toutes les maisons de ses collègues : c'était un genre de décoration « conservatrice » très appréciée dans le coin. Et souvent, un mur entier était occupé par un drapeau américain spectaculairement étalé à l'envers, en signe d'opposition radicale à la guerre du Vietnam. Une fois, en gagnant la salle de bains d'une de ces maisons, Michael tomba sur une parodie d'affiche de recrutement :

Engagez-vous dans l'armée
Visitez des lieux exotiques
Et tuez des gens

— Non, mais franchement, c'est quoi ces conneries ? dit-il à Sarah sur le chemin du retour, tard dans la nuit. Depuis quand c'est logique de rendre les soldats responsables de la guerre ?

— Ce n'est pas une affiche très maligne, convint Sarah, mais je ne pense pas que c'est ce qu'elle suggère. Je pense que l'idée est que tout est mauvais dans la guerre.

— Alors pourquoi elle ne dit pas ça ? Bon sang, tous les gamins qui sont dans l'armée aujourd'hui sont des conscrits ou des gars sans travail. Les soldats sont les *victimes* des guerres, tout le monde devrait savoir ça.

Ils parcoururent plusieurs kilomètres en silence, puis il reprit :

— Ça ne me dérangerait pas tant d'aller à ces soirées si ces gens-là ne passaient pas leur temps à afficher leurs opinions « politiques ». On a le sentiment que sans le mouvement anti-guerre, ils ne sauraient pas quoi faire de leurs vies. Ou peut-être que, dans le fond, ça ne me dérangerait pas tant que ça d'y aller, si on pouvait espérer y boire un truc convenable. Mais c'est du vin, toujours du vin et rien que du vin. Mon Dieu, je n'en peux plus de leur vin tiède comme de la pisse.

Ils trouvèrent donc des prétextes pour éviter la plupart de ces réceptions, jusqu'au jour où le président du département d'anglais arrêta Michael dans un couloir et, tirant gentiment sur sa manche, lui suggéra sur un ton faussement badin que le moment était peut-être venu pour les Davenport de recevoir à leur tour.

— Oh, je n'avais pas réalisé que... c'était obligatoire, s'étonna Sarah, ce soir-là.

— Eh bien, je ne pense pas que ça le soit à proprement parler. Mais nous nous sommes montrés un peu distants, chérie, et ce n'est peut-être pas une très bonne idée quand on habite une si petite ville.

Elle sembla peser le pour et le contre et finit par déclarer :

— D'accord. Mais tant qu'à le faire, autant le faire bien. Il y aura du vrai whisky avec des glaçons en quantité, et on mettra du vrai pain et de la viande sur la table au lieu de ces crackers et de ces sauces ridicules.

L'après-midi du jour de leur réception, Michael reçut un appel d'un jeune homme qui lui demanda d'une hésitante :

— Mike ? Je ne sais pas si tu te souviens de moi : Terry Ryan.

La voix lui semblait familière, mais le nom ne l'aurait pas beaucoup aidé si le gars n'avait pas ajouté :

— Je servais au Blue Mill restaurant, à New York.

— Bien sûr que je me souviens de vous, Terry. Mince alors, comment allez-vous ? D'où appelez-vous ?

— Eh bien, il se trouve que je suis à Billings pour un jour ou deux, et je...

— Le Billings du *Kansas* ?

Terry laissa échapper un petit rire modeste qui permit à Michael de le remettre tout à fait.

— Oui. Pourquoi pas ? C'est mon université, après tout. Du moins, ça l'aurait été si j'avais réussi le test de langue étrangère. C'était avant que je parte pour New York, voyez-vous.

— Et qu'est-ce que vous devenez, Terry ? Qu'est-ce que vous faites, maintenant ?

— Eh bien, c'est le plus surprenant dans l'histoire. J'ai été appelé et j'ai plus ou moins reçu mon entraînement militaire. Et il faut que je sois à San Francisco demain après-midi.

— Mon Dieu, ils vous envoient au Vietnam ?

— C'est ce que j'ai cru comprendre, ouais.

— À quel corps appartenez-vous ?

— Oh, juste l'infanterie. Rien de très sophistiqué.

— Ah mince, Terry, ce ne sont pas de bonnes nouvelles. C'est la tuile, ça.

— J'ai fait un petit détour pour voir quelques copains qui étudient à l'université et j'ai appris que vous étiez professeur là-bas, alors j'ai eu l'idée de vous passer un coup de fil. J'ai pensé qu'on pourrait aller boire une bière ensemble.

— Bien sûr. Mais attendez, j'ai une meilleure idée. Nous donnons une réception, ce soir. Nous serions heureux de vous avoir parmi nous. Vous et votre petite amie, peut-être.

— Je ne peux rien promettre pour la petite amie, mais le reste me paraît bien. C'est à quelle heure ?

Et Michael n'avait pas encore raccroché qu'il commençait à se sentir honoré et généreux à la fois.

Terry Ryan était le plus jeune, le plus petit et le plus maigre des serveurs du Blue Mill. Et clairement le plus intelligent. Il était facile de lire sur son visage vif et nerveux qu'une plaisanterie venait de lui traverser l'esprit, et il la lâchait souvent juste au moment de repartir vers la cuisine après avoir posé vos assiettes devant vous, évitant toute intrusion dans votre intimité. Certains soirs, après son service, Michael et lui prenaient un verre au bar et discutaient jusqu'à la fermeture. Terry avait pour ambition de devenir un comédien comique. On lui avait même dit qu'il possédait un certain talent, avait-il confié à Michael avec modestie, mais sa plus grande crainte était de finir ce qu'il appelait « clochard de café-théâtre ».

— Vous êtes un peu jeune pour vous soucier de
« finir », vous ne trouvez pas, Terry ?

— Ah, je vois ce que vous voulez dire. Mais rien n'est
éternel, pas vrai ?

Juste.

— Dis, Sarah ? lança Michael alors qu'elle passait
l'aspirateur. On aura un invité spécial, ce soir.

Le président du département et son épouse, John et
Grace Howard, furent parmi les premiers à arriver. Ils
avaient tous deux la cinquantaine et on parlait souvent
d'eux comme d'un couple adorable : lui était grand et
raide, avec une moustache bien taillée ; elle avait conservé
un visage lisse et un côté « mignon » qui, en dépit de ses
cheveux blancs, la rajeunissaient beaucoup, de même que
les jupes courtes qui mettaient ses jolies jambes en valeur.
Lors d'une récente soirée, ils avaient valsé pendant vingt
minutes sous les regards admiratifs des invités, dont beaucoup avaient convenu que la vision de Grace abandonnée
aux bras de son mari, ses yeux adorateurs de fillette levés
vers lui, était la chose la plus attendrissante du monde.

— Je dois vous féliciter, Michael, lui dit John Howard.
Il était temps qu'on serve des boissons convenables dans
cette ville.

Et l'opinion fut partagée par bon nombre de leurs
invités : des gens qui n'avaient pas nécessairement d'affi-
nités et se rendaient à ce genre de réception parce qu'il
n'y avait pas grand-chose de mieux à faire à Billings.
Quelques doctorants accompagnés de leur épouse ou de
leur petite amie affichaient des sourires gênés d'adolescents perdus dans un monde d'adultes, ou, adossés aux
murs, observaient la scène avec une moue de dédain à
peine voilé.

Quand Terry Ryan arriva, Michael le trouva moins
grand que dans son souvenir – il devait avoir la taille mini-
male pour être incorporé. Il avait choisi de ne pas venir en

uniforme. À la place, il portait un jean et un pull-over gris trop grand pour lui.

— Viens, Terry, l'accueillit Michael, je te sers un verre et je te trouve un endroit où t'asseoir. Les présentations peuvent attendre. En ce qui me concerne, c'est toi l'invité d'honneur, ce soir. Oh, et, tu te souviens de Sarah ?

— Je ne crois pas, non.

— Eh bien, je suppose que j'ai commencé à l'emmener dîner au Blue Mill après ton départ. Bref, on s'est mariés depuis, et elle aimerait beaucoup faire ta connaissance. Tu vois, là-bas, près de la fenêtre ? Avec les cheveux noirs ?

— Elle est jolie. Très jolie. Tu as bon goût, Mike, le complimenta-t-il.

— Bah, pourquoi épouser une fille quelconque quand on peut en avoir une jolie ?

En entendant le son de sa propre voix, Michael comprit qu'il buvait trop, et trop vite. Toutefois, il était encore assez sobre pour éviter le pire s'il se tenait à l'écart du whisky pendant une petite heure.

— Attends-moi ici, dit-il à Terry, qui s'était perché sur le tabouret haut qu'il lui avait rapporté de la cuisine, son verre de bourbon à l'eau dans les mains. Je vais la chercher.

— Dis, mon chou ? lança-t-il à sa femme. Tu veux bien venir que je te présente le soldat ?

— Avec plaisir.

Et voyant tout de suite qu'ils s'entendraient bien, il les laissa un instant et se rendit à la cuisine, où il but un peu d'eau et s'occupa les mains en lavant quelques verres, pour tuer le plus de temps possible avant de retourner à la table des alcools. Lorsque deux ou trois étudiants vinrent s'isoler dans la cuisine et qu'il s'entendit discuter avec eux du ton décontracté d'un hôte prévenant, il eut l'impression qu'il allait déjà mieux alors que sa montre indiquait qu'il lui restait encore une demi-heure à attendre. Retournant au salon pour se montrer à ses invités, il faillit entrer en collision avec Howard, qui paraissait soudain fatigué, sinon souffrant.

— Désolé, Michael, lui dit-il. C'est une soirée magnifique mais je crains d'être peu habitué aux alcools forts. Ou peut-être que je suis trop vieux pour ça. Je crois qu'on va y aller.

Mais Grace n'était pas du même avis.

— Rentre, toi, si tu veux, lança-t-elle du canapé où elle conversait avec ses amies. Prends la voiture et rentre. Je trouverai quelqu'un pour me raccompagner.

Et Michael songea que cela ne faisait aucun doute : Grace Howard était le genre de fille qui ne devait jamais avoir eu de mal à trouver quelqu'un pour la raccompagner.

Bientôt, il constata avec plaisir que l'heure s'était écoulée et se sentit le droit d'approcher de la table des boissons. Et ce sentiment plaisant d'être dans son bon droit persista quand il se mêla aux invités, et ajouta à sa jovialité quand il alla décoller des murs certains des étudiants les plus austères, leur arrachant parfois un sourire, ou même un rire. Laissant glisser son regard sur ces hommes qu'il avait toujours trouvés, au mieux, soit idiots soit barbants, et sur leurs épouses élégantes, il fut envahi d'un sentiment de sincère camaraderie. Ce fichu département d'anglais. *Son* fichu département d'anglais. Et il savait que s'ils avaient tous entonné le premier couplet d'« Auld Lang Syne », à cet instant, les larmes lui seraient sans doute montées aux yeux.

Il ne savait plus combien de fois il s'était resservi à la table des alcools mais ça n'avait plus d'importance, parce que la tension des débuts de soirée s'était tout à fait dissipée. Et rien ne lui procurait plus de plaisir que de voir Sarah évoluer gracieusement de groupe en groupe, telle une hôtesse parfaite. Personne n'aurait jamais pu deviner qu'elle avait organisé ce truc à contrecœur.

Il se retourna et remarqua alors Terry Ryan, isolé sur son tabouret haut. Il était possible que Sarah l'ait présenté à d'autres invités et qu'il soit retourné s'asseoir une fois à court de politesses à échanger. Et cependant, il était également possible qu'il soit resté perché là, et qu'il ait regardé sa dernière soirée de liberté s'évaporer sous ses yeux.

— Je peux t'apporter quelque chose à boire, Terry ?

— Non merci, Mike, ça va.

— Tu as lié connaissance avec quelques personnes ?

— Oh, bien sûr, plusieurs.

— Bon. Je pense qu'on peut faire mieux que ça.

Il se posta à côté de lui, posant une main ferme sur son épaule gracile sous le gros pull et, d'une voix assez forte pour ne laisser aucun doute sur son intention d'être entendu de tous ses invités (dont la plupart se turent aussitôt), il déclara :

— Ce jeune homme que vous voyez là a peut-être l'apparence d'un étudiant, mais il ne l'est plus. Cette période de sa vie est révolue. C'est un soldat d'infanterie en route pour le Vietnam, où j'imagine que ses soucis quotidiens seront bien plus graves que ce que nous connaîtrons jamais ici. Alors que diriez-vous d'oublier l'université une petite minute pour applaudir Terry Ryan ?

Il y eut quelques applaudissements, mais rien de comparable avec ceux qu'il espérait déclencher, et Terry n'attendit même pas la fin pour lui dire :

— J'aurais préféré que tu évites de faire ça, Mike.

— Pourquoi ?

— Je ne sais pas. Parce que.

Et c'est alors qu'il croisa le regard dépité et désapprobateur de Sarah, qui se tenait à l'autre bout de la pièce. Il avait l'impression d'être de retour dans le salon des Nelson, après avoir cogné un invité, ou à la résidence pour écrivains quand il avait découvert qu'il avait traité Fletcher Clark d'enculé.

— Oh, mon Dieu, Terry, je ne voulais pas t'embarrasser. Je trouvais qu'il était important qu'ils sachent qui tu es, c'est tout.

— Oui, je sais, ça va. Oublie ça.

Mais son erreur était vouée à ne pas être oubliée.

Grace Howard se leva, fonça droit sur eux, et pointa un index sur la poitrine de Terry Ryan.

— Je peux vous demander quelque chose ? dit-elle. Pourquoi voulez-vous tuer des gens ?

Il eut un sourire gêné.

— Allons, madame. Je n'ai jamais tué personne.

— Eh bien, vous allez avoir une chance de le faire, maintenant, pas vrai ? Avec vos armes automatiques et vos grenades !

— Attends un peu, Grace, tu dépasses les bornes, là, intervint Michael. Ce garçon est un conscrit.

— Et peut-être qu'ils vous donneront une petite radio, aussi, pour pouvoir appeler l'artillerie et leur demander d'envoyer des bombes et du napalm sur des femmes et des enfants. Je vais vous dire une chose...

— Oh, *arrêtez* ça, dit Sarah, approchant comme pour s'interposer entre elle et Terry.

— ... Je vais vous dire une chose, continua Grace Howard. Personne n'est dupe une seule seconde. *Je* sais pourquoi vous voulez aller tuer des gens. Vous voulez aller tuer des gens parce que vous êtes *petit*.

Des amis de Grace parvinrent enfin à l'entraîner loin du jeune homme, puis jusqu'à la porte d'entrée, qui se referma derrière eux avec un petit claquement.

— Terry, je suis affreusement désolé, s'excusa Michael. Je savais qu'elle était saoule, mais pas qu'elle était dingue.

— Laisse tomber, d'accord ? Au diable tout ça. Plus on en parle et pire c'est.

— Tout juste, convint Sarah d'une voix calme.

Plus tard, quand tout le monde fut parti, Sarah prépara la chambre d'ami pour Terry. Mais il ne restait pas grand-chose de la nuit et ils durent se lever de bonne heure pour le conduire chez ses amis. Il passa son uniforme de soldat, que Sarah trouva « très seyant » et attrapa son sac polochon. Ils reprirent alors la route pour rejoindre l'aéroport, à une trentaine de kilomètres, et eurent une petite conversation légère et agréable de ce ton détendu que l'on a parfois après une nuit sans sommeil. Personne ne fit allusion à Grace Howard.

Quand le moment fut venu de se séparer à la porte d'embarquement, Michael serra la main de Terry avec la cordialité excessive d'un ancien combattant :

— Bon, reste à l'arrière, Terry. Et serre bien les fesses.

Sarah s'approcha à son tour et lui ouvrit les bras. Elle était plus grande que lui, mais leur étreinte ne fut pas malaisée pour autant. Elle le serra un instant contre elle, comme on étreint un homme en route pour une guerre que personne ne comprendrait jamais.

Sur le chemin du retour, ils roulèrent en silence jusqu'à ce que Michael finisse par lâcher :

— Mince, ce foutu fiasco est ma faute. Je n'aurais jamais dû faire ce petit discours idiot.

Et aussitôt, il reprit :

— Mais franchement, mon chou, à l'époque où j'étais dans l'armée, on attendait que ça, que les gens fassent attention à nous quand on embarquait pour l'étranger. On avait besoin d'être encouragés par les civils et, avec un peu de chance, on l'était.

— Oui, je sais, répondit Sarah, mais c'était une autre époque. C'était avant ma naissance. Et avant celle de Terry.

Il détacha alors ses yeux de la route et découvrit qu'elle pleurait en silence.

Elle alla se coucher sitôt qu'ils furent rentrés, ce qui offrit à Michael l'opportunité de boire une ou deux bières fraîches dans la cuisine, pour s'éclaircir les idées.

C'est alors que le téléphone sonna.

— Michael ? John Howard à l'appareil. Dis-moi, c'était qui ce gamin, chez toi, hier soir ?

— Un ami de New York. Il était juste de passage. Pourquoi ?

— Eh bien, j'ai cru comprendre qu'il s'était montré grossier et agressif envers Grace après mon départ.

— Ah ?

Et Michael comprit d'emblée qu'il n'y aurait aucun moyen de dissiper cet affreux malentendu. Terry Ryan était déjà dans le ciel, à des milliers de kilomètres de là, débarrassé de Billings et du Kansas pour de bon : les braves paroles d'une bonne âme ne pouvaient plus rien pour lui.

— Je suis désolé qu'on ait dû vivre ce moment déplaisant, John, rétorqua-t-il avec ce qu'il espérait résonner comme une pointe de mépris.

Et il raccrocha sans laisser à Howard le temps de répondre quoi que ce soit.

Si le gars le rappelait et persistait dans sa plainte déplacée, il n'aurait d'autre choix que de lui raconter ce qu'il s'était réellement passé. Mais le téléphone ne sonna plus.

Il aurait aimé que Sarah soit là, pour qu'elle lui confirme qu'il avait bien agi. Mais il valait sans doute mieux la laisser dormir et espérer qu'ils n'auraient plus jamais besoin d'en parler.

Un soir du mois de juin, à l'approche de la fin de l'année scolaire, Lucy Davenport appela Michael pour lui annoncer que leur fille était partie.

— Qu'est-ce que tu entends par « partie » ?

— Eh bien, elle est supposée être en route pour la Californie, mais je ne pense pas qu'elle ait de destination claire. Elle a envie de vagabonder un peu avec tous les autres petits vagabonds crasseux et malodorants qui traînent sur les routes, de nos jours – n'importe quelles routes, n'importe où. Elle a décidé d'être totalement irresponsable, de se laisser totalement aller et de se détruire le cerveau avec toutes les substances hallucinogènes sur lesquelles elle pourra mettre la main.

Laura n'avait acquis que des mauvaises habitudes durant sa première année d'études à Warrington College, au dire de sa mère.

— Je pense qu'il y a un trafic de narcotiques intensif dans ce fichu petit campus.

Elle était « toute drôle », quand elle était rentrée la veille, accompagnée de trois amis supposés rester pour le week-end. Il y avait une autre fille de Warrington, également « toute drôle », et deux garçons que Lucy avait du mal à décrire.

— Enfin, ce que je veux dire, c'est que c'étaient des *prolétaires*, Michael. Des fils d'ouvriers du textile, ou un truc de ce genre. Ils passaient leur temps à grogner et marmonner comme Marlon Brando – bien qu'il ne me semble pas que Marlon Brando ait jamais eu les cheveux longs jusqu'aux fesses. Suis-je assez éloquente ?

— Ouais. Je pense que je vois assez bien le tableau.

— Ils sont restés moins de vingt-quatre heures, et tout à coup, Laura m'a annoncé qu'ils partaient pour la Californie. Je n'ai pas réussi à la raisonner, ni même à placer un mot. Un petit moment plus tard elle était partie. Ils étaient tous partis.

— Mon Dieu. Je ne sais pas quoi dire.

— Moi non plus. Je n'y comprends rien. Je t'ai appelé parce que… j'ai pensé que je le devais.

— Ouais. Je suis content que tu l'aies fait, Lucy.

Sarah lui assura qu'il n'y avait aucune raison de s'inquiéter.

— Laura a dix-neuf ans, dit-elle. C'est presque une adulte. Elle est capable de vivre ce genre d'aventure sans se mettre en danger. Le fait qu'elle prenne de la drogue est certes inquiétant, mais sa mère a sans doute un peu forcé le trait à ce sujet, tu ne crois pas ? Et d'ailleurs, tous les jeunes d'Amérique touchent à une drogue ou une autre à un moment, et la plupart d'entre elles ne sont pas plus dangereuses que l'alcool ou la nicotine. L'important, Michael, c'est qu'elle t'appellera si elle s'attire le moindre problème. Elle sait que tu es là pour elle.

— Oui, c'est vrai, elle le sait. Seulement, c'est la première fois, depuis qu'elle est née, que je ne sais pas *où elle est.*

5.

L'un des avantages, quand on avait vingt ans de plus que sa femme, était de pouvoir adopter une attitude affectueuse et tolérante lorsqu'elle se découvrait un intérêt que vous ne partagiez pas.

Si Michael avait été surpris, ou même effrayé, des années auparavant, quand Lucy avait rapporté à la maison un exemplaire de *Comment aimer* de Derek Fahr, il n'éprouva pas le moindre inconfort quand la table basse du salon de Billings se chargea peu à peu d'ouvrages plus récents d'une variété déconcertante, d'auteurs tels que Kate Millett, Germaine Greer ou Eldridge Cleaver.

Et il ne cilla pas non plus quand Sarah rejoignit une organisation des plus sérieuses que l'on appelait La Ligue internationale des femmes pour la paix et la liberté, même si, à une ou deux reprises, en la voyant prendre la voiture pour se rendre à des réunions, il dut reconnaître que cela lui évoquait les moments où Lucy disparaissait pour avoir ses longs entretiens privés avec le Dr Fine.

Bon sang, les filles seraient toujours un mystère pour lui. Mais le plus important, c'était que cette fille-là passait encore le plus clair de son temps à la maison et que, lorsqu'elle n'absorbait pas toute cette propagande, elle demeurait une interlocutrice enthousiaste et charmante.

Elle lui avait raconté assez d'épisodes de sa courte vie bien remplie depuis qu'ils se connaissaient (l'université, le collège, le lycée, ses parents, sa famille, sa maison), pour que, les ayant assemblés, Michael ait le sentiment de la connaître presque mieux qu'il ne se connaissait lui-même. Il était toujours charmé de l'honnêteté, l'humour et la concision avec lesquels elle lui racontait ses souvenirs ; et s'il lui arrivait de se répéter ou de digresser, elle ne faisait rien pour se montrer sous un jour avantageux ou inspirer de la compassion, et ne prenait jamais le risque d'ennuyer son auditoire.

C'était une fille incroyable ! Certains soirs, quand elle était assise sur leur canapé d'occasion dans le halo de la lampe, il la regardait parler, émerveillé, heureux d'avoir eu la chance de la rencontrer et du sentiment de sécurité que lui procurait sa présence. Parce qu'il savait qu'elle ne se confierait jamais à lui si elle ne l'aimait pas profondément et n'était pas certaine de pouvoir compter sur lui pour emporter ses terribles petits secrets dans sa tombe.

Un soir, alors qu'ils étaient couchés, elle lui suggéra d'une voix très douce qu'ils pourraient avoir un enfant.

— Tu veux dire maintenant ? répondit-il.

Comprenant aussitôt que cette question trahissait son angoisse, il grimaça dans le noir.

Mon Dieu, il était trop vieux pour ça. Beaucoup trop vieux.

— Eh bien, peut-être dans un an ou deux ? reprit-elle. Pas l'année prochaine, mais celle d'après. Qu'en penses-tu ?

Et plus il y réfléchissait, plus ça lui paraissait logique. Il était normal que toutes les filles en bonne santé aient envie d'avoir un bébé. Pourquoi une fille en bonne santé se marierait-elle si ce n'était dans l'espoir d'avoir un enfant ? Et un autre argument pesait dans la balance : ça pourrait être bien d'élever un enfant, d'avoir une chance de rattraper les douloureuses erreurs qu'il avait commises avec Laura au cours des dernières années.

— D'accord, finit-il par accepter. Mais je serai un père sacrément vieux. Tu sais quoi ? Quand ce môme aura vingt et un ans, j'en aurai déjà soixante-dix.

— Ah oui ? dit-elle, comme si ça ne lui était pas venu à l'idée. Dans ce cas, il faudra que je sois jeune pour deux, pas vrai ?

*

Quand l'opératrice lui demanda s'il acceptait le PCV de San Francisco, il répondit « Oui, bien sûr ». Puis la voix de Laura s'éleva, si lointaine qu'il crut d'abord que la liaison était mauvaise.

— Papa ?

— Allô ? Laura ? cria-t-il sans raison.

— Papa ?

Il l'entendait bien, maintenant.

— Comment vas-tu, mon chou ?

— Je ne sais pas. Je suis toujours... ici... à San Francisco, mais je ne me sens pas très bien. Je me sens oppressée. En fait, ça allait tant que j'étais... au-delà du réel... mais depuis... depuis que... je suis revenue... je suis toute... je ne sais pas.

— C'est quoi, l'au-delà du réel ? Une boîte de nuit ?

— Non, c'est un état d'esprit.

— Oh.

— Et je n'ai qu'un dollar trente en poche, alors ce n'est pas grand-chose pour me remettre d'aplomb... enfin, si on peut appeler ça se remettre d'aplomb. Si tu comprends ce que je veux dire par me remettre d'aplomb.

— Bon, écoute, chérie, je pense que je ferais mieux de te rejoindre au plus vite, tu ne crois pas ?

— Eh bien, je suppose que... j'espérais que tu dirais ça.

— OK. Si je pars tout de suite, je devrais arriver dans trois heures et demie, quatre heures. Maintenant, donne-moi l'adresse de l'endroit où tu te trouves.

Il secoua la main pour que Sarah lui tende vite un crayon.

— 287... non attends, 283, rue Quelque chose-Sud.

374

— Allons, s'il te plaît, mon chou : quelle rue ? Essaie de te rappeler.

Quand elle fut enfin capable d'épeler le nom de la rue, et de répéter ce qu'il espérait être le bon numéro, il dit :

— D'accord. Ton numéro de téléphone, à présent.

— Oh, il n'y a pas de téléphone dans l'immeuble, papa. Je t'appelle d'une cabine, quelque part.

— Oh, mon Dieu, souffla-t-il. Bon, écoute : je veux que tu retournes chez toi tout de suite et que tu m'attendes là-bas sans bouger le temps qu'il faudra. Promets-le-moi. Tu ne sors plus dans la rue, sous aucun prétexte, d'accord ?

— D'accord.

Sarah le conduisit à l'aéroport, n'hésitant pas à prendre quelques risques pour dépasser des voitures. Découvrant qu'un vol en partance pour San Francisco était prêt à embarquer, il se rua sur le comptoir des billets, puis réussit à atteindre la porte à temps, songeant que c'était peut-être l'endroit précis où Sarah et lui avaient dit au revoir à Terry Ryan. Et, comme Terry Ryan, il ne tarderait pas à découvrir que le vol pour San Francisco se révélerait la partie la plus aisée de son périple.

— Vous êtes sûr d'avoir bien noté l'adresse ? ne cessait de demander le chauffeur de taxi, après s'être arrêté deux fois pour essayer de déchiffrer l'adresse mystérieuse de Laura avec l'aide d'autres chauffeurs de taxi.

Réussissant enfin à s'orienter, il déclara :

— Hum, je ne sais pas... aller dans certains de ces quartiers miteux, c'est comme entrer dans un autre monde. Je ne donnerai pas cher de votre peau là-bas. Ce coin-là n'est même pas convenable pour les Noirs – et, attention, je n'ai rien contre les Noirs.

Tout le monde, en Amérique, avait commencé à remplacer le terme « Negro » par « Noir », et ce n'était qu'une question de temps avant qu'on remplace « fille » par « femme ».

Il n'y avait pas de noms à côté des sonnettes de l'immeuble et, après avoir en avoir pressé deux ou trois,

Michael comprit qu'elles ne fonctionnaient pas – certaines pendaient même de fils électriques. Il s'aperçut alors que les deux verrous de la porte étaient cassés et qu'il suffisait de tourner la poignée en donnant un coup d'épaule dedans pour entrer.

— Il y a quelqu'un ? lança-t-il en progressant dans le hall.

Quatre ou cinq portes s'entrouvrirent sur les visages de jeunes gens – davantage de garçons que de filles, et tous avec des coiffures si absurdes que personne n'en aurait cru ses yeux il y a avait encore quelques années.

— Bon écoutez, les gars, dit Michael, se fichant d'avoir peut-être pris la voix de James Cagney. Je suis le père de Laura Davenport, et je veux savoir où elle se trouve.

Certains jeunes visages disparurent et d'autres se figèrent bêtement (était-ce de l'ahurissement dû à la peur ou à la drogue ?), mais quelqu'un lui lança du fond obscur du couloir :

— Dernier étage, dernière porte à droite.

Il y avait peut-être quatre, cinq ou six étages dans cet immeuble, Michael ne les compta pas. Il grimpait une à une les volées de l'escalier crasseux empestant l'urine et les ordures, s'arrêtant à chaque palier pour reprendre son souffle, et ne comprit qu'il était arrivé en haut que lorsqu'il n'y eut plus de marches à monter.

Au bout du couloir de droite, il trouva une porte blanc sale. Il attendit à nouveau le temps de reprendre son souffle, sinon de prier, et frappa.

— Papa ? Tu peux entrer, c'est ouvert, lui cria Laura.

Elle était là, allongée sur un petit lit, dans une pièce si minuscule qu'il n'y avait pas de place pour une chaise. Et avant toute chose, c'est sa beauté qui le frappa. Elle avait beaucoup trop maigri, et avait l'air aussi gracile qu'un oiseau avec ses longues jambes qui flottaient dans son jean et son buste saillant sous sa chemise de travail tachée de graisse, et cependant, avec ce visage pâle et famélique, ses grands yeux bleus et ses lèvres fines délicates, elle ressemblait à la jeune débutante sublime que sa mère avait toujours espéré la voir devenir.

— Waouh, dit-il, s'asseyant au bord du lit, près de ses genoux. Waouh, mon chou, je suis tellement content de te voir.

— Moi aussi, papa. Tu veux bien me donner une de tes cigarettes ?

— Bien sûr, tiens. Mais écoute, j'ai l'impression que tu ne dois pas beaucoup manger, ces derniers temps. Je me trompe ?

— Eh bien... je pense que ça va faire un peu plus de deux semaines que je...

— Bon, alors on va commencer par te faire avaler un bon dîner. Ensuite, on trouvera un hôtel où passer la nuit, et demain on rentrera au Kansas ensemble. Ça te paraît comment ?

— Ça me paraît... bien... seulement... en fait, je ne connais pas ta femme.

— Bien sûr que si, tu la connais.

— Je voulais dire que je ne la connais pas comme *ta femme.*

— Allons, Laura, c'est idiot. Vous allez bien vous entendre, toutes les deux. Bon, dis-moi, il y a quelque chose ici que tu veux emporter ? Tu as un sac pour qu'on mette tout dedans ?

En examinant l'étroite bande de sol apparente à côté du lit, il découvrit deux nœuds papillons noirs à élastique, du genre de ceux que portaient les serveurs (ceux que Terry Ryan portait quand il servait au Blue Mill, en tout cas). Et quand il attrapa le « sac à dos » en nylon taché posé contre le mur, un troisième nœud en tomba.

Donc : trois jeunes serveurs étaient venus dans cette chambre et avaient laissé un souvenir derrière eux. Non, plus vraisemblablement : le même serveur était venu trois, cinq, dix, maintes fois.

(— Hé Eddie, où étais-tu passé ?

— Je faisais ce que tu penses avec la grande maigrichonne dont je t'ai parlé : au dernier étage porte droite. La
fille qui a l'air de se cacher de la mafia.

— Ah, merde, Eddy, je ne traînerais pas dans cet
immeuble si j'étais toi, ces gamins sont dingues.

— Ah ouais ? Tu veux dire, dingues comme moi ou
dingues comme toi ? Écoute, je tire ma crampe où je peux,
mec.)

— Tu es prête, chérie ? lança Michael.

— Je crois.

Mais ils ne trouvèrent pas de taxi dans sa rue et durent
marcher pendant plusieurs kilomètres avant d'en trouver
un qui accepte de les prendre.

— Vous connaissez un endroit où on pourrait dîner, à
cette heure ? demanda Michael au chauffeur.

— Ben, à *cette* heure de la nuit, il n'y a guère que
Chinatown, répondit l'homme.

Plus tard, il trouverait ridicule de n'avoir rien pu trouver
de mieux qu'un restaurant chinois pour remplumer son
enfant affamée. Œuf Foo Young, porc frit au riz, crevettes
à la sauce de homard : des trucs que la plupart des Américains mangeaient quand ils n'avaient pas très faim, et que
Laura dévora, chargeant sa fourchette de manière rythmée
et ininterrompue, sans dire un mot avant que son assiette
ne soit totalement vide.

— Je peux avoir une autre cigarette, papa ?

— Bien sûr. Tu te sens mieux ?

— Je crois.

Un autre chauffeur de taxi leur recommanda un hôtel et,
alors qu'ils faisaient la queue devant le bureau d'accueil,
Michael se mit à craindre que l'employé ne se fasse une
idée erronée de la situation en découvrant un professeur
visiblement nerveux accompagné d'une jeune hippie visiblement droguée.

— J'aurais besoin d'une chambre pour ma fille et
moi-même, commença-t-il, prudent, soutenant le regard
de l'homme, et réalisant aussitôt que c'était tout à fait le

genre de demande que formulerait un vieux débauché impatient. Juste pour une nuit, ajouta-t-il pour ne rien arranger. Je pense que le mieux serait d'avoir deux chambres communicantes.

— Non, répondit l'employé d'un ton si catégorique que Michael se prépara à ce qu'il lui demande (ou ordonne) de partir sur-le-champ.

Mais il put bientôt se remettre à respirer.

— Non, reprit l'homme, je n'ai plus de chambres communicantes de disponibles, ce soir. Le mieux que je puisse faire, c'est de vous donner une chambre avec deux lits simples. Ça vous conviendrait, monsieur ?

Et ce « monsieur », en plus du reste, allégea considérablement le pas de Michael quand ils traversèrent le hall moquetté pour gagner l'ascenseur. Il avait beau avoir vécu plus des deux tiers de son existence, il n'était toujours pas habitué à ce qu'on l'appelle « monsieur ».

Laura dormit d'un sommeil si paisible qu'elle ne bougea pas une seule fois au cours de la nuit, mais dans le lit voisin, son père fut incapable de fermer l'œil. Au petit matin, comme cela lui arrivait après une nuit d'insomnie, il se mit à réciter à voix basse le long poème final de son premier recueil, le fameux « Tout est dit » que Diana Maitland et Sarah Garvey avaient préféré aux autres. Il parlait si bas qu'il aurait fallu se trouver à quelques centimètres de son oreiller pour l'entendre, mais récitait chaque vers consciencieusement, tirant le meilleur parti de chaque syllabe, donnant à sa voix les bonnes inflexions aux bons moments, sans jamais buter sur un seul mot de ce poème qu'il saurait toujours par cœur.

Mon Dieu. C'était la meilleure chose qu'il ait jamais écrite. Et les gens s'en souvenaient encore, même si le recueil était épuisé et de plus en plus difficile à trouver dans les bibliothèques municipales. Non, son poème n'était pas encore tombé dans l'oubli, et il pouvait encore être remarqué et publié dans une anthologie élégante que l'on trouverait dans toutes les universités.

379

Il le récita une deuxième fois en prenant tout son temps.

— Papa ? l'appela soudain Laura. Tu es réveillé ?

— Ouaip, répondit-il, préparant vite une explication au cas où elle l'aurait entendu (j'ai dû rêver à voix haute...).

— J'ai un peu faim. Tu penses qu'on pourrait descendre prendre notre petit-déjeuner dans pas longtemps ?

— Bien sûr. Utilise la salle de bains en premier, si tu veux, chérie.

Il s'habilla, soulagé qu'elle ne l'ait pas entendu, puis, boutonnant son pantalon, songea qu'elle l'avait peut-être entendu et trouvé ça trop « étrange » ou « bizarre » pour l'interroger. Les hippies étaient réputés pour respecter les trips des autres. Chacun son truc.

Cet après-midi-là, alors que leur avion flottait à une hauteur impossible au-dessus de la Terre, Laura se détourna de son hublot.

— Papa ? Il y a quelque chose qu'il vaudrait mieux que je te dise. Je pense que je suis peut-être enceinte.

— Ah ?

Michael sourit pour dissimuler sa sidération.

— Je veux dire que je n'ai pas eu mes règles depuis deux mois, et c'est peut-être à cause... parce que je n'étais pas bien, mais je n'en suis pas sûre. Et... je ne sais pas non plus qui... est le garçon. Tout est un peu flou, je ne me souviens pas trop de ce qui s'est passé cet été.

— Ah. Bon. Évite de te faire trop de souci, chérie. On va t'emmener à l'hôpital universitaire et on leur demandera de pratiquer le test de la lapine. Et au besoin, on fera ce qu'il faut tout de suite. D'accord ?

Et, touché par sa propre gentillesse, il ajouta qu'il connaissait un médecin discret qui lui donnerait une ordonnance pour qu'elle soit admise dans une clinique du Missouri où « des interruptions » étaient programmées et exécutées rapidement, et lui promit que tout irait bien.

Son besoin d'être rassurée ayant été comblé, Laura se tourna vers son hublot, et Michael fixa le ciel avec un air désolé. Sa fille n'avait que dix-neuf ans, elle était peut-être enceinte, et il ne connaîtrait jamais le père de l'enfant.

À l'aéroport, Sarah serra Laura dans ses bras et lui donna un petit baiser pour lui montrer qu'elle n'était plus sa conseillère d'orientation, et ils roulèrent tous trois jusqu'à la maison dans une atmosphère de camaraderie hésitante.

Laura trouva le paysage « drôle quand on était habitué à la ville », et leur confia : « On n'a pas du tout traversé le Kansas pour aller en Californie, on est passés par le Nebraska à la place. »

Et en entendant ces « on », Michael eut du mal à se retenir de poser la question qui le titillait depuis qu'il l'avait découverte dans cette petite chambre misérable la nuit précédente : où étaient donc passés ses foutus amis ? Ces hippies qui parlaient sans cesse d'« amour » avec des trémolos dans la voix n'étaient-ils pas supposés prendre soin les uns des autres ? Comment ces jeunes avaient-ils pu laisser une fille seule dans un endroit hostile et si loin de chez elle ?

Il réussit à se retenir mais il savait qu'il aurait besoin d'avoir une conversation avec Sarah, quand ils seraient seuls.

Comme une petite enfant, Laura fut prête à s'endormir sitôt qu'elle fut nourrie. Sarah la conduisit jusqu'à la chambre d'ami, au fond du couloir, et Michael porta le verre qu'il venait de se servir jusqu'à la cheminée, qui semblait un bon endroit pour tenter de s'éclaircir les idées.

Sarah ne tarda pas à le rejoindre. Elle s'installa dans le canapé, face à lui, et ne manifesta aucune surprise lorsqu'il lui fit part de la nouvelle que Laura lui avait annoncée dans l'avion.

— On pourra l'emmener à l'hôpital demain et lui faire passer le test de la lapine, dit-elle. Ce n'est peut-être pas ça. Ça ne sert à rien de s'inquiéter tant qu'on n'en est pas certains.

— Je sais, je sais. C'est ce que je lui ai dit. Et aussi que je pourrais organiser un avortement. Mais ça m'a fait un coup... et le pire c'est qu'elle ne sait pas qui est le garçon. C'est pas la chose la plus merdique qu'on puisse imaginer ?

Sarah alluma une cigarette. Elle n'en fumait que quatre ou cinq par semaine, toujours dans des moments paisibles, et il avait compris depuis un certain temps que ça l'aidait à réfléchir quand elle ne comprenait pas quelque chose.

— Eh bien, j'imagine que c'est en accord avec son mode de vie hippie ? dit-elle. Et puis c'est aussi une tactique que les filles utilisent pour choquer leurs pères, tu ne crois pas ?

Il alla se servir un autre verre, et n'eut pas le temps de revenir à la cheminée qu'il s'aperçut qu'il pleurait. Il se détourna prestement pour essayer de dissimuler ses larmes (aucune jeune épouse ne devrait voir son mari vieillissant en larmes). Peine perdue.

— Tu pleures, Michael ?

— C'est que... je n'ai pas dormi de la nuit, éluda-t-il, se frottant le visage des deux mains. Enfin, le principal, c'est que je suis fier de moi pour la première fois depuis... des années. Oh, mon Dieu, mon chou, tu aurais dû la voir, toute seule là-bas, égarée, totalement égarée. Et peut-être que je n'ai rien fait de bien dans toute ma fichue vie, mais, merde, j'y suis allé, je l'ai retrouvée, je l'ai ramenée à la maison, et je suis bougrement fier de moi. C'est tout.

Et cependant, il soupçonnait que ce n'était pas tout, mais que le reste était indicible.

Quand il retrouva ses esprits, s'excusant avec un rire artificiel pour prouver qu'il n'avait pas pleuré, il se laissa guider par Sarah jusqu'à leur chambre. C'est alors qu'il comprit qu'en réalité, il avait été ému aux larmes en se récitant les derniers vers de « Tout est dit », ces vers qui vrombissaient dans sa tête dans la cabine pressurisée de l'avion un peu plus tôt, et encore à cet instant. Laura avait cinq ans quand il avait écrit ce poème.

Le test de la lapine se révéla négatif. Laura ne risquerait peut-être plus de tomber enceinte avant d'être mariée à un jeune homme qui se soucierait autant du résultat du prochain test que son épouse. Michael avait le sentiment que le pire était derrière lui.

Mais l'étape suivante, qu'il aurait volontiers essayé d'éviter si Sarah n'en avait pas parlé, consista à emmener Laura consulter l'un des psychiatres de l'hôpital universitaire.

Pendant une heure, luttant contre sa nervosité, il attendit dans la salle d'attente remplie de chaises en plastique orange. Puis le médecin rouvrit la porte du cabinet de consultation et invita Laura à patienter pendant qu'il discutait avec son père. Michael fut soulagé de constater qu'il ne s'agissait pas d'un jeune je-sais-tout, mais d'un homme digne et courtois d'une cinquantaine d'années, très père de famille posé avec son costume conservateur et ses chaussures noires luisantes. Il s'appelait McHale.

— Eh bien, monsieur Davenport, dit-il sitôt qu'ils furent assis dans l'intimité du cabinet fermé. Je pense qu'on peut considérer cela comme un incident psychotique caractéristique.

— Non, attendez une minute. Où êtes-vous allé chercher « psychotique » ? Elle a pris beaucoup de drogues, c'est tout. Vous ne pensez pas que « psychotique » est un mot un peu trop vilain pour le lancer à la tête des gens ?

— Je pense que c'est le mot le plus adapté à la situation. Certaines de ces drogues sont connues pour provoquer des psychoses, avec des pertes de l'orientation sévères, des « hauts » et des « bas » importants et des hallucinations, selon un schéma qui s'apparente à ce que l'on appelle communément un épisode psychotique.

— Bon, d'accord. Écoutez, docteur, elle a arrêté de prendre ces trucs-là, maintenant. Elle mène une vie très paisible avec sa belle-mère et moi-même. Ne pourrait-on pas lui donner une chance de se remettre toute seule ?

— Dans certains cas, je serais tenté d'être de votre avis, mais votre fille est encore très fragile et perturbée. Je ne préconise pas l'hospitalisation – du moins pas pour le moment – cependant j'aimerais la voir deux fois par semaine, au moins. L'idéal serait trois séances par semaine, mais nous pouvons commencer par deux.

— Mon Dieu, elle a dû faire des trucs bien plus fous ici qu'à la maison, rétorqua-t-il.

Mais il sentait qu'il perdait la partie : il n'était pas de taille à tenir tête à ces connards visqueux, et ne le serait sans doute jamais.

— Enfin, je ne dis pas qu'elle se comporte tout à fait *normalement*, reprit-il, mais c'est surtout parce qu'elle est paresseuse et lymphatique la plupart du temps.

— Et pas très loquace ?

— Non, pas du tout.

— Eh bien, dit le médecin, lui coulant un regard en coin qui semblait péniblement proche du clin d'œil, c'est sans doute que vous n'avez pas eu l'occasion de l'entendre parler de l'« au-delà du réel » ou d'autres choses de ce genre.

Un matin, une lettre laconique tapée à la machine provenant du Warrington College arriva accompagnée d'une note manuscrite de Lucy qui la lui faisait suivre. Le message était clair : Laura était autorisée à revenir en première année « à l'essai ».

— Ça me fait une belle jambe, explosa Michael. Il n'est pas question que tu retournes où que ce soit à l'essai. Le Warrington College peut aller au diable. Ils peuvent se fourrer leurs justaucorps et leurs conneries où je pense.

C'est alors qu'il se souvint que Sarah – qui prenait son petit-déjeuner en silence – se trouvait être la jeune conseillère d'orientation calme et professionnelle qui avait recommandé d'inscrire sa fille là-bas.

— OK. Je suis désolé, chérie, s'excusa-t-il.

Les mots « ma chérie », « mon chou », « mon trésor » voletaient dans la maison avec une telle profusion ces derniers temps qu'il ne savait plus à laquelle des deux filles il les adressait la plupart du temps.

— Écoute, c'était bien tenté. Mais je n'ai jamais pensé que Warrington était la bonne université pour Laura. Elle bénéficierait d'une meilleure formation ici, à *Billings*, que dans cette fabrique à petites fleurs délicates. Et elle pourrait continuer à voir ce Dr Machin-Chose aussi longtemps qu'il le faudrait. Et, si elle en éprouve le désir, elle pourra toujours demander son transfert dans une université plus prestigieuse plus tard.

Sur quoi, après y avoir réfléchi, Sarah convint que c'était un plan raisonnable.

— C'est drôle, tu sais ? lança Laura de son coin de la table du petit-déjeuner, les yeux et la voix un peu rêveurs, je ne me souviens plus trop de Warrington. Tout est comme brouillé. Je me souviens des après-midi où on coupait à travers champs pour rejoindre l'autoroute, et attendre une voiture d'une certaine marque. Et puis, quand elle finissait par se ranger sur le bas-côté, un gars abaissait sa vitre pour qu'on lui donne l'argent, et il nous tendait ces petits sachets de papier brun. Des tabs d'acide, différentes sortes d'amphétamines, de la coke, du hasch et même de cette bonne vieille marijuana ; et puis on retournait en cours – oh, et parfois il y avait de magnifiques couchers de soleil sur ces champs – et on se sentait tous riches et merveilleux, parce qu'on savait qu'on allait pouvoir tenir une semaine de plus.

— Ouais, c'est bien, dit Michael. C'est très nostalgique et bucolique tout ça, mon trésor, mais je vais te dire un truc : tu n'es plus une hippie, maintenant, tu comprends ? Tu as profité de toute l'irresponsabilité et de tout le laxisme que tu avais en réserve. Tu suis un traitement dans le service psychiatrique d'un hôpital, à présent, et ta belle-mère et moi nous faisons de notre mieux pour t'aider à retrouver toute ta tête. Alors, si tu as fini de manger, pourquoi tu n'irais pas faire une de tes siestes de quatre heures ou un autre truc utile de ce genre ?

— Tu ne crois pas que tu y es allé un peu fort ? lui demanda Sarah, quand sa fille fut partie.

Et il fixa le jaune de son œuf au plat froid, songeant qu'il n'était pas encore neuf heures, et qu'il avait perdu son sang-froid à deux reprises, déjà.

Ce jour-là le bureau des inscriptions de l'Université d'État de Billings l'informa qu'il était trop tard pour que Laura fasse la rentrée universitaire d'octobre, et que le mieux serait de remplir une demande d'inscription pour la rentrée de février. Ils allaient devoir passer cinq mois de plus à trois dans cette maison qui commençait à leur sembler bien trop petite.

— Eh bien, on survivra, dit Sarah. Je pense qu'elle n'était pas prête à reprendre ses études de toute façon, pas toi ? Je ne crois pas qu'elle soit capable de se concentrer suffisamment pour ça.

Peu après, une lettre de Lucy arriva. Elle était très brève, bien centrée sur la page, et formulée avec un soin qui suggérait qu'elle l'avait réécrite plusieurs fois avant de trouver le ton adéquat :

Cher Michael,

Je te suis extrêmement reconnaissante d'être intervenu et d'avoir pris Laura en charge cet été. Tu as été là quand elle avait besoin de toi, et tu sembles avoir tout fait correctement et avec sagesse.

Mon bonjour à Sarah, et mes remerciements pour son aide précieuse.

Avec mes meilleurs sentiments, comme toujours,

L.

P.S. – Je vais bientôt partir pour m'installer du côté de Boston. À Cambridge, je pense. Je t'enverrai mon adresse.

— Je ne l'ai rencontrée qu'une fois, c'est vrai, commenta Sarah, mais elle m'a eu l'air d'une femme... très bien.

— Oh, c'est une femme tout à fait bien, confirma-t-il. Nous formions une petite famille tout à fait bien, tous les trois. C'est juste que deux de ses membres étaient dingues.

— Michael. Tu ne vas pas recommencer avec ces idioties.

— Quelles idioties ? Tu préfères que j'emploie les mots des psychiatres ? « Psychotique » ? « maniaco-dépressif » ? « schizophrène paranoïaque » ? Laisse-moi essayer de t'expliquer un truc. Il y a longtemps, quand j'étais gamin et que personne à Morristown n'avait jamais entendu parler de Sigmund Freud, il y avait trois catégories de personnes : les gens un peu dingues, les dingues, et les dingues comme des coucous. Ce sont les seuls *termes* que je reconnaisse. Et j'ai souvent pensé qu'être *un peu dingue* ne me dérangerait pas tant que ça, parce que ce genre d'homme attire terriblement les filles. Seulement, ce serait te mentir que de prétendre que j'appartiens à cette catégorie-là. Je fais partie des dingues, et il y a des documents pour en attester. Laura aussi fait partie des dingues, pour le moment. Et à moins qu'elle et moi jouions bien nos cartes, nous sommes bons pour finir dingues comme des coucous. C'est aussi simple que ça.

— Tu sais ce que tu fais, parfois ? rétorqua Sarah. Tu te laisses emporter par ta propre rhétorique jusqu'à ce que tu ne saches même plus ce que tu dis. Comme lorsque tu me racontes l'histoire d'Adlai Stevenson et que tu finis par le faire ressembler à Jésus sur sa croix. J'espère vraiment que tu te contrôles mieux que ça quand tu enseignes, ou tu dois avoir un bon nombre d'étudiants déconcertés face à toi.

Après avoir mis un petit moment à décider de ne pas se mettre en colère, il répondit :

— Je pense qu'on ferait mieux de convenir que mon travail et mes étudiants sont mes affaires, tu ne crois pas ?

Sur quoi, il partit se terrer dans son bureau, estimant avoir délivré cette repartie avec le calme et la dignité nécessaires.

Elle avait vraiment un peu dépassé les bornes en mettant en doute sa capacité à se « contrôler » devant ses élèves. Pour une fois, depuis que ces petites querelles bénignes mais de plus en plus fréquentes les opposaient, c'était Sarah qui avait tort, et elle le reconnaîtrait sans doute. Oh, elle ne s'excuserait pas tout de suite. Il était probable qu'elle attendrait que toutes les difficultés de la journée soient derrière eux, et qu'ils se retrouvent au lit, éclairés par la pâleur du clair de lune du Kansas. Alors, il la prendrait dans ses bras, elle lui dirait qu'elle était désolée. Ou peut-être que ça ne serait même plus nécessaire.

— Dis-moi, Laura? demanda-t-il un jour à sa fille. Comment se fait-il que tu ne fasses jamais ton lit, le matin?

— Je ne sais pas. Qu'est-ce que ça peut faire puisque je vais bientôt me recoucher?

— Oui, je suppose que c'est sage, d'une certaine manière. Alors pourquoi te coiffes-tu puisque tu sais que tes cheveux vont bientôt s'emmêler à nouveau? Pourquoi te doucher quand tu sais que tu vas bientôt te resalir? Et peut-être qu'on pourrait tous se mettre d'accord pour ne tirer la chasse d'eau des toilettes qu'une fois par mois. Ça ne te semble pas une bonne idée?

Il s'approcha d'elle et pointa un index sur son visage crispé.

— Écoute, mon chou, tu as le choix : soit tu décides de mener ta vie comme une personne civilisée, soit tu décides de vivre comme un rat. Réfléchis bien et prends ta décision. Et, si possible, j'aimerais avoir ta réponse au cours des trente prochaines secondes.

Il y aurait sans doute eu davantage de scènes de ce genre, et bien pires encore, sans l'influence apaisante de Sarah. C'est Sarah, ainsi qu'il l'expliqua maintes fois à

Laura, qui leur avait rendu ces derniers mois supportables. Elle avait beau n'avoir que cinq ans de plus que sa belle-fille, elle gérait tout en silence. Elle accomplissait les tâches ménagères du quotidien sans jamais imposer à Laura de l'aider à ranger ou à cuisiner. C'était elle qui la conduisait à ses rendez-vous avec le Dr McHale. Et, à plusieurs reprises, en attendant la fin de la séance, elle avait même fait les magasins pour lui choisir quelques jolies tenues élégantes.

À présent, quand il était en cours ou à son bureau, Michael s'autorisait désormais à penser que tout irait bien à son retour à la maison. Et c'était souvent le cas. Les jours les plus paisibles (sans heurts et sans excès d'alcool), ils s'installaient au salon et avaient des conversations aussi plaisantes que si Laura avait été la fille d'un voisin : une jeune fille « intéressante », quoique trop jeune pour être très originale, mais respectueuse et bien élevée, sirotant une canette de Coca-Cola. Et pourtant, ils n'étaient pas dupes : il en faudrait bien davantage avant que Laura n'aille tout à fait bien.

Un jour, en rentrant du travail, il la trouva étendue dans un grand fauteuil relax avec une robe neuve. Plongée dans la dernière édition de *La Lettre écarlate* de la Modern Library.

— Oh, je suis content que tu te sois remise à lire, chérie, lui dit-il. Et c'est un livre génial, en plus.

— Je sais, répondit-elle.

Et en passant devant son fauteuil il jeta un œil au livre et vit qu'elle en était à la page 98. Il se rendit à son bureau et s'attaqua à la pile de dissertations et de poèmes des étudiants – l'astuce, quand on enseignait, était si possible de se débarrasser de cette partie du travail en un jour ou deux. Deux ou trois heures s'étaient écoulées quand il repassa devant le fauteuil de Laura et constata qu'elle en était toujours à la page 98.

Bon sang, mais c'était *quoi* le problème de cette môme ? Ce connard de psychiatre avait-il une quelconque utilité ?

Que pouvaient bien cacher ces grands yeux bleus tristes à vous fendre l'âme ?

Sarah était dans la cuisine, en train de sortir des glaçons d'un bac pour lui préparer son verre de cinq heures.

— Oh, mon Dieu, tu es merveilleuse, fut tout ce qu'il trouva à dire.

Il dut attendre qu'ils aillent se coucher et que leurs chuchotements soient étouffés par deux portes fermées pour lui parler du livre.

— Tu es certain que c'était la même page ?

— Bien sûr que j'en suis certain. Pourquoi je te raconterais un truc aussi tordu sur ma propre enfant si je n'en étais pas certain ?

Après un moment de réflexion, elle déclara :

— Ma foi, je vois ce que tu entends par « tordu », mais ce n'est peut-être une bonne idée d'employer ce genre de mot. Et cependant, c'est... troublant, n'est-ce pas ? Parce que je pensais qu'elle allait beaucoup mieux, pas toi ?

Au début de l'hiver, quand ils décidèrent que le moment était venu pour Laura d'avoir une activité constructive, une nouvelle école de secrétariat commercial ouvrit en ville. Sarah avait l'impression d'avoir les doigts un peu « rouillés » et Laura n'avait jamais appris la dactylographie ; il paraissait judicieux qu'elles s'y inscrivent toutes les deux.

Et c'est ainsi qu'elles commencèrent à s'y rendre ensemble chaque jour, selon un emploi du temps soigneusement organisé pour permettre à Laura de poursuivre ses séances avec le psychiatre. Et Michael se prit à espérer que c'était une bonne décision. Taper à la machine était une activité mécanique qui pouvait aider à oublier ses problèmes. À moins, bien entendu, de taper ses propres poèmes, songea-t-il, se remémorant les longues journées et les longues nuits passées devant sa machine, à New York, puis Larchmont, puis Tonapac, tressaillant et maudissant l'engin chaque fois qu'une faute de frappe stupide l'obligeait à arracher le papier du rouleau et à le remplacer par une page vierge qu'il couvrait d'autres fautes, jusqu'à ce que Lucy finisse par s'en occuper. Elle avait toujours eu le chic pour taper ses poèmes d'une traite et sans erreur, telle la plus compétente des secrétaires.

Un après-midi, quelques semaines après le début des cours de dactylographie, Laura vint le trouver tandis que Sarah rentrait la voiture au garage.

— Écoute, papa, ce n'est pas pour moi, dit-elle, le visage et le cou écarlates, les yeux luisants de larmes. Tu sais qu'il existe des gens incapables d'apprendre une langue étrangère ou un instrument de musique. Eh bien moi, je suis incapable de taper à la machine. Je tape avec deux doigts depuis si longtemps que je ne comprends rien à ce fichu clavier, j'ai l'impression d'être stupide quand je suis dans cette salle de classe. Ils me donnent tous l'impression d'être si stupide que j'ai envie de vomir.

Ses larmes jaillirent quand elle prononça le mot « vomir ». Elle les essuya d'une main et traversa le couloir pour se réfugier dans sa chambre. C'était la première fois depuis des années qu'il la voyait pleurer.

Sarah, qui était arrivée du garage au moment où Laura avait fondu en larmes, tenta de lui expliquer la situation.

— Ça n'a pas été une très bonne journée, pour elle. Le professeur s'est montré impatient avec elle et quelques élèves ont rigolé.

— Oh, merde. Je n'ai pas envie qu'on se moque d'elle dans l'état où elle se trouve. Je n'ai pas envie qu'on se moque d'elle tout court. J'ai toujours trouvé que l'humiliation était la chose la plus détestable au monde.

Sarah lui coula un petit regard irrité.

— Alors pourquoi l'humilies-tu en permanence ?

Il faillit répondre « C'est différent », mais se reprit à temps.

— Ouais, c'est vrai, tu as raison, dit-il à la place. Ça m'arrive, il faudrait que je fasse plus attention. Mais je dois dire que c'est un soulagement de la voir pleurer. Enfin, c'est juste que ça change de ses airs de zombie.

— Tu m'as totalement perdue, là, lui dit Sarah. L'humiliation est la chose la plus détestable au monde, mais pleurer est une bonne chose ? Pleurer est « thérapeutique », c'est ça ? Tu ne crois pas que cette manière de penser n'est même pas digne d'un ado de seize ans ?

Elle se rendit à la cuisine d'un pas ferme, bien qu'il soit trop tôt pour préparer le dîner, et il comprit qu'il valait mieux la laisser seule. Il alla se poster devant l'une des fenêtres à guillotine, et les épaules voûtées, laissant son regard se perdre dans les champs tachetés par les légères chutes de neige de la veille, il sentit l'angoisse lui étreindre le cœur. Et soudain, il comprit ce qu'il ressentirait si Sarah devait le quitter (« Tu m'as totalement perdue, là »).

Les choses finirent sans doute par s'arranger à l'école de dactylographie, car les filles rentraient de plus en plus souvent des cours en riant. Et leur formation terminée, elles brandirent leurs deux petits certificats ringards avec une ironie dissimulant mal un authentique plaisir.

— Quand même, je me demande comment elle s'en est sortie, confia Michael à sa femme, une fois que Laura fut hors de portée de voix.

— Oh, elle a fini par choper le truc. C'est juste un coup à prendre. C'est ce que j'essayais de lui dire depuis le début. Je pense qu'elle est mieux équipée pour reprendre ses études universitaires, à présent, pas toi ?

Mais il lui manquait encore un peu d'équipement, et estimant que les commerces de leur petite ville universitaire étaient « étriqués », Sarah prit l'habitude de conduire Laura dans la ville voisine, qui en plus de l'aéroport avait l'avantage de disposer de nombreuses rues pleines de toutes les boutiques à la mode qu'une jeune fille pouvait souhaiter. De sorte que Laura ne tarda pas à se retrouver avec une vaste garde-robe, composée de vêtements d'hiver et de printemps très jolis. Ce serait sans doute l'une des filles les mieux habillées de l'université de Billings, et personne ne pourrait jamais deviner qu'elle avait l'air d'une vagabonde en arrivant ici.

Et puis, par un après-midi de la fin janvier inhabituellement chaud, alors que la voiture venait de réapparaître après l'une de ces expéditions, Laura ouvrit la porte d'entrée, passa sa jolie petite tête par l'ouverture et lança gaiement :

— Dis, papa ? Tu veux bien me prêter ton vélo ?

— Bien sûr, mon chou, répondit-il. Prends-le.

Et il se posta devant les fenêtres pour les regarder partir. Laura avait beau s'être appliquée à se détruire la santé, ces dernières années, elle pédala avec la même vigueur que Sarah pour gagner la route et disparaître au loin, les cheveux au vent. Il n'aurait su dire laquelle des deux adorables filles qui filaient à toute vitesse était la plus légère, la plus véloce ou la plus gracieuse.

Le jour où ils déposèrent Laura avec tous ses vêtements à l'appartement de la résidence universitaire qu'elle devait partager avec trois autres première année, il y eut certes des étreintes et des embrassades, mais les effusions furent brèves. Ils ne seraient qu'à quelques kilomètres de là et ils pourraient la voir de temps en temps. Il ne leur restait qu'à lui souhaiter bonne chance (Oh, bonne chance, chérie) et lui dire au revoir.

La maison leur parut soudain plus grande. Elle ressemblait à nouveau en tous points à la maison qui leur avant tant plu à leur arrivée au Kansas : à la plus belle maison qu'ils aient jamais eue, l'un et l'autre, bien pensée, moderne, où tout fonctionnait bien.

— Ma foi, dit-il, je n'aurais jamais survécu à ces derniers mois sans ton aide, mon chou, et elle non plus.

Ils étaient debout dans le salon comme des invités à qui on n'avait pas encore proposé de s'asseoir. Il attrapa ses deux mains pour la faire pivoter vers lui. Tout ce qu'il voulait, à présent, c'était l'emmener dans leur chambre et passer tout l'après-midi et une partie de la soirée au lit sans craindre que leurs gémissements et leurs cris ne résonnent dans la maison qui, à nouveau, était tout à eux.

— Je trouve que tu as été extraordinaire, lui dit-il.

— Ma foi, tu ne t'es pas mal débrouillé non plus, répondit-elle.

Elle se laissa entraîner du salon au couloir, ce qu'il interpréta comme un témoignage de foi réconfortant. Elle avait beau se montrer froide et cassante par moments, c'était toujours la fille qui, au restaurant proche de son petit bureau guindé de conseillère d'orientation, avait été la première à suggérer qu'il y avait un motel à deux pas. Et, Dieu soit loué, Sarah serait toujours le genre de fille disposée à s'envoyer un peu en l'air.

Et il la prit. Il l'eut à nouveau pour lui tout seul, au milieu des prairies du Kansas, pendant plus d'un an et demi. Jusqu'à ce que le moment soit venu pour lui de respecter sa promesse.

« Dans un an ou deux, qu'en penses-tu ? » lui avait-elle demandé deux ans plus tôt (le temps vous file entre les doigts). Et durant les fêtes de Noël de l'année 1971, quand elle lui annonça qu'elle était enceinte, il ne lui resta plus qu'à ressentir de la joie et de la fierté.

6.

Pendant la grossesse de Sarah, ils firent un certain nombre de voyages en voiture dans le Middle West (pour découvrir le fichu pays, comme l'expliquait souvent Michael). C'est lors d'un de ces périples qu'ils se retrouvèrent dans le centre de l'Illinois, et que Michael décida de rendre visite à Paul Maitland.

Ce serait un peu culotté mais le risque en valait la chandelle. Il était souvent taraudé par le souvenir de cette soirée déconcertante chez les Nelson, et il supposait qu'un après-midi sympathique en compagnie de Paul Maitland pourrait les aider à repartir du bon pied.

Il passa l'appel d'une cabine téléphonique à pièces étouffante plantée en bordure de route qui vibrait chaque fois qu'un énorme semi-remorque passait à côté en rugissant. La voix de Paul Maitland s'éleva enfin à l'autre bout du fil.

— Mike ! C'est bon de t'entendre.

— Tu en es sûr ?

— Pardon ?

— Tu en es sûr... que c'est bon de m'entendre, j'entends. Je pensais que j'étais peut-être sur ta liste noire.

— Allons, ne dis pas de sottises, mon pote. On était bourrés tous les deux, on a échangé des coups de poing et tu as été le plus fort.

— Bah, le tien n'était pas mal non plus, rétorqua Michael, respirant soudain plus aisément. Je l'ai senti pendant une semaine.

Paul lui demanda d'où il l'appelait, puis lui fournit les longues explications attendues pour lui permettre de trouver la demeure des Maitland. En sortant de la cabine, il était si heureux que, la main en visière pour se protéger des rayons du soleil, il leva un pouce triomphal à Sarah, qui lui sourit derrière le pare-brise de la voiture.

— Mon Dieu, nous sommes bien loin de Delancey Street ! s'exclamait Michael une heure plus tard, assis dans le salon des Maitland. Et bien loin de la White Horse Tavern, aussi.

Il n'aimait pas l'ardeur artificielle de son ton mais ne pouvait la réprimer, pas plus qu'il ne pouvait se retenir de parler à tort et à travers.

Paul accueillit sa nostalgie avec un petit marmonnement amical et un sourire mélancolique, Peggy demeura silencieuse (mais Peggy était connue pour son aptitude à rester muette pendant des heures), et Sarah n'avait pas encore eu l'opportunité de glisser davantage que des banalités courtoises.

Les Maitland étaient les parents de deux fillettes blondes, nées après le départ de Michael du comté de Putnam. Elles approchèrent timidement pour leur être présentées, et repartirent aussitôt que la politesse le leur permit. Leur mère les suivit et s'absenta assez longtemps pour suggérer qu'elle préférait leur compagnie à celle de leurs visiteurs.

À un moment où il ne parlait pas, Michael remarqua que Paul portait une chemise blanche et un pantalon de treillis bien repassé à la place de sa sempiternelle tenue en jean ; puis, se carrant dans son fauteuil, il inspecta la pièce. Il savait qu'il n'y aurait plus de caisse à outils devant la porte, ni de chaussures de travail boueuses à côté ; et néanmoins, il n'aurait jamais pu se représenter Paul Maitland coincé dans un joli salon propret d'Américain moyen tel que celui-ci. Il se demanda si Diana pensait qu'il « mourait littéralement » ici.

— Alors, comment trouves-tu l'enseignement, Paul ? le questionna-t-il, parce qu'il fallait bien que quelqu'un parle.

— Eh bien, c'est difficile quand on ne l'a jamais fait, mais c'est assez satisfaisant à certains égards. J'imagine que tu as découvert la même chose.

— Ouais. Ouais, c'est à peu près pareil pour moi. Tu as assez de temps pour peindre ?

— Pas autant que je le voudrais, non. Je me suis aperçu qu'il fallait que je lise pas mal de choses pour préparer mes cours. Quand je suis arrivé ici, je ne savais presque rien de l'art africain, par exemple, et c'est ce à quoi beaucoup de gamins s'intéressent aujourd'hui.

Ce n'est qu'à cet instant que, éprouvant une drôle de sensation au palais et à la gorge, Michael prit pleinement conscience de ce qui n'allait pas dans cette visite : on ne leur avait servi aucune boisson. Pas même une bière. Qu'est-ce qu'il t'arrive ? aurait-il voulu demander. Tu as décroché, Paul ? Mais il ferma sa bouche desséchée. Il savait ce qu'il en coûtait de décrocher, et préférait ne pas se mêler des affaires de Paul. Ce genre de choses étaient les affaires privées d'un homme.

Peggy finit par revenir, poussant un petit chariot avec un service à café et un grand plat de gros cookies aux raisins sur son plateau supérieur, et quatre tasses, soucoupes et cuillères tintant sur son plateau inférieur.

— Ils ont l'air délicieux, dit Sarah des cookies. Vous les avez faits vous-même ?

Peggy avoua avec modestie qu'elle confectionnait seule sa pâtisserie et son pain.

— Vraiment ? C'est... très courageux.

Michael refusa un cookie (qui avait l'air d'un repas complet) et attendit que sa tasse de café non désirée soit vide avant d'aborder un nouveau sujet avec son hôte :

— J'ai vu que ton beau-frère s'était fait un nom.

— Oh, oui, c'est vrai, dit Paul. C'est remarquable comme une pièce peut parfois s'envoler commercialement. Ça a considérablement changé leur vie. Pour le mieux en grande partie, bien sûr ; parce qu'ils ont plus d'argent qu'ils n'en ont besoin – mais pour le pire, aussi.

Et pour développer ce qu'il entendait par le pire, il leur raconta leur bref séjour chez les Morin, l'année précédente. Diana paraissait « perdue » dans l'appartement luxueux du gratte-ciel new-yorkais qui était devenu leur foyer. Il ne se souvenait pas l'avoir jamais vue ainsi, même enfant. Et les garçons semblaient tout aussi perplexes. Ralph Morin passait le plus clair de son temps à parler affaires au téléphone, quand il n'était pas sur le départ pour une de ses réunions quotidiennes importantes, pour discuter du spectacle en cours ou du prochain.

— C'était un peu… embarrassant, conclut Paul. Mais je suppose que ça se tassera avec le temps.

Michael reposa sa tasse vide sur la soucoupe avec un petit fracas.

— Et tu as des nouvelles de Tom Nelson ?

— Oh, on a échangé quelques lettres. C'est un correspondant hilarant, comme tu dois le savoir.

— Ah ? Non, je n'ai jamais reçu de lettre de Tom. Il lui est arrivé de m'envoyer des petits dessins humoristiques avec des légendes, mais aucune lettre.

Et même là, il exagérait. Il n'y avait eu qu'un dessin : une caricature de Michael fronçant les sourcils avec sa toge et sa coiffe professorales, accompagnée de la légende : ARCHITECTE DES JEUNES ESPRITS.

— Je regretterai toujours de ne pas avoir accepté de le rencontrer quand tu as proposé de me le présenter, il y a longtemps. C'était idiot de ma part.

— Non, je comprends ce que tu pouvais ressentir. Les gens qui accèdent au succès commercial à vingt-six ou vingt-sept ans à peine sont voués à être un peu intimidants quand on ne les connaît pas. Si je ne l'avais pas rencontré par accident, je n'aurais sans doute jamais… cherché à faire sa connaissance. Ce qui n'aurait pas été plus mal, à certains égards.

— Je trouve que le mot « commercial » ne convient pas tout à fait à Tom, objecta Paul. Il convient beaucoup mieux au genre de coup de pot qu'a eu Morin. Tom a du talent, lui. Il a trouvé sa voie très tôt, et il a tenu bon. Ça force l'admiration.

— Oui, je suppose que c'est respectable, mais je ne suis pas certain que ce soit nécessairement admirable.

Michael n'appréciait guère le tour que prenait cette conversation. Il n'y avait pas si longtemps, c'était lui qui tentait en vain de défendre Tom Nelson des attaques de Paul Maitland, et voilà que les rôles s'inversaient. Et il avait à nouveau le sentiment d'être vaincu, ce qui ne lui paraissait pas juste. Il devrait quand même y avoir un peu plus de logique en ce monde. Et le pire, c'était que ni Paul ni lui ne pouvaient plus prétendre à se mesurer à l'adversaire : ils étaient tous deux réduits à subsister grâce à leurs salaires de professeurs d'universités d'États fermiers pour le restant de leurs jours, tandis que Tom Nelson continuerait son petit bonhomme de chemin dans le monde du succès.

— Son niveau d'exigence est le même que celui de tous les peintres professionnels que je connais, continuait Paul, s'échauffant un peu. Et il n'a jamais vendu un seul tableau auquel il ne croyait pas. Je ne vois pas ce qu'on peut demander de plus à un artiste.

— Bon, d'accord, tu as sans doute raison en ce qui concerne l'artiste, concéda Michael, du ton mesuré d'un stratège abandonnant une position pour en occuper une plus forte. Mais l'homme lui-même, c'est une autre histoire. Nelson peut être un vrai connard quand il s'y met. Ou peut-être pas un connard, mais un véritable emmerdeur.

Et, incapable de contrôler sa langue, il se lança dans le récit de leur séjour à Montréal. Un récit plus long qu'il ne s'y attendait (ce qui n'était déjà pas fameux), mais qui semblait en plus ne pouvoir être tourné de manière à éviter de le faire passer pour un imbécile.

Sarah le fixait de ses yeux marron si sereins, tenant sagement sa tasse à café des deux mains. Elle qui avait sangloté en silence après son discours maladroit et alcoolisé dont avait pâti Terry Ryan, elle qui avait, encore et encore, ravalé sa déception («Tu m'as complètement perdue, là»), c'était avec une certaine résignation qu'elle semblait attendre qu'il se ridiculise une fois de plus.

— ... Non, mais le fait est que Nelson *savait* que j'aurais pu avoir cette fille, ce soir-là, s'entendit-il insister, s'évertuant à réécrire l'histoire qu'il avait lui-même racontée. Il était vert de jalousie, c'était flagrant, et il savait qu'il suffisait qu'il reste pour tout gâcher, sans que cela nuise le moins du monde à sa réputation puisqu'aucun autre de ses amis n'était là pour le voir se comporter ainsi. Alors c'est comme ça qu'il a décidé de me la jouer. J'ai même vu le moment où il a pris la décision : il avait un air rusé, content de lui. Quant à sa sortie sur le fait que la fille nous avait sans doute pris pour des pédés, le plus drôle dans tout ça, c'est que Nelson a passé *sa vie* à craindre qu'on le prenne pour un pédé. Il est obsédé par cette idée. Il pouvait parler de ça pendant des jours entiers. J'ai toujours pensé que c'était pour cette raison qu'il se déguisait toujours en soldat.

Mais ni l'histoire ni son explication n'eurent un effet très positif sur son auditoire, de moins en moins convaincu et de plus en plus mécontent.

— Je ne comprends pas, Michael, intervint Sarah. Si tu voulais cette fille à ce point-là, pourquoi n'es-tu pas resté quelques jours de plus à Montréal ?

— C'est une bonne question. Je me la suis posée maintes fois depuis. Je suppose que, dans le fond, j'étais tellement aveuglé par Tom Nelson, à l'époque, que j'acceptais toujours de faire ce qu'il voulait.

— C'est une drôle d'expression « aveuglé », releva Paul, pensif. J'éprouve certainement de l'admiration pour Tom depuis que j'ai appris à la connaître, mais je ne pense pas avoir jamais été « aveuglé » par lui.

— Ouais, ben c'est la différence entre toi et moi. C'est sans doute pour ça qu'il t'envoie des lettres et que j'ai droit à ces fichus dessins.

Par chance, ils parvinrent à changer de sujet pour aborder celui des vacances d'été.

Les Maitland ne pourraient pas se permettre de partir longtemps, cette année, leur expliqua Paul, mais ils comptaient passer tout l'été de l'année suivante à Cape Cod.

— C'est un beau projet, déclara Sarah.

— Oui, mais je pense que je préfère Cape Cod hors saison, fit remarquer Peggy. Nous avons rencontré des gens merveilleux là-bas, en hiver. Des gitans. Pendant le carnaval.

Michael se prépara à entendre la petite anecdote sur l'avaleur de sabres qu'elle avait racontée dans le comté de Putnam au moins dix ans auparavant, récoltant un éclat de rire de Ralph Morin, jeune aspirant metteur en scène, et le commentaire : « C'est l'essence même de l'artiste. »

— … Alors je lui ai demandé « Ça ne fait pas mal ? » et il a dit « Vous pensez que je *vous* le dirais ? ».

Sarah la récompensa d'un rire agréable et Michael fut capable de pouffer, mais Paul Maitland, qui avait sans doute un peu trop entendu cette réplique par le passé, se contenta de lisser sa moustache d'une main.

Une demi-heure plus tard, debout dans leur allée, les Maitland les saluèrent aussi gracieusement que s'ils posaient pour un photographe : un professeur d'art de l'Illinois bien dans sa peau et son épouse, des gens bien qui ne pouvaient pas se permettre de prendre de longues vacances mais qui, au moins, ne seraient jamais « aveuglés » par quiconque, des gens sensés ayant parcouru un bon bout de chemin depuis Delancey Street, et décidés à se contenter (art africain et pain fait maison compris) de beaucoup moins que ce dont ils rêvaient.

— J'ai trouvé Paul très gentil, bien sûr, lui confia Sarah quand ils reprirent la route pour le Kansas, mais je n'ai rien trouvé d'extraordinaire en lui. Je me demande comment tu as pu l'idéaliser pendant toutes ces années.

— Qu'est-ce que tu veux dire ? Je ne pense pas avoir fait ça.

— Bien sûr que si. Allons, Michael. Juste avant de le mettre K.-O. ce fameux soir, tu lui disais que tu avais toujours trouvé qu'il y avait quelque chose de « magique » chez lui.

— Mon Dieu. Je pensais que tu étais dans la cuisine, à ce moment-là.

— J'en étais sortie. Mais quand tu l'as frappé, j'y suis retournée, parce que je savais que c'est là-bas que tu viendrais me chercher.

— Bon sang. Comment se fait-il que tu ne m'en parles que maintenant ?

— Je savais que tu voudrais te justifier. Et je n'avais pas envie d'entendre ton explication.

Leur fils, James Garvey Davenport, naquit en juin 1972. Il était beau et en bonne santé, et à en croire le médecin, Sarah avait bien récupéré même si l'accouchement avait été extrêmement difficile.

Apparemment, le bébé s'était présenté par le siège, et un idiot d'obstétricien avait essayé de le retourner avec des forceps. Plusieurs médecins appelés dans la salle d'accouchement avaient échangé des messes basses en grimaçant, et fini par pousser Sarah inconsciente dans un ascenseur pour la descendre à un étage inférieur où une césarienne avait été pratiquée en urgence – presque *in extremis*, semblait-il.

— Fichu Kansas ! s'exclama Michael à son chevet, alors qu'elle gisait, encore faible, dans un lit d'hôpital, buvant de la limonade au gingembre avec une paille. C'est le genre d'incompétence crasse qu'on ne peut voir qu'ici.

— Allons, c'est idiot, répondit-elle. Je trouve qu'il est absolument adorable.

Il crut qu'elle parlait d'un des médecins. D'un des connards paternalistes qui lui aura peut-être murmuré des paroles aimables à son réveil de l'anesthésie.

— Qui ça ? s'enquit-il. Qui est absolument adorable ?

— Le bébé. Tu ne penses pas que c'est un petit garçon absolument adorable ?

Tout ce qu'il avait vu derrière la vitre de la pouponnière, c'était une petite tête fripée à peine plus grosse qu'une noix, la bouche ouverte sur un cri qui ressemblait à tous les cris des nouveau-nés alignés à sa droite et à sa gauche.

— Il était un peu bleu, quand il est sorti, lui avait confié une infirmière quittant son service, son masque stérile pendant sous son menton. Mais il a commencé à rosir sitôt qu'on l'a mis dans un incubateur.

Cette nuit-là, en essayant de mâcher et d'avaler un hamburger trop cuit dans un restaurant qui n'avait même pas de licence pour servir de la bière, il se laissa aller à envisager les éventuelles particularités des enfants qui étaient nés *bleus*. Est-ce qu'ils avaient des yeux bizarres ? Est-ce qu'ils étaient voués à sourire, baver et bégayer de manière incompréhensible au lieu de parler ? Est-ce qu'ils marchaient d'un pas incertain lorsqu'on les faisait précautionneusement traverser à un carrefour après leur avoir bien expliqué comment se donner la main ? Est-ce que la maîtrise de la confection de panier en osier était ce que l'on pouvait espérer de mieux de leur part en matière de réussite scolaire ?

Parce qu'il sentait que l'infirmière n'aurait pas été si enjouée lorsqu'elle lui avait raconté le moment où ce bébé bleu-là avait rosi. Elle n'aurait jamais mentionné qu'il avait été bleu si elle n'avait pu lui narrer le rosissement rassurant qui avait suivi.

Et cependant, quand il paya l'addition et quitta ce restaurant minable pour rentrer à la maison, il fut en mesure de s'avouer qu'il aurait préféré avoir une fille. Oh, il savait qu'avoir un fils était une chose splendide, que certains hommes exprimaient ouvertement leur déception à la naissance de leurs filles, et gardaient toutes leurs exultations primales pour la naissance de leurs fils ; mais Michael n'était pas d'humeur à avaler les conneries bibliques, ce soir.

Les filles étaient... plus gentilles que les garçons ; tout le monde le savait. Tout ce qu'on avait à faire avec une fille c'était de la jeter en l'air, de la rattraper, de l'embrasser et de lui dire combien elle était jolie. Et même quand elle devenait trop grande pour que vous la portiez sur vos épaules, vous pouviez encore l'emmener au zoo et lui acheter une boîte de biscuits et un ballon (que vous preniez soin d'attacher à son poignet afin qu'il ne s'envole pas), ou vous pouviez l'emmener voir *The Music Man* en matinée et regarder son petit visage triste prendre une expression de pure félicité devant toutes les merveilles inattendues qui se déroulaient sous ses yeux. Puis venaient les années douloureusement sensibles – un jour, quand Laura avait treize ans, sans doute à la suggestion de sa mère, elle l'avait appelé de Tonapac pour lui annoncer « Papa ? Devine quoi ? J'ai mes règles ! ».

Et, bien sûr, il pouvait y avoir des problèmes plus tard : une fille pouvait développer un talent aigu, presque fatal, pour choquer son père ; elle pouvait traîner dans la maison pendant des mois, ne jamais faire son lit à moins qu'on ne la harcèle, et ne pas être capable (pour Dieu sait quelle raison) de dépasser la page 98 de n'importe lequel des fichus bouquins qu'elle déciderait d'ouvrir. Mais, même dans les pires moments, il y avait toujours des signes qui suggéraient que tout finirait par s'arranger. Les filles étaient capables de se relever de toutes les crises, parce qu'elles étaient incroyablement résilientes. Elles étaient gracieuses, elles étaient vives, elles étaient intelligentes.

Mais, Dieu tout-puissant, un garçon ! Ça allait être une véritable plaie. Parce que si vous faisiez semblant de boxer avec un garçon dans son petit Babygo avant de le mettre au lit, il pourra s'habituer à être surnommé... mettons, « le

Cogneur », et fera la lippe, ou fondra en larmes, chaque fois que vous oublierez de lui donner ce surnom. À neuf ou dix ans, il vous empoisonnera pour que vous l'emmeniez dans le jardin et lui appreniez à lancer une balle, même si vous n'êtes pas tout à fait sûr de savoir lancer une balle vous-même. Et il y aura toutes les activités extérieures vigoureuses pour père-et-fils, organisées par les pompiers ou l'Association des anciens combattants, où vous vous découvrirez incapable de trouver quoi que ce soit à dire aux autres pères et à leurs propres petits merdeux.

Vers l'âge de seize ans, s'il devenait un de ces ados intellectuels dénués d'humour, il aurait envie de s'asseoir avec vous et de vous entraîner dans une conversation sérieuse sur l'honneur, l'intégrité et le courage moral, jusqu'à ce que votre esprit se noie dans ces abstractions. Ou, pire, vous pouviez vous retrouver avec le genre de jeune dégingandé boudeur qui crache partout et ne s'intéresse qu'aux voitures.

Dans les deux cas, au moment de partir pour l'université, il viendrait se poster dans l'encadrement de la porte de votre bureau, interrompant le peu de travail que vous parveniez à accomplir et lancerait : « Papa ? Tu sais combien d'alcool tu as dans le sang, aujourd'hui ? Tu sais combien de paquets de cigarettes tu as fumés ? Eh bien, tu sais quoi ? Je pense que tu essaies de te suicider. Et je vais te dire autre chose : si tu veux vraiment te suicider, j'aimerais que tu te dépêches et qu'on en finisse. Parce que, franchement, ce n'est pas pour toi que je m'inquiète en ce moment : c'est pour maman. »

Oh, bon sang, et il y avait beaucoup d'autres possibilités bien trop effrayantes pour les envisager. Et si, en réponse à des réflexions qu'il pourrait trouver amusantes, votre fils vous disait « J'adore » ou « Excellent » ? Et s'il décidait de se pavaner dans la cuisine, une main sur la hanche, racontant à sa mère le moment merveilleux qu'il avait passé avec ses amis la veille au soir dans un endroit très sympa en ville, qui s'appelait L'Art Déco ?

Il était près de trois heures du matin quand Michael Davenport se coucha enfin, bien trop saoul pour s'apercevoir que c'était la première fois qu'il dormait seul dans cette maison. Sa seule certitude, quand il remonta les draps mous sur lui, c'était que rien de tout cela n'était juste, qu'il n'aurait jamais dû avoir à endurer tout ça, parce qu'il était foutrement trop vieux : il avait quarante-neuf ans.

Pendant de nombreux mois, enveloppée de longs silences, la maison parut presque frémir de fragilité et de tendresse. Dès les premiers temps, bien qu'étant toujours faible et fatiguée, Sarah se révéla une jeune mère parfaite. Elle prenait un plaisir enfantin à allaiter, promenait son fils très lentement dans le couloir au son d'une charmante petite boîte à musique que la femme d'un collègue leur avait envoyée en cadeau de naissance, et plaçait toujours un index sur ses lèvres, soufflant « *Chut* » à son mari après avoir déposé le bébé dans son berceau et refermé délicatement la porte.

Et Michael s'aperçut que toutes ces attentions ne lui posaient pas de problème. Il aimait ça. Ne serait-ce que parce qu'il découvrait un aspect délicat et admirable de Sarah qu'il aurait fallu être idiot pour ne pas chérir. Seulement, son unique expérience de ce genre de période datait d'une bonne vingtaine d'années, et il aurait juré que Laura n'avait jamais senti aussi mauvais, ni souillé ses couches de la sorte, ni pleuré si fort et si longtemps, ni vomi aussi souvent, ni été une telle épreuve pour ses nerfs, du matin au soir et du soir au matin.

D'accord, espèce de petit emmerdeur, marmonnait-il dans sa barbe quand c'était à son tour de promener le bébé au son métallique de la petite boîte à musique, pendant que Sarah dormait. D'accord, espèce de petit emmerdeur têtu, mais tu as intérêt à en valoir le coup : tu as intérêt à valoir toutes ces conneries, parce que sinon, je ne te le pardonnerai jamais. C'est clair ?

Contre toute attente, et peut-être parce qu'il devait voler du temps pour le faire, Michael écrivit plutôt bien durant la première année de vie de son fils. De nouveaux poèmes lui vinrent aisément, de même que des idées sur le moyen de sauver et d'améliorer un certain nombre de ceux qu'il avait abandonnés depuis longtemps. De sorte que quand Jimmy Davenport fut capable de se tenir debout et de faire des petits pas furtifs en se tenant au bord de la table basse, son père avait sur son bureau un manuscrit assez épais pour envisager de le faire publier.

Michael était prêt à reconnaître qu'il n'était pas aussi brillant que son quatrième recueil, mais il sentait qu'il n'avait pas non plus à en rougir : que le professionnalisme qu'il avait acquis au fil des ans se sentait à chaque page.

— Ma foi, je le trouve… plutôt bon, Michael, lui dit Sarah, un soir où elle avait enfin eu le temps de le lire dans son intégralité. Les poèmes sont tous intéressants, et ils se développent joliment. Ils sont très… solides. Je n'ai trouvé aucune faiblesse.

Assise sur le canapé du salon, sous un bel éclairage, elle paraissait plus jeune et jolie qu'elle ne l'avait jamais été tandis qu'elle fronçait les sourcils, feuilletant les pages comme si elle cherchait un passage plus faible qui aurait pu lui échapper.

— Il y en a un en particulier que tu préfères ?

— Je ne pense pas, non. Je les aime tous autant.

Et force lui fut de constater, en se rendant à la cuisine pour remplir leurs verres de whisky, qu'il espérait davantage de compliments. C'était le livre qu'il écrivait depuis qu'ils s'étaient rencontrés. Et comme une dédicace lui était adressée en première page, il lui semblait légitime de s'être attendu à ce qu'elle lui témoigne un peu plus d'enthousiasme, quitte à le feindre. Et néanmoins, il savait qu'il ne valait mieux pas manifester sa déception.

— En fait, chérie, dit-il en rapportant les verres pleins dans la pièce, je pense de plus en plus que c'est un livre de transition, un peu comme un palier, si tu vois ce que je veux dire. Je pense que je peux écrire des trucs plus ambitieux, et prendre plus de risques pour leur donner corps, mais que ça devra attendre le prochain recueil. Le cinquième. Je travaille déjà sur une idée qui me paraît plus ambitieuse et stimulante que tout ce que j'ai pu écrire depuis... depuis « Tout est dit », en fait. Et tout ce dont je vais avoir besoin maintenant, c'est de temps.

— Oh, c'est très bien.

— En attendant, je pense que ce recueil vaut la peine d'être publié, et je suis très, très content que tu le penses également.

— Oui, c'est ce que je pense.

— Et cependant, reprit-il, faisant lentement les cent pas sur le tapis, j'ai décidé de ne pas l'envoyer tout de suite. Je pense que je vais le laisser reposer un moment, parce qu'il se peut que mon nouveau projet m'aide à trouver le moyen d'améliorer celui-ci. Je sais qu'il paraît terminé en l'état, mais quelques poèmes pourraient encore se déliter et avoir besoin d'être remis d'aplomb.

Et il espérait qu'elle émettrait une objection. Il aurait aimé qu'elle dise Non, Michael, il *est* fini ; je l'enverrai tel qu'il est, à ta place. Mais elle n'en émit aucune.

— Je suppose qu'il faut que tu te fies à ton propre jugement dans ce domaine, dit-elle.

Puis, posant le manuscrit sur le canapé, Sarah déclara qu'elle n'avait pas vraiment envie d'un autre verre, et qu'elle avait terriblement sommeil.

Quand les beaux jours revinrent, ils prirent l'habitude de pique-niquer dans le jardin, une couverture étalée sur la pelouse. C'était très plaisant. Michael aimait s'allonger, redressé sur un coude, une bière fraîche dans l'autre main, tandis que son adorable épouse disposait les sandwichs et les œufs mayonnaise sur des assiettes en carton ; il aimait regarder son fils marcher de son pas incertain entre l'ombre et la lumière de la mi-journée, aussi sérieux que s'il découvrait le monde.

Ouais, c'est l'idée générale, mon pote, aurait-il voulu lui dire. Il y a des zones lumineuses et des zones d'ombre, et ces grands trucs que tu vois là-bas, ce sont des arbres, et il n'y a rien ici qui puisse te faire du mal. Tout ce dont il faut que tu te souviennes, c'est que tu ne dois pas dépasser cette limite, parce qu'il n'y a que des rochers glissants, de la boue et des ronces derrière, et tu risquerais de tomber sur un serpent et d'avoir la peur de ta vie.

— Tu crois que les enfants de cet âge ont peur des serpents ? demanda-t-il à Sarah.

— Non, je ne crois pas. Je ne pense pas qu'ils aient peur de quoi que ce soit avant que les adultes leur disent de quoi avoir peur.

Puis après un instant, elle ajouta :

— Pourquoi les serpents ?

— Oh, parce que je n'ai pas souvenir d'une période où je ne craignais pas les serpents. Et aussi, parce que les serpents ont quelque chose à voir avec l'idée ambitieuse et complexe sur laquelle je travaille.

Il cueillit un brin d'herbe et l'inspecta attentivement. Parler de ses idées à Sarah lui avait été profitable par le passé, même s'il n'était pas certain que cette idée particulière se prêtait à la discussion. Il se pouvait qu'elle soit trop ambitieuse et complexe, et il risquait de regretter de l'avoir dévoilée après coup. Il s'agissait du sujet de son poème le plus ambitieux et le plus stimulant qu'il aurait écrit depuis « Tout est dit ».

Mais Sarah était là, disponible, le ciel avait une nuance de bleu profondément satisfaisante et la bière était excellente ; de sorte qu'il n'hésita pas longtemps.

— En fait, j'aimerais écrire sur Bellevue, dit-il. Et j'aimerais relier ça à beaucoup d'autres événements de ma vie, avant et après mon séjour là-bas. Certains liens seront faciles à établir, d'autres plus ténus et ardus à saisir, mais je pense pouvoir y arriver.

Il commença par lui raconter le quotidien d'un service psychiatrique – les malades pieds nus, en haillons, qu'on

409

faisait marcher d'un mur à l'autre, encore et encore –, précisant qu'il ne développerait pas cet aspect de la chose sur lequel il avait écrit par le passé.

— Et chaque fois que tu te fais remarquer, les aides-soignants t'attrapent et t'injectent de force un sédatif puissant avant de te jeter dans une cellule capitonnée qu'ils ferment à clef. Et ils te laissent là-dedans pendant des heures.

Il lui avait déjà raconté tout ça, mais il semblait important de lui rafraîchir la mémoire.

— Essaie de te représenter ces cellules, si tu peux. Il n'y a pas d'air, là-dedans ; et autour de toi, tout est capitonné, tout rebondit, tu ne peux même pas avoir un sens de la gravité très aigu : tu n'arrives plus à distinguer le haut du bas.

« Et puis, je reprenais connaissance très lentement, le visage pressé contre le matelas posé à même le sol (oh, et ils sont d'un crasseux inimaginable, ces matelas, parce qu'ils n'ont pas été changés depuis des années), et j'avais l'impression que des serpents rampaient sur moi. Ou, à d'autres moments, j'avais l'impression que plusieurs missiles antiaériens venaient d'exploser tout près de moi, et que j'avais été tué, même si je n'en avais pas encore conscience.

Sarah mâchait la dernière bouchée d'un sandwich, attentive, mais légèrement tournée vers le bébé.

— Quand je suis enfin sorti, j'avais peur en permanence. Chaque fois que je tournais au coin d'une rue. Les serpents avaient disparu, mais la peur des tirs antiaériens était toujours foutrement présente. Je me disais que si j'avançais encore de quelques centaines de mètres sur la Septième Avenue, je me prendrais une pluie d'obus et ce serait la fin : soit je serais mort, soit les flics m'attraperaient pour me ramener à Bellevue. Et je ne savais pas ce qui était pire.

« Enfin, ce n'est qu'une partie de l'idée. J'ai beaucoup de choses en réserve. Mais c'est l'idée centrale, tu vois : le lien indéfectible qui unit la peur et la folie. Oh, et il y aura

410

un troisième élément aussi, pour tirer le meilleur parti des deux autres.

Il marqua une pause pour laisser à Sarah le temps de lui demander de quel élément il s'agissait ; puis, devant son silence, continua :

— Le troisième élément, c'est l'impuissance. Sexuelle. Et j'ai également fait... l'expérience de cette chose-là.

— Ah oui ? Quand ça ? s'enquit-elle.

— Oh, il y a longtemps. Des années.

— C'est supposé être assez commun chez les hommes, non ?

— Je crois que ça l'est, oui. Aussi commun que la peur. Ou que la folie. Et je vais m'attaquer à trois maladies communes pour montrer qu'elles sont intimement imbriquées les unes dans les autres, pour suggérer qu'elles sont très similaires.

Il s'aperçut qu'il avait surtout envie de lui raconter son histoire avec Mary Fontana, et que c'était sans doute pour cette raison qu'il avait amené le sujet sur ce troisième élément. Il avait toujours été facile et plaisant de parler des autres filles qu'il avait connues avec Sarah : il avait transformé son histoire avec Jane Pringle en jolie petite comédie, pour la distraire, et lui avait également narré quelques aventures mineures ; mais, durant toutes ces années, il n'avait jamais fait la moindre allusion à Mary Fontana. Et il ne voyait aucune raison pour que cette semaine pathétique passée à Leroy Street en sa compagnie ne fasse l'objet d'une discussion, à cet instant, sous le soleil du Kansas. Sarah pourrait même lui fournir les paroles de réconfort susceptibles de l'apaiser et de lui permettre d'enfouir cette histoire dans les oubliettes de sa mémoire.

Mais Sarah n'était plus disponible. Elle rassembla les assiettes en carton, les mit dans un petit sac en papier, se leva et secoua la couverture pour la plier et la rapporter à l'intérieur.

— Oh, je suis désolée, Michael, dit-elle. Je ne suis pas très attentive, parce que c'est trop morbide pour moi. Tu parles de « folie » et de « devenir dingue » depuis que je te connais. C'était compréhensible au début, bien sûr, parce que nous avions besoin de tout savoir l'un de l'autre. Seulement, tu ne t'es jamais arrêté. Tu ne t'es même pas arrêté quand Laura est venue vivre avec nous, alors qu'il aurait certainement été généreux de ta part de faire une pause. Et je commence à trouver ce type de discours très complaisant. J'ai l'impression que c'est un étrange moyen que tu as trouvé de t'apitoyer sur ton sort tout en te mettant en valeur, et je ne vois pas comment tu pourrais rendre ça séduisant, même dans un poème.

Elle pivota, traversa la pelouse, se pencha pour cueillir son fils et le caler sur sa hanche, et Michael ne put que les regarder s'éloigner, tels deux êtres totalement autosuffisants, serrant sa canette de bière vide entre ses mains.

À en croire certains articles de magazine, être mère célibataire était devenu romantique en Amérique. Les mères célibataires étaient braves, fières, pleines de ressources. Et si elles avaient des « besoins » et des « objectifs » qui pouvaient les exclure d'un cercle social strictement conventionnel, de nos jours, des communautés à l'ouverture d'esprit rafraîchissante ne demandaient qu'à les accueillir. Le comté de Marin, en Californie, par exemple, était devenu un sanctuaire dynamique et épanouissant pour les jeunes femmes fraîchement divorcées, qui pour la plupart étaient mères, et pour de jeunes hommes à la démarche chaloupée étonnamment sympathiques.

Assis sur l'une des chaises orange de la salle d'attente déserte du cabinet du Dr McHale, Michael s'aperçut qu'il avait les mains moites. Il les essuya sur son pantalon, mais l'humidité ne tarda pas à revenir.

— Monsieur Davenport ?

Se levant pour entrer dans le bureau du médecin, Michael constata que sa première impression était juste : McHale était un homme courtois, digne, très père de famille posé.

— Eh bien, je ne viens pas au sujet de ma fille, docteur, dit-il quand ils furent assis dans l'intimité du cabinet. Elle va très bien, maintenant – du moins, je le pense, je l'espère. Je viens pour autre chose. Pour moi.

— Ah ?

— Avant de commencer, j'aimerais vous dire que je n'ai jamais eu foi en votre profession. Je pense que Sigmund Freud était un idiot ennuyeux et que ce que vous appelez « thérapie » est essentiellement une arnaque pernicieuse. Je suis ici parce que j'ai besoin de parler à quelqu'un et parce que je veux être sûr que ce quelqu'un saura la fermer.

— Très bien.

Le visage du médecin exprimait une attention et un calme experts.

— Quel est votre problème ?

Michael eut alors l'impression de se jeter dans le vide.

— Le problème, c'est que je pense que ma femme va me quitter, et que je crois que ça va me rendre dingue.

7.

Quitter le Kansas et rentrer à la maison. C'était devenu le sujet dominant des réflexions et des conversations de Michael, quand il atteignit l'âge de cinquante-deux ans. Et ses visions de « la maison » ne ressemblaient en rien à New York, insistait-il toujours avec emphase. Il voulait rentrer à Boston ou à Cambridge, l'endroit où sa vie avait débuté, après la guerre ; et il sentait qu'il ne devrait pas avoir à attendre très longtemps avant que la possibilité ne se présente.

Sarah répétait souvent qu'elle trouvait l'idée de Boston « intéressante ». C'était peut-être une réponse machinale, mais il lui semblait que c'était un signe encourageant.

— Je ne m'attends pas nécessairement à être pris à Harvard, lui précisa-t-il, à plusieurs reprises. Mais j'ai envoyé des candidatures dans toutes les villes des environs et j'ai bon espoir que l'une de mes demandes aboutisse.

« Ce n'est pas comme si je m'attendais à davantage que ce que je suis en position d'obtenir. J'ai gagné le droit d'aller ailleurs. Je me suis bien débrouillé ici, je suis prêt à progresser un peu. Et je suis assez vieux pour savoir ce que je vaux.

Paul Maitland pouvait bien laisser sa vie et son talent se dissiper dans la médiocrité du Middle West, c'était une chose que Paul Maitland ne pourrait reprocher qu'à lui-même – ça et son entêtement implicite à rester loin de la lumière. D'autres vies et d'autres talents avaient besoin d'un environnement stimulant pour s'épanouir, or l'une

414

des raisons pour lesquelles Michael pensait qu'il avait besoin d'un environnement plus stimulant était qu'il n'avait pas écrit une ligne depuis très longtemps. À vrai dire, depuis que Sarah avait modéré son intérêt pour son poème sur Bellevue.

Et cependant, dans le secret de son cœur, il savait qu'il y avait une autre raison à ce besoin urgent de bouger. À tort ou à raison, il pensait que s'il parvenait à emmener Sarah à Boston, il aurait une meilleure chance de la garder auprès de lui.

Chaque jour, il retenait son souffle en arrivant près de la grande boîte à lettres en fer plantée au bout de l'allée. Jusqu'au matin où il y trouva une lettre qui sembla faire toute la différence.

Elle venait du directeur du département de lettres de l'université de Boston. C'était une proposition de poste ferme et définitive. Mais ce fut surtout sa phrase finale qui lui fit traverser la maison d'un pas bondissant pour gagner la cuisine où Sarah lavait la vaisselle du petit déjeuner. C'était cette ultime phrase qui rendait ses jambes flageolantes, et qui lui fit brandir la lettre un peu trop près du visage de sa femme, le menton relevé :

Par ailleurs, permettez-moi de vous dire que j'ai toujours considéré « Tout est dit » comme l'un des plus beaux poèmes jamais écrits dans ce pays depuis la Seconde Guerre mondiale.

— Oh, c'est vraiment gentil, n'est-ce pas ? dit-elle.

Et comment ! Il dut la lire trois fois de plus en se promenant dans le salon avant de pouvoir en croire ses yeux.

Puis Sarah se posta dans l'encadrement de la porte, s'essuyant les mains sur un torchon.

— J'imagine que c'est décidé alors, pour Boston ?

Oui, tout à fait décidé.

Mais il était étonné que la fille dont le corps s'était couvert « de chair de poule » quand elle avait lu un de ses poèmes, la fille qui avait avoué avoir pleuré en lisant ses derniers vers, puisse se montrer aussi calme et pragmatique que n'importe quelle épouse à la perspective d'un déménagement ; et il ne savait que penser de cette transformation.

— C'est très bien, déclara le Dr McHale. Il arrive qu'un changement de décor soit très bénéfique. Ça pourra vous offrir une toute nouvelle perspective sur votre... situation domestique.

— Ouais, dit Michael. Une nouvelle perspective, c'est ce que j'espère. Peut-être un nouveau départ aussi.

— Exactement.

Mais cela faisait déjà un moment que ces séances hebdomadaires l'agaçaient. Il les trouvait aussi embarrassantes qu'infructueuses. Il était difficile d'accorder du crédit à un médecin qui n'en avait rien à foutre de vous.

Que pouvait bien faire ce père de famille du Kansas de retour chez lui ? Est-ce qu'il s'écroulait dans son canapé devant la télévision – flanqué peut-être d'un ou deux de ses adolescents les plus désœuvrés ? Est-ce qu'il était tellement absorbé par ce qu'il voyait que sa mâchoire se relâchait et que sa bouche s'entrouvrait légèrement dans la lueur bleue de l'écran, révélant un filet de beurre fondu sur son menton ?

— Quoi qu'il en soit, docteur, je vous suis reconnaissant de m'avoir offert votre aide et votre temps. Je pense que je n'aurai plus besoin de ces rendez-vous d'ici mon départ.

— Bien. Dans ce cas, je vous souhaite bonne chance, répondit le Dr McHale.

À l'aéroport, le jour de son départ, Sarah se montra d'humeur distraite et rêveuse. Il l'avait déjà vue dans cet état quand elle avait un peu trop bu la veille : c'était le genre de gueule de bois agréable qui disparaissait après une sieste, mais qui s'accordait assez mal avec ce moment particulier.

Elle marchait loin derrière lui dans l'immense espace, leur fils accroché à son index, semblant intéressée par tout ce qui l'entourait, comme si c'était la première fois qu'elle se retrouvait dans un aéroport. Et quand elle finit par rejoindre l'endroit où il attendait, son billet à la main, elle lança :

— C'est drôle, non ? La distance n'a plus d'importance, aujourd'hui. C'est comme si la géographie n'avait plus cours. Tout ce que tu dois faire, pour te rendre d'un endroit à un autre, c'est de t'assoupir et de te laisser flotter dans une cabine pressurisée pendant un petit moment – peu importe la durée, parce que le temps n'a plus d'importance non plus – et avant même que tu t'en aperçoives, tu es à Los Angeles ou à Londres ou à Tokyo. Et si tu n'aimes pas l'endroit où tu te retrouves, tu peux t'assoupir et flotter jusqu'à ce que tu te réveilles ailleurs.

— Ouais. Euh, écoute, je pense qu'ils sont en train d'embarquer, là. Alors prends soin de toi, d'accord ? Je t'appelle dès que je peux.

— D'accord.

— Je suppose que tu vas penser que c'est une sorte de recueil intermédiaire, Arnold, expliqua Michael à son éditeur à la table du restaurant de New York où ils s'étaient retrouvés pour déjeuner. Un texte palier, si tu vois ce que je veux dire.

Et Arnold Kaplan hocha la tête sur son deuxième martini avec un air patient et compréhensif. Sa maison d'édition avait publié tous les textes de Michael, et perdu de l'argent à chaque fois. Mais de toute façon, ce n'était pas le profit qui vous poussait à publier de la poésie ; c'était surtout la perspective que d'autres maisons, plus commerciales, pourraient un jour s'intéresser assez à l'auteur pour avoir envie de le récupérer et d'absorber vos pertes à condition que vous le laissiez partir. C'était une drôle de politique, mais tout le monde savait que ça marchait ainsi.

Michael expliquait à présent qu'il pensait toujours pouvoir écrire des trucs plus ambitieux, et prendre plus de risques pour leur donner corps, mais Arnold Kaplan avait commencé à laisser les mots le traverser.

Il y avait longtemps, quand ils étaient camarades d'université, Arnold Kaplan était réputé pour avoir une « plume ». Et Arnold Kaplan avait travaillé aussi dur que n'importe quel autre écrivain pour trouver sa voix littéraire et des choses à raconter. Dans son sous-sol de Stamford, Connecticut, on pouvait trouver trois cartons pleins de vieux manuscrits : un recueil de poèmes, un roman et sept nouvelles.

Et pas mauvais, en plus. Corrects. Le genre de textes que presque tout le monde pourrait apprécier. Alors, pourquoi aucun des écrits d'Arnold Kaplan n'avait-il encore été imprimé à ce jour ? C'était quoi le problème ?

Il avait été promu « vice-président senior », au bureau. Il gagnait plus d'argent qu'il n'aurait jamais pu imaginer en gagner quand il était jeune. Seulement le prix à payer pour tout ça était de devoir passer un peu trop d'heures de cette manière-là : à utiliser son quota de notes de frais à boire jusqu'à l'ivresse en faisant mine d'écouter des galériens barbants et vieillissants tels que Davenport.

— ... Oh, je ne veux pas que tu t'imagines que je te rends un boulot médiocre, Arnold, continuait Michael. J'aime chaque ligne de ce recueil. Je ne te le soumettrais pas, sinon. Je pense qu'il est très... équilibré. Et ma femme, qui est une critique très sévère, le pense aussi.

— À ce propos, comment va Lucy ?

Michael fronça les sourcils.

— Non, pas elle. Lucy et moi avons divorcé il y a des années. Je pensais te l'avoir dit, Arnold.

— Oh, c'est possible. J'ai dû oublier. Ça m'arrive. Tu as une nouvelle épouse, alors.

— Ouais, c'est ça. Elle est très... gentille.

Ils ne mangèrent presque pas (vous n'étiez pas supposé manger beaucoup pendant ces déjeuners), et quand les restes désordonnés de leurs repas respectifs furent rapportés en cuisine, il ne leur restait guère que des banalités polies à échanger.

— Alors tu montes à Boston, hein, Mike ? En avion ou en train ?

— Je pense que je vais louer une voiture. J'aimerais m'arrêter en route pour rendre visite à de vieux amis.

La voiture de location était grande, jaune, et si facile à conduire qu'il avait l'impression de se laisser porter. C'est ainsi qu'il se retrouva, presque comme par enchantement, dans le comté de Putnam.

— Non, il n'y a personne d'autre que nous à la maison. On sera ravis de te voir, lui avait répondu Pat Nelson au téléphone.

— Joli bateau, papa, déclara Tom Nelson quand Michael arrêta la voiture jaune dans son allée et en descendit. Très classe ta charrette.

Ce n'est qu'après avoir lancé cette petite plaisanterie qu'il s'avança pour lui serrer la main. Il paraissait plus vieux avec ses yeux plissés et son air assagi, mais c'était une expression qu'il cultivait depuis des années. Quand il n'avait pas encore trente ans, l'un de ses admirateurs l'avait pris en photo sous un ciel orageux, réussissant à saisir un aspect étonnamment mature de son jeune visage. Tom avait accroché un agrandissement de cette photo sur un mur de son atelier. « Pour quoi faire ? l'avait questionné Michael. Ça sert à quoi d'afficher des photos de toi ? » Tom avait répondu qu'il l'aimait bien, et qu'il avait juste envie de l'avoir là.

Alors qu'ils entraient ensemble dans la maison, Michael remarqua que Tom avait fait l'acquisition d'un nouveau costume : un authentique « blouson d'aviateur » de l'armée de l'air, qui ne pouvait dater que du début des années 1940. Il devait avoir couvert toutes les branches de l'armée, à présent.

Quand Pat traversa le salon les deux bras tendus (« Oh, Michael ! »), il la trouva remarquablement jolie. Plus encore que lorsqu'elle était jeune. Avec un peu de chance, d'argent et une belle ossature, certaines femmes semblaient ne jamais vieillir.

Leur premier verre servi, ils s'installèrent dans le canapé et les fauteuils et une conversation fluide s'engagea. Les quatre fils Nelson, tous adultes et indépendants à présent, se débrouillaient « bien ». L'aîné était source d'une fierté particulière pour son père, puisqu'il était désormais batteur de jazz « professionnel », et deux des trois autres faisaient également des choses extraordinaires ; mais quand Michael demanda des nouvelles de Ted, celui qui avait l'âge de Laura, Tom et Pat baissèrent les yeux et semblèrent chercher leurs mots.

— Eh bien, commença Pat, Ted a eu un peu de mal à… se trouver. Mais il s'est stabilisé depuis.

— Ouais, Laura aussi a eu une période difficile, leur confia Michael. Elle ne se sentait pas bien à Warrington, et elle est un peu allée à la dérive, pendant un temps. Mais elle s'est vite reprise et elle s'en sort très bien à Billings.

Tom posa sur lui un regard empreint d'une perplexité aimable.

— Elle s'en sort très bien en… « Billings[1] » ?

Il avait prononcé le mot comme s'il s'agissait du service Facturations d'une boîte de comptabilité, ou du département d'une entreprise bien structurée dans laquelle la jeune fille à la dérive avait enfin trouvé un port d'attache solide.

— Je veux parler de l'université d'État de Billings, au Kansas, expliqua Michael. C'est une faculté. Comme Harvard, ou Yale, mais avec des prairies autour et une drôle d'odeur qui arrive des abattoirs situés à deux pas. C'est l'endroit où j'enseignais pour gagner ma fichue vie.

— Oh, je vois. Et donc Laura étudie là-bas.

---

1. Que l'on pourrait traduire par « facturations ».

— Tout juste, confirma Michael, un peu honteux.

Il avait tout sauf envie de jouer l'ancien voisin exilé qui avait raté sa vie, sous ce toit.

— Nous ne voyons plus Lucy, fit remarquer Pat. Et nous n'entendons plus parler d'elle. Tu sais comment elle va, et ce qu'elle fait à Cambridge ?

— Ma foi, je ne pense pas qu'elle y fasse nécessairement « quelque chose ». Elle n'a jamais eu besoin de gagner sa vie, vous savez. Elle n'en aura jamais besoin.

— Oui, bien sûr, je sais, éluda Pat, comme si elle trouvait un peu idiot de sa part de le mentionner. Mais elle a toujours été très occupée durant toutes les années où elle a vécu ici. Je ne l'avais jamais vue si active et énergique. Quelle endurance elle avait ! Enfin, si tu la croises quand tu seras à Boston, ou si tu lui parles, transmets-lui mes amitiés, tu veux ?

Michael promit qu'il le ferait. Puis Pat gagna la cuisine pour « s'occuper du dîner » et il suivit Tom dans l'atelier pour avoir une petite conversation en se promenant dans la pièce.

— Lucy a presque tout essayé, lui confia Tom, haussant les épaules et glissant les mains dans les poches de son pantalon, comme l'aurait fait un véritable pilote en racontant une mission qui avait mal tourné. Tout ce qui touche à l'art, s'entend – à part la musique et la danse, mais je suppose qu'il faut commencer ces choses-là très jeune. Elle s'est essayée au théâtre, à l'écriture, à la peinture. S'y jetant à corps perdu à chaque fois. Elle travaillait vraiment dur. Mais j'avoue que j'ai trouvé sa période peinture un peu embarrassante.

— Pourquoi ça ?

— Eh bien, elle m'a demandé de lui donner un avis critique sur ses tableaux, et il n'y avait pas grand-chose à en dire. J'ai improvisé un petit compliment, mais elle n'a pas marché. J'ai bien vu combien elle était déçue et je me suis senti mal, même si je ne voyais pas comment faire autrement.

421

« Alors j'ai opéré par déduction : si elle n'était pas assez douée pour devenir peintre, peut-être qu'elle ne l'était pas non plus pour devenir écrivaine ou comédienne ? Et je sais que ça va te paraître un peu dur, Mike, mais il y a tellement de femmes qui se jettent à corps perdu dans ces *tentatives*. Certes, tu trouveras aussi quelques hommes pour le faire, seulement ils semblent avoir davantage de centres d'intérêt dans la vie. Ou peut-être que c'est juste parce qu'ils ne sont pas aussi intenses. Mais avec les femmes, c'est un véritable crève-cœur. Et ce sont souvent des filles sympas, brillantes, admirables. Tu ne peux pas les cataloguer comme « idiotes », ni rien de tel. Et elles essaient encore et encore jusqu'à ce qu'elles aient le cerveau en compote ou qu'elles soient mortes de fatigue. Alors, tu as juste envie de leur passer un bras autour des épaules et de leur dire « Écoute, mon chou, pourquoi tu ne te détendrais pas un peu ? Pourquoi faut-il que ce soit important à ce point ? Personne ne t'a jamais obligé à faire tout ça. » Mince, ce n'est pas exactement ce que je voulais dire, mais c'est assez proche.

— Je trouve que tu l'as très bien formulé, dit Michael.

Ils semblèrent tous trois impatients d'en finir avec le dîner léger pour retourner au salon, où il y aurait du brandy, du café, et encore une heure ou deux à consacrer à la conversation. Et le seul sujet qui intéressait Pat Nelson, apparemment, c'était Lucy.

— Mais, il y a une chose que je n'ai jamais comprise chez Lucy, reprit-elle quand elle eut retrouvé sa place sur le canapé. C'est sa foi dans la psychiatrie : qu'elle y croie et qu'elle compte dessus. C'était presque une religion pour elle. À tel point qu'on avait l'impression que la moindre petite plaisanterie qu'on pouvait faire sur le sujet était un sacrilège. Vraiment, il y avait des moments où j'avais toutes les peines du monde à me retenir de la secouer par les épaules et à lui dire : Tu es bien trop *intelligente* pour ça, Lucy. Tu es trop brillante, et trop drôle pour croire à toutes ces balivernes freudiennes sinistres.

— Ouais, fit Michael.

— Oh, et attends. Attends.

Pat se tourna vers son mari.

— Qui était ce psy-machin-chose en vogue qui a gagné des millions de dollars dans les années cinquante ?

— Le gars de *Comment aimer*, tu veux dire ?

Michael fut en mesure de leur fournir le nom de l'auteur en question.

— Derek Fahr.

— Oui, c'est ça, Derek Fahr.

Pat s'enfonça plus profondément dans les coussins du canapé. Elle semblait tirer un plaisir si voluptueux de ce qu'elle s'apprêtait à ajouter que Michael la dévisagea avec appréhension. Par chance, il commençait à ressentir le détachement agréable que procure le brandy (un bon remède pour supporter deux vieux amis qui n'auraient sans doute jamais dû l'être), de sorte qu'il était prêt.

— Donc Lucy est arrivée ici à bout de souffle, un après-midi – elle était *radieuse* –, et elle s'est exclamée qu'elle venait de passer une demi-heure au téléphone avec Derek Fahr. Elle a dit qu'elle avait mis des jours et des jours à trouver son numéro de téléphone, et que lorsqu'elle avait enfin réussi et qu'elle l'avait appelé, elle était si intimidée qu'elle n'avait pas arrêté de s'excuser, mais lui avait dit des choses très aimables et rassurantes, et il avait une jolie voix. Comment a-t-elle décrit sa voix, Tom ?

— Elle a dit « veloutée », je crois.

— Exactement. Avec sa jolie voix « veloutée ». Et puis, il lui a demandé quel était son problème.

Et, tu connais Lucy, reprit Pat avec un sourire pétillant plein d'affection. Tu t'imagines bien qu'elle ne nous a pas raconté cette partie-*là* de la conversation. C'est une personne si réservée et si discrète. Mais elle a dit qu'elle avait été sidérée par, je cite, « l'incroyable perspicacité » dont il avait fait preuve en répondant à ses questions.

Enfin, ce n'est peut-être pas très gentil de ma part de le raconter de cette manière-là, reconnut Pat, et il faut quand même préciser qu'elle semblait avoir bu un verre ou deux avant d'arriver chez nous ; mais quand même, j'ai trouvé étonnant ce qu'elle a dit pour résumer leur conversation. Elle a dit : « Derek Far m'en a appris davantage sur moi-même en une demi-heure que mon propre thérapeute en onze années. »

Michael ignorait s'il était supposé sourire, grimacer ou secouer tristement la tête, mais, n'étant tenté par aucune des trois possibilités, il se pencha légèrement et cacha sa bouche derrière son verre.

Le moment était sans doute venu pour lui de reprendre la route. Il avait du mal à se souvenir pourquoi il avait voulu marquer cet arrêt. Sans doute pour faire savoir à Tom Nelson qu'il était toujours en vie. Et peut-être que si la conversation avait pris un tour différent, il aurait sauté sur n'importe quelle occasion pour lui confier ce que le type de l'université de Boston lui avait dit de son poème.

— ... Tu es certain que tu ne veux pas dormir ici ? insista Pat. Ce n'est pas la place qui manque, et ça nous ferait très plaisir. Tu pourrais reprendre la route demain matin de bonne heure. Ou même passer l'après-midi avec nous ; comme ça tu pourrais rencontrer nos merveilleux nouveaux amis qui habitent en haut de la rue. Ils sont... très célèbres, alors c'est difficile de prononcer leur nom sans avoir l'impression de le faire « exprès ». Ce sont les Morin. Tu connais Ralph Morin ? *Blues in the Night* ?

— Oh. Il se trouve que je les connais, oui. Je ne l'ai rencontré qu'une fois, lui, mais j'ai bien connu sa femme.

— Vraiment ? Alors *il faut* que tu restes. Ne sont-ils pas sympathiques ? Et n'est-elle pas merveilleuse ? N'est-ce pas une merveilleuse créature ?

— Très certainement.

— Ça paraît idiot, dit comme ça, mais je pense qu'elle a le plus beau visage qu'il m'ait été donné de voir. Et ses manières, son port de tête, sa prestance, cette façon qu'elle a d'électrifier tout le monde à l'instant où elle entre dans une pièce.

— Ouais. Je suis tout à fait d'accord, dit Michael. Le plus étrange, c'est que j'ai su que j'étais fichu à l'instant où j'ai posé les yeux sur elle pour la première fois. J'ai compris que j'allais lui vouer un amour abruti et béat durant le restant de mes jours.

— Oh, et si jeune. Si fraîche et authentique.

— Enfin, plus si jeune, corrigea-t-il gentiment. Aucun de nous ne l'est plus tant que ça, Pat.

Et elle parut si étonnée qu'il finit par l'être, lui aussi.

— Oh. Non. Je vois. Tu dois parler de sa *première* épouse, tant détestée. Moi je veux parler d'Emily Walker, l'actrice.

Michael mit deux ou trois secondes à intégrer l'information.

— Où es-tu allée chercher « tant détestée » ? s'enquit-il.

— Eh bien, c'est que Ralph peut à peine mentionner son nom sans frissonner, et parce qu'à une ou deux reprises il l'a décrite comme une femme « terne ». Il nous a dit que son mariage était mort depuis plusieurs années quand... il y avait mis un terme, et qu'à présent elle lui soutirait une somme d'argent énorme chaque mois. Ça n'a vraiment pas l'air d'être un cadeau.

— Ah oui, et il a déjà fait allusion au fait que c'était la sœur de Paul Maitland ?

Les Nelson échangèrent un regard sidéré puis se tournèrent vers Michael. Thomas se fendit alors d'un « Ben mince, c'est pas incroyable ça ? » purement rhétorique.

— En fait, nous étions tous deux terriblement attachés aux Maitland, expliqua Pat, mais nous ne les avons *côtoyés* qu'un an ou deux avant leur départ, alors je ne me souviens plus vraiment si Paul nous a seulement parlé de sa sœur.

— Si, il en a parlé, chérie, intervint Tom. Il en parlait même beaucoup. Il nous a proposé de la rencontrer une fois, quand elle et les enfants sont passés leur rendre visite, mais nous n'étions pas libres ce jour-là. C'est étrange, j'avais le sentiment qu'elle était mariée à un lourdaud minable de Philadelphie.

Après un silence, il s'exclama :

— Nom d'un chien !

— Ouais. Parfois il faut du temps pour connaître les gens, dit Michael.

Ils repoussèrent un peu le moment de son départ, allant chercher son imper dans le placard, allumant les lumières de la terrasse pour lui et l'accompagnant dans l'allée pour la poignée de main et le baiser rituels. C'était comme si le mari et la femme cherchaient tous deux un moyen de s'excuser sans vraiment savoir de quoi. Et à voir leurs expressions, Michael comprit qu'ils ne se détendraient à nouveau que lorsqu'il serait parti.

Une heure devait s'être écoulée quand, au niveau du péage de Boston, la grande voiture jaune faillit faire une sortie de route alarmante. Redressant le volant, il entendit sa propre voix s'élever dans l'habitacle, rageuse :

— Oh, et encore une petite chose, Nelson. Tu aurais intérêt à enlever ce blouson d'aviateur, tout de suite, tu m'entends ? Parce que si tu n'enlèves pas ce fichu blouson d'aviateur tout seul, je vais m'en occuper et te le faire bouffer.

8.

La seule chose que Michael trouvait inconfortable dans sa chambre du Sheraton Commander Hotel de Cambridge était son miroir sur pied. Grimaçant, souriant, se tenant voûté ou droit, il n'avait aucun moyen d'échapper à la vue de l'homme de cinquante-trois ans que lui renvoyait l'objet. Quand il sortait nu de la douche, son reflet le prenait tant au dépourvu (Salut, vieil homme), qu'il éprouvait le besoin urgent de s'habiller. Comment décrire ces jambes trop malingres pour faire du vélo ? Qu'y avait-il encore de beau chez ce poids léger rabougri ? Quand il discutait au téléphone, il ne pouvait s'empêcher de jeter un œil au vieil homme qui tenait le combiné contre son oreille.

Il appelait Sarah chaque jour, qu'il ait des nouvelles à lui annoncer ou non, et il attendait le moment de le faire avec une impatience anxieuse, comme si seul le son de sa voix le maintenait en vie.

Le quatrième ou cinquième après-midi, il composait déjà le numéro du Kansas quand il se souvint qu'il était supposé l'appeler après cinq heures pour bénéficier du tarif de soirée sur les appels longue distance. Il avait commis la même erreur la veille, et Sarah l'avait gentiment grondé pour cette dépense inutile. Aussi attendit-il un moment devant la petite table couleur crème, n'ayant rien de mieux à faire que de regarder par-dessus son épaule le vieil homme courbé sur le téléphone.

Puis, sans autre but réel que de tuer le temps, il tira l'annuaire de sa petite étagère, le feuilleta et s'arrêta à la page des Davenport, où il trouva le nom de Lucy.

Elle parut agréablement surprise d'apprendre qu'il était en ville.

— Je pensais que tu étais dans le Kansas.

Et cependant, elle hésita une seconde ou deux quand il lui proposa de dîner avec lui, ce soir-là.

— Oh, pourquoi pas ? Ça pourrait être sympa, finit-elle par accepter. Que dirais-tu de sept heures ?

Quand ils raccrochèrent, il se félicita d'avoir cédé à son impulsion. Ça *pourrait* être sympa, oui. Et s'ils réussissaient à se montrer courtois et délicats l'un envers l'autre, il pourrait trouver le moyen d'obtenir les réponses aux questions qu'il se posait sur elle depuis des années.

Sa montre l'informa alors qu'il était temps d'appeler le Kansas, et une minute plus tard il était en ligne avec Sarah.

— ... Toujours aucune nouvelle pour l'appartement, je le crains, lui annonça-t-il.

— Oh, je n'en espérais pas vraiment, dit-elle. Tu n'es là-bas que depuis quelques jours.

— J'ai dû rencontrer une douzaine d'agents immobiliers, mais aucun n'avait grand-chose à proposer. Et à part ça, j'ai passé le plus clair de mon temps à régler les détails de mon contrat avec l'université.

— Bien sûr. C'est normal. Il n'y a pas d'urgence.

— Oh, et j'ai rencontré le patron aujourd'hui. Tu sais, le gars qui m'a écrit cette gentille lettre ? C'est marrant : je m'attendais à un homme plus vieux – j'ai toujours pensé que les gens qui aimaient mes poèmes étaient nécessairement plus vieux que moi – mais il doit avoir trente-cinq ans. Et il est très sympathique, il s'est montré très accueillant.

— Oh, c'est bien ça.

— Je me suis dit que la plupart de mes lecteurs sont peut-être plus jeunes que moi, à présent ; que c'est sans

428

doute le cas depuis des années. S'il me reste des lecteurs, s'entend.

— Bien sûr qu'il t'en reste.

La pointe de lassitude qu'il perçut dans sa voix lui suggéra qu'il avait trop souvent cherché à lui soutirer ce genre de paroles de réconfort au cours de leur vie commune.

— Enfin, je vais pouvoir consacrer le reste de la semaine et toute la suivante à nous chercher un logement. Et si je ne trouve rien en ville, j'irai voir en banlieue.

— D'accord. Mais vraiment, il n'y a aucune urgence. Et si tu prenais plutôt... eh bien... le temps qu'il faudra. Je suis tout à fait à mon aise ici, en attendant.

— Je sais, dit-il, sentant le combiné couvert de sueur glisser dans sa main. Je sais. Mais moi pas. En réalité, je suis un peu désespéré, là, Sarah. Je voudrais qu'on s'installe ici avant de...

— Avant quoi ?

— Avant de te perdre. À moins que je ne t'aie déjà perdue.

Et il fut sidéré de la longueur du silence qui suivit.

— C'est une drôle de manière de le formuler, tu ne trouves pas ? finit-elle par rétorquer. Est-ce qu'on peut « perdre » une personne ? Tu penses vraiment que ça peut arriver ?

— Bien sûr que ça peut arriver. Je te fiche mon billet que ça peut arriver.

— Cela ne suggère-t-il pas le sentiment de posséder la personne ? Quant à moi, je préfère penser que c'est impossible : que tout le monde est fondamentalement seul, et que nous sommes toujours, en premier lieu, responsable envers nous-même. Que nous devons mener nos vies du mieux que nous le pouvons.

— Ouais, c'est ça. Bon, écoute : je ne sais pas quels fichus bouquins tu as pu lire, Sarah, mais je n'ai pas l'intention d'endurer d'autres conneries féministes de ce genre, c'est clair ? Si tu veux parler en jargon, va chercher un garçon de ton âge. Je suis trop vieux pour ça. J'ai passé trop de temps sur cette terre et j'en sais trop pour supporter ça. Beaucoup trop. Seulement, il reste une petite chose que j'aimerais éclaircir avant de terminer cette délicieuse petite conversation. Alors tu veux bien m'écouter ?

— Certainement.

Il dut attendre que son cœur et ses poumons s'apaisent avant de pouvoir se remettre à parler.

— Il n'y a pas si longtemps, commença-t-il d'une voix presque théâtralement calme, tu affirmais que nous étions faits l'un pour l'autre.

— Oui, je me souviens avoir dit ça. Et à l'instant où j'ai prononcé ces paroles, j'ai songé que tu me les ressortirais un jour ou l'autre.

Cette fois le silence fut assez profond pour qu'on s'y noie.

— Oh, merde, souffla-t-il. Oh, merde.

— Quoi qu'il en soit, Boston devra attendre un peu, reprit-elle, parce que je vais sans doute emmener Jimmy passer quelques semaines chez mes parents en Pennsylvanie.

— Oh, merde. Combien de semaines ?

— Je ne sais pas : deux, peut-être trois. J'ai besoin de temps pour moi, Michael, j'en ai besoin.

— Ouais, d'accord. Et que dirais-tu de ce scénario : tu passes trois semaines en Pennsylvanie, puis tu prends un autre avion, tu t'assoupis et tu te laisses flotter jusqu'au comté de Marin, en Californie.

— *Quel* comté ?

— Allons, je t'en prie. Tu sais bien. Tout le monde le sait. L'endroit le plus sexy d'Amérique. L'endroit où toutes les mères célibataires se rendent pour rencontrer des hommes. Tu auras une vie merveilleuse, là-bas. Tu pourras écarter les cuisses pour un gars différent chaque samedi. Tu pourras...

— Je n'ai pas l'intention d'écouter ça, et je n'ai plus rien à dire. Je ne voudrais pas te raccrocher au nez, Michael,

430

mais c'est ce que je vais faire si tu ne raccroches pas en premier.

— OK. Je suis désolé. Je suis désolé.

Waouh. Waouh. C'était presque insupportable.

Quand il se tut enfin, toujours assis à la table blanc cassé de la chambre d'hôtel, il comprit qu'il avait encore eu tout faux. Quand apprendrait-il enfin à fermer sa bouche ? N'avait-il rien tiré de sa vie en cinquante-trois fichues années ?

Il regarda le bloc de papier vierge à l'en-tête du Sheraton sur la table, et le stylo blanc « Sheraton » qui l'accompagnait. Ces objets indissociables de son quotidien d'écrivain étaient les seules choses réconfortantes en vue. Aussi, avec le calme que confère l'expérience du professionnel, il se pencha et écrivit :

Ne me torture pas, Sarah. Ou tu viens me rejoindre ici et tu continues à vivre avec moi, ou pas ; il va falloir que tu prennes ta décision.

Ça sonnait bien, ça sonnait juste, il se pouvait même que ce soit un de ses rares brouillons qui ne mériterait aucune correction.

Arrivé à l'adresse que lui avait donnée Lucy Davenport il se trouva devant l'une de ces maisons en bois anciennes considérées comme les derniers joyaux du parc immobilier de Cambridge : la demeure appropriée pour une femme à la tête d'une fortune de trois à quatre millions de dollars. Mais quand elle lui ouvrit la porte, il vit tout de suite que quelque chose n'allait pas : elle était mince, son teint était gris et sa bouche bizarre.

Pourtant, sitôt qu'ils furent assis face à face sous un meilleur éclairage, il s'aperçut qu'elle était sans doute en excellente santé. Les petites torsions étranges de sa bouche devant la porte étaient sûrement dues à la timidité. Ou peut-être avait-elle hésité entre plusieurs sourires (formel ?

réservé ? amical ? affectueux ?) et que, dans un moment de panique, elle les avait tous tentés en même temps. Mais à présent, sa bouche était sous contrôle, comme le reste de sa personne. Et le reste de sa personne – sa silhouette fine dans sa tenue élégante, ses cheveux gris et son visage, que l'on pouvait sans mal qualifier de « séduisant » – était désormais celui d'une femme de quarante-neuf ans.

— Tu as très bonne mine, Lucy, lui dit-il.

Et elle répondit que lui aussi avait bonne mine. Était-ce la manière dont les couples divorcés de longue date comblaient le silence avant de réussir à entamer une conversation hésitante ?

— Je crains de ne pas pouvoir t'offrir grand-chose à boire, Michael. Je ne garde plus d'alcool fort dans la maison depuis des années. Mais j'ai du vin blanc si ça te va ?

— Bien sûr, parfait.

Il profita de ce qu'elle était dans la cuisine pour jeter un œil autour de lui. La pièce était aussi haute de plafond et vaste qu'était supposé l'être le salon d'une héritière, et disposait d'un nombre de fenêtres conséquent, mais le mobilier était quasi inexistant : il se limitait à une table, un canapé et un minimum de fauteuils et de chaises. Et il remarqua que tous les doubles-rideaux étaient dépareillés. Ils avaient tous la même longueur et leurs embrasses étaient faites du même tissu, mais il n'y en avait pas deux semblables. Une fenêtre avait un rideau rayé rouge et blanc d'un côté et un rideau à pois bleus de l'autre ; sur la fenêtre suivante un rideau de chintz fleuri vif contrastait avec un rideau au tissage épais couleur porridge, et ainsi de suite. S'il avait été enfant et s'était trouvé dans la maison d'une inconnue, il aurait pensé qu'elle était habitée par une dame folle.

— C'est quoi l'idée… avec les rideaux ? s'enquit-il quand Lucy revint avec les verres de vin.

— Oh, ça ? Je m'en suis lassée, maintenant, mais à mon arrivée, je trouvais ça intéressant : de tout dépareiller volontairement. C'était supposé suggérer mon excentri-

432

cité, en fait, ou mon côté bohème. De manière parodique dans les deux cas.

— « Parodique » ? Je ne comprends pas.

— Oh, je ne pense pas qu'il y ait nécessairement quelque chose à « comprendre », dit-elle avec une certaine impatience, comme si elle se retenait de réprimander un interlocuteur un peu ballot de chercher à toujours tout expliquer. Quoi qu'il en soit, j'imagine que j'ai un peu forcé le trait. Je vais sans doute finir par les remplacer par des doubles-rideaux classiques.

Elle lui demanda des nouvelles de Laura, et il lui raconta une belle journée qu'ils avaient passée, un an auparavant, quand elle avait ramené trois camarades à la maison.

— ... et vers la fin de la visite, elles étaient assises par terre et gloussaient en échangeant des plaisanteries et des secrets sur des garçons. Et je t'assure que je n'ai pas entendu un seul « cool » ou « chouette », ni rien d'artificiel de ce genre. C'étaient juste des filles qui s'amusaient bêtement comme des fillettes parce qu'elles avaient trop essayé de paraître adultes.

— Eh bien, ça paraît... encourageant. Même si je ne vois pas trop l'intérêt de cette université, ni du Kansas. Et du choix bizarre de faire de la sociologie.

— Je pense que c'est surtout parce qu'elle s'intéressait à un garçon qui étudie cette discipline. Les filles ont tendance à faire ça, vois-tu : imiter les garçons.

— Oui, c'est sans doute vrai.

Quand elle se leva et glissa deux doigts dans la boucle du col de son imper avant de l'envoyer gaiement sur son épaule, il lui sembla revoir la douce fille de Radcliffe qui trimballait son imper un peu partout de la même manière.

Ils parcoururent quelques pâtés de maisons pour gagner un restaurant mal éclairé qui s'appelait le Ferdinand's : le genre d'endroit où l'on sent tout de suite qu'aucun plat figurant sur la carte ne méritera la moitié du prix qu'il vous coûtera ; et en entendant le maître d'hôtel s'exclamer

« Bonsoir, Lucy ! », il comprit que c'était une habituée des lieux.

— Il n'y avait aucun de ces trucs de tapette dans le coin, avant, fit remarquer Michael devant son premier verre.

— Quels trucs de tapette ? s'enquit Lucy, semblant ouverte au débat.

— Oh, je ne voulais pas parler de cet endroit en particulier, s'empressa-t-il d'ajouter, mais du côté lisse et faussement « décontracté » de Cambridge. Il y a beaucoup de cafés avec des noms comme « Déjà-Vu » ou « Autre Chose ». C'est comme si toute la ville était tombée amoureuse des mauvaises idées. Et c'est en train d'arriver à Boston, aussi.

— Ah, les goûts changent. Personne n'y peut rien. On ne pouvait pas rester en 1947 à jamais.

— Non. Non, bien sûr.

Il regrettait déjà d'avoir ouvert la bouche. Ça ne commençait pas très bien. Il baissa les yeux et ne les releva que lorsqu'elle reprit la parole.

— Comment va la santé, Michael ?

— La santé mentale, tu veux dire ? Ou l'autre genre ?

— Les deux.

— Eh bien, je ne pense pas que mes poumons soient très en forme, mais ça n'a rien de nouveau. Et je n'ai plus peur du tout de devenir dingue, parce que c'est la peur qui rend dingue : et au bout du compte devenir dingue t'enlève tout sauf la peur.

C'était ce qu'il avait essayé d'expliquer à Sarah, le jour du pique-nique qui avait mal tourné, mais il semblait l'avoir exprimé plus clairement, cette fois. Ou peut-être (et c'était sans doute plus proche de la vérité) qu'il était plus facile de discuter de ce genre de chose avec une personne de votre âge.

— Il y a une époque, quand j'étais au Kansas, où je pensais pouvoir en tirer un poème : faire une grande décla-

434

ration pompeuse sur la peur et la folie. Mais j'ai tout jeté. J'ai laissé tomber. L'idée a fini par me paraître morbide. Ce n'est qu'après avoir prononcé le mot « morbide » qu'il se souvint que c'était celui que Sarah avait employé.

— Et le plus drôle, dit-il. Le plus drôle, c'est que j'aurais pu ne jamais devenir dingue. Tu ne crois pas ? Tu ne crois pas que Bill Brock a un peu dépassé les bornes, ce soir-là, et que le fait qu'il ait signé l'autorisation d'internement en disait davantage sur lui que ça n'en dira jamais sur moi ? Je ne peux pas être catégorique, mais ça mérite d'être considéré, non ? Et il y a autre chose : tu ne penses pas qu'il est possible que les psychiatres s'accordent davantage de crédit qu'ils n'en méritent ?

Lucy paraissait pensive, mais rien n'indiquait qu'il obtiendrait une réponse de sa part, quand elle concéda :

— Oui, je pense que je comprends ce que tu veux dire. J'ai passé énormément de temps dans le cabinet de ce thérapeute de Kingsley, et avec du recul, il me semble que ça n'a servi à rien. À rien du tout.

— Bien. Je veux dire, c'est bon de savoir que *tu* comprends ce que je veux dire.

Il leva son verre.

— Alors écoute, dit-il en lui adressant un clin d'œil, pour qu'elle puisse le prendre comme une plaisanterie si tel était son désir. Merde à la psychiatrie, d'accord ?

Elle hésita un bref instant avant de lever son propre verre et d'en faire tinter le bord contre le sien.

— D'accord, répéta-t-elle sans l'ombre d'un sourire. Merde à la psychiatrie.

C'était beaucoup mieux, on pouvait presque dire qu'ils s'entendaient bien.

Quand le serveur déposa deux assiettes bien remplies devant eux, Michael décida qu'il serait sage de changer de sujet.

— Qu'est-ce qui t'a ramenée ici, Lucy ? Si ça ne te dérange pas que je te pose cette question ?

— Pourquoi ça me dérangerait ?

— Eh bien, parce que j'aimerais en savoir un peu plus sur ta vie personnelle, sans doute.

— Ma foi, je suis venue m'installer ici parce que ça me donnait l'impression de rentrer à la maison.

— Ouais, moi aussi j'ai le sentiment de rentrer à la « maison ». Mais c'est différent dans ton cas. Tu aurais pu facilement t'installer...

— Oh, bien sûr, « m'installer n'importe où et faire n'importe quoi ». Tu n'imagines pas le nombre de fois que je me suis répété ces mots-là. Mais la réponse est très simple, désormais, vois-tu, parce qu'il ne me reste presque plus d'argent. J'ai pratiquement tout donné.

C'était une information difficile à intégrer. Lucy sans argent ? Après toutes ces années, il n'aurait jamais pu envisager un tel retournement : Lucy sans argent. Et il ne voulait même pas penser à ce qu'aurait été sa propre vie si Lucy n'avait jamais eu d'argent. Aurait-elle été meilleure ? Pire ? Comment le savoir ?

— Mon Dieu... c'est... mon Dieu, c'est quelque chose, dit-il. Je peux te demander à qui tu l'as donné ?

— À Amnesty International.

Elle avait prononcé ces mots avec une timidité mêlée de fierté qui suggérait que ça comptait énormément pour elle.

— Tu connais un peu leur travail ?

— Très peu. Juste ce que j'ai lu dans les journaux. Mais je sais que c'est une... organisation admirable. Je veux dire, ces gens-là ne se contentent pas de brasser de l'air.

— Non. Certainement pas. Et je fais partie de leurs membres actifs, maintenant.

— Qu'est-ce que tu entends par « actif » ?

— Eh bien, je me rends utile pendant les comités, je les aide à organiser certaines réunions ou groupes de discussion, et je rédige beaucoup de leurs communiqués de presse. Ce genre de choses. Ils vont peut-être m'envoyer en Europe dans un mois ou deux – enfin, je l'espère.

— C'est vraiment... vraiment bien, ça.

436

— J'aime ce travail, tu sais. Parce qu'il vrai. Il est réel. Personne ne peut faire comme si ça n'existait pas, ni s'en moquer ni nier son importance. Les prisonniers politiques *existent*. L'injustice et l'oppression *existent* partout dans le monde. Quand tu fais ce genre de travail, tu es en contact avec la réalité de tous les jours, et ça n'a jamais été le cas avec... toutes les autres choses que j'ai essayées.

— Ouais, dit-il. J'ai entendu dire que tu t'étais essayée à plusieurs choses.

Elle releva le visage avec une expression plus dure, et il comprit qu'il n'aurait pas dû dire ça.

— Tiens... Et qui te l'a dit ?

— Les Nelson. Je crois que tu leur manques vraiment, Lucy ; ils ont insisté pour que je te transmette leurs amitiés.

— Ah, oui. Ils sont très doués pour te taquiner, ces deux-là. Te tourner en ridicule en te taquinant, j'entends, et toujours avec une petite pointe de séduction. J'ai mis des années à m'en rendre compte.

— Attend un peu. Où es-tu allée chercher « ridicule » ? Je ne pense pas que quiconque ait jamais cherché à te « ridiculiser ». Tu es bien trop digne pour ça.

Elle plissa les yeux.

— Vraiment ? Tu veux parier ? Parce que je ne sais pas comment tu as pu manquer de le remarquer – j'ai sûrement dû me donner un mal considérable pour que tu *manques* de le remarquer. Mais parfois, quand je regarde en arrière, je ne vois qu'une petite pensionnaire tristement impopulaire, sans cesse taquinée et ridiculisée par les camarades de son école privée, dont l'unique amie était une professeure d'*art*. Et il est possible que je ne t'aie même jamais parlé de cette professeure d'art, parce que c'est un secret que j'ai gardé pendant des années, avant que j'essaie de la glisser dans une nouvelle, longtemps après ton départ.

Mlle Goddard. Une drôle de fille dégingandée et solitaire, pas beaucoup plus âgée que moi, très intense, très timide... oh, et potentiellement très lesbienne, aussi, bien que cet aspect de sa personne ne me soit pas apparu à l'époque. Elle me disait que mes dessins étaient magnifiques, et je sais qu'elle était sincère, et c'était presque trop beau.

J'étais la seule fille de l'école à être invitée dans l'appartement de Mlle Goddard pour boire du sherry avec des biscuits anglais, l'après-midi ; je me sentais bénie. Je me sentais admirée et bénie à la fois. Tu imagines ? Tu imagines une combinaison de sentiments plus merveilleuse pour une personne telle que moi ?

Tout ce que je voulais, c'était me distinguer d'une manière ou d'une autre, avoir assez de talent pour appartenir à ce que Mlle Goddard appelait toujours « le monde de l'art ». N'est-ce pas une expression désuète à pleurer, quand on y pense ? « Le monde de l'art » ? Et tant qu'on y est : l'« art » lui-même, si insaisissable et retors, n'a-t-il pas de quoi vous rendre dingue ? En tout cas, j'aimerais oser un autre toast, si tu veux bien.

Et Lucy leva son verre au niveau de leurs yeux.

— Merde à l'art, dit-elle. Et vraiment, Michael, je suis sérieuse : merde à l'art, d'accord ? Tu ne trouves pas drôle que nous ayons passé nos vies à courir après, toi et moi ? Nous étions si avides d'approcher quiconque semblait le comprendre, comme si ça pouvait nous aider. Nous ne nous sommes jamais arrêtés pour nous demander si ça n'avait pas toujours été désespérément hors de notre portée – ou si ça existait seulement ? Parce que j'ai une hypothèse intéressante pour toi : et si ça n'existait pas ?

Il y réfléchit, ou plutôt, il fit de son mieux pour lui montrer qu'il y réfléchissait, serrant fermement son verre sur la table.

— Ah, non, je suis désolée, chérie, dit-il (s'apercevant aussitôt que le « chérie » n'avait rien à faire dans cette phrase), je ne peux pas être d'accord, là. Si je me mettais à penser que ça n'existait pas… je… je ne sais pas. Je me ferais griller la cervelle, je crois.

— Mais non, pas du tout, rétorqua-t-elle en reposant son verre. Tu risquerais même de te détendre pour la première fois de ta vie. Tu risquerais même d'arrêter de fumer.

— Bon, d'accord, mais écoute. Tu te souviens du long poème final de mon premier recueil ?

— « Tout est dit ».

— Ouais. Eh bien, le type qui m'a embauché. À l'université de Boston. Le gars m'a écrit une lettre là-dessus. Et dedans, il disait... il disait qu'il pensait que c'était l'un des plus beaux poèmes qu'on ait écrits dans ce pays depuis la Seconde Guerre mondiale.

— Ma foi... vraiment, c'est certainement très... Je suis très fière de toi, Michael.

Elle baissa aussitôt les yeux, sans doute gênée d'avoir dit une chose aussi intime que ce « Je suis fière de toi ». Lui aussi était gêné.

Ils ne tardèrent pas retraverser en sens inverse un Cambridge d'un goût qu'il ne comprenait plus et qu'il n'aurait pas besoin de comprendre s'il réussissait à trouver un appartement à Boston, de l'autre côté de la rivière. Mais c'était bon de marcher tranquillement avec une femme si adorable, si brave et si franche ; une femme qui n'avait pas peur de révéler le fond de sa pensée quand elle en avait envie, et qui comprenait les vertus régénératrices du silence.

Quand ils arrivèrent chez elle, Michael attendit qu'elle trouve la clef de sa porte, puis déclara :

— Ma foi, Lucy, c'était très agréable.

— Je sais. J'ai beaucoup apprécié, aussi.

Il la prit par les épaules, très délicatement, et déposa un baiser sur sa joue.

— Prends soin de toi.

— Je le ferai, lui promit-elle, et il y avait juste assez de lumière dans la rue pour qu'il remarque que ses yeux brillaient.

— Et toi aussi, Michael, d'accord ? Toi aussi.

Alors qu'il s'éloignait en se demandant si elle regardait son dos (pourquoi les hommes espéraient-ils toujours que les femmes se retourneraient pour les regarder partir ?), il fut frappé de découvrir qu'il n'avait presque pas pensé à Sarah au cours des trois dernières heures.

Mais elle ne tarderait pas à revenir accaparer ses pensées. Le mot qu'il avait écrit sur le bloc du Sheraton serait toujours sur la table, à son retour (« Ne me torture pas, Sarah »). Une femme de chambre de service de nuit sera passée refaire son lit et l'aura étudié avec intérêt.

Quelle formule pathétique ! Larmoyante, hystérique, irritante ! « Ne me torture pas, Sarah » ne valait pas mieux que « Pitié, ne me quitte pas » ou « Pourquoi cherches-tu à me briser le cœur ? ». Les gens se disaient-ils vraiment des choses pareilles, ou étaient-ce des répliques qu'on n'entendait qu'au cinéma ?

Sarah était une fille trop gentille pour être accusée de « torturer » un homme, et il le savait. C'était juste une fille qui ne participerait jamais à un projet susceptible de détruire sa vie, et il avait toujours été conscient de cet aspect de sa personnalité aussi.

Bientôt, à mille cinq cents kilomètres de là, dans la maison du Kansas, elle se préparerait à se mettre au lit, une fois l'enfant endormi, la télévision éteinte, la vaisselle lavée et rangée. Elle portait sans doute sa robe mi-longue en coton : la bleue imprimée de fraises, celle qu'il avait toujours aimée parce qu'elle dévoilait joliment ses jambes, et parce qu'elle la faisait toujours ressembler à sa femme. Il connaissait jusqu'à l'odeur du tissu. Elle aurait presque certainement repensé à leur conversation téléphonique, la petite ride verticale entre ses sourcils soulignant sa perplexité.

Le Sheraton était encore assez loin (l'enseigne au néon rouge du toit était à peine visible), mais ça ne le dérangeait pas de marcher. Personne n'en mourrait. Michael avait commencé à s'apercevoir que d'avoir déjà vécu plus d'un demi-siècle offrait quelques petites satisfactions. Par exemple, votre manière de marcher dans la rue pouvait trahir la sagesse et la sérénité acquises avec les années. Vous n'aviez plus besoin de vous lancer à la poursuite de chimères. Et à condition d'être bien habillé et bien chaussé, vous aviez toujours l'air digne, que vous le soyez ou non. Et vous pouviez vous attendre à ce que presque tout le monde vous appelle « monsieur ». Par chance, le bar de l'hôtel serait encore ouvert, ce qui signifiait que Michael Davenport pourrait passer un moment dans son atmosphère feutrée, seul avec son scepticisme, et boire un verre avant de monter.

Sarah le rejoindrait peut-être pour vivre avec lui, ou peut-être pas. Et il y avait une autre possibilité effrayante : elle le rejoindrait peut-être pour vivre avec lui un petit moment, dans un effort de souplesse, en attendant que son bon sens ne finisse par l'affranchir. « Tout le monde est fondamentalement seul », lui avait-elle dit, et il commençait à voir qu'il y avait beaucoup de vérité là-dedans. Et puis, à présent qu'il était plus vieux, et à présent qu'il était de retour chez lui, peut-être qu'il n'était pas si important de connaître la fin de l'histoire.

Composition réalisée
par Rosa Beaumont

Ce livre existe grâce au travail de toute une équipe.

Communication : Caroline Babulle, Sabrina Bendali, Inès Paulin, Adélaïde Yvert.

Coordination administrative : Martine Rivierre.

Studio : Pascaline Bressan, Barbara Cassouto-Lhenry, Joël Renaudat.

Fabrication : Muriel Le Ménez, Céline Ducournau, Bernadette Cristini, Sophia Paroussoglou, Isabelle Goulhot.

Commercial, relation libraires et marketing : Catherine Lauprêtre, Perrine Therond, Ombeline Ermeneux, Élise Iwasinta, Morgane Rissel, Arthur Rossi, Aurélie Scart.

Cessions de droits : Elisabeth Stempak, Benita Edzard, Lucile Besse, Sonia Guerreiro, Costanza Corri.

Gestion : Sophie Veisseyre, Chloé Hocquet, Isabelle Déxès, Camille Douin.

Services auteurs : Viviane Ouadenni, Jean-François Rechtman, Catherine Reimbold.

Ressources humaines : Mylène Bourreau.

Juridique : Laëtitia Doré, Anaïs Rebouh, Valérie Robe, Lucie Bergeras, Julia Crosnier.

Avec le soutien des équipes d'Interforum et d'Editis qui participent à la création, la diffusion et la distribution de ce livre.

Pour plus d'information :

www.lisez.com

Imprimé en France par
CPI Bussière
en octobre 2023

N° d'édition : 66101/01 – N° d'impression : 2073977